# 阿Q一百年

## 鲁迅文学的世界性精神探微

张梦阳———著

商务印书馆
The Commercial Press

绍兴文理学院鲁迅研究院成果文库

商务印书馆（上海）有限公司 出品

**张梦阳**,男,1945年3月生。现为绍兴文理学院鲁迅研究院"鉴湖学者"特聘讲座教授,中国社会科学院文学研究所研究员,中国作家协会会员,原中国鲁迅研究会副会长。主要学术成果有:《1913—1983鲁迅研究学术论著资料汇编》《中国鲁迅学通史》《阿Q新论》《鲁迅全传·苦魂三部曲》。2021年为纪念鲁迅诞生一百四十年暨《阿Q正传》发表一百年,出版《中国鲁迅学史》。

# 序　言

/ 林非

我真佩服梦阳勤奋治学、不停写作的那股劲儿，自我在地方学校发现他，不遗余力把他调到社科院文学所鲁迅研究室工作的四十多年以来，从没见他松懈过。如马克思女儿问父亲的特点是什么时，马克思所说的：特点是目标始终如一。梦阳就是目标始终如一：年年月月日日夜以继日，一心一意地读书、思考、写作，研究鲁迅，从不管它什么"商品经济的大潮"，也绝不考虑"投身于第三产业"。真个是不屑顾及外界的赏罚毁誉、荣辱得失、功利世俗，透破功、名、利、禄、权、势、尊、位的束缚，做到宠辱不惊，随遇而安。无论别人怎么看、怎么说，他都不为所动，依旧整日整夜地躲在书房里，孜孜矻矻地钻研他学术研究的课题，而且钻研得乐此不疲，津津有味，实在可以说是进入了一种无须大声宣扬的化境，就像陶渊明《饮酒》中所说的"此中有真意，欲辩已忘言"。

梦阳自有一系列研究鲁迅的计划，先是用九年时间编印出版了五卷一分册一千万字的《1913—1983鲁迅研究学术论著资料汇编》，为鲁迅学史奠定了坚实的资料基础；又在广东教育出版社卢家明先生全力协助下写出了三卷一百八十三万字的《中国鲁迅学通史》，获得国家图书奖。按说一个学者有这样的成就就很了不起了，有些学人出版一本书，拿到正高职称，就甩手不写了。梦阳却不，又马上投入长篇小说体《鲁迅全传·苦魂三部曲》的构思、寻踪和写作，十三年后端出《会稽耻》《野草梦》《怀霜夜》三卷皇皇大著。第一卷《会稽耻》已经由阿联酋指南针出版社出版了阿文版，以飨"一带一路"沿线的读者。以后还要陆续向世界传播，简直令人吃惊！

另外，与他人合作翻译了鲁迅一再主张翻译的外国人第一部研究中国人的书《中国人气质》。公认是数种译本中最好的，接连出了四版。还出版了《悟性与奴性——鲁迅与中国知识分子的国民性》《鲁迅的科学思维——张梦阳论鲁迅》《中国鲁迅研究名家精选集：鲁海梦游》《中国当代文学百家：张梦阳散文精品集》等书，并在全国级报刊上发表了大量散文、随笔、诗歌，自费出版了叙事抒情长诗《谒无名思想家墓》。其中精华译成日、韩、英、阿拉伯等多种文字。

他虽然主攻"鲁迅学"，但绝不限于只读鲁迅和关于鲁迅的书，而是博览群书，爱好广泛，美术、音乐，无不涉及，眼界甚广。如他在自己的诗中所言："因守桌前乱读书，哲经文史涉脞吴。孤行苦旅游广宇，忘却高低与赢输。"由于出身于理工家庭，自然科学的书，尤其是天文物理方面，例如英国物理学家霍金的书，也最为爱读。并自小喜阅世界上的长篇小说经典，这从《阿Q新论——阿Q与世界文学中的精神典型问题》的论述中足可见他对世界经典长篇小说的熟稔。据他自己跟我说，他的心力其实更多倾注在无意现世出版的反映中国六代学人一个世纪心灵、命运的多卷长篇小说《清江梦忆》和理论专著《长篇小说艺术美学》上。肖凤告诉我：梦阳利用2020年上半年到美国女儿家因疫情不能出门又无参考书不能写学术著作的机会，写出了《清江梦忆》前四章，她看过后感到确如四幅彩色水墨画，气象万千。难以想象，倘若这些文字最终也化为大书，会是什么样的大气象！我愿天假以年，梦阳自己也多多保重，完成他的写作。

梦阳从事鲁迅研究的课题，除学术史外，就是最艰深的中心难题：阿Q研究。自1972年向何其芳同志求教起，一直没有停歇过。李希凡、陈涌等所有阿Q专家几乎请教遍了。编纂《1913—1983鲁迅研究学术论著资料汇编》时，特别注意收集阿Q的资料，只言片语都不放过。然后按照时间顺序排列起来，逐篇细读，反复思考。1991年《汇编》终于出齐，空了下来，为纪念《阿Q正传》出版七十年，他把自己反锁在办公室里，埋头写作一部《阿Q新论》。1996年11月他父亲弥留之刻，书终于出版，父亲看到了儿子崭新的精装书，含笑辞世。近三十年之后，是《阿Q正传》发表一百周年的日子，梦阳决心重写旧著，使之提升到新的高度，又写出了《阿Q一百年：鲁迅文学的世界性精神探微》。这时我已年到九秩，无力细读，但听肖凤转述，觉得确实更成熟了。

阿Q典型性研究是鲁迅学的中心课题，从研究鲁迅的心灵史，到贯串于研究他小说中阿Q典型性格的精神史，这无疑是一脉相通的。在经历了专著《阿Q新论——阿Q与世界文学中的精神典型问题》的写作实践，又经历了近三十年的沉淀过程，梦阳对于阿Q的认识和理解，确实已经达到了相当全面和深刻的程度，因此在这部学术专著《阿Q一百年》中，又进一步阐述了许多新颖而又精辟的见解。

我常常跟梦阳谈论宏观研究与微观研究相结合的问题，因为如果只有前者，就会显得空疏，不够扎实，犹如在沙上建塔，看来似乎相当巍峨，却易于倾塌，而如果只有后者，又会显得琐碎和冗杂，缺乏治学的目标感和自觉性，形成一种带有盲目性的行动。只有充分地掌握这二者的结合，才可能开阔视野，高瞻远瞩，而又入木三分，深刻剖析。梦阳对于阿Q的认识和理解，正是这样既从整个人类精神现象的宏观视角加以把握，又细腻地解析阿Q在未庄的一切言谈举止，从微观视角，充分看出此种精神现象生动活泼而又异常深邃的含义。像这样将微观研究与宏观研究完满融合的工作，就势必会得出超越前人的若干结论，这实在是太令人欣喜了。

在对于一百年来阿Q研究史的巡礼中，我深感想要在这项研究中得出超越前人的新颖见解，确实是一种十分艰巨的工作。这是因为学术研究是一种充满创造性的精神活动，大凡一位学者所得出的某些结论，总是蕴含着他毕生所沉积的渊博知识、思考方式和人生见解，正是这些综合的因素，在经过理性与灵感相交错的撞击、选择、融化和升华之后，才能够得出具有科学价值和审美魅力的真知灼见。如果想要超越前人的这些结论，就必须同样也花费艰苦的功夫，在总体水平和相近的治学范围这两个侧面，出现不同程度的突破和提高，才有可能谈得上超越前人的问题。

阿Q研究史的起点是非常高的，当《阿Q正传》在《晨报副刊》连载至第四章时，茅盾就指出"阿Q这人很是面熟"，"他是中国人品性的结晶"[1]，后来又进一步指出，"我又觉得'阿Q相'未必全然是中国民族所特具，似乎这也是人类的普通弱点的一种"[2]。这就从宏观角度指出了阿Q典型巨大的概括性，以及它的重要意义，如果能够沿着这条思路进行细致和缜密的阐述，想必会写出极有价值的论著来，可惜的是这个辉煌的起点，并未引起后人在这方面进行切实的论证。

1949年以后的鲁迅研究工作，得到了全面的广泛的展开，这无疑是繁荣和发展此种领域学术成果的一个大好机会。可惜的是在不久之后，"左"倾思潮就不断地高涨起来，这种思潮的整个趋势，实际上是歪曲和背离了马克思主义的基本原理。可是在当时如果有谁胆敢指出这一点，他就不仅会受到从学理角度做出的驳诘和批判，而且还会受到政治上严重的惩罚，正是这种愈益变得肃杀的气氛，使人们变得噤若寒蝉，哪里敢越雷池一步，哪里敢进行自由的探讨，而只好喘息于"左"倾思潮的束缚和禁

---

[1] 《小说月报》1922年第2号"通信"栏中沈雁冰的回信。
[2] 沈雁冰：《读呐喊》。

锢底下，像这样的话，学术研究自然就无法获得正常的进展，而只能徘徊于庸俗与僵硬的对于阶级性的理解中间。

《阿Q正传》的研究，不是同样也受到这股思潮的重大影响？斤斤计较地争执着阿Q的贫雇农身份，还大惑不解于像这样的"好出身"，怎么会沾染上如此众多的思想痼疾。正是那种"左"倾思潮所形成的精神氛围，压抑和窒息了很多学者对于真理的追求，而只能被迫去重复这种谬误的论调，因而就耽误了好多优秀批评家的才华，使他们蹉跎岁月，未能获得更大的学术成就，未能发展茅盾早就提出过的这个论点，相反地却往后倒退了，这不能不说是一种历史的悲剧。

历史固然会有曲折和倒退，但是它所蕴含的潜在力量，毕竟会促使自己校正方向，迅猛地前进的。在"文革"结束之后，经过整个民族深沉和严肃的集体性的反思，我们的国家已经沿着一条精神解放的道路，不断地向前方冲去。在学术界自然也更是形成了这种主导性的趋势，就以对阶级性这个重要问题的认识来说，已经逐渐回归到了马克思主义的科学认识论上来。马克思在《资本论》中这样说，"评价人的一切行为，运动和关系等等，就首先要研究人的一般本性，然后要研究在每个时代历史地位发生了变化的人的本性"。这很好地提醒我们，研究民族性和阶级性的必要前提，是得要去研究"人的一般本性"，研究"发生了变化的人的本性"。

从人类全部历史的发展过程中，考察人性—民族性—阶级性的种种变化，这确实是研究社会科学时经常会涉及的问题。我试图运用金字塔式的结构形状，对它发展变化的过程做出比喻性的描述，即作为人的共同生理属性以及社会属性，是它广阔的地基，而在人们这些社会层面的需求之中，由于经济生产方式处于不同的历史阶段，以及长期生存于不同的地域中，就形成了种种相互差异的风俗习惯，这就汇合成为总体的民族性或国民性，可以说是这座金字塔结构的中部，它既包含来自它底部共同人性的因子，却又由于"每个时代历史地位发生了变化"，就会在"人的一般本性"中出现某种差异。至于主要是由经济状态方面的原因,即在整个社会财富分配方式中处于不同的位置,从这种不同的物质利益出发,就自觉或不自觉地产生了不同阶级立场的爱憎情绪和心理状态,也会随之而发生急剧的变化。

在长期以来"左"倾思潮的影响和束缚底下,我们对于人性、民族性或国民性和阶级性之间密切的关系,未能整理出一条清晰的理论线索来,一听到"人性"二字就如临大敌,盲目而又猛烈地加以抨击和批判,却不去承认和研究"人的一般本性"的客观事实。须知只有割弃了受到各种民族性和阶级性所制约的抽象人性论,才是错误和荒谬的,如果不做这种科学的区分,不承认客观上存在的人性,却一味孤立地强调抽象的阶级性,不去研究它错综复杂地渗透于人们身上的各种具体的可能性,这自然就远远地离开了客观的事实。马克思说,"人是社会关系的总和"[1],人们总会受到社会生活中各种阶级性的熏陶、影响和渗透,而由经济动因所制约的阶级性倾向,自然是其中最为主导的因素,却绝对不会是某种阶级概念的化身和符号。既不会存在抽象的人性,也不会存在抽象的阶级性,而只存在各种不同状态的"社会关系的总和"。正因为我们长期以来未能准确地理解这种人类社会的本质规律,因此也就无法从宏观的视角去俯瞰和探讨与此有关的许多学术问题。至于"左"倾思潮所宣扬的这种抽象化和模式化的阶级性,不仅在理论上陷入重大的谬误,而且在社会实践中更是造成了异常有害的后果,替多年以来政治运动中人为地制造"阶级斗争"提供了理论根据。

正因为长期存在着上述客观把握上的失误,对于阿Q典型问题的研究,也就趑趄不前,甚至是后退了,最多也只是左顾右盼,顾虑重重地发表一些自己的见解。而在最近这四十多年中思想和精神比较开放的情况

---

[1] 马克思:《关于费尔巴哈的提纲》。

下，学术界的面貌也有了重大的变化，对于阿Q的研究和分析，正是这样明显地前进了。譬如说鲁迅研究界的不少同行，已经开始习惯于从多种视角去观察和研究阿Q，对于阿Q性格中最为显著的"精神上的胜利法"这种特征，能够充分地认识到乃是在人类长期以来的历史阶段中，由于对自己的处境缺乏准确和清醒的认识，就经常会表现出这样的弱点，只有当人类的认识能力和思维方式，达到高度的理性主义境界时，才可能将它彻底地克服。

与这种认识论背后的整个文明程度有关，还有人的贪求欲在长期的私有制社会中，也并未很好受到高度伦理观念的制约。当它宣泄得淋漓尽致时，虽然在现实生活中无法实现，却也得在幻觉中给予胡思乱想的满足。上述属于认识论领域内的盲目性，和伦理学领域内的贪求欲，确实是产生"精神上的胜利法"的重要根源，从而形成了人类发展过程中都存在着的这种弱点。

在私有制度中间的少数占有者和统治者，当他们处于失败或崩溃的风雨飘摇之际，实现贪婪占有和专制统治的愿望，已经变得步履维艰时，他们也就必然会大规模地爆发这种"精神上的胜利法"的痼疾。在19世纪后半期，清王朝统治者所散布的"精神上的胜利法"，就是荒谬绝伦且不胜枚举的。只要翻开道光、咸丰和同治这几朝的《筹办夷务始末》，这方面的例证几乎俯拾即是。

譬如在鸦片战争之役，英帝国主义侵略军在广东虎门攻坚不克，窜入并未严密设防的北方沿海，在天津奸淫掳掠、大肆杀戮时，道光皇帝在"圣谕"中竟胡说什么"该夷因浙闽强臣未能代为呈诉冤折，始赴天津投递呈词，颇觉恭顺"，像这样自欺欺人的"精神上的胜利法"，是企图装出一副堂而皇之的虚假外表用以安慰和麻醉自己，掩盖自己失败和没落的真相，欺骗和恫吓广大的人们，阻挠他们反对和推翻自己腐朽的统治。正是由于最高统治者及其臣僚的肆意提倡，这种早已存在的痼疾获得了恶性膨胀，成为当时笼罩着整个社会的一种畸形风习。

阿Q恰巧是生活于这样的岁月中，熏染着这种浓郁的"精神上的胜利法"，他表现这种人类普遍的弱点时，就不能不带着生长和蔓延于中国土地上这种国民性的独特痕迹，不能不带着"农民式的质朴，愚蠢，但也很沾了些游手之徒的狡猾"（《寄〈戏〉周刊编者信》）[1]，还由于受到清王朝最高统治者大肆宣扬而形成的强烈氛围之感染，自然也就充分地表现出那个苦难时代丑陋和沉重的气息。阿Q确实是在社会环境全部复杂的精神机制中间，表现出了这种人类共有的弱点，却又明显带上民族性和阶级性的烙印。

梦阳在掌握和运用马克思主义基本原理的基础之上，又吸收了黑格尔、弗洛伊德、荣格和弗洛姆这些西方学者的不少精辟见解，对阿Q进行了多种视角和侧面的分析研究，并且将自己对阿Q的见解，升华成为人类的一种精神现象，还将它与哈姆雷特、堂吉诃德和浮士德这些类似的性格典型所体现的精神现象，做出广泛和深入的比较，雄辩地阐述了像鲁迅这样具有思想家素质的创作家，确实是易于在自己笔下的人物身上，显示出这一时代的精神现象，而体现这种庞大精神现象的典型人物一旦被创造出来之后，就又会具有巨大的认识作用和审美价值。梦阳在自己这部学术论著中的不少见解，像对于表现这种精神现象的典型人物，如何做出概念的界定；对于这样的性格系统，如何确立应有的认识；以及从接受美学的角度，探讨读者如何在获得认识、启迪、反思之后，对于宇宙和自我进行重新认识的问题，这也就是如鲁迅所说的"使读者摸不着在写自己以外的谁"，"疑心到像是写自己，又像是写一切人，由此开出反省的道路"（《答〈戏〉周刊编者信》），认真地从接受美学视角加以说明和创造性的发

---

[1] 按照中国社会科学院文学研究所鲁迅研究室1980年创刊的《鲁迅研究》内部规定，鲁迅的话，用夹注，在文中用楷体字标注子集名、文章名。本书其他注释及说明文字用页下注。——作者注

挥。以上种种都论证得极有新颖和深刻的见地，确实在不同程度上超越了前人在这方面的建树。

那么能不能说梦阳的全部学术素养，就已经超过了像冯雪峰和何其芳这些探讨过阿Q问题的著名文艺理论家了呢？我想是不能得出这种结论的，梦阳之所以能够做出令人耳目一新的建树，是因为这四十多年来思想解放所形成的局面，给予了他莫大的赏赐，他碰到了上述这些文艺理论家无缘相逢的良机。如果他们不是在"左"倾思潮束缚和禁锢底下，而也能生活在今天渐趋合理和健康的气氛中，他们所能够做出的学术贡献，恐怕是未可限量的。

这就可见应该始终保持和发展思想解放的客观氛围，必须遵循学术民主的原则，采用自由讨论和充分说理的态度，发扬在平等基础上追求真理的精神，充满说服力地阐述准确的见解，充满说服力地批评谬误的看法，从而逐步形成科学的结论，这才真正是马克思主义的素养风度和气魄，那种畏缩与封闭的心态，强制与挞伐的做法，是对马克思主义科学学风的背离，马克思主义学说之所以能够赢得千万读者的心，正是因为它善于吸收人类所创造的全部精神财富，具有无可比拟的说服力和创造性，才可能使学术研究得到发展和繁荣。而学术研究的不断发展和繁荣，又可以反过来促进和巩固思想解放和学术民主的局面。我深信梦阳这种治学的途径，也正是对此具有反馈作用的一种贡献。

梦阳在本书的后记中，述说了他艰难困苦的治学经历，可以说他已经在经过磨难之后，升华于但丁所仰望的天堂中。正因为已经处于这种精神境界的顶端，就可以高屋建瓴，从容俯视，将茫茫的世事尽收眼底，像这样来治学，思想眼光的开阔、锐利与深邃，又绝非温室里长大的花朵所能企及，这正像宋代哲学家张载所说的"贫贱忧戚，玉汝于成"了。梦阳虽然也已年逾古稀，但精神仍很健旺，我期待着他在鲁迅研究领域和文学创作中做出更大的实绩。

至于这篇后记中提到对我的感谢，就使我感到很惶恐了。为了帮助梦阳实现来文学研究所工作的愿望，我确曾往返周折，耗费过一些精力，之所以能够这样不辞劳苦地去做，是因为在四十余年前，当沙汀和荒煤这两位著名前辈作家主持文学研究所工作时，言传身教谆谆地嘱咐大家要勤奋工作，吸收人才，开创文学研究的新局面，在这种欣欣向荣和齐心协力的气氛中，当然就很乐于献出自己的一份力量来，何况像我这样匆匆忙忙地奔波几回，实在是算不上什么的。

曾有多少哲人莫衷一是地探讨着什么是幸福的命题。我想能够高高兴兴和坚持不懈地走自己认定的路，这也许就是一种最高意义上的幸福吧。如果真是这样的话，我就希望梦阳能够像他所喜爱的那位佛罗伦萨大诗人但丁所说的："走你的路！"

2021年夏九秩于北京

（林非：中国社会科学院文学研究所研究员，研究生院教授、博士生导师，鲁迅研究室原主任，中国鲁迅研究会、中国散文学会原会长）

# 目录

序　言 / 林非 …… 1

## 绪论：鲁迅研究的深层视角——精神现象学 …… 1

鲁迅——深邃探索人类精神现象的伟大思想家 …… 1
建立马克思主义的精神现象学 …… 7
从精神现象学的深层视角研究鲁迅的设想 …… 14
首先聚焦透视阿Q …… 19

## 学史论：阿Q典型研究的历史回顾 …… 21

阿Q的诞生 …… 21
回溯20年代的最初反响 …… 22
看看鲁迅自己怎么说 …… 25
20、30年代的进展 …… 27
40年代的深化 …… 36
50年代初冯雪峰的"精神寄植说"与庸俗阶级论的泛滥 …… 47
50年代中期何其芳的"共名说" …… 53
李希凡的驳难与论争的继续 …… 55
"文革"夹缝中李何林的观点 …… 61

| | |
|---|---|
| 70年代末的复苏 | 63 |
| 80年代初期陈涌的研究 | 68 |
| 吕俊华等人对精神胜利法的探索 | 73 |
| 研究视野的开放 | 78 |
| 林兴宅的系统论观点 | 83 |
| 全面分析《阿Q正传》的专著 | 86 |
| 注重学术史的研究 | 89 |
| 80、90年代的新趋向 | 90 |
| 21世纪的要文 | 96 |
| 再回到冯雪峰的"精神寄植说" | 100 |

## 典型论：精神典型的概念界定与分析　106

| | |
|---|---|
| 需要提出一个新的概念 | 106 |
| 阿Q精神胜利法的普遍性 | 113 |
| 精神幻觉与物质实境 | 137 |
| 精神典型的具象性 | 143 |
| 性格系统 | 164 |
| 精神高于性格 | 170 |
| 抽象与变形 | 187 |

## 历史论：中国历史上的精神胜利法和阿Q式的"革命"　218

| | |
|---|---|
| 从学者到皇帝都认为"西学起源于中学" | 218 |
| 清朝战败后的自我圆场 | 221 |
| 一个精神胜利法的小故事 | 222 |

雷颐对晚清精神氛围的透视　　230
　　鲁迅长期的思考和酝酿　　233
　　中国历史上的"革命"　　238

## 艺术论：轻灵、跳荡，举重若轻　　248

　　艺术特色　　248
　　所受影响　　259
　　作家条件　　261
　　文学后裔　　265

## 悟性论：精神典型的接受美学与哲学启悟　　287

　　"剥离"反省与联想反省——精神典型的接受美学　　287
　　认识自己与认识世界——精神典型的哲学启悟　　298

## 余论：从阿Q典型研究史看鲁迅研究的方法论　　330

　　前沿意识与学术史研究　　330
　　面对原始的学术问题　　333
　　对思维方式与认识能力的反思　　336

## 结论：《阿Q正传》作为哲学小说的精神反思意义　　341

主要参考书目　　345
后　记　　347

# 绪论：鲁迅研究的深层视角——精神现象学

## 鲁迅——深邃探索人类精神现象的伟大思想家

鲁迅是谁？他的独特价值是什么？

自鲁迅的文学呐喊震撼中国精神界之日起，这一问题就突兀而出，形形色色的回答纷至沓来，各种各样的争论经久不衰。一百多年来，人们从政治学、哲学、文艺学、文化学等各个视角对鲁迅及其著作进行观照，得出了鲁迅是伟大的思想家、革命家、文学家的科学结论，对鲁迅与中外文化的渊源关系及其独立的文化特征，有了更为丰满、深厚的认识。

然而，对鲁迅研究史上的各个视角进行认真的回顾与反思，就会发现这些视角虽然各有所长，却又都有所短。例如从政治学视角观察鲁迅，就会发现作为中国民主革命的伟大推动者，他早期竟然对法国大革命的自由平等原则予以否定性评价，对资产阶级民主政体的认识，既落于孟德斯鸠和卢梭之后，也落于严复和梁启超之后，五四时期也没有提出过民主政治的课题；从哲学视角观察鲁迅，则会发现作为中国的伟大思想家，他既没有提出新的哲学概念和命题，也没有任何系统阐发自己哲学思想的理论著作；从文艺学视角观察鲁迅，又会发现作为中国伟大的文学家，他的很多著名小说是并不符合文学的一般法则的，特别是他后期中断小说创作而专写杂文，更引起了对他文学家地位的种种刁难和遗憾；再从近几年兴起的文化学视角观察鲁迅，还会发现，尽管广义的文化学概念更为广大地涵盖了鲁迅的思想文化遗产，然而也会令人感到鲁迅并没有像有些专门性的思想文化史学者那样，去系统描述中国思想文化的全貌，也没有专门化的文化学或民族学方面的著作，倘若以专业学者的标准苛求鲁迅，甚至会认为他虽然有《中国小说史略》《汉文学史纲》等开拓性著作，但是从学术著作的广博浩大上说，远不及梁启超、王国维等近代大学者。而且文化的涵义对于鲁迅来说，似乎过于宽泛了，以至于淹没了他真正的精神本质与最为独特的精神价值。

那么，鲁迅究竟是谁呢？他的独特价值究竟在哪里呢？最贴近鲁迅本体的答案，还是要到鲁迅本身的著作与精神历程中去寻找，由鲁迅自己来回答。

鲁迅 20 世纪初写的最重要的论文《文化偏至论》，突出强调"精神现象实人类生活之极颠"。逆过度崇奉物质而抹杀精神的世纪潮流而动，主张"渊思冥想之风作，自省抒情之意苏"，"尊个性而张精神"。在另一篇重要论文《摩罗诗力说》中，又大声疾呼发扬国民精神，在荒落的中国思想界苦苦求索"精神界之战士"。而在这两篇论文中，都以尼采、拜伦等"精神的人"（托尔斯泰语）与"摩罗诗人"为精神动力，探索人类的精神现象，致力于精神革命，正是鲁迅走上文学道路的出发点。他在《呐喊·自序》中回忆看到中国人被日军砍头示众的画片而决心弃医从文的经过之后，做了这样的总结："我们的第一要著，是在改变他们的精神，而善于改变精神的是，我那时以为当然要推文艺，于是想提倡文艺运动了。"由此可见，鲁迅始终把改变人的精神，当作"第一要著"。恩格斯在《自然辩证法》导言结尾中称"思维着的精神"是"地球上的最美的花朵"。这种"最美的花朵"，只有万物之灵——人类才能具有。高度完善化的精神意识功能，是人类与动物相区别的本质特征。用业已引述过的鲁迅的话来说，就是："精神现象实人类生活之极颠。"鲁迅正是从"精神现象"这一"人类生活之极颠"出发，展开了以改变人的精神为宗旨的精神哲学与精神诗学。

鲁迅精神哲学的特征是：不是系统探讨哲学概念与哲学体系，而是集中全力探索人，当然主要是中国人的精神活动、精神机制、精神渊源并从中概括出最本质的精神特征，剖析其对中国人生存方式的内在影响。

鲁迅精神诗学的特征是：以改变人的精神为宗旨，怎样有利于改变人的精神就怎样写，怎样有益于表达经过深思熟虑所形成的精神哲学就怎样做，根据精神革命的需要，或运用小说，或运用杂文，或寄托形象，或直抒胸臆，以最为方便有效的艺术方式描绘和剖析中国人的精神现象，致力于中国精神的现代化。

鲁迅青年时代的奋斗是以"既非赞同，也无反对"的无边寂寞告终的，他在《呐喊·自序》中有这样一段反省："然而我虽然自有无端的悲哀，却也并不愤懑，因为这经验使我反省，看见自己了：就是我决不是一个振臂一呼应者云集的英雄。"万万不可小看这种"反省"的深刻意义！冯友兰先生在《中国哲学史新编》全书绪论中说："哲学是人类精神的反思。所谓反思就是人类精神反过来以自己为对象而思之。"独特的极其深沉、永不停顿的自我反思，既加强了鲁迅对人类精神现象的深邃探索，又促进了鲁迅自我精神的成熟与升华。

辛亥革命之后，鲁迅陷进了深深的精神沉积期。他在北京绍兴会馆里钞录古碑，辑校《嵇康集》，研究佛经和道教。汉唐石刻古朴、宏大的气魄，对鲁迅的精神气质和文学风格有深沉的浸润和濡染。编考《嵇康集》，则不仅汲取了中国古代这一异端精神系统的思想精华与论辩艺术，而且接受了嵇康过于峻急、不会保护自己的教训，养成"壕堑战""缓而韧"的从容风度。研究佛经和道教，也不是像一般学者那样只研究学问和宗教，而是深入探索人类的精神现象，寻找改变中国人精神的最佳契机。宗教精神，大大加强了鲁迅精神哲学的深度，是鲁迅形成一种幽邃庄严的精神风貌与"深度思维"的重要因素。"会稽乃报仇雪耻之乡，非藏污纳垢之所"的越东复仇精神，加上北京琉璃厂的文化古都风味，《十竹斋笺谱》雅静柔和的格调，甚至北京四合院的氛围，市场、茶居、饭铺的气息，对鲁迅精神诗学的独特风格也都有所渗透，使他在"绍味"之中浸润了"京味"。"古寺僧人"式的独身生活，从青年延续到中年的性压抑，愈益沉重地锻压着他的精神。这种人间的大苦闷，对他沉郁风格的形成产生了重要作用，是鲁迅精神哲学与精神诗学形成一种独特阴郁感的内在因素。

长期的深邃的精神钻探，终于取得了金矿。1918年8月，他在致许寿裳的信中谈《狂人日记》创作过程时欣喜地说道："前曾言中国根柢全在道教，此说近颇广行。以此读史，有多种问题可以迎刃而解。后以偶阅《通鉴》，乃悟中国人尚是食人民族，因成此篇。此种发见，关系亦甚大，而知者尚寥寥也。"《狂人日记》所揭示的写满中国史册上的"吃人"二字，主要指的是专制等级社会人与人之间精神上的互"吃"，即人对人的精神奴役，切中了专制主义精神现象的弊端。

而到了《阿Q正传》则进入了更为成熟的境界，塑造出阿Q这个特殊的典型形象，概括出"精神上的胜利法"这种既是民族性又是世界性的精神现象。在《热风》《坟》等前期杂文中，则直抒胸臆，对"合群的自大"等阻碍民族进化的精神现象进行了犀利的批判，引导人们发扬"国民精神"，挣脱出"瞒和骗的大泽"。而《野草》之所以保持着永恒的魅力，就在于这本散文诗从人类精神现象的最深处透发出一种永难穷尽的幽邃哲理与隽永诗情。

后期，鲁迅对中国人精神现象的探索更为深化和切实。其特点是善于从经济组织中与历史深层内探究某种精神现象的产生根源与发展脉络。

例如《病后杂谈》等杂文探讨了奴才心理这种专制时代最普遍的精神现象,是怎样在"剥皮"酷刑与文化专制主义压榨下形成和发展的。《女吊》《我的第一个师父》等临终前不久写的杂文,以幽婉沉郁的笔法寻觅了复仇、反叛这种异端的精神现象在专制压迫下必然出现的内在原因。《故事新编》里的《理水》等篇,实质也是以借古讽今的方式写出了早在《庆祝沪宁克复的那一边》里就已揭示的精神现象:歌呼胜利的人们一多,"革命的精神反而会从浮滑,稀薄,以至于消亡,再下去是复旧"。鲁迅在《两地书·八》中说过:"在中国活动的现有两种'主义者',外表都很新的,但我研究他们的精神,还是旧货。""研究他们的精神",正是鲁迅自始至终的研究课题。鲁迅是深邃探索人类精神现象的伟大思想家。用鲁迅自己的话定位鲁迅是最恰当的,他自己就是在《摩罗诗力说》结尾所呼唤的世所独具、远高世俗的"精神界之战士"。

其实,鲁迅研究界近年已经不约而同地取得了这样的共识:鲁迅是伟大的思想家,但是并不同于毛泽东、孙中山那样的政治领域的思想家,而是深邃探索人类精神现象,特别是中国人精神特征的思想家;鲁迅是伟大的革命家,但是并不同于专门致力于政治理论与政治实践的革命家,而是致力于改变中国人精神的革命家;鲁迅是伟大的文学家,但是并不同于茅盾、沈从文那样的侧重描摹社会世态与乡土风俗的文学家,而是集中全力勾勒、提炼中国人精神特征的文学家。

也正是因为这样的缘故,看来鲁迅对资产阶级民主政体的认识,似乎落于孟德斯鸠、卢梭以及严复、梁启超之后,也没有提出新的哲学概念和命题的系统性的理论著作,但是他根据人类精神现象的探索,特别是对中国人精神特征的把握,反对在中国引进西方所谓"国会之说"等民主政体,认为这是"借众以陵寡,托言众治,压制乃尤烈于暴君",却是非常正确的,其预见性无人企及。历史证明这不是鲁迅的局限性,而是鲁迅最懂得中国国情的论据之一。至今仍具有重要的现实意义,以后可就鲁迅与民主的问题专门深入探讨，这里暂不详谈。尽管鲁迅并没有像有些专门性的思想文化史学者那样，去系统描述中国思想文化的全貌，从学术著作的广博浩大上说，远不及梁启超、王国维等近代大学者，但是他所达到的巨大的精神深度，对文化精髓——人的精神内核的探索与感悟，对中国人精神活动的深刻影响以及那种独特、宏大的精神传感，却是任何专业学者无法比拟的。

还是因为这样的缘故，我们不能用纯文学的眼光去衡量鲁迅的作品，不能按照所谓文学的一般法则进行苛求，不必对他后期减少小说创作而多写杂文表示欠憾。更不必由于有些论者以纯文学家的标准苛责鲁迅而做种种辩解。因为这种苛责与辩解，都出于对鲁迅真实全貌的扭曲。鲁迅越是体现他作为深邃探索人类精神现象"精神界之战士"的本色，他的小说的影响力就越是巨大。反之，即使艺术更趋圆熟，影响力反倒随之减小了。这从《呐喊》与《彷徨》的比较中就可看出来。他后期减少小说创作而多写杂文，纵然因素甚多，然而根本原因则是：当时的主客观条件决定了——杂文体裁最为适于他完成探索与变革中国人精神现象的历史使命。

从认识到鲁迅是伟大的文学家，升华为认识到鲁迅不仅是伟大的文学家，而且是伟大的思想家、革命家，是鲁迅认识史上的飞跃。进而认识鲁迅区别于其他思想家、革命家、文学家的独特性，进一步把握鲁迅的本质特征，则是鲁迅研究的必然深化。这是符合人类认识规律的，人们对事物的认识，就是从特殊到一般，再到特殊，逐步全面、深刻地把握事物的一般性与特殊性。从精神现象学的深层视角观察鲁迅，并不意味着对政治学、哲学、文艺学、文化学等各个视角的否定，而只是一种视角的深化与拓展。正如提出鲁迅小说是中国反专制思想革命的视角，并不意味着否定政治革命的视角那样，各种不同视角的关系是互补共处的，而不是互相倾轧的。当然，其中还有认识层面的深浅高低之别。精神层面应当是更为深层次和高品位的，因而也是更为贴近鲁迅本体，与鲁迅本质特征更为契合的，所以经过长期的积淀与升华之后才可能逐步切入。而一旦切入，就会对鲁迅的独特价值产生更为恰当的认识。

早在鲁迅受围攻之时，就有独具慧眼之士对鲁迅做过这样的评价："他仍然在中国是最伟大的思想家与艺术家和战士，十个胡适之换不来一个鲁迅先生；十个郭沫若也换不来鲁迅先生底几本小说，数集杂感；五个郁达夫，四个周作人，都换不来鲁迅先生对于中国的难磨的功绩。他是绝对地伟大的，立在中国新文学界里的最崇高的大树，没有人能及得上他的。"[1] 当然，任何譬喻都可能是蹩脚的，将人与人进行比较也可能是不恰当的，然而就鲁迅对宇宙的最高现象、物质发展的最高结晶——人类的精神现象探索的深度，对中国人精神活动及其特征的精确把握、形象表达以及对中国人以至全人类精神机制的巨大影响来说，这些评价并不为过。因为对精神现象的探索是极为艰深的，与其他文化、文学现象相比，有些像提炼铀矿与开采煤层之别，其效力也有些像原子弹与普通炸药之差。

所以，以鲁迅自己在《摩罗诗力说》中所呼唤的"精神界之战士"，称呼他自己是最为合适的。鲁迅就是为探索中国人的精神、为改变其精神而奋斗一生的"精神界之战士"。他越是自觉地去写杂文和小说，发挥的效力就越是巨大。他不愧是中国历史上甚至人类历史少见的"精神界之战士"。

## 建立马克思主义的精神现象学

从精神现象学的深层视角研究鲁迅，首先需要掌握精神现象学的理论与方法。

---

[1] 邢桐华：《关于〈中国文艺论战〉并及鲁迅先生——寄李何林先生》，原载 1930 年 4 月 29 日北平《新晨报》，后见中国社会科学院文学研究所鲁迅研究室编：《1913—1983 鲁迅研究学术论著资料汇编》第 1 卷，中国文联出版公司，1985 年，第 549 页。以下简称《汇编》。

20世纪80年代末以来，哲学界日益重视精神现象学的研究，为纪念黑格尔的《精神现象学》出版一百八十周年，中国社会科学出版社出版了王树人著的《历史的哲学反思》，江苏人民出版社出版了萧焜焘著的《精神世界掠影》，有些学者还提出了建立马克思主义的精神现象学或精神学的倡议。然而，完整、系统、适合中国国情的精神现象学还远未形成。

鉴于这种情况，笔者只能在自己独立思考的基础上，参考王、萧著作和其他有关论著，提出建立马克思主义精神现象学的初步设想。

黑格尔的《精神现象学》，是近代西方哲学史上一部具有里程碑意义的重要著作，也是一本高深难测的"天书"。它内容渊博、思想深刻，以超凡的"哲学沉思"驾驭思想素材，深入精神底蕴，显现了那无影无踪的精神现象的发育生长过程，构造出庞大的有机的哲学体系，处处闪烁天才的光芒，然而又极端晦涩难懂。"神龙渊潜，罔可窥破！"一旦窥破，便将随心所欲，大彻大悟，登临哲学高峰，顿悟宇宙真谛。

但是，这部"天书"却是典型的唯心论著作，是头脚倒置的，把精神现象这种物质发展的最高结晶——人脑和人的高级神经系统的属性，变成脱离物质而独立存在的第一性的东西；把所谓"绝对精神"当作宇宙万物的本原，认为宇宙的一切都是"绝对精神"的外在化。

所以，建立马克思主义精神现象学的第一项任务，就是根据辩证唯物主义的立场、观点和方法，对黑格尔的"精神现象学"进行改造，汲取其探索人类精神现象的合理内核，而又使之头脚正立，摆正物质与精神的关系。

恩格斯在《路德维希·费尔巴哈和古典哲学的终结》中指出："精神现象学也可以叫作精神胚胎学和精神古生物学类似的学问，是对个人意识在其发展阶段上的阐述，这些阶段可以看作人的意识在历史上所经历过的诸阶段的缩影。"[1] 精神胚胎学和精神古生物学的宗旨之一，是着力追溯从

---

[1] 《马克思恩格斯选集》第4卷，人民出版社，1972年，第215页。

物质到精神的发展过程，探究人类精神现象产生、发展、演变的物质本原和社会环境。另一宗旨，则是研究相对独立的人类精神现象自身的发展规律，探讨相对超越于物质发展之上的精神现象的特殊本质与特殊规律。这后一宗旨是异常重要的，只有注意这一方面，才可能避免机械唯物论与庸俗社会学而坚持辩证唯物主义与科学的社会分析。原因之一是：在经济基础变更之后，旧的上层建筑，特别是似乎无影无踪的旧的精神现象还会存在相当长的时期，盘踞人们的头脑，控制人们的行为，影响人们的思维模式与生存方式，甚至变换各种招牌和形式促使社会复旧。另一原因是：人类的精神现象，既受制于物质本原和社会环境，在特定国度、社会、阶级和时代条件下显现为特定的具体形态，又会超越特定的国度、社会、阶级和时代条件而呈露普遍的人性，显现带有极大普遍性的精神本质。因此，在对黑格尔的《精神现象学》进行了头脚正立、摆正物质与精神关系的改造之后，更为艰深的工作还是汲取其中的合理内核，学习黑格尔伟大的"历史感"和系统的辩证方法，研究人类精神现象在发展道路上所经历的各个阶段和显现的各种形态，如黑格尔所说的那样，描写出"意识自身向科学发展的一篇详细的形成史"[1]。尤其是黑格尔《精神现象学》中关于奴隶社会"主人与奴隶"关系转化的分析，中世纪宗教出世思想"苦恼意识"的分析，代表近代思想的浮士德式追求快乐的精神现象与堂吉诃德式改革家的意识形态的分析，狄德罗小说《拉摩的侄儿》所描写的分裂意识以及启蒙运动意识形态的分析，都值得以现代眼光重新审视，结合现实进行新的认识与新的运用。

建立马克思主义精神现象学，除了以辩证唯物主义的立场、观点、方法改造与汲取黑格尔《精神现象学》的合理内核之外，还应汲取现代科学的所有合理成分。个体精神现象研究，应该汲取弗洛伊德精神分析学说

---

[1] 黑格尔:《精神现象学》上卷，贺麟、王玖兴译，商务印书馆，1983年，第55页。

和发展心理学、心理历史学等现代心理学的合理成分。弗洛伊德的精神分析学说，是一种"深层心理学"。它不像传统心理学那样只满足于任何精神现象的"表面价值"，或者主要看"外因"，而是深入其本原进行探讨，追本溯源地探索精神现象的真正奥秘。弗氏明确指出：人的精神过程"本身都是无意识的，而那些有意识的精神过程，只不过是一些孤立的活动，是整个精神生活中的一部分"[1]。他由此认定，无意识的心理过程是一种特殊的心理过程，有着远比有意识的心理过程更为复杂而又奇妙的作用。意识与无意识（或称潜意识）、理性与非理性的理论，已经被国内外学术界认可，认为是弗洛伊德对人类精神现象探索的巨大贡献。当然，弗洛伊德学说的不合理部分也被历史否定了，例如他的泛性论已为人所诟病。对此，应该运用历史唯物主义的方法进行分析，引入社会的内容，使单纯从性欲的压抑和冲突中探究的人的精神本原这一片面性的分析方法，升华到更深沉更复杂的社会分析的科学境界，从特定的具体的社会经济环境与人的深层心理相统一的角度寻溯精神的本原。发展心理学，旨在研究人从童年期到青年期以至生命全过程的心理发展，代表人物是皮亚杰。这一学科，对于研究精神胚胎学，即人的精神发展过程有重要启示。心理历史学，或称心理动态史，早期研究的主导方向是勾勒领袖人物的心理轨迹，重点推测哪些童年经历是按照合乎规律的演进模式发展的，童年历史这一新的研究领域构成研究个人或群体的人格及行为模式的基础，形成了独立的心理历史学。这一学科，对于研究个体精神现象及其发生、发展的全过程也有深刻启示。当然，精神现象学不同于单纯研究意识现象的心理学，也不同于一般的心灵生活的历史研究，而是更加深透地切入人的精神根柢，更加广泛地包容为社会关系所牵连、社会环境所影响的人的精神机制与精神活动。

---

[1] 弗洛伊德：《精神分析引论》，高觉敷译，商务印书馆，1984年，第7页。

群体精神现象研究，应该汲取荣格心理学、弗洛姆精神分析学以及社会心理学、宗教学、人类文化学等现代人文科学的合理成分。荣格与弗洛伊德的基本分歧是"力比多"即性驱力的实质是什么的问题。弗氏认为是性的欲望，而荣格则认为是一种"生命力"。而这种"生命力"可能形成某种"情结"，深藏于人性内部，成为一种深层心理。他把它定义为"集体无意识"。这是一个伟大的发现。荣格说道："所谓集体无意识是说某种由遗传的力量所形成的精神气质。"[1]"假如允许我们将无意识予以人格化，则可以称之为集体的人，既包括了两性的特征，又超越了青年和老年、出生和死亡，并且掌握了人类一二百万年的经验，因此几乎是永恒的。如果这种人得以存在，他便超越了一切时间的变化，对他来说，当今犹如公元前一百世纪的任何一年。他会做多少年以前的旧梦，而且他有极丰富的经验，因此他又是一位卓越的预言家，他经历过无数次个人、家庭、氏族和人群的生活，同时他也具有生长、成熟和灭亡这一节律性的生命感。"[2]但是这种"集体无意识"，我们只能在梦境中约略感觉到，并不能意识到其自身的内容。它的客观的内容便是原型。原型（archetypes）类似原始思维中的集体表象，荣格说："人生中有多少典型情境就有多少原型，这些经验由于不断重复而被深深地镂刻在我们的心理结构之中。这种镂刻，不是以充满内容的意象形式，而是最初作为没有内容的形式，它所代表的不过是某种类型的知觉和行为的可能性而已。"[3]比如对黑暗的恐惧，对蛇的恐惧。在旧石器时代壁画上便可以见到的圆圈里画双十字的抽象的花纹，以后在历代各国的文化区域中——包括中国西藏的寺院里都能

---

1 荣格：《心理学和文学》，戴维·洛奇编：《二十世纪文学评论》上册，葛林等译，上海译文出版社，1981年。
2 荣格：《现代人寻找灵魂·分析心理学的基本假设》，文艺理论译丛编辑委员会编：《文艺理论译丛》第1辑，人民文学出版社，1964年。
3 霍尔、诺德贝：《荣格心理学入门》，冯川译，生活·读书·新知三联书店，1987年，第44—45页。

见到,这里谁也没有有意识地传授,肯定是一种从远古开始世代相续的心理结构在起作用。这种人类发展中的经验的遗迹的确带有朦胧的神秘的气氛,它像梦幻一样不可捉摸,仿佛"处于不正常的心理状态时涌现出来无尽流水或汪洋大海般的无限幻影和形象"[1]。荣格的集体无意识和原型理论,对于研究一个民族、社会和时代的群体精神现象深有启悟。不过,应该注意运用历史唯物主义和科学实证的方法,汲取其确有根据的合理因素,而扬弃其过于玄虚的成分。弗洛姆同样继承了弗洛伊德的精神分析学说,然而也纠正了他单纯从性心理角度解释问题的偏颇,运用心理学和社会学相结合的方法,对当代工业社会中的各种人性问题进行精神分析,分析了资本主义畸形社会出现的恋尸癖、自恋等精神病态,对群体性的变态精神现象研究有一定参考价值。但是,弗洛姆把人的善恶等社会问题一律归结为心理结构,就没有抓到问题的要害,不能不说是唯心史观的表现。我们应该从历史唯物主义出发,既汲取弗洛姆某些有价值的分析精神现象的独特角度与观点,又注重从当代工业社会不合理的经济结构中寻找变态精神现象产生的根源。社会心理学、宗教学、人类文化学等现代人文科学,与群体精神现象研究都有密切的关联。但是,精神现象学并不同于这些学科,而是旨在揭示产生某种社会心理、宗教思想、文化形态的精神机制。

建立马克思主义的精神现象学,还应汲取人体科学、精神病学等自然科学的最新成就。精神是物质发展的最高结晶——人脑和高级神经系统的属性,是人体的最高枢纽,对人体具有主导性的巨大影响,为什么一些意志坚强的人能够挺住艰难困苦以致残酷刑法对肉体的煎熬?为什么修炼印度瑜伽功的人能够受住常人所难以想象的人体磨难?为什么会出现某些科学至今没有探究清楚的人体特异功能?看来通过人体科学探索精神现象

---

[1] 荣格:《现代人寻找灵魂·分析心理学的基本假设》,《文艺理论译丛》第1辑。

的奥秘,是解答这一系列问题的主要途径。另外,研究精神病学,研究精神病患者的感觉、思想、行为和奇异世界,也有助于我们从一个奇异的角度反过来研究正常人的精神现象。其实,正常人的精神现象与精神病患者的精神现象之间并不是处处泾渭分明的。有的精神病学家曾经从许多青年人当中挑选出一批被认为精神最正常的人进行精神测验,结果表明半数以上的人居然都具有轻度焦虑和抑郁等精神病症状。而心理历史学的研究结果也表明,天才人物与精神病患者之间往往只有一纸之隔。有些历史人物,如政治方面的希特勒、艺术方面的梵高等,是不同程度患有精神病的。近来,现代西方一些精神学家,还在把精神病学、变态心理学与社会学、宗教学、民俗文化学等社会科学结合起来,创立一种"社会精神病学",用于研究某个时期在某些国家区域所出现的社会性、群体性的精神病态。为什么原始人在图腾时代会出现某些变态的宗教崇拜,甚至祭杀活人的残酷现象?为什么希特勒竟能鼓动德意志民族陷入法西斯狂热?为什么日本的武士道精神竟能在南京大屠杀中转换为杀人魔怔?为什么一种错误的精神观念,能够引发一场汹涌澎湃的群众运动,并引之走向歧途,造成空前的大灾难?为什么1977年11月出现了美国人民圣殿教九百多名信徒集体自杀的大悲剧?为什么宗教的精神领袖竟有如此神魔般的控制力,使信徒甘愿为之赴汤蹈火、长年朝拜?为什么迷信运动屡禁不止,许多人有了点儿钱,就造坟墓、盖庙宇?无数千奇百怪的精神现象出现在我们面前,形成一连串的大问号,要求我们运用新的科学的精神现象学进行研究,做出正确的回答。高明的领导者,必须注意研究群众中出现的各种精神现象,也就是注重体察"人心",才能有效地克服精神现象的不利动向,引导人民的精神升华到科学、文明的境界,实现精神的现代化。因此,写作科学的不是概念化而是适合中国国情的《精神现象学》,对各种精神现象进行专题分析,并逐步发展成反映人类精神发展全过程的"精神现象史",特别是撰写"20世纪精神现象史",对近百年的世界性的精神现象进行历史的反思与总结，对于社会主义精神文明建设来说，实在是至关重要的。

## 从精神现象学的深层视角研究鲁迅的设想

中国虽然没有出现黑格尔那样系统阐发精神现象学的大哲学家，也没有产生弗洛伊德、荣格、弗洛姆那样深入研究精神现象的心理分析大师，然而却有以东方特有的方式深邃探索中国人精神现象的伟大思想家——鲁迅。因此，从精神现象学的深层视角研究鲁迅，不仅有利于推动鲁迅研究的深化，而且有益于建立具有中国特色的精神现象学。

对于这项研究，笔者有如下四点初步设想：

第一，系统梳理鲁迅探索人类（当然主要是中国人）精神现象的历史，概括其特有的东方方式，归纳其主要观点，并分析鲁迅将探索出的精神哲学成果转化为精神诗学向人民大众进行传播的特征与规律，研究鲁迅的精神哲学和精神诗学在改变人们精神的过程中所带来的特殊效应与深远影响。

第二，探讨鲁迅作为一个复杂而深刻的精神实体形成的外部条件与内在原因。鲁迅的出现绝不是孤立的，他与中国古代的屈原、嵇康、阮籍，外国近代的尼采、拜伦同属于一个精神系统。这个精神系统可以简称为尼采、嵇康精神系统。其中，尼采的精神影响尤为深刻，这种影响实质上并不属于学术文化的系统传授，而是一种特殊的精神传感。这种精神传感，往往是超越国界和民族的，往往在不同阶级的人物身上会产生完全不同，甚至相反的精神效应。例如尼采的"超人"哲学，既可以鼓动起法西斯的权力崇拜，又可以转化为革命志士的超常革命精神与文学艺术、科学技术领域里天才人物的冲创力量。内中的原因与规律是值得深入探究的。鲁迅之所以很早就与尼采等"精神的人"一拍即合，归属于同一个精神系统，既有世纪转折的外部条件，又有其内在根据。主要内因是有着类似的家境、经历、素质、气质和性格。

论家境，几乎全是"从小康人家而坠入困顿"。尼采自小在完全由妇女支配的家庭中长大，生活日趋窘迫。陀思妥耶夫斯基的家族，因拒绝接受天主教而受到西部贵族的排挤，渐渐趋于贫困和没落。萨特是自小在外祖父家寄养。基尔凯郭尔的父亲曾经是个农奴，1777年被解除农奴身份，1796年又意外地继承了叔父的大笔遗产，从而成为暴发户。由于财产的得来实属意外，所以基尔凯郭尔一家人十分担心上帝的惩罚，家中始终笼罩着一种焦虑、忧郁的气氛，等等，不一而足。几乎没有上升期贵族家庭出身的，也少有无产者家庭的后代。

论经历，几乎都从青少年时代起就遭遇挫折和不幸。其中很多是少年丧父。尼采五岁丧父，萨特两岁丧父。陀思妥耶夫斯基十六岁母亲去逝，家庭彻底崩溃。两年后，性格冷酷、脾气暴戾的父亲也遇害了。与此相类似的作家还有：波德莱尔六岁丧父，七岁母亲改嫁，给他造成深重的心理创伤。托马斯·曼十七岁丧父，家道衰落。杰克·伦敦则是私生子，连生父是谁都搞不清，十岁就失学，当童工。卡夫卡虽没丧父，但是那位严厉的父亲始终是可畏的阴影。基尔凯郭尔尽管后来家境优裕，但是父亲脾气古板，对子女十分刻薄。小基尔凯郭尔每天要帮助仆人上山放羊，挨饿受冻以经受磨炼，致使他时常怨恨人生，养成忧郁伤感的情调。这些"精神的人"，还都遭受社会的迫害。陀思妥耶夫斯基差一点儿在沙皇的刑场上被处死，被赦免死刑后，又被流放到西伯利亚，在死屋里度过了五年苦役生活。在爱情和婚姻上，也往往是不幸的，尼采终生独身，卡夫卡爱过好几个女人，但除了与一个在去世前一年才结识的犹太少女有过短期同居生活，其他全部没有好结果。

基尔凯郭尔成年后与未婚妻丽琪娜·奥尔森的婚约破裂，更使他踽踽独行，与世格格不入，使他的一生充满忧郁和绝望。"自古圣贤多磨难。"

这些"精神的人",都是在种种压抑和磨难中锻造出来的。

论素质,几乎都绝顶聪明,又极度敏感。由于多是书香门第出身,所以从小耳濡目染,具有很高的文化素养。身体素质,则又坚韧,又病弱。尼采据说青年时期就因误入妓院,而染上梅毒,后来一直患有神经麻痹症,最后精神错乱而死。萨特身材矮小,三岁起瞎了一只眼睛,身体一直不好。而大作家陀思妥耶夫斯基,一生都受着癫痫病的威胁。基尔凯郭尔体质很差,患有佝偻病,但思维敏捷,从小就才华横溢。身心两者发展的不平衡,使他们深深感到与众不同和周围环境的压迫,感到自己是从普通人中被抛出来而孑然孤立的。这类"精神的人",真是几乎个个都有病,而且往往是神经系统的疾病,起码多少有点儿神经质。这些天才与病之间的确存在着一种神秘莫测的联系。

论气质,几乎全属于抑郁质、内倾型。诚如康德所承认的,具有抑郁气质的人,往往会产生深沉的人类尊严感,他不满意自己,也不满意世界。

论性格,孤僻、坚忍、刻苦、易怒,喜好离群索居,孤独地思考和写作。思考问题,总是穷根究底,尖锐地穿透本质。因而往往都有多疑、尖刻之嫌。真是深思成性,读书成癖,写作成"病"。

是的,也只有这种特殊的家境、经历、素质、气质和性格的"精神的人",才可能最敏锐、最深切地感受人类社会种种精神现象的不合理性,也才可能用文字和著作将这种精神感受表现出来,流传于世。

以此为参照系,观察鲁迅精神的特征、特质、产生环境与形成过程,就会发现他与这类"精神的人"有惊人的相似之处。

绝顶聪明、极度敏感,孩提时被称为"胡羊尾巴",沉醉于百草园的美景、《山海经》的神话、故乡农民子弟的友情之中。正在少年浪漫的时刻,家庭突遭变故,祖父因科举受贿案入狱,到亲戚家避难,被讥为"乞食者",第一次尝到世态炎凉,心灵受到严重创伤,体验到人间主奴关系、精神相"吃"的冷酷滋味。后来是父亲的病,少年鲁迅几乎每天出入质铺和药店,从一倍高的柜台处送上衣服或首饰去,在侮蔑里接了钱,再到一样高的柜台上给久病的父亲去买药,然而父亲还是死去了。接着就受到同族亲戚的欺凌,那位衍太太的刺伤(可不要小觑了这位衍太太对少年鲁迅所产生的心理创痛)。与此同时,又读了《立斋闲录》等明末野史,明白人间肉体与精神奴役的楚毒,而浙东睚眦必报的复仇精神和李贺诗雄深奇峭的鬼气,更使少年鲁迅的心理创痛开始上升到一种雄奇、幽深的哲学与诗学的境界。他,终于决定从啼哭的母亲手中拿过八元川资,走异路、逃异地,寻别样的人们。

病与药这种令人感到威胁和阴森的意象,始终扭结在鲁迅的精神世界里。以文艺之"药"救治人类,特别是中国人的精神之"病",是鲁迅毕生的宗旨。实在有必要从精神现象学的深层视角研究鲁迅的童年经历、个性心理和精神气质,揭示他归属尼采、嵇康精神系统的内在原因,写出一部世纪转折中的鲁迅精神发展史。

这部精神发展史,当然不仅要总结尼采、嵇康对鲁迅的早期精神影响,还要探索中年猛读佛经的宗教精神在鲁迅式"深度思维"中的催化因素,探讨马克思主义对鲁迅后期精神升华的促进作用。

第三,以人类精神现象史,特别是20世纪精神现象史为参照系,观照鲁迅这一巨大精神实体出现的历史必然性、历史地位以及深远的历史影响,当然也包括所有人都难以避免的历史局限。马克思说过:"精神一开始就很倒霉,注定要受物质的纠缠。"19世纪后半期到20世纪初期,人类的精神追求与物质欲求之间的冲突日趋尖锐。鲁迅这时鲜明地树起"掊物质而张灵明,任个人而排众数"的旗帜,反对过度追求物欲,而主张发扬精神生活之光耀。实质上,这与批判当代工业社会弊端的现代主义精神是一致的。而到五四时期,鲁迅则明确坚持生存、温饱、发展的基点,主张凡有阻碍这前途者,无论是古是今,是人是鬼,全都踏倒他。后期更明确地坚持以经济结构为基础的唯物史观。这里面有什么变化？又有什么贯串始终的一致性？鲁迅的精神流向是顺乎20世纪精神趋势的，还是反潮流的？是在精神追求与物质欲求的冲突更为尖锐的现代，以至人类前史时代，都保持着积极的精神意义，还是反映了某种小农经济社会的空想性和局限性？鲁迅与胡风、冯雪峰等后代人是否属于相近的精神类型？可否归为一个精神流派？这个精神流派与左边李大钊、陈独秀为代表的苏俄无产阶级精神流派，右边胡适、梁实秋为典型的西方资产阶级精神流派之间有什么相同点与相异处？哪一种精神流派更符合中国的实际，更能反映未来的精神趋向？为什么20世纪上半叶，俄国的高尔基、法国的罗曼·罗兰、中国的鲁迅等一批有深刻思想和卓越才能的知识分子转向共产主义一边，20世纪末叶又出现了反向的转变？其中的外部条件与内在的精神基因是什么？这种以精神现象史为参照系的精神类型、精神流派、精神基因研究，可能会拓展出预想不到的新生面。

第四，反转过来，以鲁迅这一巨大的精神实体为着眼点，透视中国人以至整个人类的精神现象深层共性与一般规律，概括出人类精神现象中所共有的某些形而上要素，从中发现人类共同关心的世界性的精神现象问题，阐发某种带有"星球意识"的宇宙智慧生物精神发展的共同特征。这种透视，不仅以综合性的鲁迅精神实体为着眼点，而且可以将着眼点集中于鲁迅精神遗产的某个部分，例如狂人和阿Q的精神机制、《野草》的精神根柢、杂文中所剖析的某种精神现象等等，先进行专项性的透视。

鲁迅学不仅是一项研究鲁迅生平、思想和著作的专门学问，而且是通过鲁迅透视中国和世界，又从中国和世界的广阔视野反观鲁迅的一门综合性的自成体系的人文科学。只有不断跟踪现代科学的发展，不断转换视角、加深层面，不断以现代精神观照鲁迅及其著作，鲁迅研究才可能不断出新，不断深化，永远保持不可穷竭的强大活力。否则，只可能止步不前、死气沉沉。从精神现象学的深层视角研究鲁迅，正是从学科发展的需要出发而提出的设想。相信这种设想会有助于开拓鲁迅研究的思维空间，加强鲁迅研究的精神深度。

## 首先聚焦透视阿 Q

每一个伟大的作家都有他最核心的杰作，集中表达他的哲学，表现他把握和反映现实的独特方式与精神气质。莎士比亚的核心作品是《哈姆雷特》，塞万提斯是《堂吉诃德》，但丁是《神曲》，歌德是《浮士德》，而鲁迅则是《阿 Q 正传》。

《阿 Q 正传》集中反映了鲁迅深邃探索中国人精神现象的最高成果，深深开掘了中国人的精神根柢与精神机制。由于概括出的阿 Q 精神胜利法包含人类精神现象中所共有的某些形而上要素，从中可以发现人类共同关心的世界性的精神现象问题，所以阿 Q 这个不朽的典型具有极大的普遍意义，《阿 Q 正传》进入了第一流世界文学名著之林。

即便鲁迅一生只写了一部不长的《阿 Q 正传》，只向中国和世界人民贡献了一个阿 Q，他也会当之无愧地成为 20 世纪中国文坛上最伟大、最深刻、最独到的作家，成为能够进入世界名作家之林的屈指可数的几位中国现代作家之一，何况他除了《阿 Q 正传》之外，还有那样多篇杰出的小说，还贡献了狂人、孔乙己、闰土、祥林嫂、魏连殳等一系列的典型形象；还有《野草》那样至今无人企及的散文诗，有十多本称得上是中国近代精神现象史的杂文，有《中国小说史略》《汉文学史纲》等里程碑式的学术著作呢？

鲁迅是一个永远无法否定、无法抹去的伟大的存在，又是一个永难完全解开的精神之谜。而他的核心杰作《阿 Q 正传》则是一本底蕴无穷的谜书。那位可怜而滑稽的阿 Q 问世百年来，不知有多少研究家写了多少论著，也并未真正解开这个奇特的典型形象之谜。

然而，这又是鲁迅研究工作者必须竭尽全力完成的使命。可以说，只有读懂阿Q，才能真正理解鲁迅。

本书的使命就是——

首先聚焦透视阿Q，透过阿Q去观察鲁迅的精神哲学与精神诗学，去审视人类精神现象的某种形而上要素与深层共性……

# 学史论：阿 Q 典型研究的历史回顾

## 阿 Q 的诞生

一百年前的 1921 年冬天，《晨报副刊》主编孙伏园到阜成门内八道湾 11 号拜访鲁迅先生。他是鲁迅在绍兴时的学生，打算在他主编的《晨报副刊》办个《开心话》栏目，刊载与汇聚一些可笑、幽默的文字，让人们在阅读报纸时获得轻松快意。他就是来向鲁迅先生约稿的。鲁迅答应了，写他酝酿很久的《阿 Q 正传》，当晚写出了第一章《序》。为了依循《开心话》的栏目风格，将先前用于《狂人日记》《药》等作品的笔名"鲁迅"更换为"巴人"，"取'下里巴人'，并不高雅的意思"。第一章《序》的话语风格也与先前的含蓄深敛、凝练沉郁不同，多了许多幽默和风趣。表面依照传记通例，但具体内容却完全抽空式处理，姓氏、名号、籍贯等无从确认，与传统史传的严肃"崇高"生成反讽，也与先前严峻深刻的批判大相径庭。

从 12 月 4 日起，至 1922 年 2 月 12 日止，《阿 Q 正传》在北京《晨报副刊》分章连载，每周或隔周刊登一次。

据鲁迅在《〈阿 Q 正传〉的成因》一文中说："第一章登出之后，便

'苦'字临头了,每七天必须做一篇。我那时虽然并不忙,然而正在做流民,夜晚睡在做通路的屋子里,这屋子只有一个后窗,连好好的写字地方也没有,那里能够静坐一会,想一下。伏园虽然还没有现在这样胖,但已经笑嬉嬉,善于催稿了。每星期来一回,一有机会,就是:'先生《阿Q正传》……。明天要付排了。'于是只得做,心里想着'俗语说:"讨饭怕狗咬,秀才怕岁考。"我既非秀才,又要周考真是为难……。'然而终于又一章。但是,似乎渐渐认真起来了;伏园也觉得不很'开心',所以从第二章起,便移在'新文艺'栏里。""大约做了两个月,我实在很想收束了,但我已经记不大清楚,似乎伏园不赞成,或者是我疑心倘一收束,他会来抗议,所以将'大团圆'藏在心里,而阿Q却已经渐渐向死路上走。到最末的一章,伏园倘在,也许会压下,而要求放阿Q多活几星期的罢。但是'会逢其适',他回去了,代庖的是何作霖君,于阿Q素无爱憎,我便将'大团圆'送去,他便登出来。待到伏园回京,阿Q已经枪毙了一个多月了。纵令伏园怎样善于催稿,如何笑嬉嬉,也无法再说'先生,《阿Q正传》……。'从此我总算收束了一件事,可以另干别的去。"

这样,阿Q就诞生了。如果不枪毙,长寿的话,如今已经一百三十岁左右了。

## 回溯20年代的最初反响

要系统探讨阿Q的典型性问题,就首先必须理清阿Q典型研究的历史脉络。

自1921年12月4日起,《阿Q正传》在北京《晨报副刊》分章连载,每周或隔周刊登一次,署名巴人。1922年1月2日,刚登到第四章时,一位名叫谭国棠的读者,就给《小说月报》编者写信说:"《晨报》上连登了四期的《阿Q正传》，作者一支笔真正锋芒得很，但是又似是太锋芒了，稍伤真实。讽刺过分，易流入矫揉造作，令人起不真实之感，则是《阿Q正传》也算不得完善了。"

当时主编《小说月报》并兼记者的沈雁冰，即后来成为现代文学巨匠的茅盾，却以大评论家的慧眼，洞察到刚问世四章的《阿Q正传》的伟大价值，明确指出：

> 至于《晨报副刊》所登巴人先生的《阿Q正传》虽只登到第四章，但以我看来，实是一部杰作。你先生以为是一部讽刺小说，实未为至论。阿Q这人，要在现代社会中去实指出来，是办不到的；但是我读这篇小说的时候，总觉得阿Q这人很是面熟，是呵，他是中国人品性的结晶呀！我读了这四章。忍不住想起俄国龚伽洛夫的Oblomov了！

人们对事物的最初直感，往往会比以后由于种种压抑而被扭曲的认识包含更多的真实成分，何况是沈雁冰这样的文学天才呢！他这段对《阿Q正传》的最早评语，实质上已经包含了后来百年间《阿Q正传》研究的主要方面，切中肯綮地道出了《阿Q正传》的真义！所谓阿Q是"中国人品性的结晶"的提法，其实与后来冯雪峰所说的阿Q是"一个集合体""'国民劣根性'的体现者"的观点是一脉相承的。而对俄国作家冈察洛夫笔下人物奥勃洛摩夫的联想，则启悟研究者发现阿Q与世界文学中的奥勃洛摩夫等著名人物属于同一性质的艺术典型。"总觉得阿Q这人很是面熟"一语，正反映了这类艺术典型的普遍性特征。

《阿Q正传》在《晨报副刊》连载完毕一个多月之后，直接了解鲁迅创作意图的周作人，以仲密的名义在《晨报副刊·自己的园地》专栏中发表了《〈阿Q正传〉》一文，着重透露了《阿Q正传》的主旨：

阿Q这人是中国一切的"谱"——新名词称作"传统"——的结晶,没有自己的意志而以社会的因袭的惯例为其意志的人,所以在现社会里是不存在而又到处存在的。

果戈理的小说《死魂灵》里的主人公契契柯夫也是如此,我们不能寻到一个旅行着收买死农奴的契契柯夫,但在种种投机的买业中间可以见到契契柯夫的影子,如克鲁泡金所说。不过其间有这一点差别:契契柯夫是"一个不朽的万国的类型",阿Q却是一个民族的类型。

他像神话里的"众赐"(Pandora)一样,承受了恶梦似的四千年来的经验所造成的一切"谱"上的规则,包含对于生命幸福名誉道德各种意见,提炼精粹,凝为个体,所以实在是一幅中国人品性的"混合照相"。

世界往往"事实奇于小说",就是在我的灰色的故乡里,我也亲眼见到这一类角色的活模型,其中还有一个缩小的真的可爱的阿贵,虽然他至今还是健在。[1]

周作人的以上说法,的确非常符合鲁迅创作《阿Q正传》的主旨。据周作人说,这篇文章"当时经过鲁迅自己看过,大抵得到他的承认的"。"文章本来也已收到文集[2]里,作为晨报社丛书发行了,但为避嫌计也在第二版时抽了出来,不敢再印。"这就是说,周作人这篇评《阿Q正传》的文章鲁迅曾亲自看过,并得到鲁迅的承认,原已收入《呐喊》第一版,后因成仿吾对兄弟任该书编辑的做法冷嘲热讽,才在出第二版时抽掉。[3] 周作人此文写于1922年,距《阿Q正传》发表不到一年,尚未沾上尔后在

---

[1] 《汇编》第1卷,第28—29页。以下未注明页码的有关引文可依据《汇编》顺序查找。
[2] 指《呐喊》一书。
[3] 周作人:《鲁迅的青年时代》,河北教育出版社,2002年,第109页。

阐释过程中产生的各式各样的附加物；而且当时周作人与鲁迅关系尚未破裂，尤其是鲁迅尚健康在世，其可信度应该比较高，也最贴近当时的历史语境。而其中关于"提炼精粹，凝为个体"的论说，简直就是冯雪峰后来提出的原始的"精神寄植说"。不过，似乎比冯雪峰的提法更简练、准确一些。文末披露了阿Q的生活原型——"一个缩小的真的可爱的阿贵"，也启示人们想到所"凝为"的"个体"，绝不是"一切'谱'上的规则"的混合堆积，而是富有个性的活生生的具体人物。拿阿Q与果戈理笔下的乞乞科夫做类比，也是极为重要的，因为从艺术风格上说，《阿Q正传》更近似《死魂灵》，距《奥勃洛摩夫》却较远。

## 看看鲁迅自己怎么说

作家自己的陈述，是理解作品主旨最可靠的根据。鲁迅自己是怎么陈述《阿Q正传》创作主旨的呢？不妨择其要点看看。

1925年5月，鲁迅在《俄文译本〈阿Q正传〉序》中说道：

我虽然已经试做，但终于自己还不能很有把握，我是否真能够写出一个现代的我们国人的魂灵来。别人我不得而知，在我自己，总仿佛觉得我们人人之间各有一道高墙，将各个分离，使大家的心无从相印。这就是我们古代的聪明人，即所谓圣贤，将人们分为十等，说是高下各不相同。其名目现在虽然不用了，但那鬼魂却依然存在，并且，变本加厉，连一个人的身体也有了等差，使手对于足也不免视为下等的异类。造化生人，已经非常巧妙，使一个人不会感到别人的肉体上的痛苦了，我们的圣人和圣人之徒却又补了造化之缺，并且使人们不再会感到别人的精神上的痛苦。

要画出这样沉默的国民的魂灵来，在中国实在算一件难事，因为，已经说过，我们究竟还是未经革新的古国的人民，所以也还是各不相通，并且连自己的手也几乎不懂自己的足。我虽然竭力想摸索人们的魂灵，但时时总自憾有些隔膜。在将来，围在高墙里面的一切人众，该会自己觉醒，走出，都来开口的罢，而现在还少见，所以我也只得依了自己的觉察，孤寂地姑且将这些写出，作为在我的眼里所经过的中国的人生。

然而我又想，看人生是因作者而不同，看作品又因读者而不同，那么，这一篇在毫无"我们的传统思想"的俄国读者的眼中，也许又会照见别样的情景的罢，这实在是使我觉得很有意味的。[1]

毫无疑义，"写出一个现代的我们国人的魂灵来"，使读者从作者"眼里所经过的中国的人生"中，感到"我们的传统思想"给国人所造成的"精神上的痛苦"——正是鲁迅创作《阿Q正传》的主旨。

那么，这一主旨是通过怎样的人物加以表现的呢？是通过一位活生生的阿Q。鲁迅1934年11月曾在《寄〈戏〉周刊编者信》中描摹过阿Q在自己心目中多年的影像：

> 阿Q该是三十岁左右，样子平平常常，有农民式的质朴，愚蠢，但也很沾了些游手之徒的狡猾。在上海，从洋车夫和小车夫里面，恐怕可以找出他的影子来的，不过没有流氓样，也不像瘪三样。只要在头上戴上一顶瓜皮小帽，就失去了阿Q，我记得我给他戴的是毡帽。

---

[1] 以上各段的着重号是笔者加的。

这个影像，与周作人所披露的阿Q的生活原型——"一个缩小的真的可爱的阿贵"是相似的。

由此可见，鲁迅关于《阿Q正传》创作主旨的自述，与周作人、沈雁冰、冯雪峰等人的评说基本一致。

## 20、30年代的进展

从作家的创作主旨与作品的实际效应出发，是作家、作品研究的正确途径。20、30年代的阿Q典型研究主要是沿着这一正确途径向前进展的。

这一时期，在阿Q典型研究中占主流地位的，无疑是沈雁冰。

1923年10月8日，沈雁冰在《时事新报》副刊《学灯》上发表《读〈呐喊〉》一文，对阿Q的典型性做了进一步的阐发：

> 现在差不多没有一个爱好文艺的青年口里不曾说过"阿Q"这两个字。我们几乎到处应用这两个字。在接触灰色的人物的时候，或听得了他们的什么"故事"的时候，《阿Q正传》里的片段的图画，便浮现在脑前了。我们不断的在社会的各方面遇见"阿Q相"的人物，我们有时自己反省，常常疑惑自己身中也免不了带着一些"阿Q相"的分子。但或者是由于嚼减饰非的心理，我又觉得"阿Q相"未必全然是中国民族所特具。似乎这也是人类的普通弱点的一种。至少，在"色厉而内荏"这一点上，作者写出了人性普遍的弱点来了。

从发现阿Q是"中国人品性的结晶"，到指出"阿Q相"反映了"人性普遍的弱点"，是阿Q典型研究中的重要进展。虽然这一观点，曾经一再受到非难，却越来越得到人们的理解与认可。

1927年11月10日，沈雁冰以方璧名义在《小说月报》第18卷第11期发表了《鲁迅论》。这篇论文是20年代鲁迅研究成果的概括与总结，文中对阿Q典型性的研究也做了进一步的升华：

> 现代烦闷的青年，如果想在《呐喊》里找一点刺激（他们所需要的刺激），得一点慰安，求一条引他脱离"烦闷"的大路：那是十之九要失望的。因为《呐喊》所能给你的，不过是你平日所唾弃——像一个外国人对于中国人的唾弃一般的——老中国的儿女们的灰色人生。
>
> 说不定，你还在这里面看见了自己的影子！在《彷徨》内亦复如此——虽然有几篇是例外。或者你一定不肯承认那里面也有你自己的影子，那最好是读一读《阿Q正传》。这篇内的冷静宛妙的讽刺，或者会使人忘记了——忽略了篇中的精要的意义，而认为只有"滑稽"，但如你读到两遍以上，你总也要承认那中间有你的影子。你没有你的"精神胜利的法宝"么？你没有曾善于忘记受过的痛苦像阿Q么？你潦倒半世的深夜里有没有发生过"我的儿子会阔的多啦"的，阿Q式的自负？算了，不用多问了。总之，阿Q是"乏"的中国人的结晶；阿Q虽然不会吃大菜。不会说洋话，也不知道欧罗巴，阿美利加，不知道……，然而会吃大菜，说洋话……的"乏"的"老中国的新儿女"，他们的精神上思想上不免是一个或半个阿Q罢了。不但现在如此，将来——我希望这将来不会太久——也还是如此。

沈雁冰的这段论述是异常重要的。其良苦用心在于提醒人们不要以为《阿Q正传》只有"滑稽"，而忘记了篇中的精要的意义——精神胜利法，忘记从中看到自己的影子而开出反省的道路。精神胜利法实质是阿Q

典型性中的精义，离开这个精义，就不可能读懂《阿Q正传》，不可能从中获得教益，也不可能使阿Q典型研究沿着正确的途径向前进展。

1933年3月1日，已经成为中国现代文学重要作家的沈雁冰，又在《申报·自由谈》上发表署名玄的杂文《"阿Q相"》，再次强调"《阿Q正传》的精髓就在这种'阿Q相'的有力的揭发"。与过去观点不同的是，着重指出"阿Q相"只代表"圣贤相"或"大人相"之流的中国民族劣根性，并不代表整个中国的民族性。

与沈雁冰等人相一致，鲁迅的夫人许广平也强调了《阿Q正传》的创作真义。1939年7月25日，她在《现实》半月刊第1卷第1册发表署名景宋的《〈阿Q正传〉上演》一文中，除评论《阿Q正传》的两个剧本之外，关于阿Q的典型性问题也谈了一些富有启示的话："阿Q不但是代表中国国民性的弱点，同时也代表世界性的一般民族弱点，尤其农村或被压迫民族方面，这种典型很可以随时随地找得到。所以当《阿Q正传》被译成俄文而呈献于苏联读者之前，苏联的文化人就说：'我们这里也有很多的阿Q。'"又说："小D是阿Q的缩影，阿Q似的后一代。但是他胜了阿Q，他的战斗功绩，虽然没有写出来，可是已经对阿Q露一些端绪了。鲁迅先生特意留下这一伏线，据他自己说：'《阿Q正传》还可以续写，就是从小D身上发展，但是他不像阿Q。'关于这，他似乎说了不止一次，如果写起来作为被压迫者抬头典型的小D，一定对我们现实生活和指示很有意义，可惜他一直没有动手写。这原因，是不是现实社会还没有产生足以表现这一典型的丰富的材料，致使现实主义的他，没有引起动笔的兴致呢？还是另外的实生活确不容许他假托小说来描写呢？总之，阿Q里面，确是对国民性弱点或民族病作有力的暴露与打击的。尤其阿Q本身，也是中国民族劣根性的象征人物，他自负，夸大，用精神胜利来自欺自慰，以及战略的缺乏，对'气力小的便打'，吃亏上当，便'改为怒目而视'，或自认是'虫豸'，这种畏强凌弱，自与一般士大夫和一切人们的脾气相像，所不同的是阿 Q 有乐观，以前不是这样，儿子的时候也不是这样，所以他有勇气，有新的精神，有求得解放的希望。"作为另外一位重要知情人，许广平反复强调《阿 Q 正传》的创作主旨"确是对国民性弱点或民族病作有力的暴露与打击的"，突出说明"阿 Q 不但是代表中国国民性的弱点，同时也代表世界性的一般民族弱点"，对于理解与确认阿 Q 典型性中的精义——精神胜利法有重要的意义。不过，我不同意她关于小 D 的说法。鲁迅可能有过从小 D 续写《阿 Q 正传》的想法，但终于没有写，除了环境和时间不允许之外，主要在于鲁迅的主旨是揭露普遍的精神弱点，不旨在写"作为被压迫者抬头典型的小 D"。《阿 Q 正传》根本也没有续写的必要，描摹精神胜利法的使命已经圆满完成了。鲁迅在世时曾经跟人说过：他写阿金，就是在写阿 Q。[1]《阿金》是揭露都市娘姨的劣根性。阿金有与阿 Q 类似的奴性，但是属于写实性的杂文，并不是《阿 Q 正传》的续写。

一说到《阿 Q 正传》改编剧本的问题，就不能不重温鲁迅生前的意见。鲁迅本人是反对改编的。他早在 1930 年 10 月 13 日在致王乔南的信中就说过："我的意见，以为《阿 Q 正传》，实无改编剧本及电影的要素，因为一上演台，将只剩了滑稽，而我作此篇，实不以滑稽或哀怜为目的，其中情景，恐中国此刻的'明星'是无法表现的。"鲁迅去世后，上演过一些改编成话剧的《阿 Q 正传》，编者在里面加了许多噱头逗人发笑，结果真的"只剩了滑稽"，歪曲了鲁迅的原意。1981 年 5 月，我到扬州参加鲁迅诞辰百年纪念大会筹备会，途中要经过南京，当时任文学研究所所长的沙汀同志请林非先生委托我到南京代他看望一下陈白尘先生。当我到达南京大学中文系办公室说明来意时，办公室人员说陈白尘先生有话：他很忙，不许人来访。我说那就只打电话问候一下吧，办公室人员勉强同意

---

[1] 曹聚仁：《鲁迅年谱》，香港三育图书文具公司，1972 年。

了。我接通电话后，陈白尘先生一听是代沙汀同志来看他，马上激动地说：快来！快来！我立刻放下电话跑出去。搞得办公室人员很奇怪。我打的到了陈白尘先生家，见到雷恪生等中央实验话剧院准备演《阿Q正传》的众多演员也在。代沙汀同志问过好后，就一块儿谈起来。陈白尘先生说：一位女大学生看了他改编的剧本后，说他是照抄鲁迅，没有自己的东西，怎么能称为编剧呢？我说，积累了几十年的经验和教训，才明白完全按照鲁迅本来的文本编，不加进自己的东西，才是最好最正确的编法。事实证明陈白尘先生说得非常对。他编的电影《阿Q正传》和主演阿Q的严顺开是几十年来最好最恰当的《阿Q正传》编剧和演员。

30年代出现的比较重要的阿Q典型研究论文还有：

陈夷夫的《谈阿Q型人物》[1]。该文认为："伟大的艺术家，往往把人类的，或者属于一个阶级的，一个社会层的普遍性格，归纳在一个人物身上，而创造出一个典型人物。例如，哈姆雷特、吉诃德先生、浮士德、阿勃洛摩夫[2]、乞乞科夫、贾宝玉、林黛玉，以及阿Q等，都是这样被创造出来的。""一提到阿Q，我们就要联想到一个自命不凡的，贪小便宜，而好在人前夸嘴的人。即使吃了亏——事实上他是每次都要吃亏的——也要心造幻影，替对方想出最坏的方面，于是便博得精神上的胜利了。并且他还是一个自以为聪明得计，往往为一点小小的虚荣，便会忘形的人物！鲁迅先生把人类这种性格归纳在阿Q身上，创造了这样伟大的一个典型人物。因此，我们在各社会层都可看到这种人物，至少有许多类似阿Q那类人物，虽然没有阿Q那样完全，一见鲜明。据说在中国类似阿Q那类人物，要比一切文明国家多！并且在我们自己身上去考察，也可见到这种性格的人物，称为阿Q型人物！"陈夷夫的这篇文章虽然简短，过去也很少有研究者提及，但是在阿Q典型研究史上却有意义。其意义在于：第一，首

---

[1] 1939年11月1日《中国文艺》月刊第1卷第3期。
[2] 今译奥勃洛摩夫。

次把阿 Q 与世界文学中的哈姆雷特、吉诃德先生、浮士德、阿勃洛摩夫、乞乞科夫等著名人物并列为同一类型的艺术典型，这对于开拓阿 Q 典型研究的视野、加深典型性质的探索具有重要启悟。第二，指出阿 Q 是通过"心造幻影"博得精神上的胜利的，对于开掘精神胜利法的精神契机很有启迪。第三，对阿 Q 这类典型人物的创造过程进行了初步探讨，不过，所谓"把人类这种性格归纳在阿 Q 身上"的典型归纳法却显得过于生硬简单了，可能会走上一个阶级一个典型的歧途。但是，这篇文章仍不失为阿 Q 典型研究学术史链条上的一个环节。确认这种环节，不能以文章的长短、作者的地位为依据，而应以是否为学术发展提供了新观点、新思路、新资料，做出了新贡献为唯一标准。

苏雪林的《〈阿 Q 正传〉及鲁迅创作的艺术》[1]。这篇论文是 30 年代出现的一篇具有相当分量和深度的《阿 Q 正传》研究成果。该文认为："自新文学发生以来，像《阿 Q 正传》魔力之大的，还找不出第二例子呢。"《阿 Q 正传》之所以这样打动人心、这样倾倒一世的缘故是影射中国民族普遍的劣根性，包蕴着一种严肃的意义。苏雪林概括了卑怯、精神胜利法、善于投机、夸大狂与自尊癖性等中国民族劣根性的主要特点。在阿 Q 典型研究史上，这种概括还属首次。不过，苏雪林也留下了弊端——把精神胜利法与其他阿 Q 的性格特征并列了。实质上，精神胜利法属于阿 Q 的精神"枢纽"与思维方式，是派生卑怯、夸大狂与自尊癖性等性格特征的精神机制，是高于性格，不能与性格特征并列的。以后数十年的阿 Q 典型研究中，有许多研究论文都沿袭了这个弊端。苏雪林还拿阿 Q 与英国梅台斯（G. Merevith，今译梅瑞狄斯）的《自私者》（今译《利己主义者》）中的主人公威罗比先生（Sir Willoughby Pattern，今译威洛比）、俄国龚察洛夫（J. Gantcherou，今译冈察洛夫）的阿蒲洛摩夫（即

---

[1] 1934 年 11 月 5 日《国闻周报》第 11 卷第 44 期。

奥勃洛摩夫）相比较，认为读者每疑阿Q就是指自己，如同俄国"读者都觉得自己血管里有着'阿蒲洛摩夫'气质的存在"，是这种文学典型代表了某个民族的气质。这对于拓展阿Q典型研究中的世界文学视野是有促进作用的。苏雪林还指出："但善做小说的人既赋作品有人以'典型性'（Typical Trait），同时也必赋之以'个性'（Individual Trait），否则那人物便会流为一种公式主义，像中国旧剧里的脸谱一样。"鲁迅在创造阿Q这一典型中，是怎样既赋阿Q以"典型性"（即普遍性），又赋之以"个性"的？是怎样与公式主义、脸谱化划清界限的？这的确是阿Q典型研究中的关键问题。

20、30年代的阿Q典型研究史已经证明：从鲁迅的创作主旨与《阿Q正传》的实际效应出发，紧紧抓住阿Q典型性中的精义——精神胜利法进行开掘和拓展，会逐步理解这篇不朽名作的精髓，促使研究工作沿着正确的途径向前进展。反之，就不仅不可能推动研究，而且不可能读懂作品。例如钱杏邨的《死去了的阿Q时代》[1]，虽然是出自名家之手的著名论文，与当时创造社、太阳社的其他论文相比，是颇有理论分量的，然而由于把阿Q的思想理解得过于狭隘，认为只代表了"在辛亥革命初期的农村里一部分人物的思想"，只把阿Q当成辛亥革命初期落后农民的典型，因而就必然得出了"十年来的中国农民是早已不像那时的农村民众的幼稚了""阿Q时代是早已死去了"的浮浅结论。可见深刻理解阿Q精神胜利法的普遍性与长久的反警作用，该是多么重要啊！

20、30年代阿Q典型研究史上还有一件值得一提的事情。这就是胡风与周扬关于典型问题的论争。

这场论争是由胡风的《什么是"典型"和"类型"？》[2]一文引起的。胡风在该文中提出，典型主要包含下面几种意义——普遍的和特殊的这两

---

1　1928年3月1日《太阳月刊》3月号。
2　郑振铎、傅东华编：《文学百题》，上海生活书店，1935年。

个看起来好像是互相矛盾的概念；从一个特定社会群里的各个个体里面抽出共同特征来。从现象里面剔去偶然的东西，把社会性的必然的特征熔铸在他的人物里面；艺术的概括，都是有一定条件即历史的界限的，一个文学上的典型同时一定是个人所由来的社会的相互关系之反映，"人是社会关系的总和"这一真理，是屹立在艺术创造的工作里面的；社会生活是发展的，人也是发展的，新的性格不断地产生，旧的性格不断地灭亡。胡风试图从人是社会关系的总和的观点来解释典型人物的内涵，不失为理解阿Q典型意义的恰当思路，值得后来的研究者作为一条可资借鉴的路子继续思考下去。然而，他对典型的普遍性与特殊性的理解却欠精当。他说："所谓普遍的，是对于那人物所属的社会群里的各个个体而说的；所谓特殊的，是对于别的社会群或别的社会群里的各个个体而说的。就辛亥前后以及现在的少数落后地方的农民说，阿Q这个人物底性格是普遍的；对于商人群地主群工人群或各个商人各个地主各个工人以及现在的不同的社会关系里的农民而说，那他底性格是特殊的了。"胡风的这段论述，显然是不妥的，不仅模糊了阿Q的特殊性，把人物性格的特殊性与某一阶层或群落的特点画了等号，而且也没有理解阿Q精神的普遍性。

针对胡风的观点，周扬在《现实主义试论》[1]中提出了反驳：

阿Q的性格就辛亥前后以及现在落后的农民而言是普遍的，但是他的特殊却不在对于他所代表的农民以外的人群而言，而是就在他所代表的农民中，他也是一个特殊的存在，他有他自己独特的经历，独特的生活样式，自己特殊的心理的容貌，习惯，姿态，语调等，一句话，阿Q真是一个阿Q，即所谓"This one"了。如果阿Q

---

[1] 1936年1月《文学》第6卷第1号。

的性格单单不同于商人或地主，那么他就不会以这么活跃生动的姿态而深印在人们的脑里吧。因为即使在一个最拙劣的艺术家的笔下，农民也总不至于被描写成和商人或地主相同的。典型不是模特儿的摹绘，不是空想的影子，而是作者用丰富的想象力把实际上已经存在或正在萌芽的某一社会群共同的性格，综合，夸大。给予最具体真实的表现的东西。

周扬关于阿Q性格特殊性的分析，比胡风合理得多，指导思想是恩格斯在1885年12月26日《致敏·考茨基》信中引用的黑格尔所谓"这一个"中包含的辩证法观点，这在我国典型学说史上还是第一次结合文学实际进行具体运用。

胡风对周扬的观点仍然表示异议，认为：典型既具有某一社会群共有的特性，就绝不能有自己独特的东西，假如有，那就会成为一个神话里的角色，绝不会成为典型了。周扬接着在《典型与个性》[1]中，进一步阐明了为什么在典型人物身上体现了普遍性与特殊性的统一：

作为文艺表现之对象的人原就是非常复杂的包含了矛盾的东西。在"人的本质是社会关系的总和"这个意义之下，人总是群体的人，各个人具有群体的共同性，但是在同一个群体的界限里面，各个人对于现实的各方面有各种各样的接近和体验，因此虽同是群体的利害的表现者，但是各个人的性格却是沿着不同的独特的方向而发展的。正如高尔基所说，有的人是饶舌的，有的人是寡言的，有的人是非常执拗而又自负，有的人却是腼腆而无自信的。这种个人的多样性并不和社会的共同性相排斥，社会的共同性正通过各个个体而

---

[1] 1936年4月1日《文学》第6卷第4号。

显现出来。一个典型应当同时是一个活生生的个体。从来文学上的典型人物都是"描写得很生动，各具特色，各具不同的个性征候的人"。

在这场论争中，胡风提出的从人是社会关系的总和的观点来解释典型人物内涵这一思路，是值得借鉴的，而对阿Q性格特殊性的理解却欠当。周扬关于阿Q个性特征的分析十分中肯，欠憾的是对阿Q的精神胜利法缺乏必要的注意。在阿Q典型研究中，如果不把阿Q主义当作一个复杂的精神现象进行深层次的考察，而仅仅当作"某一社会群共同的性格"进行表象的观照，就很可能误入"一个阶级或阶层一个典型"的误区。这是阿Q典型研究中所包含的思维方法与认识路线问题，是值得后来的研究者认真思考的。

胡风与周扬这场论争的理论背景也是值得注意的。当时，《致玛·哈克奈斯》和《致敏·考茨基》等马克思、恩格斯直接谈到文学典型问题的著名书信和论著被翻译介绍到中国，"典型化的个性""个性化的典型""真实地再现典型环境中的典型性格"等术语和原则，开始成为理论界分析文学典型的重要依据，阿Q自然成为第一个最重要的分析对象。胡风与周扬的以上观点，正是在这种理论背景下形成的。

## 40年代的深化

40年代的阿Q典型研究进一步深化，其特点是一方面对阿Q所反映的精神现象做出更为深邃的探索，一方面运用阶级论对阿Q所处的阶级地位与社会环境进行更加具体的分析，并且开辟了一些心理学的新视角。

40年代一开始，许多重要的现代文学作家就对阿Q典型研究表示了浓厚的兴趣，写出了以下论文：

周立波的《谈阿Q》[1]。该文认为：阿Q是"半封建半殖民地中国的丑陋和苦难所构成的一种奇特（Grotesque）的精神现象的拟人化"。鲁迅"用了他的进化思想和民主的启蒙主义制成这付听诊器，他精心的诊察了衰弱的农民古国精神上的大毛病，把这些毛病凝结在一个人的身上，显露给人们，希望'引起疗救的注意'。而在新文学的领域，就出现了一位不朽的人物。他有一个复杂而又矛盾的性格。他使人厌恶，也使人同情。他最好笑的，又是可哀的"。周立波的观点与冯雪峰后来提出的"精神寄植说"是相通的，是在阿Q典型研究史上首次使用"精神现象"这一概念。尽管论证有欠周密之处，但是与以前的文章相比是前进了一步。

艾芜的《论阿Q》[2]。该文以明晰的条理、简明的语言分析了以下五个问题：（一）作者怎样怀孕起阿Q这个人的：艾芜认为以精神胜利这一特点见称于世的阿Q，无疑是受孕于当时的国民精神了，即使被帝国主义打败，也以封建文明自夸的国民精神。（二）阿Q是国民精神病状的综合吗：阿Q是综合中国国民精神方面的毛病写成的，而其中最大的毛病，则是精神胜利这一点。（三）阿Q有没有成为世界典型人物的可能：这有可能。当时阿Q还年轻得很，同外国人混熟，必得需要一段时间的。（四）为什么要把精神胜利的特征弄在阿Q的身上：因为精神胜利这种毛病，弄在阿Q这种被压迫的卑微人物身上，两相对照，则更衬托得分明，非常醒眼。（五）作者怎样使阿Q变成活人的：第一，必须将精神胜利这一特征，通过卑微人物应有的生活，具体地表现出来；第二，单在阿Q身上，表现出精神胜利这一点，是不够的，应该加上许多次要的特征，使其性格复杂化。

张天翼的《论〈阿Q正传〉》[3]。该文整篇来看比较拉杂，但是也包含

---

[1] 1941年1月《中国文艺》第1卷第1期。
[2] 1941年3月10日《自由中国》副刊《文艺研究》第1期。
[3] 1941年1月10日《文艺阵地》半月刊第6卷第1期。

闪光的见解，关于阿Q的典型性问题，张天翼做了这样的论述："我们所说的'阿Q性'，这是一种抽象的说法。这是从现实中无数不完全的阿Q们身上取出来的一般性，而成功这个典型的'阿Q性'"，"赋予阿Q灵魂以血肉，赋予阿Q性以具体形式，这就是艺术的形象性"。"所表现的阿Q的灵魂，则有一般性，甚至世界性；只要或多或少的造成阿Q灵魂的那些条件的时间内，就会有这些或多或少带阿Q性的人物在"。

看来，周立波、艾芜、张天翼等现代作家的观点，往前追溯，与周作人的"提炼精粹，凝为个体"说相一致；向后归理，则与冯雪峰的"精神寄植说"相联通，属于同一大类。

然而，这一类观点早在40年代之初就已受到驳难。闻歌的《杂论阿Q》[1]就是最早的发难之文。该文表示不同意把阿Q看作"代表世界性的一般民族弱点"的典型，也不同意视其为"中国民族劣根性的象征人物"和"旧中国的典型人物的代表"，而认为阿Q的典型，绝不会像上面的笼统，应指出他是一个农民，又并非纯粹的农民，他的气质中有大量的非农民性成分渗透着。

闻歌的文章虽然发了第一难，但是毕竟太简略了，也没有点透阶级性的问题。直接点透这一问题的是巴人。他在《论鲁迅的杂文》一书后记中谈到了阿Q的典型性问题，指出："一般人把阿Q这一典型，说是辛亥革命前后农民或农村浮浪汉的一种典型。但也有人很不同意，说是中国民族性的典型。因为非农民如我们者，正也有点阿Q相。我在论鲁迅先生的创作方法里显然是采取后者立说。但在我写《文学读本》的时候，我把意见改变了。因为从典型这一侧面说，不可忽略的是阶级性的特征。典型，该是阶级性（普遍的）之个性的表现。阿Q是中国辛亥革命前后落后农村浮浪汉的典型，这话是对的；然而由于中国是一个半殖民地化的中

---

[1] 1940年2月16日《文艺阵地》半月刊第4卷第8期。

国,中国民族是被压迫的民族,中国的各阶级成员,共受了这帝国主义的压迫;歪曲了的民族意识,也一同反映在阿Q这一典型;于是阿Q这一典型性,也就更扩大,更普遍了,使我们阿Q之间,也有了这一份'共相',而把它当作民族的典型看了。但典型的本质,是阶级的,不是民族的;历史上的民族英雄,实际是阶级的英雄,不过在他握有这一民族的命运的时候,他成为民族英雄了。希特勒不过是德国反动金融资产阶级的典型,而列宁、斯大林则为世界无产阶级的革命的典型。但在抹杀阶级观点的民族主义者,却一律把他们当作民族英雄来看了,然而,是错的。典型的超阶级论者,那不过是一种幻觉的追求者,将阶级的升华理论代替了阶级的决定论和阶级的'奥伏赫变'。我想是不对的。那么,阿Q这一典型,似乎应该说是半殖民地半封建中国农村社会里的雇农或浮浪汉的典型,比较妥当一点吧。"[1] 从巴人这段论述可以看出,关于阿Q典型的超阶级性与阶级性的论争,早在40年代初期已明朗化了。巴人对典型的阶级性特征的分析有其道理,有利于深化对阿Q阶级地位与社会处境的具体认识。不过,"典型,该是阶级性(普遍的)之个性的表现"这一理论依据却是不妥的,可能会导致"一个阶级一个典型"的错误认识,阻碍阿Q典型研究的顺利进展。

对阿Q典型阶级特征问题分析得比较科学的,还是当时已显出功力的马克思主义文艺理论家邵荃麟。他在《也谈阿Q》[2]中对艾芜关于阿Q是国民精神病状的综合这一提法表示了不同意见,认为"我们常常说的阿Q相或阿Q主义,也并不限于指阿Q所代表的那个阶层的人,但是我们如果不把阿Q这个典型人物所代表的阶层的特征,阿Q和阿Q所代表的阶层对整个社会的矛盾关系,以及阿Q主义对阿Q这个阶层所具有的特殊意义挖掘出来,则很容易会把阿Q单纯地看作代表中国国民的一种

---

[1] 巴人:《论鲁迅的杂文》,远东书店,1940年。
[2] 1941年8月10日《文化杂志》月刊第1卷第1期。

典型，而把典型的阶层本质忽略了。这样就会和另一种对典型的误解——说典型是代表国民性的误解，混淆起来"。阿Q主义这一特征对于阿Q这一阶层的特殊意义在于："阿Q以及阿Q同样的人是社会最底层的人了。他们并不能压迫人，他们的精神胜利法只是一种可怜的愚昧的自欺自慰，除了自害以外，并不能害人，对于他们，阿Q主义固然也是奴隶的失败主义，然而这失败主义的另一面，却是说明奴隶是在反叛着，阿Q主义是奴隶失败史的血的结晶；阿Q的历史是中国底层的愚昧无知的人民被压迫的一幅史图。看了这幅史图，是教人愤怒的，战栗的，同情的。""这就是阿Q这个典型所包含的本质的特征，这是和其他社会阶层不能共通的地方，只有这样，才能从典型创造的根本法则上去解释阿Q，也只有把握这种本质的特征，作者才能把整个历史的时代与民族的病况强烈地展开在我们的眼前。"邵荃麟这种分析的特点是：既不否认阿Q主义超阶级的普遍意义，又把阿Q这个典型人物所代表的阶层的特殊意义挖掘出来，从各个不同层面上去系统、全面地认识阿Q的典型性。这样，自然会推动阿Q典型研究的深化。

的确，马克思主义的唯物史观和阶级观点，是人类科学思想的结晶，只要正确地而不是庸俗地加以运用，就必定会促进阿Q典型研究的发展。40年代出现了一些对阿Q典型性进行社会分析的论文，丰富和充实了人们对阿Q及其所处环境的认识，值得特别注意的有以下两篇：

蒋星煜的《论阿Q周围的人物》[1]。该文认为"一个人性格的形成，并不是片面的，并不是与社会全然不相干的，先天的遗传和后天的环境才是形成性格的主观因素和客观因素"，该文的写作目的是"希望读者们能从侧面去更深度地理解阿Q"，于是具体论述了赵太爷、假洋鬼子和吴妈，认为这"三个人物，再加上阿Q自己，已经粗线地浮现出封建社会的轮

---

[1] 1946年6月1日广州《新文艺》创刊号。

廓画。概括地说阿 Q 周围的人物就没有一个是健全的性格"。研究阿 Q 周围的人物,分析和考察他周围的社会环境,不失为阿 Q 典型研究的一个重要方面,的确能够帮助读者"从侧面去更深度地理解阿 Q"。

简赞雍的《阿 Q 社会之分析》[1]。该文试图从社会学和社会心理学的角度,分析阿 Q 所处的社会环境,证明阿 Q 社会是旧式的农业社会,在阿 Q 社会里,土劣之势是厉害的,求食之道是艰辛的,底层人民必然常常感受到生活的胁迫。阿 Q 这类被压在最底层的人,只能在性的饥饿中以望梅止渴的办法,暂时求得心中的好受。最后该文指出:"为什么在旧式的农业社会,有这样的精神胜利法?主要的原因,由于生产技术的简单,既不能以实际的物质胜人,只得以空虚的精神安慰自己了。次要的原因,由于一般农民心性的软弱——既缺少合作组织的力量,又缺少真正革命的意识,那末,在穷苦难过之时,只有用这些方法,找到心理上的出路。""中国数千年来的困惑在此,中国现仍不能大大的长进亦在此。"简赞雍对阿 Q 所处社会环境与精神胜利法产生的社会原因的分析是有道理的,但是如果认为只有旧式的农业社会才能产生精神胜利法,其他社会不能产生,就失之狭隘了。除了社会的具体因素,还须从"人类的普通弱点"方面寻究根源。

周莉冰的《〈阿 Q 正传〉的社会思想》[2]。该文分析了阿 Q 出生的社会背景,认为:"有人说《阿 Q 正传》是辛亥革命真实的图画,是 20 余年前鲁迅先生寂寞的心境中写出的那时代的弱点和真实,是有其理由的。"又分析了阿 Q 的思想及其性格,并着重分析了从《阿 Q 正传》反映出来的中国社会,指出:"《阿 Q 正传》里的未庄就是整个中国社会的缩影,而未庄的一群'鸟男女',也正是古国人民的一幅图画,在鲁迅先生的笔尖下,他已经把半封建半殖民地的中国社会的内幕和社会思想上的错觉全

---

[1] 1947 年 2 月 1 日上海《新中华》半月刊复刊第 5 卷第 3 期。
[2] 1947 年 9 月 1 日上海《历史社会季刊》第 2 期。

暴露出来了！"指出"《阿Q正传》里的未庄就是整个中国社会的缩影"，鲁迅"把半封建半殖民地的中国社会的内幕和社会思想上的错觉全暴露出来"，是周莉冰对阿Q典型研究所做出的两点重要贡献。特别是"社会思想上的错觉"一点更具有启示意义，在中国长期的封建社会里，的确不是某个人出现了心理上和思想上的错觉，而是整个社会在某些方面形成了群体性的社会心理与社会思想的错觉。这种错觉是怎样形成的？形成的社会原因与精神机制是什么？值得后来的研究者认真思考。

40年代阿Q典型研究的一个重要特点，就是从社会学和社会心理学的角度分析阿Q典型形象所反映的中国社会和社会心理。

从邵荃麟、蒋星煜、简赞雍、周莉冰等人的论文可以看出，这种社会分析是有意义的、必要的，推动了阿Q典型研究的深入发展。

40年代的阿Q典型研究还出现了另外一些新的视角，提出了一些新的观点：林汉达的《阿Q的胜利——心理卫生》[1]。该文开拓了一个崭新的角度——从弗洛伊德精神分析学说和心理学的角度分析阿Q的精神胜利法，他认为"阿Q的心理是变态心理，阿Q的人格是病态人格"，经过剖析得出这样的结论："鲁迅小说中的阿Q，或许是虚构的，或许实有其人，可说是一个最具体的变态心理的典型人物，凡精神分析学家所解释的种种'顺应机构'几乎都全备了，例如'合理化''投射''退转''补偿''梦想'等。阿Q备受环境的压迫和内心的冲突，而仍未变为疯子，全赖那些'顺应机构'。可是在另一方面，正因他只知不健全的'顺应机构'，不知心理卫生，他便成了一个有变态人格的弱者。我们研究心理卫生，以阿Q为借镜是极适当的。"从心理卫生的角度研究阿Q的精神胜利法，的确别开生面，在打开阿Q深层心理奥秘的同时，使人们得出借镜。然而数十年来，竟少有继续掘进的论文，令人感到欠憾。由此可见，寻找前人

---

[1] 1940年9月28日、10月5日《中美周刊》第2卷第2、3期。

曾经开拓过、至今仍有意义的新视角，继续进行深掘，当是学术史研究的一项重要任务。

侯外庐的《阿Q的年代问题》[1]。该文认为《阿Q正传》是"拆散的时代"的反映。所谓"拆散的时代"，就是托尔斯泰所说的农民群众在东方制度崩溃中走上独立活动的历史舞台，又不知有什么社会力量能够安排新制度、避免无数灾祸的时代。鲁迅无畏地提出了这个时代的改造国民性的问题，忠实地表现了这个时代"群众"看不见新制度的疑问。该文指出："阿Q在农民失去独立活动的历史以后，可以说在前景上死去了，然而在旧时代的挣扎中，阿Q并没有死去。仍然是一块活的顽石。所以，近来刊物中直接的说'阿Q时代过去了'的提法，确是不正确的。"作为著名思想史家，侯外庐对《阿Q正传》表示了这样的关注，充分说明这篇名著影响之深广。侯文提出的阿Q年代问题是值得思考的，对阿Q所处历史时代的深入分析，有益于阿Q典型研究的深化，使这项研究被赋予强烈、厚重的历史感。尤其是对"阿Q时代过去了"提法的否定，具有重要的意义。后来的研究家们有必要沿着这条思路继续前进，对阿Q的历史时代做更为深厚的分析。

荷影的《关于"董·吉诃德"和"阿Q"——并介绍〈解放了的堂吉诃德〉》[2]。这篇文章虽然简短，却是最早的一篇阿Q与堂吉诃德比较论，对于认识这两个典型形象的共同性质具有重要启示。

徐懋庸的《释鲁迅小说〈阿Q正传〉》[3]。徐懋庸对《阿Q正传》做了详细的注释，并谈了一些独特的新观点。例如解释第二章《优胜记略》的精神胜利法时指出："本章各节所暴露的主观主义思想方法，乃是中国封建社会中所产生的思想方法，其实质，就是封建压迫下所养成的逃避现实

---

[1] 1941年10月28、29日《新华日报》。
[2] 1941年8月16日《上海周报》第4卷第8期。
[3] 参考版本为华北书店1943年版。

的心理。"指出精神胜利法属于一种主观主义的思想方法和逃避现实的心理，具有深刻的理论意义，沿着这一思路开拓下去，能够掘出精神胜利法的哲学根源——逃避物质实境，退缩到精神幻觉中去。

魏金枝的《论阿Q和中国的农民》[1]。该文认为："虽然在阿Q的性格上，我们可以观照出大多数中国人的面目，可是阿Q这个性格所代表的中国人，其主要的当然还是中国的农民，而不是农民以外的土豪劣绅。更不是作为帝国主义者助手的军阀买办。而是中国人被压榨得最残酷的农民。"又指出："即使认为觉醒了的农民，已经脱尽了阿Q的皮骨，那也还是言之过早的。因为这些附着在农民身上的恶魔，正有着长长的几千年的历史，而他所渗入的范围，也并不止于农民自己本身"；"鲁迅先生在这位代表中国农民的阿Q身上，无情地指出了可以迫使他们旋踵即败的根源"。"倘使阿Q真的已经死尽，则一切叮着阿Q吮吸膏血的附着物，他们是断难照样生存多久的，而那些和阿Q有着血缘关系的附着物，也断不能立刻脱去了失败的奴隶主义的本质的。"魏金枝这篇论文，可以说是自从钱杏邨的《死去了的阿Q时代》发表近二十年之后，出现的第一篇真正有理论说服力的反驳文章。钱文发表之后三个多月，即1928年6月21日，《语丝》第4卷第24期也发表过一篇反驳文章——青见的《阿Q时代没有死》，说什么"南方农民程度比北方高"，所以钱杏邨说阿Q时代已经死去的观点在南方是对的，在北方为时尚早。这种说法表面像是在反驳钱文，实质上依靠的理论根据却是与钱文一样的。这就是认为：阿Q精神在觉醒农民身上已不复存在了，农民只要一起来革命就脱尽了阿Q的皮骨。这实在是浮浅的皮相之谈。而魏金枝驳倒了这种理论根据，指出阿Q精神"这些附着在农民身上的恶魔，正有着长长的几千年的历史，而他所渗入的范围，也并不止于农民自己本身"，正因为如此，即便阿Q真的已

---

[1] 1946年10月19日上海《时代日报》。

经死尽，阿Q时代也并未死去，"那些和阿Q有着血缘关系的附着物，也断不能立刻脱去了失败的奴隶主义的本质的"。魏金枝的观点显然比钱杏邨、青见深刻得多了！由此可见，仅仅把阿Q当作落后农民的典型，而不着重看到阿Q精神在人类中的普遍遗毒，就不可能懂得《阿Q正传》的精义。

40年代，鲁迅的亲友、深知《阿Q正传》创作内情的人，又在如下文章中进一步陈述了自己的观点，披露了一些新的资料。

许寿裳的《鲁迅与民族性研究》[1]。该文有这样一段关于阿Q典型意义的论述："有名的《阿Q正传》是一篇讽刺小说。鲁迅提炼了中国民族传统中的病态方面，创造出这个阿Q典型。阿Q的劣性，仿佛就代表国民性的若干面，俱足以使人反省。鲁迅对于阿Q的劣性如'精神胜利法'等等，固然寄以憎恶，然而对于另外那些阿Q如赵太爷之流，则更加满怀敌意，毫不宽恕。他利用了阿Q以诅咒旧社会，利用了阿Q以衬托士大夫中的阿Q，而回头看一向被赵太爷之流残害榨取，以至赤贫如洗、无复人形的阿Q本身，反而起了同情。但是为整个民族的前途着想，要荡涤旧污，创造出'中国历史上未曾有过的第三样时代'（从前只有两样时代：一是想做奴隶而不得的时代；二是暂时做稳了奴隶的时代。——《坟·灯下漫笔》），阿Q的劣性必须首先铲除净尽，所以非彻底革命不可。"许寿裳所说的"提炼了中国民族传统中的病态方面，创造出这个阿Q典型"的观点，与周作人的"提炼精粹，凝为个体"说是完全一致的。许寿裳与鲁迅是终生不渝的知交，从青年时代留学日本期间共同讨论改造国民性问题，到后来鲁迅成为文学巨匠，都始终保持着密切的关系，他的说法是充分可信，完全符合鲁迅本意的。

---

[1] 1945年1月15日《民主周刊》第2卷第2期。

许广平的《〈阿Q正传〉插图·序言》[1]。该文结尾写道:"呜呼。阿Q!他至今还是一面无情的镜子,阿Q的时代没有死去。绘影绘声,从文字,从插图,我们可以清楚的找出一大堆的脸谱。我们如果对于现实不能舍弃,对于阿Q的一切还是值得研究。"许广平再次强调了自己过去的说法,更加证明这些说法符合鲁迅本意,甚至来源于鲁迅自己的述说。"一面无情的镜子""找出一大堆的脸谱"之说,是阿Q典型研究的重要借鉴。

知堂(周作人)的《关于阿Q》[2]。该文详细追述了阿Q的生活原型阿桂的性格与情状,并说明了阿Q起名的缘由:"阿Q本来是阿桂拼音的缩写。照例拼音应该写桂作Kuei,那么当作阿K,但是作者因为Q字样子好玩,好像有一条小辫,所以定为阿Q,虽然声音稍有不对也不管了。"周作人的这篇文章在当时就引起很大反响。1940年3月10日,天津《庸报》发表堂堂的《〈关于阿Q〉——周作人先生证明实有其人,因此可悟鲁迅写作的妙诀》,详细介绍了周作人文章的要点,认为该文明了阿Q人格的真实性,但是不同意周作人所说的鲁迅对于死罪犯人沿路唱戏、大家喝彩的事很感兴味的话,认为:"鲁迅对于这种事,决不是很感兴味,而是很感悲痛,所以借阿Q的事,用辛辣的笔调,把这种民族的恶根性描写出来,以促起一般社会的注意,这该是鲁迅的本意。"堂堂的意见是中肯的。追述阿Q的生活原型,有益于了解阿Q鲜活个性的形成原因,但是如果追究得过于琐碎、实细,则可能走向反面,违背了鲁迅的本意,因为鲁迅绝不是在平庸地纪实,而是超脱、高妙地通过现实中的一个活生生的人物——阿Q写出一种人类的普通弱点。

---

[1] 参考版本为上海出版公司1946年版。
[2] 1940年3月1日《中国文艺》月刊第2卷第1期。

## 50年代初冯雪峰的"精神寄植说"与庸俗阶级论的泛滥

中华人民共和国成立后不久，1951年11月1日，《人民文学》第4卷第6期上，冯雪峰发表了一篇引起长期争议的论文——《论〈阿Q正传〉》。

在这篇论文中，冯雪峰首先对鲁迅的历史身份与独特价值做了这样的认定："鲁迅由于他自己所选定的历史岗位，是政论家，是战斗的启蒙主义者，所以他越是像他对付杂文一样，以一个政论家的态度，战斗的启蒙主义者的态度，去对付他的小说，则他的小说也就越杰出，越辉煌。否则，就要因为不能高度地显出鲁迅自己的这种特色，而那作品在鲁迅自己的作品里面也就要显得比较逊色了。这是只要拿他的《呐喊》中的主要的作品和他的《彷徨》中的作品，加以比较，就能够显然判明的。"从这样的认定出发，冯雪峰对阿Q典型性问题提出了自己的独到见解：

阿Q这典型，从一方面说，与其说是一个人物的典型化，那就不如说是一种精神的性格化和典型化。

阿Q这形象，作为一个流浪的雇农来看，固然也是非常性格化的，非常活生生的，然而阿Q并不完全是中国雇农的典型或流浪的雇农的典型。一个简单的证明，就是阿Q这形象的主要的特征，对于一切的阿Q主义者，一切"精神胜利法"者，一切自欺欺人者，都是非常性格化的，非常活生生的，不管他们属于哪一个阶级。

阿Q，主要的是一个思想性的典型，是阿Q主义或阿Q精神的寄植者；这是一个集合体，在阿Q这个人物身上集合着各阶级的各色各样的阿Q主义，也就是鲁迅自己在前期所说的"国民劣根性"的体现者。

这就是著名的"思想性典型说"与"精神寄植说"。观点一提出，立即遭到驳难，冯雪峰本人也感到这篇文章"论得太空泛，并且有的在解释上是错误的,所以在《论文集》再版时就抽掉了"[1]。然而,令人深思的是,冯雪峰作为深知鲁迅思想、创作内情的卓越的文艺理论家,为什么会提出这样一个"谬论"呢?以后,这个"谬论"一直牵动着鲁迅研究家们的神经,对此争论不休,褒贬不一。直到今天,阿Q的典型性问题,作为鲁迅研究界以至文学理论领域的"哥德巴赫猜想",仍然令研究者感到困惑,吸引后来者满怀不可扼制的理论兴趣,继续以冯雪峰的"思想性典型说"与"精神寄植说"为借鉴,进一步探讨这个学术难题。

马克思主义的阶级论,的确是人类科学的社会学思想的结晶。40年代的阿Q典型研究史证明,如果正确地运用阶级论分析《阿Q正传》,是有益于理解阿Q的阶级实质,把阿Q所代表的阶层的特殊意义挖掘出来的。然而,倘若把阶级论绝对化、庸俗化,陷入庸俗社会学的迷途,就会使阿Q典型研究走进死胡同。

随着对冯雪峰"精神寄植说"的简单化批判,50年代初的阿Q典型研究就出现了庸俗化的错误倾向。当时,《用土改医治阿Q》《结束了阿Q的时代》《武训与阿Q》之类题目的文章反复出现在报刊上,牵强附会地使阿Q与现实挂起钩来,以为土地改革之后,农民翻身,阿Q就不存在了,阿Q的精神胜利法之类的精神现象也一去不复返了。

这种倾向在学术界的突出表现之一,是纷纷给阿Q划定阶级成分,而忽视甚至反对研究阿Q精神胜利法的普遍性问题,以至于一些有相当素养的学者也不同程度地受到这种影响。

在这种氛围下出现的文章主要有:许杰的《阿Q新论》[2]。该文主要结合新中国成立以后农村的新变化,分析了阿Q的性格,认为阿Q是二流子的典型。这当然也不失为一家之言,然而沿着这样的思路研究下去,似乎有碍于理解《阿Q正传》的创作主旨与阿Q精神胜利法的实质意义。

---

[1] 冯雪峰:《论文集》下卷,人民文学出版社,1981年,第309页。
[2] 1951年3月1日《新中华》第14卷第5期。

蔡仪的《阿Q是一个农民的典型吗？》[1]。该文的主要观点是："阿Q是一个农民"，阿Q精神是一种"农民的精神"，因为在封建社会里，农民的个体的生产与生活的方式，产生着"精神胜利法"；阿Q精神不是完全消极的、畏缩的，毫无积极反抗的意义，这"自然是一种反抗，不过是一种虚伪的精神反抗，不是一种实际的行动的反抗"。蔡仪的论文比其他人的文章更有理论深度，承认在封建社会里，农民的个体的生产与生活的方式，产生着"精神胜利法"，比不承认农民自身产生"精神胜利法"的观点自然要中肯得多，然而把阿Q精神局限为一种"农民的精神"还是很不够的。

李桑牧的《〈阿Q正传〉的伟大意义》[2]。该文认为，《阿Q正传》的伟大意义在于："真实地反映了中国农村的阶级对立，中国人民的奴隶生活"；阿Q是"一个为封建统治阶级的传统观念和奴才思想所钳制的农民的典型"。"精神胜利法和奴才思想，不但在满清统治者，满、汉地主阶级，豪绅，当权显贵，帮闲的文人学士身上表现得非常突出；而且，也因为封建统治阶级的精神奴役，农民和别的被压迫者也或多或少地感染了这种精神毒素。造成他们觉醒的障碍。"反映阶级对立，自然应该算是《阿Q正传》伟大意义的一个方面，但是倘若将全部意义局限于此，就未免缩小了这篇名著的价值。而且把精神胜利法仅仅说成是统治阶级身上的表现，农民不过受感染而已，也就不可能理解精神胜利法的产生根源。

张泗洋的《论〈阿Q正传〉》[3]。该文相当全面地论述了阿Q的形象、封建主义与阿Q性格、小说中人民群众的形象、小说中的地主阶级、小说中的辛亥革命、《阿Q正传》反映出来的作者的思想高度、《阿Q正传》的艺术特点、《阿Q正传》的意义这八个问题。关于阿Q，该文认为：

---

1　1951年8月1日《新建设》第4卷第5期。
2　李桑牧：《鲁迅小说论集》，长江文艺出版社，1956年。
3　1956年10月《解放军文艺》第10期。

"阿Q是旧中国的农民的一种典型。阿Q性格的基本特征是精神胜利法。造成阿Q这种典型性格的，是在一定的历史范畴内的一定的社会条件；它概括了民族的、阶级的、人物的性格。"关于精神胜利法的来源，该文认为是被压迫人民的反抗性在封建主义的压迫下被歪曲了的表现，另一来源是封建统治阶级思想的影响。

承认阿Q概括了民族的、阶级的、人物的这三个层次的性格，比仅承认阶级的性格这一层次要圆满得多；精神胜利法的来源，增加一个"被歪曲了的表现"，比仅承认受感染也要全面一些。但是，仍然未能切入《阿Q正传》的主旨与精神胜利法的产生根源。

为了回避阿Q是个农民却又持有消极的阿Q精神这一矛盾，一些研究者开始寻找各种理由排除阿Q的农民身份。冯文炳在《〈阿Q正传〉》[1]一文中，提出《阿Q正传》主要是讽刺士人，即作者的本阶级；未庄就是绍兴城，不是农村；阿Q也不是农民，而是城街流浪人。陈秋帆则在《我对〈阿Q正传〉的看法》[2]一文中，提出阿Q是个没落人物的典型，主要根据是阿Q说过"我们先前——比你阔的多啦！"，并认为鲁迅对阿Q采取的是讽刺批判的态度，阿Q精神代表着一部分没落人物的意识。

与这种认为阿Q是没落阶级典型人物的观点相反，有的研究者从另一个极端出发，认为阿Q是农村无产者的革命典型，其中的代表作是耿庸的《〈阿Q正传〉研究》，该书1953年2月由上海泥土社出版，主要观点是：（一）不同意把鲁迅的一生截为两段——"前期"是进化论的、"后期"是阶级论的观点，认为从这一观点出发，《阿Q正传》便也是有着大"缺点"——对于人民大众的力量怀有"某种程度的悲观和怀疑"的作品了。该书认为鲁迅在《阿Q正传》中对人民精神奴役创伤的暴露，不能

---

1　1957年10月《东北人民大学人文科学学报》第2、3期合刊。
2　1957年5月《北京师范大学学报》第1期。

看作对人民革命必有所"悲观和怀疑",而是鲁迅实践了战斗的唯物主义。(二)《阿Q正传》反映了辛亥革命当时的阶级斗争的心理状态,有着重大的内涵:它不是什么"暴露文学",不是光在那儿消极地"反映出辛亥革命的失败教训",而是比这个深广得多,是在积极地号召革命并指出革命的方向——向赵秀才和假洋鬼子(半封建半殖民地社会的反动阶级的代表)们进行革命。(三)认为冯雪峰关于阿Q是"思想性典型"的论断是观念论的机械论,"精神寄植说"是典型的观念论。该书认为阿Q是被侮辱与被损害的农村无产者的人物典型,鲁迅大力和严正地鞭打着阿Q主义;他的鞭打,是沉重地落在广大规模的吃人的旧社会上面的。但这只是一面,另一面,并且是更主要的,鲁迅真实地表现了阿Q——农村无产者的革命性。(四)"虽然阿Q和阿Q们按照性格的发展已经成长和还在成长为新的人物,但被阿Q主义所集中起来的这种旧社会的统治的意识形态,今天仍然在精神领域中残留着它的蠕动的,甚至蠢动的地盘。得意地肯定阿Q主义现在是'真正''完全过去了'的这种提法,便正是脱离现实、脱离实际的阿Q主义的精粹——精神胜利法依旧在爬动着的一个例证。"(五)鲁迅的《阿Q正传》(以及其他作品),高度地体现了现实主义的胜利。鲁迅创造阿Q这个浮浪的、农村无产者的典型,是由于他的"哀其不幸,怒其不争"的革命人道主义的生活态度,而凭这来扩深自己的对于现实人民生活内容的掘发,发现了农民阿Q的要争、能争而且在争的内在的面貌,深刻地显现了承前启后的、辛亥革命当时的历史内容。

耿庸的这本书,无论是对鲁迅创作思想的评价,还是对阿Q典型性的判断,都有不符合实际的地方。他根据毛泽东《新民主主义论》中关于鲁迅是"文化新军的最伟大和最英勇的旗手"的那段名言,对鲁迅创作《阿Q正传》时期,即五四前后的思想进行了简单化的拔高,断言这时"鲁迅先生的精神,就是以'共产主义的宇宙观和社会革命论'这一社会思想为基本的内容的",否定了鲁迅前后期的思想发展,进而又把阿Q拔高成"农村无产者的革命性"的典型,这样就完全违背了鲁迅创作《阿Q正传》的本意与阿Q这个典型人物的实际状况。但是认为"被阿Q主义所集中起来的这种旧社会的统治的意识形态,今天仍然在精神领域中残留着它的蠕动的,甚至蠢动的地盘。得意地肯定阿Q主义现在是'真正''完全过去了'的这种提法,便正是脱离现实、脱离实际的阿Q主义的精粹——精神胜利法依旧在爬动着的一个例证"却是很有见地的。

这说明无论是"拔高",还是"缩小",都是违背作家的创作主旨与作品的实际状况的,都只能把作家、作品研究引向误区。但是看到精神胜利法仍然存在,又是正确的。

耿庸的观点受到学术界的批驳。陈安湖在《从一篇〈真理报〉的专论谈到〈《阿Q正传》研究〉》[1]中指出:"耿庸在他的《研究》里,显然力图粉饰现实,把鲁迅看做自始至终是一个马克思主义者,抹煞了鲁迅发展中的矛盾性和复杂性,看不见鲁迅前后期活动的质的差异。"沈仁康在《驳〈《阿Q正传》研究〉的一些错误观点》[2]中指出:"从《〈阿Q正传〉研究》中看,耿庸是不懂得批评与自我批评的真正意义的。他那种不可一世、盛气凌人的态度和口气实在令人不满。他口口声声谩骂别人是'主观主义''机械论者'……诸如此类的名词满纸皆是。耿庸俨然自以为是一个真正的马克思主义者,对鲁迅有真知者。实在呢,他提出的这些'帽子'对他自己说来,倒是最合适不过的。"陈、沈二文对耿书的批评是及时的。但是,对耿书关于精神胜利法仍然存在的正确观点,也统统否定,就有失公允了。

总之,从50年代初期开始,阿Q典型研究出现了一系列错误倾向。先是把阿Q与土改现实、农民翻身牵强附会地联系起来,后来又纷纷给

---

[1] 1953年7月15日《文艺月报》第7期。
[2] 同上。

阿Q规定阶级成分，有的把阿Q定为农民，有的又定为农民之外的"流浪人""没落人物"，有的则拔高为"农村无产者"，都从不同角度、不同程度上背离了鲁迅创作《阿Q正传》的本意与阿Q精神胜利法的实质。

## 50年代中期何其芳的"共名说"

把阶级论绝对化、庸俗化，不仅导致阿Q典型研究误入歧途，而且在整个文学理论领域造成了混乱。为了纠正这种错误倾向，何其芳在1956年10月16日《人民日报》上发表了著名论文《论阿Q》。

该文要点是：(一)提出阿Q典型研究中的主要困难和矛盾：阿Q是一个农民，但阿Q精神却是一种消极的可耻的现象。(二)归纳过去对这一问题的解释：(1)断定阿Q是从地主阶级破落下来的，和一般农民不同；(2)说阿Q主要是一个思想性的典型；(3)把阿Q解释为过去的落后的农民典型。分析这三种解释的不圆满处。(三)分析阿Q性格上最突出的特点是精神胜利法：(1)以鲁迅早期研究国民性问题的言论说明鲁迅并不认为阿Q精神只是存在于当时的落后的农民身上的弱点，而是在当时许多不同阶级的人物身上都可以见到。(2)鲁迅选择了阿Q这样一个辛亥革命前后的雇农做主人公，把他写成一个具体的活生生的人物，一个个性非常鲜明的典型，而不是一种精神的性格化和典型化。(四)解释阿Q典型研究中的主要困难和矛盾：(1)指出这是一个典型性和阶级性的关系问题。(2)以文学名著中的诸葛亮、堂吉诃德等不朽典型为例证，说明某些性格上的特点，是可以在不同的阶级的人物身上都见到的。这样某一个典型人物的名字，就成了他身上某种突出特点的"共名"：诸葛亮成了智慧的"共名"，堂吉诃德成了可笑的主观主义的"共名"，阿Q则成了精神胜利法的"共名"。(3)说明"阿Q相"并非只是旧中国一个国家内特有的现象，走向没落的失败的剥削阶级和落后的还没有觉醒的人民中间都会产生阿Q精神。（五）批评文学研究中把阶级和阶级性的概念机械地简单应用的现象，主张研究文学作品中的人物，不能从概念出发，而必须考虑到它的全部的复杂性，必须努力按照它本来的面貌和含义来加以说明，必须重视它在实际生活中所发生的作用和效果，必须联系到文学历史上的多种多样的典型人物来加以思考。

在把阶级论推向绝对化、庸俗化的"左"倾气氛中，何其芳敢于对文学研究领域普遍存在的典型性等于阶级性的简单机械观点提出反驳，对阿Q典型研究中存在的理论疑难提出独立的解释，的确表现了难得的理论勇气和独立思考精神。何其芳曾经说过：一篇好的论文，应该"三新"，即有新的观点、新的论证、新的材料。

他的这篇论文正符合"三新"的要求。第一，有新的观点：在归纳阿Q典型研究中的主要困难和矛盾，理清前人解决这些困难和矛盾的思路之后，提出了"共名说"这条新的思路。第二，有新的论证：将视野拓展到世界文学的广阔范围中去，借助诸葛亮成了智慧的"共名"、堂吉诃德成了可笑的主观主义的"共名"等实例进行论证，证明阿Q可成为精神胜利法的"共名"。第三，有新的材料：第一次把鲁迅在早期论文和前期杂文中批判精神胜利法的论述归理了出来，与《阿Q正传》两相对照，使鲁迅在精神哲学与精神诗学两个领域里对人类精神现象的探索，对精神胜利法的批判，首次清晰地展露出来，呈现出鲁迅构思和创作《阿Q正传》的内在思路。由于何其芳的《论阿Q》是在前人研究基础上推出了新的观点、新的论证、新的材料，所以必然成为阿Q典型研究学术史链条上不可缺少的重要一环。因此，所有的阿Q典型研究史述都不能不论及《论阿Q》，所有的阿Q研究资料也都不能不收入《论阿Q》。然而，何其芳的《论阿Q》，以今天的眼光审视，也有欠憾。第一，把阿Q典型研究中的主要困难和矛盾概括为："阿Q是一个农民，但阿Q精神却是一种消极的可耻的现象。"显然是不准确的。难道农民就不能有消极的可耻的现象？别说马克思主义理论家们早就认为具有自私性、保守性等缺点的农民，会有消极的可耻的现象，就是先进的无产阶级也会有消极现象出现的。阿Q是一个农民，就不能具有消极的可耻的阿Q精神；如有，就只能是统治阶级传染的。这说明将阶级论推向绝对化、庸俗化的"左"倾禁锢是多么严重，就连何其芳这样卓越的文艺理论家的头脑中也未能完全脱开这种阴影的束缚，所以他在解决这一所谓的"困难和矛盾"时，实质上采取了迂回的路线。第二，所谓"共名说"就是一种迂回式和表层性的解决"困难和矛盾"的方式：阿Q的精神胜利法是只有剥削阶级才出现的消极可耻的现象，其他阶级，特别是劳动阶层的人们如果具有的话，不过是"共"其"名"罢了，只是借助一个名称，并不具备其实质，这样就不可能真正揭示精神胜利法的根柢了。

那么，阿Q典型研究中的主要困难和矛盾究竟是什么？精神胜利法的根柢在哪里呢？这就是本书《典型论》中所要解决的课题了。

## 李希凡的驳难与论争的继续

何其芳的《论阿Q》问世以后，在当时学术理论界产生了强烈反响。1956年12月15日，李希凡在《新港》第12期发表了《典型新论质疑——关于阿Q典型问题的商榷》，表示了不同意见。该文要点是：(一)肯定在苏联《共产党人》杂志专论《关于文学艺术中的典型问题》发表以后出现的典型论中，真正表明了一种鲜明的新的倾向的，是何其芳的《论阿Q》。(二)认为何文有把问题引向另外一种简单化的倾向，把阿Q典型性格"最突出的特点"——精神胜利法当作某些人类普遍的弱点，而不是特定的时代、社会、民族和阶级的产物，忽视了产生阿Q主义的物质基础。(三)通过近代史的历史事实论证："阿Q和阿Q生活环境的有机关系，正说明阿Q性格，尤其是它的'最突出的性格特点'的时代的社会的意义。"认为何文忽略了这个"特有的时代背景"。(四)认为何文"把堂吉诃德精神和阿Q精神一直抽象化到'主观主义'和'人类精神普通弱点之一种',抽去了典型性格产生的时代的社会的内容,抽去了活生生性格具体的精神状态,使它们成为'主观主义'和'阿Q精神'的概念,然后断定是祖祖代代生生不已的普遍的性格弱点,这个公式虽然有别于'某种精神的性格化和典型化',而这种区别应该说只是语义上的为'某种性格特点'所代替了而已"。(五)认为"阿Q精神既然是阶级和民族的残酷压迫所形成的精神病态,自然会有它的历史的共性。不过,这种历史的共性,是有一定限度的。以阿Q的性格特点来看,我们不可能设想它可以贯通到古往今来的人类发展史中去"。何文"把它抽象成某种人类精神的普通弱点,这不仅模糊了人们对于阿Q典型性格的正确认识,把现实主义的典型论导向抽象的人性论的陷阱,而且也模糊了伟大鲁迅的创作的战斗的现实意义"。李希凡抓住何其芳"忽视了产生阿Q主义的物质基础"和"共名说"只是从语义上解决矛盾这两个漏洞,的确是抓得很准的。

他也确实从物质基础上丰富与深化了历来对于阿Q精神时代、社会内容的认识,特别是对近代史的历史事实的举证,更是以前研究者没有做过的。如果作者仅是作为一个重要侧面,去补充和推动阿Q典型研究的历史成果,当是很可贺的。然而遗憾的是,作者也有绝对化的倾向,以致在强调阿Q精神时代、社会内容的同时,完全否定了人类精神普遍弱点存在的可能性,堵死了更深层次的人类精神文化共性的探索之路,就不能不说是阿Q典型研究史上的一项学术教训了。

李希凡继续阐发他对阿Q典型问题的见解。1957年5月,他的《弦外集》由上海文艺出版社出版,书中收有《〈阿Q正传〉简论》一文。该文较为全面地论述了《阿Q正传》的思想与艺术,表示不同意把阿Q看作"中国人精神方面各种毛病的综合""辛亥革命时代的革命农民的典型""阿 Q 精神的寄植者"这三种观点,重申了过去阐发过的阿 Q 是落后农民典型的意见,进一步分析了形成阿 Q 精神的历史根源,强调阿 Q 是一个真实的时代的社会的典型。

何其芳并不同意李希凡的驳难,1964 年 1 月 25 日,他在《收获》第 1 期发表了《关于〈论阿 Q〉——〈文学艺术的春天〉序文的一部分》,说明了《论阿 Q》的写作背景,并对李希凡的文章做了答辩。该文首先分析了"典型的共性就是阶级性,典型的个性就是阶级性的具体表现"这个公式的悖谬,问道:"阿 Q 和堂·吉诃德、诸葛亮又不同一些,但也有些类似之处。阿 Q 精神不像主观主义有那样长远的认识的根源,也不像有智慧有预见是一种长久存在的要求和愿望,它到底是在比较特殊的情况下产生的畸形的精神状态;但像在不同时代不同阶级的某些人物身上可以看到主观主义、看到有智慧有预见一样,不同时代不同阶级的某些人物都可以有阿 Q 精神。只要我们说清楚了这种现象并不是超阶级的,不同阶级的人物的主观主义,有智慧有预见和阿 Q 精神都是有阶级性的,为什么就不可以承认这样的事实呢?为什么承认了这样的事实就是离开了阶级分析的方法呢?"并以恩格斯在《反杜林论》中所说的在封建道德、资产阶级道德、无产阶级道德这三种道德中包含共同之处是因为"它们有共同的历史背景"一语为理论根据,进一步阐发了剥削阶级与落后人民中间同有阿 Q 精神的原因。然后,以主要篇幅阐述与李希凡的四点分歧:第一,阿 Q 精神是不是只概括了我国鸦片战争以后的一个时代"精神病态"。第二,阿 Q 精神是不是只是半封建半殖民地的封建统治阶级的思想。第三,分析文学史上的典型是否可以把整个人物和他性格上的某种特点加以适当的区别。第四,典型的这种共性在现实生活中的作用是否可以作为研究典型的一种根据。最后,该文探讨了典型问题研究对于创作实践的指导意义与研究途径,指出:"研究各种各样的典型人物,明了了不同的类型的典型人物的差异和特点,并从他们概括出一些共同的规律。这样,典型性到底是怎么一回事，典型的共性和个性又到底是什么，大概就比较清楚了。如果根本不考虑典型人物的情况的复杂，只是想当然地给他们规定一些公式，一些貌似理论的框子，认为典型性就完全等于阶级性，或者认为一切典型人物的一切共性的概括性都只能限于一个时代，等等，那倒真是有些'现实和概念被倒置起来'了。"

何其芳的《关于〈论阿Q〉》，在理论上比《论阿Q》更为严密，也更勇于面对事实，不再采取迂回的方式，而是直接承认"不同时代不同阶级的某些人物都可以有阿Q精神"这一事实，并从理论上加以论证。尤其可贵的是指出了今后对于典型问题的研究途径："研究各种各样的典型人物，明了了不同的类型的典型人物的差异和特点，并从他们概括出一些共同的规律。"这确实是一条有效的研究途径，启示后来的研究者们，将视野拓展到世界文学的广阔范畴内，对不同类型的典型人物的差异和特点进行比较和分析，从而发现阿Q与堂吉诃德、哈姆雷特、奥勃洛摩夫等一系列典型人物具有共同的特点与规律，进而把他们划归一个类型，并进行更为深入、细致的研究。

李希凡仍然没有停止这场论争，继续更为详尽地阐发自己的观点，反驳何其芳的"共名说"。1965年2月20日，他在《新建设》第2期发表的《阿Q、典型、共名及其他——对何其芳同志的典型新论的再质疑》，比以前的论文更透辟、周密一些。该文要点是：首先通过多方引证说明超阶级超历史的典型"共名说"是何其芳的原意，把与何的分歧概括为如下两点：（一）阿Q及其精神胜利法是典型环境中的典型性格，还是不同时代不同阶级都可能产生的普遍"共性"？承认关于阿Q是"一个具有广泛社会意义的时代的综合的典型"这一提法是个别论点的错误，更明确了自己所坚持的阶级观点：第一，认为阿Q是一个处于特定时代（辛亥革命前后）阶级矛盾中的落后农民的典型人物；第二，认为"半封建、半殖民地的封建统治者及其形形色色的奴才，就是生长阿Q主义的阶级根源"；

第三，认为作为农民的阿Q的身上的精神胜利法，是封建统治者的残酷压迫及其精神毒害的结果。并从自己明确坚持的阶级论观点出发，剖析对方的观点，得出这样的结论："把特定的时代阶级斗争所造成的精神毒瘤——精神胜利法，把尖锐地体现了社会矛盾的阿Q的精神状态，消溶在'不同时代不同阶级'的'共性'概括里，这种'理论和科学'，其实也是'古已有之'的，那就是超阶级、超历史的人性论。"（二）所谓"共名"的作用能否成为衡量典型的尺度？"共名说"能否反映典型问题的本质？该文认为："首先，文学典型的是否成功，是决定于它对生活概括的深刻性和丰富性，它的性格的突出社会意义，而不决定于它的某些特征是否会作为所谓'共名'在生活中流行"；"其次，离开了典型环境的条件，就不再有典型性格的存在，就不再是不可重复的'这一个'。以抽象的'共名'来概括典型的'最突出的性格特点'，绝不可能反映典型的本质"。因而得出这样的结论："典型'共名说'并不是什么新发现，它不过是把典型性格，特别是反映了阶级社会复杂矛盾的典型性格的突出特点，消溶在抽象概括的共性里，从而抹煞文学典型的阶级的政治倾向，抹煞文学典型的战斗的社会意义，这样的观点再发展下去，只能走向人性论的陷阱。"

李希凡的这篇论文，比以前更彻底更明确地坚持阶级论，对阿Q典型阶级内涵的分析也更为充分，对何其芳"共名说"不足之处的驳难也更为锐利，例如指出"共名说"有把"反映了阶级社会复杂矛盾的典型性格的突出特点，消溶在抽象概括的共性里"之弊，就是切中肯綮的。这一弊病，正是"共名说"仅从语义学的表面层次上解释问题所造成的。然而，李文在彻底支持阶级论的同时，也出现了更为明显的绝对化倾向，完全否定阿Q精神胜利法在不同时代不同阶级都可能产生的普遍"共性"。拒绝深入人类共同的精神机制中去寻找带有普遍性的弱点，就大大局限了作者本来十分敏锐的思维力。

关于阿Q典型性的何、李之争，从50年代中期到60年代中期，持续了将近十年。如果不是爆发"文革"，肯定还会继续下去。阿Q典型研究中的困难和矛盾，始终困惑着何其芳这位勇于独立思考的文学理论家，即便在罹难中仍然明确坚持自己的观点，孜孜不倦地指导青年求教者继续研究这一根本性的理论问题。[1] 何、李之争，虽然双方都有意气用事之处，然而从总体上说是一场严肃、深入的学术理论论争，双方都从各自的视角出发给出了许多有价值的见解，综合双方所谈的真理部分，继续向前进行思索，无疑会有助于阿Q典型研究的进展。

当然，双方所占的真理部分并非半斤八两、相互均等的。从文艺思潮乃至整个社会政治思潮的宏观流向来看，何其芳所占的真理是主导的。因为他是逆"把阶级论推向绝对化的'左'倾思潮"而动，反对阿Q典型研究以及整个理论领域里的简单化倾向，坚持科学的研究态度的，虽然理论上有不完善之处，却是符合阿Q典型研究史上的学术主流，趋近鲁迅创作《阿Q正传》的宗旨和本意的。这对于扭转已经把阿Q典型研究引入死胡同的绝对化倾向，回到鲁迅创作本意的轨道上，继续进行健康、正常、深入的研究，具有重要的历史意义。而李希凡虽然在阿Q典型有阶级、历史内涵方面，做出了较前人更为充实的论述，补充了何其芳的不足，但是从宏观流向来看，却顺乎了把阶级论推向绝对化的"左"倾思潮，起到了一些消极作用。

钱锺书的认识抓住了问题的关键："不赞成把阿Q限制为某一阶级的人物，主张超越出来，看成是一种普泛的人类精神。"只有这样，才能读懂阿Q、理解鲁迅，不致陷入荒谬。最近在网络上看到一篇题为《网络文化的反智主义精神》的文章，说是要恢复阿Q的正面形象："鲁迅对中国农民并没有太多深入的了解。他年轻轻就进了洋学堂读书，甲午战争后不

---

[1] 详见拙文：《一个青年求教者的回忆——追忆敬爱的老师何其芳同志》，《北京文艺》1979年第8期。

久留日，正好赶上战后日本狂热的战争宣传的余波。甲午一战，突然使日本人觉得经过了西化的日本比作为亚洲传统文化中心的中国要优越。于是媒体上把中国人描述成麻木、愚昧的群体。"至今，美国也是这样宣传的。这种对农民的蔑视，"愚昧无知的"阿Q的形象，是完全没有农民经验的知识分子捏造出来的。可以利用网络文化资源，为阿Q平反。

这篇奇文所犯的谬误，首先就是钱锺书不赞成的"把阿Q限制为某一阶级的人物"，歪曲成"农民"形象；接着，把"农民"偷换成"老百姓"或"平民"；接下来，"老百姓"或"平民"就变成了他的"网民"，"网民"又变成了他的"草根"。经过他的魔术表演，阿Q主义就变成了反智主义；反智主义，就变成了草根主义；草根主义就变成了民主主义。如果倒过来推，他的"草根才是主流"的社会，自然就成了"阿Q才是主流"的社会，当然是经过他平反的"阿Q"做主宰。于是乎，鲁迅最重要的作品《阿Q正传》就成了谬作。

可见，如何认识阿Q的典型性，是极其重要的问题。只有如钱锺书所主张的那样"超越出来"，把鲁迅塑造的阿Q"看成是一种普泛的人类精神"，一种"人类的普遍弱点"，才能理解鲁迅。

钱锺书还指出："阿Q精神在古今中外的某些文学作品中都能找到，以《夸大的兵》《女店东》《儒林外史》等作品中的人物和宋、金史实来证明自己的论断。"这说明只有开阔视野，通晓古今中外文史典籍，拿阿Q与典籍中的人物和史实相比较，才能明了鲁迅塑造阿Q典型的内在隐秘。

## "文革"夹缝中李何林的观点

1966年至1976年的十年"文革"时期，《阿Q正传》除成为一些人制造政治舆论的工具之外，在理解这部作品的思维方法上也出现了极端片面性，即把 50 年代开始的阶级论绝对化倾向发展到登峰造极的地步，将《阿Q正传》曲解为贫苦农民想革命、地主阶级"不准革命"、"复辟"与"反复辟"的阶级斗争史。由此从反面证明：以极端化、绝对化的阶级观点与简单化的方法研究《阿Q正传》，是绝不可能得出符合客观实际的科学结论的。

不过，在"文革"的夹缝中，也有些学者保持了严谨、踏实的学风，对《阿Q正传》做了比较科学的解释。李何林的《〈阿Q正传〉的历史意义和现实意义》[1]就是其中的代表。该书的特点是：(一)在狭隘的阶级观点甚嚣尘上的时候，敢于如实地讲鲁迅改造国民性的思想，从鲁迅生平思想和全部著作的整体联系中探讨鲁迅创作《阿Q正传》的目的，这样写道："鲁迅想用文学去批判'国民劣根性'或'改造国民性'是他早在日本弃医学文的原因，也是他在五四时代从事创作的原因。《阿Q正传》的主要思想也就在批判'国民劣根性'。批判这种劣根性，目的在提高'国民'的觉悟，以摆脱被压迫被剥削的地位，改变国家的落后状况。"这些论述是符合鲁迅思想实际和《阿Q正传》创作实际的，在当时那种历史条件下，能够做出这样实事求是的分析是难能可贵的。(二)对阿Q的精神胜利法做了结合实际的具体分析，并指出其普遍性："精神胜利法不但在当时有相当的普遍性，而且有一定时间的永久性。但这意思都不等于说是全国人民都有的人性；精神胜利法只是各阶级一部分人才有，各阶级所表现的形式和实质也不相同。"阿Q仍然是被统治阶级思想毒害的一种落后农民的典型，受这种思想影响的其他一些人也会有精神胜利法，"像列宁指出的'奥勃洛摩夫'思想的普遍性一样"。尽管讲得比较含蓄，但是在当时历史条件下能指出精神胜利法的普遍性，并强调"像列宁指出的'奥勃洛摩夫'思想的普遍性一样"，的确是大不易的。(三)更鲜明地

---

[1] 试解，征求意见稿，《鸡西日报》编辑部 1973 年印行。

揭示了《阿Q正传》"唤醒农民"的重要思想,指出:"鲁迅提出了一个农民和革命的关系问题:中国农民是有革命的愿望和革命的可能性的;但是中国资产阶级不可能领导农民去革命。阿Q似的农民(中国农民不全是阿Q),必须克服自己的精神胜利法等等缺点,才能走上革命的道路;背着这些缺点的包袱,对于走上革命的道路是很沉重的,不利的。"《阿Q正传》所反映的农民问题,以前的研究者也提出过,但是该文揭示得更为明确。

李何林之所以能够在"文革"夹缝中谈出这些比较符合实际的观点,关键在于他坚持了实事求是的原则。任何一位实事求是的研究者,都不能不尊重鲁迅创作《阿Q正传》的本意与阿Q这个典型人物的实际状况。

## 70年代末的复苏

1976年10月,"文革"结束。阿Q典型研究逐步复苏。

1976年12月,毛泽东的《论十大关系》公开发表,其中有一段论及《阿Q正传》:"《阿Q正传》是一篇好小说,我劝看过的同志再看一遍,没有看过的同志好好地看看。鲁迅在这篇小说里面,主要是写一个落后的不觉悟的农民。他专门写了'不准革命'一章,说假洋鬼子不准阿Q革命。其实,阿Q当时的所谓革命,不过是想跟别人一样,拿点东西而已。可是这样的革命,假洋鬼子也还是不准。"毛泽东的这段话有三点启示:(一)确定阿Q的身份是"一个落后的不觉悟的农民";(二)指出阿Q革命的性质"不过是想跟别人一样,拿点东西而已";(三)揭露假洋鬼子连这种"拿点东西"的"阿Q革命"也不准。

毛泽东的话是很正确的。但是当时学术界刚从"文革"中解放出来,思维方法还没有摆脱极"左"的束缚,因此大兴过一阵"阿Q是落后农民的典型"热,对此大做文章,甚至对茅盾关于阿Q是一般农民的典型的论断也大表异议,认为不精确云云。

茅盾的论断究竟是怎么回事呢? 1961年《上海文学》第10期发表了茅盾的《关于阿Q这个典型的一点看法——给一位论文作者的信》。该信指出:"我个人对于您的论点,有一部分颇具同感(但我以为如果把阿Q看作落后农民的典型,还不如叫作普通农民、一般农民的典型);但是,您把精神胜利法作为这个典型的主要特征,我则以为不然。不要否认,鲁迅在描写阿Q的精神胜利法时,其讽刺的范围是十分广泛的,而且他是'联系那时的实际',可以说是指着那时士大夫(所谓正人君子)的鼻子指斥的。然而,从阿Q这个典型看来,精神胜利法只是其一端——农民落后性;而在阿Q身上还有相反的东西,即要求革命的愿望,即在浑噩的外衣之下的乐观主义精神(不少人只看到有浑噩的外衣,而忽略了他的乐观主义的内核),以及他的勤劳、朴质等。如果只有精神胜利法这一特征,那么,阿Q就不是农民的典型而是那些所谓正人君子的典型了。"茅盾还强调:"阿Q作为农民(普通农民)典型,是有他的特定的时代性的。"

茅盾这时关于阿Q典型的看法,虽然说也有些进展,例如注意到精神胜利法之外的勤劳、质朴、乐观等阿Q的其他特征,提示研究者全面认识阿Q的性格等,然而从总体来说,比起他1922年《阿Q正传》刚发表四章时对读者谭国棠的回答,不但没有进展,还出现了某种倒退和失误。其失误并不在于把阿Q说成了一般农民的典型,没有精确地说成是落后农民的典型,而在于落入了"阶级+典型"的陷阱,为一个阶级或阶层一个典型的简单化模式开了绿灯。当然,认定一个典型人物的阶级属性是必要的,但是确定某个典型人物是某阶级典型的提法却是不足取的。如果说阿Q是一般农民的典型,那么一般农民是否还有其他典型呢?倘若仅阿Q一个就大谬了。即便说阿Q是落后农民的典型,也未能纠其谬。

仍可设问：是否落后农民全像阿Q这样呢？虽然把典型人物的地位属性从阶级缩小到了阶层，也未能跳出一个阶级或阶层一个典型的思维模式。而且在把阶级论推向绝对化境地、忽视精神胜利法普遍性研究的时代环境，将研究者的注意力转向阿Q的其他性格特征而更加掩盖精神胜利法的重要性，就不能不说是茅盾在阿Q典型研究中的一种倒退了。"左"倾思潮的冲击力是这样强大，连茅盾这样的文学巨匠也出现了从众倾向，出现了理论的滑坡，更令人感到了阿Q典型研究的艰巨性。

把70年代末兴起的"阿Q是落后农民的典型"热，与60年代初茅盾的"一般农民典型说"对照起来进行分析，是为了说明极"左"的公式化模式的顽固性，启悟研究者冲破思想的牢笼，大胆提出新的见解。

70年代末，果真有一篇论文对阿Q典型研究提出了新颖的见解，这就是1979年10月，《文学评论丛刊》第4辑发表的支克坚的《关于阿Q的"革命"问题》。

该文要点是：（一）跟别的作家不同，鲁迅根据自己对生活、对文艺的社会使命的独特认识，集中描写了阿Q的落后和不觉悟，对阿Q的思想性格做了彻底的批判和否定——既批判和否定阿Q的"不革命"，又批判和否定阿Q的"革命"。（二）把阿Q的"革命"，说成是鲁迅对农民革命性的发现和肯定，显然与鲁迅的本意不符。鲁迅的本意，是在当时中国一部分农民中发现和指出同革命格格不入乃至背道而驰的思想意识。原因之一是阿Q"精神胜利法"的实质，并非什么不能在实际上只能在精神上反抗压迫者、奴役者，不能在实际上只能在精神上取得这种反抗的胜利，而是不能在实际上只能在精神上爬到压迫者、奴役者的地位，使自己变成压迫者、奴役者，取得这样的所谓"胜利"；原因之二是阿Q的"精神胜利法"产生在阿Q这样的农民身上有其内部的根据，其根源在于小生产固有的局限，在于小生产、封建宗法统治以及闭塞性所造成的农民政治思想的不发展。（三）《阿Q正传》作为一篇反映革命中的农民问题的小说，它所总结的辛亥革命的最主要的教训，就是中国今后应当有真正的革命，而为此必须有真正的革命者，他们有自己坚信的主义或者说改造社会的理想，并为其实现而不屈不挠地奋斗。特别是广大的农民，他们应当起来为改造社会、改变自己的命运而斗争，但为此首先要改变由几千年经济上的小生产、政治上的封建宗法统治以及与它们相联系的闭塞性造成的旧的"魂灵"，另外换新的"魂灵"。（四）《阿Q正传》旨在暴露国民的弱点，鲁迅必定集中描写阿Q思想性格中那必须批判和否定之点，而不可能再来探索什么应该肯定的东西。用一个否定的农民典型来揭示小生产经济、封建宗法统治和闭塞性对现代中国革命所造成的最严重的障碍，是鲁迅通过《阿Q正传》，对于时代和文艺所做的他独有的贡献。即使到了今天，我们仍旧必须严重地来注意这个问题：不能做阿Q式的"革命家"，不能像阿Q那样"革命"！

四十二年后重读支克坚的这篇论文，更加感到这的确是一篇深刻之作。其深刻性在于，它不是一篇书斋里写出的纯学术性的论文，而是经历了十年"文革"，有深邃的独立思考精神的中国知识分子，结合痛苦的现实体验，进一步体悟到鲁迅创作《阿Q正传》的本意——"既批判和否定阿Q的'不革命'，又批判和否定阿Q的'革命'"。这种"不革命"与"革命"实质上是阿Q主义这种精神现象在不同境遇中的不同表现，并没有本质的区别。两种表现的本质是：在精神上或者实际上使自己变成压迫者、奴役者。而鲁迅的宗旨则是实行改变这种本质的精神革命，也就是在中国实行真正的革命："改变由几千年经济上的小生产、政治上的封建统治以及与它们相联系的闭塞性造成的旧的'魂灵'，另外换新的'魂灵'。"这里所说的"魂灵"，也就是精神。中国多少年来，无论是打倒旧皇帝、当上新皇帝的"彼可取而代也"的历代农民革命，还是近现代的辛亥革命、民主革命，冒出的阿Q式的"革命家"实在太多了！人民所受阿Q式"革命"的苦也实在太深了！正是在这种深切的现实体验的意义上，有深邃的独立思考精神的中国知识分子，才从深层次中体悟出了鲁迅创作《阿Q正传》的本意，体悟出了鲁迅在中国的长久价值与深远意蕴。有些研究者认为，支文否定了农民的革命性，就排斥了这种可以发动的革命力量，是不符合革命策略的。其实这不过是皮相之谈，革命策略是一回事，真正的精神革命又是一回事。从革命策略上说，当然要团结一切可以团结的力量。而这并不排斥实行真正的精神革命的长远目标——消除在精神上或者实际上使自己变成压迫者、奴役者的这种阿Q主义的精神现象。支克坚论文最重要的价值在于指出了阿Q式革命的本质是："在精神上或者实际上使自己变成压迫者、奴役者。"这正是作为"精神界之战士"的鲁迅，经过1908年立志改变中国人的精神到1921年创作《阿Q正传》的十四年间，对中国人乃至整个人类精神机制进行深邃探索的最重要的结晶。支克坚发现了这一点，这是前人没有看出的，这不仅是阿Q研究和鲁迅研究的重要突破，而且是对什么是真正的革命、应该做什么样的革命家这一重大问题的深刻回答，值得思想界继续深入思考下去。

现在看来，支克坚的这篇论文也有不足之处。主要不足是还没有点透鲁迅毕生所投入的精神革命的宗旨，没有掘出精神胜利法产生的更深层的内因——不仅产生在阿Q这样的农民身上有其内部的根据，而且在处于蒙昧状态的人类身上普遍有其内在的缘由。

总之，70年代"文革"结束以后，阿Q典型研究开始复苏，但是还不能摆脱"左"倾思维模式的束缚，兴起过"阿Q是落后农民的典型"之类流于平庸的讨论。但是在这种氛围中，却出现了一篇超越平庸的奇文：支克坚的《关于阿Q的"革命"问题》。这实质是中国知识分子经历十年"文革"磨难后，对鲁迅及其主要作品《阿Q正传》进行再认识与再思考的结晶。

## 80年代初期陈涌的研究

阿Q典型研究的确是鲁迅研究领域里的一个尖端课题。许多鲁迅研究家和文艺理论家都不约而同地奋起攻坚。20世纪50年代曾发挥巨大影响的理论家陈涌，重新出山后用力最深的就是阿Q典型研究，在80年代初接连发表了两篇力作。

第一篇《阿Q与文学的典型问题》于1981年6月在《鲁迅研究》第3辑发表。该文要点是：（一）阿Q精神的内涵问题：阿Q精神的主要内容是主观盲目性和所谓精神胜利法，这两个方面是互相联系的。主观盲目性是支配阿Q整个行动的思想方法的突出的典型特点。他的全部悲剧和喜剧，全部被侮辱和被损害的篇章，全部失败的历史，都是和他的主观盲目性有关的。不是依据对形势的客观分析来决定自己的行动，这是阿Q不断地遭受打击、挫折，不断造成悲剧的认识根源。而且阿Q最突出的典型特点就是善于把失败反而说成胜利。阿Q精神，是一种奴才的品德，是招致民族失败、阻碍民族前进的一个精神内因。《阿Q正传》的伟大的深远的意义就在于通过对阿Q精神的批判，显示出民族的生路和死路，从民族的自我批判中指明被压迫的民族应该走的道路。（二）阿Q精神产生的根源：在近代中国农民和其他小生产者被帝国主义打击、掠夺从而走向破产的历史条件下，阿Q精神也有可能从这些小生产者的内部产生，也可能成为他们的一种典型的性格特征，正如我们看到的阿Q这个人一样。阿Q精神之所以在鸦片战争以后的中国特别广泛地传播，除了受到封建阶级的影响，是和中国是一个有广泛的小生产者和小私有者的国家，和这些小生产者小私有者在近代中国，在鸦片战争以后的中国的遭遇分不开的。（三）为什么阿Q式的可耻的精神现象会成为近代中国被压迫农民和其他小生产者的一种典型的精神现象？因为大多数人民的觉悟是要经过艰难曲折的道路的，人民本身还存在着种种弱点。只有坚持实事求是的科学态度，才有可能正确地认识像阿Q的典型性这样复杂的现象。《阿Q正传》是对我们民族和人民的深刻的自我批判，期望解除他们的思想负担，打破阻碍他们前进的阻力而显出它的威力、它的伟大意义。（四）关于如何评价阿Q对革命的态度的问题：阿Q对革命的态度，正好反映了一个本来极端落后、充满阿Q精神但又是被压迫被剥夺的破产的小生产者的整个特点。由于被急剧无情地剥夺，由于被从土地或其他小私有中排除出来，破产的小生产者对自己的地位极度不满，对压迫者和剥夺者充满仇恨。但他们不稳定的生活地位也决定了思想性格的不稳定，他们往往很容易被卷入革命浪潮，满腔革命狂热，但当他们受到一点挫折，或者不能达到个人目的的时候，又会很容易转过来诅咒革命。革命的领导阶级，既不会抛弃像阿Q这样的穷苦农民，又有信心克服阿Q的顽强的落后思想。辛亥革命没有做到这点，这是使革命终于流产的一个严重的痛苦的历史经验。（五）典型性与阶级性的关系问题：典型性不能离开特定的阶级的制约，但它本身却是独特的。我们可以从每种典型性格中辨别出它的政治思想倾向，但不能只是用进步的、落后的或者保守的、反动的一类政治思想概念来代替典型的概念。不能只是用政治思想倾向的特点来划分文学艺术上的典型性格。把典型性和普遍的一般的阶级性等同起来，认为典型性就是概念上的阶级性，是产生公式化，造成一个阶级一个典型，使文学艺术上典型贫乏化的一个重要原因。阿Q精神是阿Q身上最突出的特点，却不是一个阶级独有的现象。在文学批评研究上停留在或者基本停留在对人物做出阶级的政治的鉴定，而不前进一步，不把阶级的政治的分析和典型特点的分析结合起来，是滋长庸俗社会学和公式化概念化的一个因素。（六）进一步阐述典型性和阶级性的关系：从一方面看，典型性和阶级性相比，是一个更特殊的概念，但从另一方面看，典型性又比阶级性的意义更广泛和更普遍得多，阿Q精神不是个别阶级的现象，它比个别阶级的特性有更大的普遍意义，也不能因此证明它是和一定的物质条件、一定的社会无关的所谓人类的共同的弱点。

陈涌《阿Q与文学的典型问题》一文的理论贡献主要在于：第一，加强了哲学深度。从主观世界与客观世界关系的角度，揭示出阿Q不断造成悲剧的认识论根源："不能正确地认识周围的客观世界，不能正确地估计周围的现实关系。不是依据对形势的客观分析来决定自己的行动。而往往是依据荒谬可笑的偏见或者一时的感情冲动来决定自己的行动。"同时从现实的失败的痛苦中找到虚幻的胜利来自我欺骗、自我麻醉。这就从主观盲目性和精神胜利法这两个互相联系的方面，分析了阿Q精神的内涵。这一理论贡献是有深刻意义的，它启示后来的研究者从哲学根柢上去思考阿Q精神的认识论根源与造成精神胜利法的精神机制，考察阿Q典型形象具有极大普遍性的根本原因。第二，拓展了文学视野。从世界文学的视角对阿Q精神与堂吉诃德精神、浮士德精神的异同进行了比较，启悟后来的研究者从更广阔的世界文学范畴内考察与阿Q相类似的文学典型。第三，从精神现象的角度思考了阿Q精神的产生根源。肯定在近代中国农民和其他小生产者深受帝国主义掠夺、走向破产的历史条件下，阿Q精神也有可能从这些小生产者的内部产生。否定了那种农民身上的阿Q精神只能从封建统治阶级的外部影响而来的狭隘观点，启悟后来的研究者从内在原因和精神现象的思路中去考察阿Q的典型问题。第四，进一步阐述了典型性和阶级性的关系。说明典型性比阶级性的意义更广泛和更普遍得多，阿Q精神不是个别阶级的现象。它比个别阶级的特性有更大的普遍意义。

然而，学术是随时代而前进的，从今天的新的认识高度反复回味，就感到陈涌的这篇论文仍有令人不满足的地方。第一，虽然加强了哲学深度，揭示出阿Q不断造成悲剧的认识论根源是主观盲目性，但是仍没有深入到精神与物质的关系和人物的精神机制中去，因而没有透辟地揭示出阿Q精神胜利法的哲学根柢。第二，虽然从世界文学的视角对阿Q与堂吉诃德、浮士德等著名典型进行了比较，但是并没有如何其芳所说的那样："研究各种各样的典型人物，明了了不同的类型的典型人物的差异和特点，并从他们概括出一些共同的规律。"因而没有进一步发现阿Q与堂吉诃德、浮士德等著名典型所包含的共同性质与共同规律。没有对阿Q这一类型的艺术典型做出更精确的概念界定与内涵分析，也就没有从根本上解决阿Q典型研究中的困难与矛盾。第三，对阿Q的革命问题，显然仅是从革命策略上加以考虑，没有把阿Q的"革命"与"不革命"当作一种相通的精神现象进行审视，因而也就没有明了鲁迅批判和否定这种精神现象的深刻意义。第四，对阶级性与典型性关系的分析，虽然是对一个阶级一个典型的公式化、概念化现象的批判，但是仍然没有完全摆脱旧有的模式，还有在阶级性与典型性之间兜圈子的迹象。

第二篇《〈阿Q正传〉引起的争论》，这是1981年9月在巴黎鲁迅诞生一百周年纪念报告会上宣读的论文，收入1984年5月人民文学出版社出版的《鲁迅论》。这篇论文进一步认定了阿Q精神在不同阶级不同阶层的人身上存在的普遍性，指出：问题主要在于如何解释这种普遍存在的现象，并从理论高度对何其芳与李希凡在阿Q典型研究问题上的争论做了总结。文章认为："何其芳的意见，是针对当时确实存在的那种认为典型性等于阶级性的简单机械的观点而提出的。这种观点，导致我们一部分文艺创作的公式化，妨碍我们创造有血有肉的多种多样的人物。一句话，造成艺术脱离生活和典型的贫乏。何其芳这些意见，现在可以比较清楚地看到，是很有理论意义和现实意义的。他当时能够提出这些意见，表现了他的独立思考的精神，和理论上的勇气。但何其芳在正确地批判典型性等于阶级性的观点时，他自己却开始表现了另外一种倾向，这种倾向的特点，就是离开一定的物质生活条件，离开人的社会本质和阶级本质解释人的共性，解释文学的典型性。""李希凡正确地用具体历史观点来观察典型问题的时候，却把问题这样绝对化，以至完全排斥典型的概括意义有可能超越个别时代的看法。"关于阿Q的革命问题，陈涌认为："只有同时承认阿Q具有两重性，才能恰当地评价阿Q后来对革命的态度，才能对阿Q的'投降革命党'不至于一下子过高的评价，或者简单地完全加以否定。"最后又从世界文学的视野中，对哈姆雷特、堂吉诃德、浮士德的典型性格进行了比较，特别着重分析了哈姆雷特犹疑的性格，认为："哈姆雷特的性格和他的悲剧，正好反映了文艺复兴和人文主义理想的悲剧。"尤其值得注意的是，陈涌在进行了一番分析比较之后，对阿Q典型研究的理论意义做出了这样的概括："《阿Q正传》所牵涉的典型性、阶级性、人性的关系问题，文艺与现实关系问题，以及如何估计阿Q这个落后的但又是被压迫农民和革命的关系的问题，都是文学以至哲学、社会科学的一些根本理论问题，每个参加讨论的人都不能不按照自己的观点回答这些问题，过去出现的分歧，根本上是观点和方法的分歧。"

陈涌的这篇论文，对何其芳与李希凡在阿Q典型问题上的争论，采取了理性分析的科学态度，既没有绝对肯定一方，也没有绝对否定一方，而是汲取双方的合理意见，扬弃不合理的部分，进行了新的综合。这种科学的方法，是值得后人学习的。对哈姆雷特等世界文学著名典型的分析，也开拓与加深了以后研究者的视野与思考。特别是关于阿Q典型研究深远理论意义的概括，更启悟后人去思索哲学、社会科学的一些根本理论问题。但是这篇论文也有明显的不足，最主要之点是：仅限于对何、李之争做出具体的分析与评判，而没有从更高的立足点和更新、更深的层次中，洞察阿Q典型问题论争所隐蔽的背后的精神现象——人类精神文化的深层共性问题。

总之，陈涌80年代初的研究，对以后的阿Q典型研究起到了非常重要的理论开拓作用，达到了相当的理论深度，但是并没有从新的视角与理论本质上解决问题。

## 吕俊华等人对精神胜利法的探索

80年代，出现了许多集中探讨阿Q精神胜利法的内涵与产生条件的论著。其中比较突出的是吕俊华的《论阿Q精神胜利法的哲理和心理内涵》。

该文最初于1981年5月在《中国社会科学》第3期发表，后来扩充为近十万字的专著，由陕西人民出版社列为"鲁迅研究丛书"于1982年9月出版。其要点是：（一）阿Q的精神胜利是对自尊的维护：阿Q的精神胜利首先是从他的自尊心生发出来的，是出于维护、保护自己尊严的需要。对权势者和实力派，他用精神胜利法来维护和保护自己的自尊；对同等地位者，他用"实力政策"来维护和保护自己的自尊；对毫无自卫和报复能力的弱者，则奉行"霸权主义"来伤害他人的自尊以满足自己的自尊。这种自尊是封建等级性的自尊，是奴性的自尊，在一定的意义上说就是奴性，或者说是奴性的曲折反映。历史事实证明，专制出奴才。有压迫就有反抗，这是应该重视的主要方面；有压迫就有奴性和奴才，这也是不可忽视的另一方面。鲁迅在《阿Q正传》和大量杂文中对奴性和奴才的揭露和鞭挞，是他反帝反封建、争取中国人民做人的地位权利的斗争的最重大和最重要的内容。他把凝聚在阿Q身上的、体现了奴性的精神胜利法作为一种哲学抽象物艺术地展现出来，对人民起了振聋发聩的作用，是他对反帝反封建革命事业的重大贡献。（二）阿Q的精神胜利是自卑的补偿：阿Q苦于自己社会地位的低微，就在想象中，在精神世界求得补偿。这便是他的精神胜利。他常用的方法不外自认门第高、辈分大、比丑、自贱第一、自打嘴巴、委之于命、健忘等几种。精神胜利法在阿Q的经验中已经成为牢固的、稳固的条件反射，成为"动力定型"或固定模式。依变态心理学观点，他这种深闭固拒之系统实为一种"情结",一种自卑的情结。这种自卑感导源于个人主义思想,是私有者的心理反应,这就是阿Q的自卑的思想基础。(三)阿Q的精神胜利是自卫的反应:阿Q的精神胜利渗透着、概括着他的自尊、自卑、虚荣、嫉妒、奴性……他的喜怒哀乐,总之,他全部的思想感情和性格。而所有这一切又无不与他的愚昧无知相表里,或竟以他的愚昧无知为前提。鲁迅写阿Q的精神胜利就是写他的愚昧。无知使人陷入麻木状态,这正是一种自我保护、自我防卫的作用。阿Q以无知无识的愚民之理,化他的被侮辱被损害者的愤懑不平之情。这种以理化情法,就是在幻想里发展起来的用以平复精神创伤的自卫措施。(四)阿Q的精神胜利是变态的反抗:阿Q的精神胜利寓有反抗精神,不过其反抗是变态的、畸形的,而这种变态、畸形是被逼出来的,是由恐惧造成的,是一种泯灭了幻想与现实界限的病态。这种带有病态的人才反映着、揭示着社会的病态。只有这样理解阿Q的形象才符合作者的本意。(五)阿Q精神胜利的失败:在《阿Q正传》中,鲁迅分明是从胜利和失败两方面来描写阿Q的精神胜利的。所以,阿Q的精神胜利的属性,也必须从这两方面看,才能得到完整的理解。从阿Q精神胜利法的失败中,可以看到,他的精神胜利法实际上只能在精神领域发挥作用,只解决自尊心的问题;在物质领域,在生计问题、恋爱问题上,他的精神胜利法就不中用了。阿Q精神胜利的失败,反映了鲁迅一个重要思想,那就是对人民的物质欲望和物质生活的重视和关切。

吕俊华的论著发表之后影响很大,得到的褒贬参半。有评价很高的,刘再复在《古老题材的新发现——读吕俊华〈论阿Q精神胜利法的哲理和心理内涵〉》[1]中认为:吕文在《阿Q正传》研究中开拓了思维空间,引进了新方法论,获得了新的发现。也有评价很低的,李桑牧在《能用心理

---

[1] 《读书》1983年第9期。

学和生理的观点研究阿Q这个典型吗？》[1]中认为：吕著是建立在西方资本主义国家的哲学、心理学、社会学、伦理学的基础之上的，是脱离了具体的阶级与社会的考察和研究，将抽象的人性认识向着生理原因"深化"。其目的无非是在论证阿Q的精神胜利法对于全人类、全民族的普遍性；而阿Q这个形象，阿Q的精神胜利法这个典型特征，实际上是被当作人类普遍弱点或民族劣根性的抽象物，陈列在超阶级、超时代的真空器皿里供人们赏鉴了。

笔者认为吕著在阿Q典型研究史上的历史作用是不容抹杀的。80年代初期，"文革"刚刚结束，"左"倾束缚尚未摆脱，思想园地相当贫瘠，吕著能够汲取变态心理学等西方学术理论，对阿Q的精神胜利法做出别开生面、独具深度的论析，的确是难能可贵的，在当时产生很大影响也是势所必然的。对人类所创造的全部精神文明都应认真汲取，运用西方资本主义国家的哲学、心理学、社会学、伦理学的合理因素分析长期存疑的阿Q典型问题以拓展思路，开辟新意，有什么不好呢？吕著在这一点上不仅没有可责怪处，而且应该充分肯定。吕著最值得注意的话是："专制出奴才。有压迫就有反抗，这是应该重视的主要方面；有压迫就有奴性和奴才，这也是不可忽视的另一方面。"这"不可忽视的另一方面"，正是吕著抓住的最可贵之点。倘若就此深入挖掘下去，一定会使论著具有更大的深度和分量，可惜吕著作为汲取西方理论的初次尝试之作，还有明显的消化不良症，这不仅表现在引文过多、罗列庞杂上面，还在于分析阿Q精神胜利法的心理内涵时，没有紧密结合当时当地的社会环境与阶级状态，没有着重探讨使阿Q一类人物出现心理变态，在阶级压迫、经济剥削下产生奴性、成为奴才的物质原因。因为人的精神与心理的变化，都是以物质条件为依据的。脱离了具体的物质基础，进行纯精神或纯心理研究，的

---

[1]《文艺理论与批评》1990年第6期。

确有滑进唯心主义的危险。马克思主义的历史唯物主义观点，是人类科学思想的结晶，不能在汲取西方理论合理成分的时候，丢掉了这一基本观点。再者，吕著把自尊当成产生精神胜利法的出发点，几乎主要分析都是以自尊心理为理论根据，似乎并没有抓住根本。根本是什么呢？是精神与物质的关系问题。本书在《典型论》中将详加论析。

除了吕著之外，80年代初期还出现了一些论文着力探讨阿Q精神胜利法形成的条件和思想根源：

傅正乾的《试论阿Q及其精神胜利法之形成》[1]，认为阿Q是一个落后的、不觉悟的而又要求革命的农民的艺术典型；精神胜利法绝不是阿Q所属的被压迫被剥削的阶级的必然产物，也绝不是农民阶级固有的思想特征，而是受到封建统治阶级思想意识毒害的结果。

杜圣修的《试论阿Q性格的思想根源》[2]，则挖掘了阿Q性格在中国民族传统思想或中国封建主义中的思想根源，认为阿Q性格中有儒教为主的封建思想，"但阿Q的精神胜利法的主要内容，却不是儒教，而是以道家思想为主体的释老思想。阿Q的精神胜利法，最能反映和代表阿Q的人生观和处世哲学，在思想本质上就是释老的遁世主义，特别是道家的混世主义。作为劳动人民的阿Q，在现实中过着奴隶般的生活，惨遭各种压榨，蒙受各种凌辱，以致使他难以为生；阿Q出自被压迫阶级的本能，对这个不合理的黑暗社会，是有愤愤不平之时的，也有改变自己奴隶地位的朦胧的要求，甚至表现出强烈而热切的革命愿望。但是，他的以精神胜利法为主要特点和内容的人生观和处世哲学，却把阿Q性格中这些可贵的闪光烁辉的思想品质消泯殆尽，使阿Q误入歧途，而自以为正路，不思自拔，在浑浑噩噩中了却悲哀的一生。它比儒教思想更加严重地毒害了阿Q的灵魂，它是造成阿Q终生落后不觉悟的更为重要的

---

[1] 《陕西师大学报》1980年第1期。
[2] 《北方论丛》1980年第2期。

原因"。

王敬文的《论阿Q精神胜利法产生的根源》[1]，则认为阿Q的精神胜利法，是数千年来中华民族的某种精神病态在近百年的历史中的一个新的恶劣的发展，不能仅仅归结为帝国主义入侵后，近百年来半封建半殖民地社会的产物。过去的论者，一则完全忽略了产生阿Q精神胜利法的长久的历史根源，二则只是强调了阿Q精神胜利法产生的客观外在条件，而完全忽视了内因的主导作用。阿Q的精神胜利法，是农民个体小生产者狭隘心理和保守思想的反映，不能完全看作封建统治阶级对劳动人民进行思想腐蚀毒害的结果。

关于阿Q精神胜利法的普遍性问题，也出现了不同的见解：

陈安湖的《论阿Q和阿Q精神》[2]认为："阿Q这个典型，虽然所写的是一个阶级的人物，在中国当时社会里，却有着不少相类似的各个阶级的人物，这种相类似，正是这个典型的普遍性产生的根据。人们从'相类似'而得到启发，得到反省，从而也就得到教益。"

陈鸣树的《"旷代文章数阿Q"——〈鲁迅小说论稿〉的一节》[3]认为："任何典型的性格特征，如果把它抽象化以后，即抽去其时代性、阶级性以后，都可能成为不同阶级的某种心理活动或生活习惯的借喻，以达到赞美或警策人们的作用。"

邵伯周的《〈阿Q正传〉研究中的几个问题》[4]认为："硬要把阿Q的精神胜利法说成来自封建阶级，是没有根据的。何其芳说'精神胜利法''未见得是封建地主阶级的特有的产物和统治思想'，'在不同的阶级的人物身上都可见到'，是完全符合事实的。这个论点是经得起实践检验

---

[1]《武汉师院学报》1980年第4期。
[2]《文艺论丛》1980年第10期。
[3]《昆明师院学报》1980年第4期。
[4]《中国现代文学研究丛刊》1980年第2辑。

的正确论点,根本不是什么'人性论'。"

黄侯兴的《〈阿Q正传〉简论》[1]认为:"我们承认阿Q属于农民阶级,阿Q具有鲜明的阶级特征,同时又承认阿Q性格体现了近代中国的某一方面的民族特征,就决不是什么'修正主义'的'人性论'的观点,恰恰是维护了历史唯物主义,坚持了马克思主义的唯物论的反映论。""冯雪峰的'思想性的典型''寄植者'说,何其芳的'典型共名'说,有合理的、可取的内核。"

张永泉的《民族劣根性的典型——论阿Q》[2]认为:"人们把老当益壮的人称作黄忠,把体弱多病的女孩子称作林黛玉,这都是典型的'借喻'。但有的典型在社会生活中发生影响,就不属这种情况,而是典型本身在起作用。列宁所说的奥勃洛莫夫的例子和阿Q这个典型,就不是'借喻',而在某种程度上说,是超阶级、超时代的。"

从总的趋势看,80年代初期开始,研究者逐步摆脱把阶级论推向绝对化的极"左"倾向,日益承认阿Q精神胜利法的普遍性,认可冯雪峰、何其芳观点的合理性。

## 研究视野的开放

从80年代开始,阿Q典型研究的视野趋向开放,注意从世界文学的广阔范畴内寻找与阿Q相似的典型形象进行比较研究。

其中比较突出的代表作是秦家琪、陆协新的《阿Q和堂·吉诃德形象的比较研究》[3]。该文主要看法是:(一)鲁迅是一位学贯中西、博古通今

---

[1] 《鲁迅研究》1980年第1辑。
[2] 《中国现代文学研究丛刊》1982年第1辑。
[3] 《文学评论》1982年第4期。后收入《纪念鲁迅诞生一百周年学术讨论会论文选》,湖南人民出版社,1983年。

的大学者，也是一位敢于和善于从中国古代文学、民间文学和外国文学不断"拿来"，并去芜存精地改造，从中汲取养料，"为我所用"的伟大作家。特别对西欧文学，鲁迅早年留学日本时期，就进行了广泛的涉猎，并从中提炼出民主主义和人道主义的思想精华，构成了他早期民主主义思想和启蒙主义思想的有机组成部分。这种四处"拿来"，养壮自己的思想的宏大气魄，是他终其一生未变的。他从不因为自己取法外国作家而"脸红"，也从不因为自己作品中存在外国作家的明显影响而忌讳。据周启明回忆，鲁迅在日本留学期间就读过林纾的题名为《魔侠传》的《堂吉诃德》文言文译本（虽然"仅上半部，又是删节过的"），这至少说明，鲁迅早在创作《阿Q正传》之前十多年，就已经接触过这部作品（《集外集·〈奔流〉编校后记·一》）。从鲁迅主观方面来看，他是不可能把世界名著《堂吉诃德》排除在自己视线之外的，也是不会忽视塞万提斯在作品中提供的美学经验和艺术手段的。（二）鲁迅所处的时代和社会状态，他对国民性的探索，以及他的美学观点、创作方法、艺术风格等，固然是他创作《阿Q正传》的内部材料和重要根据，它们不但决定了《阿Q正传》和阿Q形象的民族的和时代的特点，显示了它们同《堂吉诃德》和堂吉诃德形象的特殊差异性，而且也决定了《阿Q正传》在世界文学史上的独特贡献。这是主要的。但是，《堂吉诃德》作为一个外部因素和外部条件，它在促进鲁迅完成自己的艺术构思，形成主人公的美学性格，以及运用讽刺艺术手段等方面，也不能不说是一种重要的艺术上的冲动力量，是一个重要的影响力。这种冲动的具体反映形式可以是各种各样的，自觉的或不自觉的，整体性的或局部性的等等，但终究是一种外在力量的激发。该文从阿Q与堂吉诃德的共同特点的比较中，以及从鲁迅的创作思想、阿Q形象美学特点和性格变化发展特点，乃至文体风格和其他一些细节等方面与《堂吉诃德》所具有的惊人的类似之处中，分析了这种外在冲动和影响的存在。（三）从鲁迅对塞万提斯和《堂吉诃德》

的众多评论文字中，可发现他对这位西班牙大作家和他的名著有着深刻的理解。如"毫无烦闷，专凭理想而勇往直前去做事"（《集外集·〈奔流〉编校后记·一》），"本非英雄，却以英雄自命，不识时务，终于赢得颠连困苦"（《集外集拾遗·〈解放了的堂·吉诃德〉后记》），"闹了许多笑话，吃了许多苦头，终于上个大当"（《二心集·中华民国的新"堂·吉诃德"们》），"做傻相是由于自己愚蠢"，"中国的江湖派和流氓种子，却会愚弄堂·吉诃德式的老实人"（《南腔北调集·真假堂·吉诃德》），等等。这些美学评价，固然是鲁迅对《堂吉诃德》的理解，但也可以从中看出，他写《阿Q正传》时受到《堂吉诃德》影响的痕迹，因为类似这样的评论，即使不加变动或稍加变动，也可同样用来剖析阿Q的性格。这种现象，是不大可能用偶然巧合来解释的。秦家琪、陆协新的这篇论文具有相当高的比较能力，能够相当深入、细腻地分析出《阿Q正传》与《堂吉诃德》的异中之同，或同中之异，总结出一些带规律性的东西，是80年代出现的一篇具有开拓性与相当深度的阿Q研究论文。遗憾的是，作者仅对阿Q与堂吉诃德这两个典型形象的异同进行了一番比较就截止了，没有进一步从更高的理论思维境界上，发现这两个典型在性质上的相通点，解决阿Q的典型性难题，同时也对典型理论研究有所拓展。不过，该文本身纵然没有往前拓展，却启悟后来的研究者从世界文学的广阔范畴内，考察阿Q与堂吉诃德等艺术典型的相通性质，进一步提出新的概念，试解阿Q典型研究中的理论难题。这后一点贡献，实在比该文本身的分析更有意义。

80年代以后，有些研究者将视野拓宽到《阿Q正传》在国外影响方面。戈宝权的《〈阿Q正传〉在国外》[1]，凭借高超的外语水平与广博的国际知识，谈了《阿Q正传》的英、法、俄、日、世界语译本，以无可

---

[1] 参考版本为人民文学出版社1981年版。

辩驳的实证说明了《阿Q正传》的世界意义。陈圣生的《综论国外的〈阿Q正传〉研究》[1]，相当全面、精当地综合评述了美国鲁迅研究家刘君若、莱尔、林毓生，苏联研究家费德林、彼得罗夫、波兹德涅耶娃，日本研究家尾上兼英、竹内实、新岛淳良等对阿Q的典型性格、精神胜利法、讽刺与现实主义等问题的见解，认为国外多数研究家都已看出"奴性——小说中主要以'精神胜利法'表现出来的阿Q性格的这一主要特征，追溯它的根源是打开阿Q典型性这一'奥秘'之门的一把钥匙"，并含蓄地对冯雪峰的"精神寄植说"表示一定程度的首肯，把阿Q看作一个"综合性的形象"，"通览中国文学史，像阿Q那样个性突出的人物是罕见的，它不是那么容易创造出来的"，"如果尼采宣扬的是'正'的超人，则鲁迅甚至注意到'负'的超人。""鲁迅成功地塑造具有阿Q这样性格的典型人物的机缘是他在日本留学期间，很好地观察了日本人，并以日本人的国民性为借镜，对照出中国国民性的缺陷，从而塑造出中国四千年传统所造就的性格——阿Q相。"而这种阿Q相又有超阶级、超时代的意味："'精神胜利法'（即'观念的优越法'）是物质力量薄弱的人普遍采取的态度。因此，这种'精神胜利法'不论是统治阶级（尤其是读书人），还是被统治阶级，更进一步说，不论是某个时代的某个阶级（例如没落时期的封建阶级和资产阶级），还是超阶级的人都可能产生的一种也许可称为'人类普通弱点'（？）的东西，不管将它局限于哪一个阶级的固定范围内加以研究，都不合适。""既然羞辱和失败是'众生难免的祸患'，那末阿Q对付它们的经验和方法就不是中国所独有的。事实上，阿Q也是全世界'每一个人'。就因为如此，这一小说人物经过翻译，介绍到外国之后，还是十分可爱的。"外国研究家不约而同地认为阿Q典型性问题，确实是"文艺理论上一大难题"，有些争论是

---

[1] 《鲁迅研究》编辑部编：《鲁迅研究》第8辑，中国社会科学出版社，1981年。

"迄今所有的文艺理论家都无法解决的问题,'完全以过去出现的现实主义方法套用于对《阿Q正传》的思想和艺术成就的评价,将不仅抹杀鲁迅这篇作品的独创性,而且无助于加深对它全部社会思想价值和美学意义的理解'"。"鲁迅主要不是接受欧洲传统的现实主义方法的影响,而是接受了19世纪欧洲浪漫主义和20世纪前后的俄国象征主义的影响。"刘献彪、郭兴工的《〈阿Q正传〉研究在日本》[1],则着重评述了日本鲁迅研究家丸山升、丸尾常喜、新岛淳良对《阿Q正传》的研究,丸山升认为:"阿Q已经被当作一个普通名词在社会上存在。阿Q这一名词的意义,毫无疑问就是精神胜利法。这种精神胜利法,就是不冷静、不正确地认识自己的可怜状况,而且依靠欺骗自己来获得满足。"丸尾常喜认为《阿Q正传》的序中"仿佛思想里有鬼似的"一句,给人以重要暗示:"这种'鬼'是有两种意义的,即作为'国民性瘤疾'原因的遗传的'鬼'和融洽地生活在民众生活中的迷信传说中的'鬼'。这两种意义的'鬼',宛如影子一般在阿Q身上出没,这大概是《阿Q正传》所隐藏着的企图吧。"新岛淳良认为:"阿Q这一典型已经成为一个普通的名词。如今已经与哈姆雷特、堂吉诃德等一样被列入人类典型之列。"并对精神胜利法做了独到的分析:"感觉不到的东西才是精神,精神胜利就是感觉不能认识的胜利。从事精神工作,其材料是语汇,而阿Q的言、行、思维却起了这种精神作用。他自己打自己,本来是痛的,却认为是自己打了别人而胜利了。在他的感觉中是没有胜利的,他的胜利是完全属于精神的。""而'精神胜利法'的'法'字,则是永远取一定态度的意思。阿Q以其人生的生活方式,人生观永远是精神的——高于感觉、法则——永恒的态度,来取得'胜利'——优越感,鲁迅称其为'精神胜利法'。"

---

[1] 山东鲁迅研究会编:《〈阿Q正传〉新探》,山东大学出版社,1986年。

他山之石，可以攻玉，国外研究家对阿 Q 典型性的研究，对我们的研究是有启悟的，其中最重要的启悟就是：阿 Q 精神胜利法确实是一种人类的普遍弱点，具有世界性的普遍意义。

## 林兴宅的系统论观点

1984 年 2 月，《鲁迅研究》（双月刊）第 1 期发表了林兴宅的《论阿 Q 性格系统》，引起很大反响，虽然褒贬不一，但在学术史上也应予以评价。

该文要点是：（一）阅读了一些有关《阿 Q 正传》的评论资料，从中发现：尽管各人的意见针锋相对，但对问题的思考、分析的方法却有惊人一致的地方。首先，关于阿 Q 是什么性质的典型问题。在考察阿 Q 性格时，都缺乏有机的整体，即一个由各种性格因素互相联系，按一定的结构方式组成的辩证统一体。它们方法论上的共同点就是对阿 Q 性格的整体进行机械的切刈式剥离，然后以局部求解整体。其次是关于阿 Q 主义的来源问题。各种不同意见都是从它的阶级根源方面着眼，单纯从社会学的角度考察阿 Q 的性格特征，而没有把阿 Q 主义放到复杂的社会关系中，从各个侧面进行分析。这是一种单向思维的方法。再次是关于阿 Q 典型的意义问题。都是把阿 Q 典型看成是封闭的、静止的东西，采用的是静态分析法，而没有把阿 Q 典型的意义看成是矛盾运动的过程。这些意见在逻辑方法上也有共同点，都是采用传统的因果关系的三段论式，即把问题放在线性因果关系的链条上来思考。对于像阿 Q 这样复杂的典型，运用传统的思维方法处理是很难奏效的。要认识阿 Q 这样复杂的典型必须在思维方法上进行一番变革。这就是用有机整体观念代替机械整体观念；用多向的、多维联系的思维代替单向的线性因果联系的思维；用动态的原则代替静态的原则；用普遍联系的复杂综合的方法代替互不关联的逐项分析的方法。具体说来，就是把阿Q性格作为一个系统（即一个有机的整体）来研究，考察系统内部各种性格因素的联系以及它们构成的结构层次，从它们的有机联系中把握阿Q性格自身的规定性，即它的固有的本质。同时把阿Q形象放到社会大系统中，从各个侧面来考察它的系统性质。并且历史地考察阿Q典型在文艺欣赏中不同时间、空间和读者的审美状态等条件下所产生的不同功能和意义。（二）阿Q性格的自然质：阿Q性格充满着矛盾，包含率直任性而又正统卫道、自尊自大而又自轻自贱等多种性格元素。各种性格元素形成一组一组对立统一的联系，它们又构成复杂的性格系统。这个性格系统的突出特征就是两重性，即两重人格。随之而来的还有两个特征，即退回内心和丧失自由意志。这样三个特征联系起来构成一个性格整体。阿Q性格三个特征是产生于愚弱国民所处的恶劣环境和屈弱地位，来源于被压迫、被凌辱的下层人民当中，是专制主义制度所造成的国民的心理变态和人性异化，并非来自统治阶级自身。鲁迅在《阿Q正传》中既不是要塑造一个雇农的典型，也不是要给剥削阶级画像，更不是要表现一种抽象的人类共性，而是历史地具体地活画出国民的灵魂——奴性心理，以此唤醒民众。阿Q性格是奴性的典型，这一典型就是奴性心理典型形式与特定阶级和民族内涵的辩证统一体。这就是阿Q性格的自然质，即它自身的固有本质。（三）阿Q性格的功能质：首先，在阿Q典型诞生的那个时代，阿Q性格是半封建半殖民地旧中国失败主义思潮的象征。尽管阿Q是农村流浪雇农的阿Q，但阿Q性格却超出了它的阶级归属，成为当时社会的各阶层人士精神状态的一面镜子。其次，对于中国读者来说，阿Q性格是中华民族的国民劣根性的象征。不同时代的读者都能够从阿Q的性格联想到世人的各种面目和人间的各种世相，而引起内心的共鸣。正是由于文艺欣赏的审美再创造，所以阿Q性格超越了特定时代的归属，成为不同时代共同的一面镜子。再次，阿Q形象超越国界，在他国人民当中产生共鸣。这种现象是另一个层次的问题。在这个层次，阿Q性格又成为人类"前史时代"世界荒谬性的象征。阿Q性格这一哲理内容能引起各国读者的共鸣，激发各国读者对自己经验世界中关于世界荒谬性的各种表现形态的联想。（四）阿Q性格的系统质：第一，从社会学角度看，阿Q是乡村流浪雇农的写照；第二，从政治角度看，阿Q性格是专制主义的产物；第三，从心理学角度看，阿Q性格是轻度精神病患者的肖像；第四，从思想史角度看，阿Q性格是庄子哲学的寄植者；第五，从近代史角度看，阿Q性格是辛亥革命的一面镜子；第六，从哲学角度看，阿Q性格是人的异化的典型。

刘再复对林兴宅的这篇论文做了高度评价，他在《用系统方法分析文学形象的尝试——读〈论阿Q性格系统〉》[1]中说："这篇论文用系统的方法分析阿Q性格，探讨阿Q典型的性质、阿Q主义的来源及其超越阶级、时代、民族的普遍性等较难回答的问题，从多种角度为我们展示了阿Q复杂的性格世界，令人感到耳目一新。"又说："利用系统分析方法便能避免简单化和片面化，更有效地认识复杂对象的整体。而人是世界上最高级、又是最复杂的事物，因此，把系统方法运用到分析人的性格，是很值得注意的。"但是，也有些研究者持不同看法，张静阿的《试谈〈论阿Q性格系统〉一文得失》[2]，除肯定林文成功地解决了阿Q典型超阶级、超时代、超民族的普泛性问题和对文艺研究新方法的实践意义之外，还指出林文作为一种新的尝试而带有的不成熟的痕迹，例如：林文力求全面地考察阿Q的性格特征，而对于精神胜利法的深刻认识却在作者的思维机制中被抑制了；林文把阿Q当作轻度精神病患者，实质上否定了阿Q性格分裂所产生的审美价值；林文始终力求从哲学高度分析阿Q性格的内

---

1 《读书》1984年第7期。
2 《学习与探索》1985年第6期。

涵，但有时不免偏执，把人物的某种性格元素抽象化，否定了作为形象所具有的质的规定性。

笔者认为林文在阿Q典型研究史上的历史作用是不容抹杀的。在阿Q典型研究"山重水复疑无路"的时候，林文能引入新的方法与新的分析，的确使人产生"柳暗花明又一村"之感，启人拓展思维空间，开辟新的思路。林文关于采用全面、多维、动态的系统论观点研究阿Q典型问题的设想是很好的，关于阿Q性格是"人类'前史时代'世界荒谬性的象征"的论断启人深思，关于阿Q性格普遍性的层次问题和引起各国读者共鸣内在原因的分析也颇有道理。然而，林文与前面评述的吕著一样，有明显的消化不良症，用图解的方式把阿Q的性格元素分解得过于琐细，过于抽象，而脱离了人物所处的具体的社会环境与艺术创作的不可分割的整体过程，的确并非分析艺术作品的适当途径。把阿Q定为轻度精神病患者，也是不恰当的。而把精神胜利法淹没在阿Q性格系统的总论中，看不到精神机制对性格的制约作用，则更是林文的缺憾。后两点，也将在本书《典型论》中详加论析。

## 全面分析《阿Q正传》的专著

倘若吕俊华的专著仅是集中剖析阿Q精神胜利法的哲理和心理内涵的话，70年代末至80年代末还出现了以下三本比较全面地分析《阿Q正传》和阿Q形象的专著：

郑择魁的《〈阿Q正传〉的思想与艺术》[1]。该书共分十章：半殖民地半封建旧中国农村的缩影；辛亥革命的历史画卷；历史的回顾与现实的斗争；落后的不觉悟的农民——阿Q；阿Q主义；赵太爷和假洋鬼子；讽

---

[1] 参考版本为浙江文艺出版社1978年版。

刺·喜剧·悲剧；人物创造；语言特色；《阿Q正传》永远闪耀着战斗的光芒。相当全面、细致地分析了《阿Q正传》的思想与艺术，而其中最独到的则是对悲喜剧特色的分析。后来作者做了进一步的发挥，写成论文《喜剧和悲剧的交融——论〈阿Q正传〉的一个艺术特色》，发表在《中国社会科学》1981年第4期。该文从《阿Q正传》引起读者由笑到悲愤的心理过程谈起，分别论述了阿Q的喜剧性格和悲剧命运，进而探讨了这部优秀作品悲喜剧交融的特点，认为阿Q的每一个喜剧性行动中隐藏着深刻的悲剧因素，而阿Q的悲剧又是通过喜剧性格的发展而构成的这种"喜剧的外表""悲剧的实质"，使作品具有"震撼人心的力量"。郑择魁的这些分析在前人基础上实现了超越，对理解《阿Q正传》的艺术特色颇有启悟。

江潮的《阿Q论稿》[1]。该书共分八章：60年来关于《阿Q正传》的评论；鲁迅的主体思想——"改造国民性"思想的形成和发展；关于小说的思想内容与主题；阿Q性格的主要特征——"精神胜利法"；阿Q是个什么样的典型——兼谈关于阿Q典型的争论；阿Q性与民族性；阿Q性与人类性；《阿Q正传》的艺术探索。这本书相当全面、细致地分析了阿Q形象的思想性与艺术性，而其中独到之处，则是纠正林兴宅的偏差，把精神胜利法放到阿Q性格系统的突出地位，并提出了自己的见解："精神胜利法形成的历史是很久远的，在人们的自然斗争与社会斗争中都有产生的可能。当然，它的产生与阶级统治、专制主义有更直接的关系。到了近代，正如鲁迅所说，受异民族的侵略、践踏，使它的色彩与浓度更深更重，形成了全民族、全社会的国民劣根性。这种国民劣根性虽然随着社会的进步与发展，会变得越来越淡薄，但即使到了共产主义时代，在人与自然的关系中，在人与人的关系中，也有可能产生精神胜利的东

---

[1] 参考版本为辽宁大学出版社1986年版。

西。所以说精神胜利法不仅存在于人类的'前史时代'（即共产主义社会以前的时代），在人类结束'前史时代'的相当长的时间内，阿Q的子孙还会传宗接代、香火不绝的。"指出阿Q精神胜利法的久远性与普遍性，是极为可贵的。遗憾的是没有深挖其中的缘由，剖析人类自身的固有弱点。

刘福勤的《〈阿Q正传〉创作论》[1]。该书共分十章：暴露和讽刺的背面；个性、阶级性、民族性的统一——论阿Q；灵魂丑恶的"新"派知识分子典型——论"假洋鬼子"；封建地主阶级的末代丑物——论赵太爷、秀才和举人之类；构思论；语言论；风格论；时代心搏的反映和作者特定心绪的外化——成因论（一）；鲁迅艺术美学思想的成功实践——成因论（二）；从《怀旧》到《阿Q正传》——成因论（三）。同样全面、细致地分析了《阿Q正传》的思想与艺术，而其中较有分量的是"人物论"，主要观点是：第一，阿Q是个性、阶级性和民族性相统一的艺术典型，作者本意主要是画出一个具有高度概括力、具有普遍性的沉默的国民的魂灵，借以暴露民族性弱点，促国人反省。第二，假洋鬼子是仅次于阿Q的又一个独立的艺术典型，具有独特的社会思想意义和美学意义。第三，赵太爷、秀才和举人，是末代地主阶级的丑物，是中国固有所谓"精神文明"的代表者，他们及其"文明"是造就阿Q的根源。

全面性研究专著的出现，在阿Q典型研究史上具有重要意义。这说明了《阿Q正传》虽然是仅仅三万字的中篇小说，却具有极其深厚的内涵，不但值得研究家们撰写皇皇大论进行论析，而且值得写作专门著作系统研究。可惜的是，由于当时历史条件的限制和其他因素，以上三本专著还远远没有挖掘出《阿Q正传》的核心内涵，还没有以足够的分量和深度攻克阿Q典型研究这道难关。

---

1　参考版本为宁夏人民出版社1987年版。

## 注重学术史的研究

要攻克阿Q典型研究的难关，就必须认真清理百年来的学术史，归理爬梳，总结得失，寻出规律，查清症结。80年代以后，阿Q研究者们不约而同地着手这项工作，陆续出现了一些论文，例如陈金淦的《〈阿Q正传〉评价和研究的历史回顾》[1]、于万和的《〈阿Q正传〉研究的进展》[2]、刘福友的《关于阿Q研究中几个争论的问题》[3]、张梦阳的《〈阿Q正传〉研究史》[4]等等，由于阿Q典型研究史上的资料非常浩繁，问题极其复杂，论文已难以容纳，于是又出现了如下两种学术史专著：

葛中义的《〈阿Q正传〉研究史稿》[5]。该书共分三章：《阿Q正传》研究历史概说；关于《阿Q正传》研究史上的基本问题的讨论；关于《阿Q正传》研究方法问题。作者以史论结合的方式，归理了《阿Q正传》研究的历史线索，提出一些难能可贵的卓见，例如把阿Q典型研究中的真正困难和矛盾归结为阿Q性格的反常性、把精神胜利法归结为认识客观现实时的思维方法等等，都是极富启示意义的。这些卓见，将在本书《典型论》中详加论析，此处不再赘引。

邵伯周的《〈阿Q正传〉研究纵横谈》[6]。该书共分八章：从"诗无达诂"谈起；三种参照资料；鲁迅在世时就已听到的评论；新的研究成果与新的开拓；研究工作的广泛开展；研究工作的"华盖运"；在新的历史时

---

[1] 陈金淦：《鲁迅研究的历史与现状》，江苏教育出版社，1986年。
[2] 北京鲁迅博物馆鲁迅研究室编：《鲁迅研究资料11》，天津人民出版社，1983年。
[3] 《辽宁教育学院学报》1983年第1、2期。
[4] 中国社科院文学研究所鲁迅研究室编：《1913—1983鲁迅研究学术论著资料汇编》第5卷，中国文联出版公司，1987年。
[5] 参考版本为青海人民出版社1986年版。
[6] 参考版本为上海文艺出版社1989年版。

期;"旷代文章数阿Q"。作者不仅全面、系统地评述了近七十年的阿Q研究历史,还在第八章中论述自己的观点,无论从史料的丰厚、评析的公允、立论的稳实,还是从叙述风格的从容不迫、款款自如来看,邵著都是首屈一指的,欠憾之处是求稳有余而出新不足,对阿Q典型研究中的难题扣得不够紧,攻坚也不够有力。

## 80、90年代的新趋向

80年代下半期到90年代,阿Q典型研究出现了新的趋向:逐步在人类性、国民性、阶级性、人物个性四个层次对阿Q精神胜利法的普遍性取得了共识,并逐步摆脱旧有的模式,从更广阔的视野和更深刻的层面上对阿Q典型性问题进行形而上的思考。

这一时期,突出体现这一新趋向的论文有:

林非的《论阿Q典型性格不同层次的概括性》[1]。该文认为:"在阿Q的典型性格中确实也具有像莎士比亚那样对于'人类心灵方面的新发现','把共同的认识推进了好几个阶段',而这样深刻的思想见解,又是通过审美的途径充满魅力地表现出来的,因此才会引起广大读者如此深厚的兴趣。""阶级性的概念诚然是一种科学的抽象,然而国民性和人类性的概念其实更是进一步趋向共性的科学抽象。""只停留在阶级性的抽象上,就会限制我们对事物整体性和多层次性的认识,这就从本来是合理的前提走向形而上学的片面性。""鲁迅指出的'精神上的胜利法',确实是揭示了一种严重的国民性的痼疾。他通过阿Q典型性格的塑造,呼唤着要整个民族从这面镜子中获得自省的途径。""善于在审美过程中获得思想上的发现,然后将它结晶为自己的艺术体,这是诞生杰作的最为

---

[1] 《江海学刊》1986年第5期。

重要的前提。《阿 Q 正传》充分地完成了这一点，因此它走出了中国，走向了世界。"

李春林的《鲁迅的〈阿 Q 正传〉与陀思妥耶夫斯基的〈两重人格〉——兼论精神胜利法的世界普遍性》[1]。该文认为鲁迅与陀思妥耶夫斯基作为世所罕见的伟大作家，最好的东西不是本国性而是世界性的：他们都塑造了以精神胜利法作为自己行为方式的人的典型，反映了人类的普遍心理特点。阿 Q 和高略德金就是这样两个人物形象。他们在现实生活中总是屈辱和失败，只好在纯精神领域里驰骋，以假想的胜利自我安慰。这种精神现象不是个别的，而是一种人类的普遍心理特点，只是有的人偶然为之，有的人则以此作为自己的行为方式和本质属性。总之，精神胜利法具有世界普遍性。鲁迅创造的阿 Q 这一形象，糊涂而不疯狂，真实并且贴切，使每一个人都可以从中照出自己的影子，由此开出反省的道路，从而使阿 Q 在世界文学人物画廊中占有了不可取代的地位。

阎真的《理解阿 Q：在现实主义界柱之外》[2]。该文对《阿 Q 正传》的表现手法问题进行了富有新意的深入思考。认为：长期以来，人们将阿 Q 看作现实主义形象。因拘泥于此，人们长期没有明确意识到对阿 Q 形象的反常性、怪诞性做出合理解释，是理解这个形象的基础性、关键性问题。该文则提出，阿 Q 作为鲁迅致力批判的种种国民精神病态的集大成者，并非一个现实主义的文学形象。小说的表现手法，已经超出了现实主义的细节真实性和客观地再现生活的要求，使阿 Q 形象产生变形，并有着反常性和怪诞色彩。这种与现实拉开距离的艺术手法，就是与再现法相对的表现法，或者称作广义的"表现主义"；用布莱希特戏剧美学的语言来表述，就是"间离法"。这一点对小说艺术效果有着极为重要的意义：第一，它使读者对日常生活中熟悉的事物（精神胜利法）产生陌生

---

[1] 山东鲁迅研究会编：《〈阿 Q 正传〉新探》。
[2] 《湖南师范大学社会科学学报》1988 年第 2 期。

感,并在惊异中看清以往熟视无睹的事物的荒谬本质。第二,它阻止了读者与阿Q的情感交融,使读者不会在对阿Q的不幸的同情中丧失理性的批判态度。第三,它使阿Q形象超出了社会阶级身份的制约,使这个形象在一定程度上抽象化了,具有更广阔的覆盖力量和超阶级的普遍意义,从而拓展了阿Q形象的概括力度和表现功能。小说的艺术形式,是具有特殊审美功能的,因而是有意蕴的形式。该文姐妹篇《理解阿Q:从新的基点出发》[1],又对阿Q精神胜利法的来源和阿Q典型性质问题进行了新的探讨,认为应该重新提出冯雪峰的"精神寄植说":"鲁迅表现阿Q精神胜利法,并不只是就事论事,而是通过这种描写,表现普遍的国民精神病态。小说通过非现实主义的表现方法,将对精神胜利法的表现在很大程度上脱离了具体描写对象的有限性,而抽象到了表现普遍国民精神病态的层次。当然,小说还潜藏着进一步抽象而达到具有世界普遍意义的层次的可能性。"基于使阿Q形象被普遍理解的考虑,认为用"精神胜利"来表达阿Q典型的性质,似更为可取。

周国雄的《〈阿Q正传〉艺术属性新探》[2]。该文也对前人的观点提出了驳难,不同意把《阿Q正传》的艺术属性看成是悲剧或悲喜剧,从作家意图、主人公人物性格表现和读者主要审美感受等方面探讨,得出《阿Q正传》是喜剧杰作的结论。

刘再复、林岗的《传统与中国人》[3],对阿Q精神胜利法的内核也有新的分析:"精神胜利法不仅是个体处理自己同外部世界关系时的一种精神现象,而且(准确地说),它也是一种宇宙观和人生观。这种宇宙观和人生观认定,人对周围世界的看法和所有判断只取决于内心里自己同自己达成的契约,根本不存在客观意义上的客观性。外部约束力对那种

---

[1] 《鲁迅研究月刊》1988年第8期。
[2] 《华南师范大学学报》1988年第3期。
[3] 参考版本为生活·读书·新知三联书店1988年版。

'自我契约'是无能为力的,任何对自我的行动、动作、打击,一句话利与不利的刺激,它们实际上只不过是自我心象的幻影,根本不是什么刺激。就是说,主观和客观之间不存在稳定的可供检验的关系,客观的东西移入主观而形成的知识、概念、判断是没有客观性的。比如,阿Q明明挨了闲人的揍,五六个响头撞得墙上还发出声来。但阿Q至死不肯承认失败,恰恰相反,他认为胜利却在他一边。这反映出阿Q意识深处的思路,因此它就完全掌握在自我手里,自我想怎样构成这个幻象就怎样构成这个幻象,被构成的幻象就转化成客观性的刺激,幻象代替了刺激。"总之,"精神胜利法通俗地讲就是神话式的用幻想、一厢情愿的畅想去改造世界的方法"。改变了名,就是改变了实在,这就是精神胜利法的全部诀窍。

姜志军的《阿Q形象的多重奥秘探源》[1]。该文从鲁迅知识渊博、思想精髓、吸取融汇古今中外的创作方法以及复杂的社会生活和委婉的表意、审美主体接受、审美信息智能的差异等方面,分析了阿Q形象具有多重奥秘的因由。

张凤武的《寻根:〈阿Q正传〉的文化反思意向》[2]。该文从文化寻根的角度,探索《阿Q正传》的文化反思意识,进而宏观考察鲁迅小说的美学形象体系特征。认为:鲁迅对"国民性"这个多维文化结构复合体的探索,为我们开拓了一条中国社会和人生的反省之路。这条反省之路的特点是:通过"文化寻根"这个独特的艺术视角,探索传统文化的心理结构和民族集体无意识层,概括出精神胜利法这种具有某种共同性的国民性病态,从而启迪人们为认识自身、重塑灵魂、改良社会而去追求奋争。

---

[1] 《北方论丛》1989年第5期。
[2] 《西北师大学报》1990年第2期。

高杰的《阿Q精神的哲学根系探源》[1]。该文不同意把阿Q精神的哲学根系归为庄子的提法，认为应该归结为儒教，因而重点探讨了阿Q精神与儒家哲学的渊源关系和内在联系，指出阿Q精神是儒家文化通过中国几千年的封建专制媒介，强行或无形地留给中国国民的一份无比沉重的精神遗产。

孙中田的《阿Q与艺术变形》[2]。该文认为阿Q是一种独创的艺术变形体。在精神变形这个更高的层次里，以精神胜利法这种精神妄想和畸变，反映了"集体无意识"的国民痼疾，潜含着深厚的心理和哲理的意蕴，具有更高层次的审美价值。

张中南、许守瓒的《人类前史时代的荒谬人性——阿Q和赫斯林性格的平行比较》[3]。该文对鲁迅的阿Q与德国作家亨利希·曼的小说《臣仆》中的主人公赫斯林进行了比较，经过阿Q性格与赫斯林性格自然质、系统质和功能质的对照分析，透视了人类前史时代的荒谬人性。认为："鲁迅和亨利希·曼对这种时代的荒谬性及由此产生的奴根性，憎恨至深，批揭尤力，不遗余力地剖析了这种精神现象，不约而合，各自画出这荒谬人性可耻的一面，是极其准确辉煌的成功。而作为文学评论，如果能拓宽视野，把艺术形象放到更广阔的环境与联系中来研究理解，将它们摆在一起反复比较，那将会比仅仅囿于本国本族单人单篇的研究，获得更符合实际的认识，从而更能揭示这两个形象综合起来的巨大历史意义，深刻的现实意义和久远的洞察意义，也会更鲜明地烛照出不同国家民族的生活精神面貌，这将有助于实现马克思的预言：'如果全民族（在这里我们想加上"全人类"三个字）都感到了羞耻，那它就会像一头准备向前扑去而往后退缩的狮子。'"

---

1 《鲁迅研究月刊》1990年第9期。
2 《鲁迅研究月刊》1990年第11期。
3 《厦门大学学报》1991年第1期。

蔡鸿恩的《阿Q幻觉的多样性探微》[1]。该文对阿Q的幻觉进行了剖析，认为阿Q白日梦的描写特点有三：一是实境和梦境的融合，似真又幻，迷离一片。二是悲剧因素与喜剧因素的融合，悲剧加强着喜剧，喜剧加强着悲剧。三是朦胧的情绪性感受和对整体性本质认识的融合，并认为通过对阿Q的许多互相联结的白日梦进行透析，获得了理解作品的新的"观察点"，产生了理解作品的一种新的"解决方式"的强大诱惑力。

赵江滨的《阿Q与艺术抽象问题》[2]。该文认为：阿Q这一艺术形象自从诞生之日起，便被各种不同的批评眼光审视着。缕析七十年来人们对阿Q的纷繁而复杂的阐释，不同中却蕴含着共同的地方，即大都认为阿Q的形象内核凝聚了中国国民乃至人类的某种属性。这种超时空的历史一致性准确地揭示了阿Q的艺术特质——高度的艺术抽象性。该文通过历史回顾，论述了阿Q与艺术抽象的关系，进而具体阐明了阿Q是一个高度"写意性"的、折射出强烈普遍意味、极具超验性的艺术形象。

张梦阳的《阿Q新论——阿Q与世界文学中的精神典型问题》[3]。这是一部二十七万字的学术专著，系统梳理了七十多年来的阿Q研究史，提出：阿Q是一位与世界文学中堂吉诃德、哈姆雷特、奥勃洛摩夫等典型形象相通的着重表现人类精神机制的特异型的艺术典型，可以简称为"精神典型"。以这些典型人物为镜子，人们可以看到自身的精神弱点，"由此开出反省的道路"。《阿Q正传》是鲁迅以至中国现代文学史上最重要的作品。

总之，80、90年代的阿Q典型研究出现的新趋向是继续朝着研究阿Q的反常性、怪诞性、"写意性"及其变形过程、抽象属性的方面发展，朝着世界文学的广阔视野拓展，朝着精神现象学、心理学的哲理深度掘进。

---

[1]《南通师专学报》1991年第1期。
[2]《徐州师范学院学报》1991年第3期。
[3] 参考版本为陕西人民教育出版社1996年版。

## 21 世纪的要文

进入 21 世纪,关于阿 Q 的争鸣减少了。或许是随着时代的进步,给阿 Q 划定阶级成分的幼稚行为已无人再做,阿 Q 典型的普遍性已少有人质疑,所以讨论也随之消声了。但还是出现了几篇增进对《阿 Q 正传》认识的文章。简述如下:

汪晖的《阿 Q 生命中的六个瞬间》[1]。此文最重要的理论贡献是把《阿 Q 正传》定性为国民性的寓言,不是农民的典型。作者分析:"如果阿 Q 是一个民族的形象、民族的魂灵、国民性的象征,那么,《阿 Q 正传》的写作就是寓言式的;如果阿 Q 是一个农民、一个流浪汉、一个雇工,那么,《阿 Q 正传》就可以被视为典型的现实主义作品。综合而言,《阿 Q 正传》包含两重结构。一重是阿 Q 的生平故事,优胜纪略、续优胜纪略、调戏小尼姑啦、向吴妈求爱、革命与不准革命等等。批评家们沿着这条线索,分析辛亥革命前后的社会关系,说明阿 Q 是一个如此真实的人物——一个农民,或者一个长工。但是,阿 Q 又是一个寓言。詹明信在阅读《狂人日记》时评论说,即便采用了现代主义的、心理主义的和个人主义的叙述方法,第三世界文学也同时是一种民族寓言。《狂人日记》是一个个人的心理病案记录,但也是一个民族的隐喻。《阿 Q 正传》不是心理主义的,说故事的形式并没有提供主观的、心理的视角,每一个故事和细节都极为具体,但这个作品又是一个寓言,否则怎么能说阿 Q 是现代国人的灵魂呢? 故事与寓言天衣无缝地结合在一起,这需要很高的技巧。现代小说都用主观片段、散文式的方式来对抗旧文学,但《阿 Q 正传》模拟西方流浪汉小说,也模拟中国古代小说的写法,其反讽结构是以旧的——或

---

[1] 《现代中文学刊》2011 年第 3 期。

者说是更新的——叙述方法呈现的。但小说的叙述里面隐伏着内在的契机，使得客观的小说叙述编成了寓意的结构。鲁迅不是抽象地描述国民性或民族性的类型，他通过对一个农民、一个流浪汉的'食色'和死亡问题的考问，挖掘人物无法自我控制的直觉和本能，使得人物得以丰满地确立起来。《阿Q正传》连载的时候，大家都等着下一期，因为每读一段，都让读者联想到是在写自己、写自己周遭的人和事。这个寓言的结构很容易被读者把握，但小说在叙述上完全没有寓言性。这与《狂人日记》不一样。《狂人日记》有很多特殊的句子，比如'四千年的旧账''陈年的流水簿子''仁义道德''满篇都是吃人'，直接地指向寓意的结构；小说虽然是狂人康复的记录，但叙述本身是象征性的。《阿Q正传》的写法不是这样的，它的寓言性源于人物创造的高度的概括力。"

汪文更可贵的是还把《阿Q正传》定性为"革命的寓言"，指出："如果说《阿Q正传》是对作为开端的辛亥革命的一个探索，那么，这个开端也就存在于向下超越的可能性和必要性之中。在这个意义上，《阿Q正传》是二十世纪中国革命的寓言。"既然确定鲁迅是寓言式地反映"革命"，也就从根本上堵死了《阿Q正传》是表现辛亥革命失败的平庸思路。

但也有学者持不同意见，其中最突出的是陶东风的《本能、革命、精神胜利法——评汪晖〈阿Q生命中的六个瞬间〉》[1]。陶文不同意汪晖的主要观点。在对六个瞬间的解读上，也存在分歧。认为：阿Q式的"革命"——身体造反、感官享乐、想干什么就干什么——绝非现代意义上的革命，阿Q式的"革命"和阿Q的精神胜利法一样，都是"现实法则"与"官方正史"规训的产物。中国革命只有超越动物性造反，才能成为真正意义上的政治革命。

---

[1]《文艺研究》2015年第3期。

另一篇是张全之的《〈阿Q正传〉："文不对题"与"名实之辨"》[1]。该文作者以敏锐的眼光发现了《阿Q正传》的大标题，是"以'正传'之名，行'反传'之实"；各章的标题也是以"优胜""中兴""恋爱""革命""大团圆"等"标题秀"，反讽阿Q的屡屡"失败"以致最后被糊里糊涂地执行了死刑。这种"'文''题'背离，'名''实'不符，显得怪异而又滑稽，形成了独特的审美风格"。"依靠文本自身结构上的矛盾对立，使文本以'自己撕裂自己'的醒目方式，来呈现儒家文化体系中'以名正实'的荒诞和悖谬之处。"这又反映了作者思想的深刻性，揭示了"文不对题"背后的寓意。《阿Q正传》百年研究史上，还没有一位研究家看出这一点，并进行了有理有据的思辨。

作家毕飞宇解读《阿Q正传》的文章[2]，对精神胜利法在阿Q性格系统中的本质意义和内涵认识得更清楚了。

毕飞宇这样说："我们都知道，阿Q这个人有一个最大的性格特征，或者说特异功能，那就是'精神胜利法'。这是鲁迅先生对中国文学所做出的无与伦比的贡献。老实说，鲁迅的伟大是他完成了'精神胜利法'的命名，'精神胜利法'本身却没有什么可谈的，因为它并不复杂。真正复杂的是，作为作者，鲁迅是如何去'完成'这个性格特征的？他又是如何使这种性格特征得以确立的？就写作这个角度来说，我以为，这个问题和'精神胜利法'本身同等重要。

"我在前面说了，鲁迅写作《阿Q正传》所采用的是一个圆形结构，阿Q处在圆心，其他的人都在圆周上。如果我们仔细阅读这篇小说，我们很快就会发现，阿Q和圆周上的每一个人都是对立的。阿Q鄙视任何人，除了他自己。大家都知道拉康有一个著名的理论，也就是镜像理论。

---

[1]《中国现代文学研究丛刊》2013年第2期。
[2] 2017年6月22日，毕飞宇在张掖河西学院讲座，命题为《沿着圆圈的内侧，从胜利走向胜利——读〈阿Q正传〉》，后发表于《文学评论》2017年第4期。

这个理论阐述的其实是一个认知问题：一个人是如何认知自我的。在拉康看来，人类只有通过他人才能完成自我的认知。所以，问题的关键就在这里：如何让阿Q失去'镜像'，失去自我认知的参照。我们不能说鲁迅是在镜像理论的指导下去写作《阿Q正传》的。这个说不通。但是我要说，伟大的作家完全可以通过他的写作直觉去达成某个哲学命题。鲁迅是这么做的——第一，先确立阿Q的禁忌。这是一个关键点。何为禁忌？1. 自身的短处或弱点；2. 这个短处或弱点一点都容不得他人的指涉；3. 但有指涉必遭反弹。鲁迅正是抓住了阿Q热衷于反弹或热衷于抗拒这个点，一步一步地描绘了阿Q不算复杂的人际。可以这样说，鲁迅塑造阿Q性格的过程，就是交代阿Q抗拒外部世界的过程。阿Q没有一个朋友，换句话说，阿Q没有任何对话的对象和可能。第二，在失去对话的对象和可能这个基础上，阿Q完成了他的自我封闭。整部小说，鲁迅最终完成的其实是一个系统，也就是阿Q自我封闭的系统。这是'精神胜利法'的大前提。没有这个系统，完成'精神胜利法'这个性格特征就不可能做得到。第三，从自我封闭这个系统出发，阿Q一步一步丧失了他的现实感，也就是说，阿Q一步一步地丧失了他的认知能力，这个认知能力自然包括两大板块：1. 主体的认知能力；2. 客体的认知能力。第四，两大板块的彻底丧失，唯一剩下来的是什么呢？是癔态。是我'要什么就是什么'，我'喜欢谁就是谁'。这是疯狂的、变态的、病相的，一点都不涉及理性，一点都不涉及生存的基本秩序，一切都可以脱离实证，一切都不需要现实依据。这个癔态所包含的仅仅是做大爷的心理需求和心理满足。作为一个饱受凌辱的人，什么是阿Q的心理需求？什么最能满足阿Q？当然是胜利。然而，从逻辑上说，胜利属于判断，是判断就涉及依据，它是实证的结果。阿Q则不需要那些。他的胜利只不过是他的'意愿'，他自己'宣布'一下就可以了。这就是'精神胜利法'。我要说，封闭系统的确立，表示着'精神胜利法'的最终完成，表示着阿Q这一性格特征的确立。阿Q的一切'行状'，就是沿着封闭系统的内侧，注意，是内侧，是黑咕隆咚的内侧，从胜利走向胜利。"

毕飞宇对《阿Q正传》的解读，对阿Q典型研究做出了最重要的推进，就是强调精神胜利法是阿Q最突出的性格特征，或者说特异功能。"这是鲁迅先生对中国文学所做出的无与伦比的贡献。老实说，鲁迅的伟大是他完成了'精神胜利法'的命名。"并对精神胜利法在阿Q身上的表现和形成内因做了新颖而透辟的分析，指出了这些描写在读者心中的"镜像"作用。

作家林希用更尖锐的话形容了读《阿Q正传》之后的感觉。[1]记者问他："了不起的是哪本书？"林希直截了当地答道："《阿Q正传》。每次读《阿Q正传》，都承受一次被鞭笞的疼痛，疼痛到渗出心上的血。但愿我不是那个唱着'我手执钢鞭将你打'的未庄好汉，挨王胡打，在小D面前逞英豪，但愿我不是那个被绑去杀头，还洋洋得意地大喊'二十年后又（是）一条好汉'。也许我不是，但我的先人是，我未来的子孙也可能还是。谁能剥开满纸的仁义道德，让你看见字里行间的'吃人'二字？读一次《阿Q正传》，经受一次精神洗礼。"林希说出了读懂《阿Q正传》的人们的共同感受。

具有灵气和创作实践经验的作家，往往比书斋里的研究者判断得更为灵敏准确。

## 再回到冯雪峰的"精神寄植说"

通过对阿Q典型研究的历史回顾，我们理出了这样一条发展线索：《阿Q正传》发表时，最初的反响与评论者都直言不讳、非常确定地认为

---

[1] 林希:《林希谈枕边书》,《中华读书报》2020年7月1日。

阿Q是"中国人品性的结晶"，作者是"提炼精粹，凝为个体"，这一观点是符合鲁迅本人对创作主旨的自述的。到20、30年代，阿Q典型研究沿着这一正确途径向前进展，大为丰富了对阿Q典型性质的认识，但也出现了把精神胜利法与阿Q其他性格特征并列的弊端。40年代，阿Q典型研究一方面沿着阿Q是某种"精神现象的拟人化"的思路，对阿Q精神的认识更为深化；另一方面开始运用马克思主义的阶级论和社会学说，挖掘阿Q所代表的阶层的特殊意义和他所处的社会环境，并开辟出心理卫生、主观主义思想方法等新的视角。而到了50年代，阶级论被绝对化、庸俗化了，阿Q典型研究陷入庸俗社会学的迷途，纷纷给阿Q划定阶级成分，冯雪峰的"精神寄植说"一提出就遭到非难是在所难免的。但是阿Q精神胜利法的普遍意义无法掩盖，何其芳又提出"共名说"予以迂回解释，结果受到李希凡从阶级论角度发出的理论驳难。"文革"结束后，陈涌80年代初期一出山即重新致力于阿Q典型研究，重新论评何、李之争，许多有思想的知识分子也结合"文革"的亲身体验重新审视阿Q的精神胜利法及其产生的根源、条件，虽说在理论上有所推动，但没有从根本上解决问题。80、90年代之交，阿Q典型研究出现了对阿Q精神胜利法的普遍性取得共识，从世界文学的广阔视野和精神现象的深邃层次对阿Q的反常性、抽象性进行形而上的思考的新趋向，并不约而同地重提冯雪峰的"精神寄植说"。21世纪理论界和创作界对阿Q精神胜利法的认识取得共识，更加深化。

历史的确是螺旋形发展的。经过百年的螺旋形上升，人们对阿Q典型性的认识竟又回到了冯雪峰的"精神寄植说"，甚至回到了20年代初最早反响时的观点。

这并不是认识史上的倒退，而是更高层面与更厚基础上的认识回归。

其实，冯雪峰的"精神寄植说"并不是突发奇想、一时杜撰的，就他自身来说，也有其认识的发展过程。

1937年10月19日，在上海鲁迅逝世周年纪念会上，冯雪峰做过一次题为《鲁迅与中国民族及文学上的鲁迅主义》的讲话，于1940年8月1日发表在《文艺阵地》半月刊第5卷第2期上。在这篇讲话中，冯雪峰在重要位置论述了《阿Q正传》。他指出：

> 鲁迅先生以毕生之力作了民族史图，在这史图里，我们首先就分明地看见在征服者和给征服者办人肉酒筵的厨师的合力统治之下，中国的民众——奴隶，是在反叛着的，奴隶的反叛！当然大都逃不出失败的命运。在这之下，就产生了奴隶主义和奴隶失败主义——阿Q主义。阿Q主义，那精义，不过是奴隶的自欺欺人主义，阿Q的有名的精神胜利法，就是奴隶的失败主义的精华。是的，阿Q本人不过是奴隶的一分子，是中国的被剥削了几千年的农民的代表，他本人只是给人到处做短工的一个流浪的雇农；正因如此，倘将阿Q的自欺欺人办法，仅仅和他自己——一个奴隶，一个做短工的人相联结，这办法就反而教人同情，因为这也是他的一种自卫的战术，否则他就不能生存，而且终于不能生存。然而这是失败后的奴隶，甚至是在做稳了奴隶之后而幸喜着，而得意着的驯服的奴才的意识，而且还说是中国文明的精华！然而奴隶是总要反叛的，也应该反叛的，失败了，也仍应该反叛，到不是奴隶的时候为止。不过，我们就因此知道，奴隶的被压迫史，才真是阿Q主义的产生史。阿Q主义也依然是血所教训成的，依然是血的结晶。《阿Q正传》是阿Q根性的暴露史，却也是阿Q的被压迫、被迫害史，是他的生活斗争的失败史，展开我们面前的是中国民族和社会史。我们看见不仅是阿Q的肖像，而且是阿Q的灵魂；不仅是阿Q的单纯，而且看见他的复杂；不仅在阿Q中看见一个阿Q，而且看见他的全部的社会阶级关系。

冯雪峰这段关于阿Q的论述是非常精彩的！虽然这时还没有提出什么"精神寄植说"或"思想性典型说"，实质上，所谓"阿Q主义的产生史""阿Q根性的暴露史""看见不仅是阿Q的肖像，而且是阿Q的灵魂"，等等，已包含以后观点的基因。

1940年，冯雪峰又在《论典型的创造》[1]一文中说：

> 我们可以去研究《哈孟雷特》《浮士德》《堂·吉诃德》《康迭第》《死魂灵》……等等，都是从社会的、历史的矛盾斗争中摄取题材，在社会思想形态的斗争中展开的。倘不如此，就不会有那么强大的思想力和那么明确的历史性。我们的《阿Q正传》也是如此，倘若鲁迅先生不从中国社会的根本矛盾上去捉住阿Q根性的根源，不借此来展开社会思想形态的战斗，则首先阿Q就不能有这样凸出，而《阿Q正传》也不能具有这样巨大的思想力量和历史的真实。

这一段论述是极其重要的，不仅将视野拓展到世界文学的广阔范畴，启悟研究者进一步想到阿Q与哈姆雷特、堂吉诃德、浮士德等著名人物属于同一性质的文学典型，而且领悟到这类典型的性质最主要的相通点在于：作家是从社会的根本矛盾上去捉住人物精神根性的根源，借此来展开社会思想形态的战斗，从而使人物无比突出，作品具有无比巨大的思想力量和历史的真实。而这一点，与冯雪峰后来在提出"精神寄植说"的《论〈阿Q正传〉》一文中所说的这一段话是相通的："鲁迅由于他自己所选定的历史岗位，是政论家，是战斗的启蒙主义者，所以他越是像他对付杂文一样，以一个政论家的态度，战斗的启蒙主义者的态度，去对付他的小说，则他的小说也就越杰出，越辉煌。否则，就要因为不能高度地

---

[1] 冯雪峰：《论文集》上卷，人民文学出版社，1981年，第176页。

显出鲁迅自己的这种特色,而那作品在鲁迅自己的作品里面也就要显得比较的逊色了。"冯雪峰这一异常卓越的见解,与茅盾在40年代的看法是完全一致的。茅盾1948年10月,在《论鲁迅的小说》[1]中说过:"《祝福》《伤逝》《离婚》等篇,所达到的艺术的高峰,我以为是超过了《阿Q正传》的。""至于《阿Q正传》,它的逼人的光辉宁在于思想的深度。"由此可见,冯雪峰后来说"阿Q,主要的是一个思想性的典型",实在是有原因的。

1949年10月25日,冯雪峰在《人民文学》第1卷第1期发表《鲁迅和俄罗斯文学的关系及鲁迅创作的独立特色》一文。该文也特别着力论述了阿Q:

> 鲁迅在前期所探索的主要的对象是农民及知识分子与青年。对于农民(主要的是贫农和雇农,那在艺术形象上的代表应该是闰土和王胡,而不是阿Q,因为阿Q是一个复合体,他身上所集中着的缺点并非完全都是农民——尤其雇农的,鲁迅把知识分子,统治阶级的士大夫和官僚,以及小市民所通有的"阿Q性"和"阿Q相"也都溶合在阿Q这复合体里了)……

这种"阿Q是一个复合体"说,与周作人的"一幅中国人品性的'混合照相'"说,是同出一辙的,是冯雪峰提出"思想性典型说"与"精神寄植说"的理论前奏。而最值得深思的,是认为农民"在艺术形象上的代表应该是闰土和王胡,而不是阿Q",这一观点的启示意义在于:冯雪峰在理论上是不同意阿Q是农民阶级的典型这种提法的,阿Q的典型意义绝非闰土和王胡所能比拟,他的意义要广大得多!绝非某一阶级的特征

---

[1]《小说月刊》(香港)第1卷第1期。

所能包含。

是的，深知鲁迅创作内情的卓越的文艺理论家冯雪峰，是在启悟人们超越平庸，去探寻阶级和历史背后的人性人格、人生悖论，去透视某种人类精神现象层面上的终极意义，而不要拘泥于表面的阶级成分与生活现象。只有这样，才可能真正理解阿 Q 这一不朽的典型形象，也才可能真正理解鲁迅，理解他创造阿 Q 的良苦用心和思想、艺术的高境界，理解他的《阿 Q 正传》等艺术作品为什么能够走向真正的大气和恒久的途径，理解他无论是在精神上还是在艺术上都没有满足对既有范式的承袭，而是以精神界之战士的跨世纪气魄与大家风度的艺术腕力，以浓重沉郁的人生感悟与振聋发聩的创新精神，以震破天宇的呐喊之声与耳目一新的艺术之作，为世人提供一种崭新的视角和感悟方式，使他们能在一种新的维度上发现人生，发现自我，发现民族性的病根，发现人类精神现象中存在的普遍弱点，从而进行最深沉的反省，最根本的革新。

因此，冯雪峰的"思想性典型说"与"精神寄植说"实质上是百年阿 Q 典型研究史上最值得珍惜、最接近阿 Q 典型真义与鲁迅创作本意的理论成果，是阿 Q 典型研究学术史链条上承前启后的关键一环。

以后的阿 Q 典型研究应该紧紧抓住这一环重新开始。

# 典型论：精神典型的概念界定与分析

## 需要提出一个新的概念

世界文学中，不仅艺术创作有"类似再现"的事情，而且理论研究也有"不谋而合"的现象。

苏联文学理论家在陀思妥耶夫斯基研究中也遇到了与阿Q典型研究类似的现象。

В. М. 恩格尔哈特认为陀思妥耶夫斯基小说描绘的重心是左右着主人公的那个思想，而不是如托尔斯泰和屠格涅夫一般类型小说那样，重心是主人公的生平，所以称作"思想小说"。巴赫金认为恩格尔哈特对陀思妥耶夫斯基创作的基本特点，有着非常深刻的理解，然而"思想小说"这一术语不很贴切，引人离开了陀思妥耶夫斯基真正的艺术目的。[1] 陀思妥耶夫斯基对自己真正的艺术目的做了这样的说明："在完全采用现实主义的条件下发现'人身上的人'——人们称我是心理学家，这是不对的。我只

---

1 巴赫金：《陀思妥耶夫斯基诗学问题》，白春仁、顾亚铃译，生活·读书·新知三联书店，1988年，第51、65页。

是最高意义上的现实主义者。也就是说，我描绘人类心灵的全部隐秘。"[1] 所谓"人身上的人"，实质就是"人类心灵的全部隐秘"，也就是人类的思想活动和精神现象。陀思妥耶夫斯基小说描绘的重心，并非游离人物之外的思想，也不是"寄植"于人物身上的精神，而是活生生的具体人物本身所具有的心灵深处的思想活动和精神现象，特别是人人都面临的精神世界与物质世界的关系问题，亦即自我的主观精神对待客观外界的根本态度、方式以及对自我和对世界的总体观念，也就是"发现人身上的人"。精神活动，正是人区别于动物的根本标志，是人最重要最隐秘最深层的基本特征。陀思妥耶夫斯基和鲁迅都是最善于描绘这种人类精神特征的伟大作家。恩格尔哈特和冯雪峰都敏锐地抓住了研究对象这个最重要最突出的特点，可能是对其特点印象过深的缘故，以至于得出了"思想小说"和"思想性的典型"这种偏执性、极端化的结论，违背了作家真正的艺术目的，也违反了艺术创作的基本规律。所以，虽然冯雪峰的"思想性典型说"与"精神寄植说"实质上是百年阿Q典型研究史上最值得珍惜、最接近阿Q典型真义的理论成果，是阿Q典型研究学术史链条上承前启后的关键一环，却不是一种完备、妥帖的提法。因为艺术是基于个别形象而不是基于概念显现思想的，任何概念化的东西都与艺术无缘。诚如歌德所说："德国人确是一些古怪的人儿！他们到处寻求深奥的思想和观念，而把它们塞进事物中去，因此把生活搞得不必要的繁重。""总而言之，作为诗人，我的作风不是企图要体现某种抽象的东西。我把一些印象接受到内心里，而这些印象是感性的、生动的、可爱的、千姿百态的，正如一种活跃的想象力所提供给我的那样：作为诗人，我所做的事不过是用艺术方式把这样的直观和印象在心里融会贯通起来，加以提高，然后用生动的描写表现出来，使别人听到或读到我描写的东西时获得与我同样的印象。"[2] 歌德的这

---
[1] 巴赫金：《陀思妥耶夫斯基诗学问题》，白春仁、顾亚铃译，第99页。
[2] 爱克曼：《歌德谈话录》，朱光潜译，人民文学出版社，1978年，第119页。

段话，不仅是他本人艺术创作的生动写照，而且真实反映了鲁迅和陀思妥耶夫斯基等所有成功作家的艺术创作过程。难怪"思想性的典型"和"思想小说"这类观点一提出，就遭到种种驳难呢！但是，切勿把孩子和洗澡水一起泼掉！冯雪峰的"思想性典型说"，与恩格尔哈特的"思想小说观"一样，包含着重要的真理。

历史已经充分证明，把"思想性典型说"里所包含的重要真理彻底否定，而将阿Q限定为某一阶级的典型，任意定成分、贴标签的做法，只会导致更大的谬误。

科学的态度是坚持理性分析，取其精粹，纠其偏执。

冯雪峰阿Q典型观的第一个偏执处是："寄植"一说，本末倒置，颠倒了思想与形象、精神与典型的源流关系。

当然，这一说法看来也并非冯雪峰的发明，在鲁迅《译了〈工人绥惠略夫〉之后》一文中也出现过类似说法：

> 批评家的攻击，是以为他这书诱惑青年。而阿尔志跋绥夫的解释，则以为"这一种典型，在纯粹的形态上虽然还新鲜而且稀有，但这精神却寄宿在新俄国的各个新的，勇的，强的代表者之中"。

引号内的话，并非鲁迅说的，而是他所翻译的阿尔志跋绥夫对《赛宁》一书的自辩。"寄宿"一语，与"寄植"大致相同。鲁迅对阿氏的自辩做了如下分析：

> 批评家以为一本《赛宁》，教俄国青年向堕落里走，其实是武断的。诗人的感觉，本来比寻常更其锐敏，所以阿尔志跋绥夫早在社会里觉到这一种倾向，做出《赛宁》来。

什么倾向呢？鲁迅指出："这一种倾向，虽然可以说是人性的趋势，但总不免便是颓唐。"这就是说：鲁迅认为阿尔志跋绥夫凭着超乎寻常的锐敏感觉，早在社会里觉到一种精神的倾向和人性的趋势，从而塑造出赛宁这个反映颓唐倾向和个人主义趋势的"以性欲为第一义的典型人物来"。

鲁迅的这段分析与他在《两地书·八》中所说的话是相通的：

> 在中国活动的现有两种"主义者"，外表都很新的。但我研究他们的精神，还是旧货……

二者的相通之处是尽管"各个新的，勇的，强的代表者""主义者"，"外表都很新"，但是"研究他们的精神"，却"还是旧货"。具有超乎寻常锐敏感觉的诗人，应该剥其外表的新，显其精神的旧，以典型人物反映早在社会里觉到的那种精神倾向和人性趋势。而那种精神倾向和人性趋势，是典型人物本身所具有的，并非诗人所"寄宿"或"寄植"的。因此，鲁迅在自己的分析中没有使用译文出现的"寄宿"一语。

无须考证冯雪峰提出"精神寄植说"之前，是否参照过阿尔志跋绥夫的"寄宿说"。当然，看过并熟悉鲁迅的《译了〈工人绥惠略夫〉之后》一文是毫无疑义的。然而，判定二者之间一定有参照关系就未免牵强附会了。不过，无论是直接参照，还是不谋而合，其理论实质是一致的：对思想精神重心的强调是完全正确的，对隐藏在人物背后的精神本质的透视也是难能可贵的，但是认为作家是将某种精神"寄植"或"寄宿"在典型人物之中却是本末倒置，颠倒了思想与形象、精神与典型的源流关系，陷进了唯心主义的理念化的误区。走出误区，以辩证唯物主义的态度观照《阿Q正传》的创作过程，就必定会承认这样的事实：鲁迅创造阿Q，不是将思想"塞进"形象、把精神"寄植"于典型，而是把描绘的重心放在阿Q这个活生生的具体人物本身所具有的心灵深处的思想活动和精神现象上面，深入到人人都面临的精神世界与物质世界的关系问题中去，亦即自我的主观精神对待客观外界的根本态度、方式以及对自我和对世界的总体观念中去，提炼出精神胜利法这一带有极大普遍性的人类精神特征，从而"发现人身上的人"，绝不仅仅局限于某个特定阶级的特定人物的一般性具体形象之内，也并非某种精神的性格化，而是塑造出一种既有活生生的具象性又表现出普遍人类精神特征的典型人物。鲁迅创造阿Q是这样，陀思妥耶夫斯基创造高略德金、伊凡·卡拉马佐夫等，歌德创造浮士德，以至莎士比亚创造哈姆雷特，塞万提斯创造堂吉诃德，冈察洛夫创造奥勃洛摩夫，等等，也是这样。阿尔志跋绥夫创造赛宁不能与以上大家相比，但是在某种程度上也是这样。总之，阿Q等典型人物身上所反映的带有极大普遍性的人类精神特征，是从生活中的人物精神内层提炼、抽出和升华，并不是什么"寄植""寄宿"或"性格化"。

冯雪峰阿Q典型观的第二个偏执处是："思想性的典型"一说，概念限定过于狭窄，而且易于趋向理念化，因为"思想"一词，是指客观存在反映在人的意识中经过思维活动而产生的结果，是由概念、判断、推理等逻辑思维所构成的理性认识，限定在理念意识的范畴之内，不包括理念之外的其他精神活动。而"思想性"也仅指文艺作品和典型人物的思想性质与理性深度，并不能包含其他精神因素。尚且，"思想性的典型"这种概念界定也欠科学，如果阿Q属于"思想性的典型"，那么鲁迅笔下的其他典型，例如闰土、魏连殳、吕纬甫、涓生等，以至于世界文学范围的贾宝玉、安娜·卡列尼娜等著名典型，就都属于非思想性的典型了吗？实际上，这一系列典型的思想性都是很强的。凡是称得上是艺术典型的文学作品中的人物形象，都必定具有上乘的思想性与艺术性。所以，"思想性的"这一"典型"的修饰词应该更换。

更换成什么词呢？

更换为：精神。

精神包括所有的思想、感情和心理活动,无论是意识的,还是无意识层的。人的全部人格心理系统,都受控于精神机制。精神机制就像一个总枢纽,调节和控制着个体,使他适应社会环境和自然环境。荣格就曾说过:他所致力的心理学,不是生物学,不是生理学,也不是任何别的科学,而恰恰是这种关于精神的学问。[1]

精神并不限定在理念意识的范畴之内,而是包容了人的感性体验、形象思维等全部意识活动。它不是概念化的,而是具象化的;不是僵死的,而是鲜活的;不是静止的,而是运动的。

精神也不仅是个体的,而且是群体的。一个人的某种精神,不仅反映他所属的群落、阶级的共同特征,而且渗透某种人类的普遍精神特点。在一定时代环境中,一个国家、民族、阶级、阶层、集团会表现出某种带有普遍性的精神现象,形成某种时代精神。这种精神特征,从深层次上透视,可能具有超越国界和阶级的人类精神共性与世界性的普遍意义。

而且,鲁迅本人也用的是"精神"一词。从《摩罗诗力说》结尾呼唤"精神界之战士",到《呐喊·自序》中的"改变精神"等等,都是明显的例证。

因此,"思想性的"这一"典型"的修饰词更换成"精神"为好。

《学史论》一章中谈过,何其芳在《论阿Q》中把阿Q典型研究的主要困难和矛盾概括为:"阿Q是一个农民,但阿Q精神却是一种消极的可耻的现象。"显然是不准确的。难道农民就不能有消极的可耻的现象?那么,阿Q典型研究中的主要困难和矛盾究竟是什么呢?很早就看出何其芳理论偏差的葛中义指出:"阿Q典型研究中的真正困难和矛盾在于阿Q这个具体人物自身的性格复杂性,这种复杂性表现为阿Q的思想意识和言行举止上有明显的反常性。阿Q性格的反常性来自客观社会生活的复

---

[1] 霍尔、诺德贝:《荣格心理学入门》,冯川译,第29页。

杂性以及作家对阿Q的性格与命运的评价与感情态度。解决阿Q典型研究之困难的道路在于要给阿Q的反常性以合乎社会生活逻辑的解释，从社会整体现实的角度来认识阿Q性格的合乎社会生活逻辑的本质意义。"[1] 葛中义的这一见解极有理论价值，可惜没有进一步深入阐发。笔者认为：阿Q典型研究中的真正困难和矛盾在于阿Q这个典型的性质问题，而解决这一难题的道路，不仅在于"要给阿Q的反常性以合乎社会生活逻辑的解释"，而且要在典型范畴内引起一种理论性的变革。

任何一种理论体系，都是由一系列特定的范畴概念组合而成的。典型范畴是美学、文艺学中的一个重要概念。文学是人学，典型范畴的核心就是显现人的本质，使人认识自身。而"精神现象实人类生活之极颠"（《文化偏至论》），真正成功的文学典型无不以各种方式反映了人类生活的精神现象，甚至有一些文学典型就是以反映深层次的人类精神现象为重心的。如前文所述，阿Q与世界文学中的哈姆雷特、堂吉诃德、浮士德、奥勃洛摩夫、高略德金、伊凡·卡拉马佐夫等就属于这类典型。典型范畴应该在文学艺术实践中不断得到检验、修正、补充、丰富和发展。长期停滞在文学典型或艺术典型这个大概念上，思维之网就会显得老化和粗疏。粗疏之网兜不住精微之物。现在迫切需要分化出"小概念"，使我们对于文学艺术的思维趋向细密化、科学化。其实，世界文学中的一些前辈大师就这样做过。雨果就曾把艺术典型分成两种，他在《〈克伦威尔〉序》中说："我们时代的诗，就是戏剧。戏剧的特点就是真实；真实产生于两种典型，即崇高优美与滑稽丑怪的非常自然的结合，这两种典型交织在戏剧中就如同交织在生活中和造物中一样。因为真正的诗，完整的诗，都是处于对立面的和谐统一之中。"[2] 雨果联系文学史的实际，指出崇高优美的典型表现的是人性美，而滑稽丑怪的典型则表现的是人性的丑。他坚信各国

---

[1] 葛中义：《〈阿Q正传〉研究史稿》，青海人民出版社，1986年，第17页。
[2] 雨果：《论文学》，柳鸣九译，上海译文出版社，1980年，第44—45页。

的艺术家，一定能创造出更多的美的典型和丑的典型。他认为第一种典型，在脱尽了不纯的杂质之后，将拥有一切魅力、风韵和美丽，总有一天它能创造出朱丽叶、苔丝、特蒙娜、莪菲丽亚；第二种典型则将收揽一切可笑、畸形和丑陋。在人类和事物的这个分野中，一切情欲、缺点和罪恶，都将归之于它；它将是奢侈、卑贱、贪婪、吝啬、背信、混乱、伪善；它将轮流扮演埃古、答尔丢夫、巴西尔、波罗纽斯、阿巴贡、巴尔特罗、福尔斯塔夫、史嘉本、费加罗。雨果把滑稽丑怪引进典型创造的领域，成功运用了美丑对照与艺术变形的原理，反映了资本主义人性异化的折光。我们也可以把精神现象学引进典型创造的领域，赋予阿Q等以反映深层次人类精神现象为重心的艺术典型一个小概念。这个小概念是包含在艺术典型的大概念范畴之内的，与其他艺术典型的不同点是：第一，重心有所不同。不停留在表层的生活现象与阶级状况的描摹上面，而是着重透视阶级和历史背后的人性人格、人生悖论，深入反映某种人类精神现象层面上的终极意义。第二，出现了异化与反常性，属于艺术典型范畴内的一种变形，一种由于反映人类精神现象的倾斜度过重、过深而出现的一种变异。只有提出这个新的小概念，并予以科学的界定与分析，才能在"给阿Q的反常性以合乎社会生活逻辑的解释"的同时，也在典型范畴内予以合乎理论思维逻辑的阐发。这种典型具有其他典型形象所具备的大多特征，但是偏重于反映人类深层的精神活动和思维方式，出现了一些艺术性变形和抽象性特征，属于一种文学典型这一大概念中的小的新概念。

这个新概念可以简称为——精神典型。

## 阿Q精神胜利法的普遍性

作为世界文学中的著名精神典型之一，阿Q的主要精神特征是精神胜利法，这已为世所公认了。

那么，阿Q精神胜利法的根柢是什么呢？鲁迅青年时代在《文化偏至论》中说过一句名言："根柢在人。"阿Q精神胜利法的根柢就在人本身。毋庸讳言，也无须遮遮掩掩、迂回曲折，阿Q精神胜利法之所以具有世界性的普遍意义，不分阶级，不分民族，不分国界，所有的人都能从阿Q这面镜子中看到自己的影像，从中开出反省的道路，就在于它是以人为根柢的，从根柢上反映了人类的一种普遍弱点。鲁迅并不是发现这种弱点的第一人，中外许多典籍中早有这种弱点的记述，到了近代，西方社会心理学出现以后，又对人类的这种普遍弱点做了理论的概括与总结。1928年4月23日《语丝》周刊第4卷第17期，刊登了张孟闻署名西屏的文稿《偶像与奴才》和他给鲁迅的信，后边还附有鲁迅的复信。鲁迅在复信中说，"极愿意将文稿和信刊出"，当然是读过并很感兴趣的。文稿中提到并节译了F. H. Allport，即奥尔波特的《社会心理学》一书。该书就对阿Q精神胜利法式的人类普遍弱点做了心理学的分析。为了便于读者与《阿Q正传》比照，特从商务印书馆1931年5月赵演译本摘录如下一段：

补救（Compensation）：然而奋力的行程，并非时时都是平滑的。在物质的、理智的，或社会的方面，常常都会碰见障碍与缺陷。……因为生活适应不能顺畅，于是从实际退回，自己心中想着希望的理想境界实际上仍然存在，因此也许会获得一种解决方法。所以这在奔走攀缘者，也许会造出一种假想的家谱，在姓名上偶然有相似的地方，自己便以为是重要的，有意义的，自己欺骗自己。……然而这类的解决，始终不过一幕悲剧，对于实际，毫无裨益。此外还有一种，差不多是一样无效果的，就是从困难中造出一个理性化的理想。大凡身体孱弱的人，都把理智生活看做是一种伟大的事情，以为哲学家的生活高过普通群众的生活无限倍。有一种磋跎半生的人，总以为他们是"穷而不滥的人"，那意思就是说，一有了钱，钱上便染上不正的颜色。大凡身体有缺点的人，往往生出极有趣的理由化的现象来。有一位青年人，身体矮小，报告著者说，他生活适应上曾经有过些错误的尝试，到后来才看出来。他说他对于近代跳舞这种"小道"，表示非常轻视。然其实在的理由（虽然当时没有觉察），却是因为在他简直不敢想到和比他高的那些姑娘跳舞，因为向一个比他高的人打招呼，他必得要提起脚跟。他喜欢和比他矮的人一道走路，不然也要和体高正常的人一道走，把两下一加比较，他心里才安慰。在这种情形中，是把缺点加一种理由化，而压抑了真正的情绪。可是因为情绪的原因是实在的，所以仍然容易发作。其实个人并不曾对付实际，他只是躲避它。所以关于这种缺点的暗语，一触着他的痒处，全部卑劣的情绪便被引起。

以上是奥尔波特《社会心理学》第一编第四章《人格——社会性的人》中的一段，与《阿Q正传》两相比照，会发现惊人的相似之处：阿Q不正是"造出一种假想的家谱"，自称"他和赵太爷原来是本家，细细的排起来还比秀才长三辈"吗？结果如何呢？这种"自己欺骗自己"的解决方法，得到的只是赵太爷响亮的耳光与"你那里配姓赵"的叱骂，"始终不过一幕悲剧，对于实际，毫无裨益"；阿Q不正是"从困难中造出一个理性化的理想"，一贫如洗、光棍一条的困境中，以"我的儿子会阔的多啦"自慰，被人揪住黄辫子在壁上碰了四五个响头之后，又以"我总算被儿子打了，现在的世界真不像样……"取得精神上的胜利；阿Q也是"把缺点加一种理由化"的，以"你还不配……"这一句另外想出的报复的话，把头上的癞疮疤幻化为"一种高尚的光荣的癞头疮"，"压抑了真正的情绪"，而当"赖""光""亮""灯""烛"一类"关于这种缺点的暗语，一触着他的痒处，全部卑劣的情绪便被引起"。

奥尔波特是美国著名的社会心理学家，以实验方法研究社会情境中个人心理与行为的集大成者。早在1898年，一位叫特里普利特的社会心理学家就用实验研究过竞赛中的人的心理问题。第一次世界大战爆发之前，社会心理学家莫德写过一本小册子论述"实验团体心理学"。1921年，另一位社会心理学家穆尔又测定过专家意见和多数意见对于学生道德判断和审美判断的相对影响。

然而，这一类的研究是星星点点并无大的影响的，直到1924年，奥尔波特的《社会心理学》出版，才集拢了许多彼此有关联的实验和个人对社会各种心理反射的研究成果，比较系统地分析了人类的种种心理弱点。当然，鲁迅在创作《阿Q正传》之前，绝对不可能看到尚未问世的奥尔波特的《社会心理学》，奥尔波特也不大可能读过鲁迅的《阿Q正传》，他们之间的某种不谋而合之处，是由客观存在的人类心理本身的根本性弱点所引发的相通认识。自然科学领域这类情况很多，相隔万里、从未谋面、完全隔绝的两位科学家对同一问题得出同样的研究结果，并不是他们相互影响所致，而是自然界所固有的客观规律所造成的。

鲁迅早就用心研究人的精神机制了。根据《周作人日记》可证鲁迅少年时就通读过家藏的《王阳明全书》。到日本留学后，又沉迷西方的"神思新宗"，并打通了二者的关系。"骛外者渐转而趋内，渊思冥想之风作，自省抒情之意苏，去现实物质与自然之樊，以就其本有心灵之域；知精神现象实人类生活之极颠，非发挥其辉光，于人生为无当；而张大个人之人格，又人生之第一义也。"（《文化偏至论》）东西方重精神学派都是以"心"为根的。鲁迅的"心学"正是他"改革国民性"、发现阿Q"精神上的胜利法"的思想基础。

事实上，早在鲁迅和奥尔波特之前，中外许多典籍中就早有阿Q精神胜利法式的人类普遍弱点的记述。对此，钱锺书先生在《管锥编》的"列子·周穆王"一节中，做过如下精彩的荟萃与点评：

"宋阳里华子"节，略谓华子中年病忘，家人忧之，鲁有儒生，自媒能治。积年之疾，一朝而诊。华子大怒，黜妻罚子，曰："曩吾忘也，荡荡然不觉天地之有无，今顿识既往数十年存亡得失、哀乐好恶，扰扰万绪起矣！"按《永乐大典》卷二九五一《神》字引周邦彦《祷神文》："晋山子既弱冠，得健忘疾，坐则忘起，起则忘所适，与人语则忘所以对，……莫知所以治之。有老子之徒教之曰：'……然子自知其忘，忘未甚也；并此不知，乃其至欤！'"即本此节而兼《仲尼》篇尹生"九年后内外尽"节之旨。全无记忆则泯过去与未来，不生怅悔希冀种种烦恼；尼采尝说善忘为至乐之本，正发明"荡荡"之所以别于"扰扰"。济慈诗所谓"甜美之无记忆"也。诗人每美禽兽之冥顽不灵，无思无虑，转得便宜。如利奥巴迪因羊而兴叹，戈扎诺睹鹅而生悟，亦犹尼采之赞牛牲健忘耳。古罗马大诗人霍拉斯咏希腊一士患狂易之疾，坐空室中，自生幻觉，闻见男女角色搬演院本，击节叹美；其友求良医治之已，士太息曰："诸君非救我，乃杀我也！"盖清明在躬，无复空花妄象误之，遂亦无赏心乐事娱之矣。近代一意大利人作诗，谓有发狂疾者，自言登大宝为国王，颐指气使，志得意满，其友延医疗之，神识既复，恍然自知撅人子也，乃大恨而泣曰："尔曹弑我！昔者迷妄，而吾之大乐存焉，今已矣！"机杼与阳里华子事不谋而合。西洋诗文每写生盲人一旦眸子清朗，始见所娶妇奇丑，或忽睹爱妻与忠仆狎媟等事，懊恼欲绝，反愿长瞽不明，免乱心曲，其病眼之翳障不啻为其乐趣之保障焉。盖与病忘、病狂，讽喻同归，胥所谓"难得糊涂"，"无知即是福"，亦即严复评《老子》第二〇章所谓"鸵鸟政策"也。

这真是中外典籍上"阿Q"祖先行状的精彩荟萃！在人世苦恼包围之中，中外一些避世的哲人不约而同地发明了一种逃遁法——鸵鸟政策，依靠"坐忘"逃避苦恼，寻求精神胜利。其实，从伊索寓言中狐狸吃不到葡萄就说葡萄一定是酸的故事，到老庄哲学中的齐生死无贫富、泯灭万物差异、"视人如豕，视吾如人"的观念，无不是阿Q式的精神胜利法。而宗教的产生也正是起源于这种人类的心理特点，诚如恩格斯论述基督教产生原因时所指出的："在各阶级中必然有一些人，他们既然对物质上的解放感到绝望，就去追寻精神上的解放来代替，就去追寻思想上的安慰，以摆脱完全绝望的处境。""几乎用不着说明，在追求这种思想上的安慰，设法从外在世界遁入内在世界的人中，大多数必然是奴隶。"[1] 对于这种客观存在的人类心理本身的根本性弱点，人类学家和心理学家们早就从社会心理学和变态心理学的角度进行了深入的研究。印度现代著名心理学家 S. K. 曼格尔在《变态人格心理分析》一书中做过这样的概括："在人一生中，不可能实现所有的愿望，很多情况是失败和挫折。失败和挫折使自我受到伤害，并引起焦虑和自卑感。在遭受挫折时，大多数人不愿意面对我们自身的缺陷和失败的现实，而是趋向于借助某种机制，来辩证自己的不适应和焦虑。这些机制或策略，叫作精神机制、防御机制，或者是调整机制。"[2]

S. K. 曼格尔还从十二个方面综合了防御机制的作用，我们不妨按照这十二个方面分析一下阿Q的精神胜利法：

1. 压抑作用。

自动地抑制具有威胁性的冲动，叫作压抑作用。它是无意识的遗忘，或者是阻断自己不能接受的内部冲动、情感或思想的意识。这样，压抑就是防御机制。它把威胁或焦虑所产生的经历、冲突和未实现的愿望，扔进意识里冲淡，结果是，一个人尽量忘记那些对他是痛苦的或威胁的事情。

这一条阿Q是具备的。他挨假洋鬼子打这件事，在记忆上"是生平

---

[1] 恩格斯：《布鲁诺·鲍威尔和早期基督教》，马克思、恩格斯：《马克思恩格斯全集》第19卷，人民出版社，1963年，第334页。

[2] 曼格尔：《变态人格心理分析》，青波等译，辽宁教育出版社，1988年。

第二件的屈辱,幸而拍拍的响了之后,于他倒似乎完结了一件事,反而觉得轻松些,而且'忘却'这一件祖传的宝贝也发生了效力,他慢慢的走,将到酒店门口,早已有些高兴了"。他向吴妈跪下求爱失败之后,挨了赵秀才一大竹杠,很有一些痛,又被骂了句"忘八蛋",格外怕,"但这时,他那'女……'思想却也没有了。而且打骂之后,似乎一件事也已经收束,倒反觉得一无挂碍似的,便动手去舂米"。此时由于吴妈的哭诉,赵太爷内院里很热闹,他居然忘却了方才的事,想道:"哼,有趣,这小孤孀不知道闹着什么玩意了!"待到赵太爷手里捏着一支大竹杠向他奔来,"便猛然间悟到自己曾经被打,和这一场热闹似乎有点相关",才慌忙逃回土谷祠。

鲁迅在《华盖集》的《导师》一文中说过:"我们都不大有记性。这也无怪,人生苦痛的事太多了,尤其是在中国。记性好的,大概都被厚重的苦痛压死了;只有记性坏的,适者生存,还能欣然活着。"阿Q式的健忘,的确有一种自我抚慰精神创伤的压抑作用,把各种痛苦的经历扔进意识里冲淡,实现心理的平衡。

2. 退化作用。

退化意味着倒退或返回到过去。它以这种方式,使个体从目前的复杂状态中,倒退到行为的早期或更简单的状态中去。

这一条,在阿Q身上表现不明显。这是因为阿Q作为一个人,始终处在早期的混沌、简单的精神状态中,再退化下去就不是人,而是动物了。只是因为暗骂假洋鬼子而遭打的那一刹那出现了相对的退化:

阿Q在这刹那,便知道大约要打了,赶紧抽紧筋骨。耸了肩膀等候着,果然,拍的一声,似乎确凿打在自己头上了。

"我说他!"阿Q指着近旁的一个孩子,分辩说。

拍!拍拍!

鲁迅说过："惰性表现的形式不一，而最普通的，第一就是听天任命，第二就是中庸。我以为这两种态度的根柢，怕不可仅以惰性了之，其实乃是卑怯。遇见强者，不敢反抗，便以'中庸'这些话来粉饰，聊以自慰。"（《华盖集·通讯》）阿Q在假洋鬼子棍棒下的退缩，正暴露了卑怯的根柢，这也正是一种退化。

3. 隔绝。

隔绝可以定为从整个境遇中隔断或冲淡令人不能接受的事实，使人逃避现实，摆脱由于自身能力缺乏或周围条件不足所带来的威胁。

这一条，阿Q和未庄的人们身上都严重存在，因为整个未庄都处在隔绝的精神状态中，而阿Q又与未庄的其他人精神隔绝，既鄙薄城里人，又笑话未庄人："进了几回城，阿Q自然更自负，然而他又很鄙薄城里人，譬如用三尺长三寸宽的木板做成的凳子，未庄叫'长凳'，他也叫'长凳'，城里人却叫'条凳'，他想：这是错的，可笑！油煎大头鱼，未庄都加上半寸长的葱叶，城里却加上切细的葱丝，他想：这也是错的，可笑！然而未庄人真是不见世面的可笑的乡下人呵，他们没有见过城里的煎鱼！"对于这种隔绝，鲁迅在《俄文译本〈阿Q正传〉序》中有明确的说明："我们人人之间各有一道高墙，将各个分离，使大家的心无从相印。""人们不再会感到别人的精神上的痛苦。""我们究竟还是未经革新的古国的人民，所以也还是各不相通，并且连自己的手也几乎不懂自己的足。我虽然竭力想摸索人们的魂灵，但时时总自憾有些隔膜。"这种隔绝，实质是等级森严、宗法严酷的古国所形成的一种封闭性的精神现象。

4. 退缩。

用退缩这种机制，使自己从导致挫折或失利的境遇中，退却出来。以这种逃避困难的方式，保证自身具有安全感。

例如，一个小孩担心自己会失败，而拒绝参加一种游戏，并通过坚信他若是参加，一定能做好的想法，来构思自身的行动。

从整体来说，阿 Q 精神胜利法本身就是向内心世界退缩的精神机制，"我的儿子会阔的多"的空想，就符合以一定能做好的想法来构思自身的行动却拒绝实际行动的退缩定律。

5. 白日梦或幻想。

白日梦或幻想，是把自我退缩到想象中的个人自我满足的天地里的一种方式。因而，与面对现实相悖。他满足于非现实的想象的成功，或是通过制造信仰和想象的世界，得到梦幻般的满足。

这一条，与阿 Q 的"革命"幻想相符，自己成了压迫者和统治者，第一个该死的是小 D 和赵太爷，还有秀才和假洋鬼子……把秀才娘子的一张宁式床搬到土谷祠，叫小 D 来搬，搬得不快打嘴巴。总之是"我要什么就是什么，我欢喜谁就是谁"。阿 Q 从退缩到"革命"的心理内涵与哲学依据要在下文深入研究。

6. 违拗。

个体求助于违拗来获得注意和提高自尊程度，这是攻击性的退缩。违拗以各种形式表现出来，例如拒绝饮食、拒绝听和说、拒绝工作，并时常对所询问的或要求的表现出明显的对立。

这一条，在阿 Q 身上几乎找不到例证。为什么？因为阿 Q 处于拒绝工作就衣食无着的最低生活线上，不可能以拒绝方式获得注意和提高自尊程度。违拗，对于那些有一定位置、采取拒绝方式会使他人感到威胁的人才起作用，在中国是行不通的。正如鲁迅在《关于中国的两三件事》中所说："牛兰夫妇，作为赤化宣传者而关在南京的监狱里，也绝食了三四回了，可是什么效力也没有。这是因为他不知道中国的监狱的精神的缘故。有一位官员诧异的说过：他自己不吃，和别人有什么关系呢？"由此可见，阿 Q 真是处于物质上一无所有、地位上形同草芥的可悲境地。的确，未庄的人们之于阿 Q，只要他帮忙，只拿他玩笑，忙碌的时候，还记起阿 Q；一闲空，就忘却了，压根感觉不到阿 Q 的存在。倘若阿 Q 也搞起什么绝食、罢工来，那是直到饿死也不会起任何作用的。因为绝食、罢工只有对他人和社会形成威慑时才会有效，也只有具备基本社会存在价值的人才可能采取。阿Q是连基本社会存在价值都没有的，怎么会采取绝食、罢工这种违拗行动呢？在这一点上，阿Q与百无聊赖的祥林嫂是相同的："被人们弃在尘芥堆中的，看得厌倦了的陈旧的玩物，先前还将形骸露在尘芥里，从活得有趣的人们看来，恐怕要怪讶她何以还要存在，现在总算被无常打扫得干干净净了。"（《彷徨·祝福》）

7. 转移。

它是促使一个人的思想、情感或行动，从一种境遇向另一种境遇置换或转移的过程。当个体在某一特定的境遇中，不能反映或表达自己的情感或冲动时，就求助于转移机制，转移到另一种境遇；那是中性的、脆弱的、危险较少的对象或境遇，使自己从焦虑或挫折中解脱出来。例如：受母亲责备的年轻人，由于不能直接辱骂或行动，可能损坏家里的花坛。儿童被学校同学殴打之后，回家后就踢打弟弟。职员被其上司训斥后，就将他的愤怒转移到侍者、妻子或孩子身上。

这一条，阿Q身上表现非常突出：挨了假洋鬼子一顿"哭丧棒"之后，就朝小尼姑撒气，获得酒店闲人大笑之后，"早忘却了王胡，也忘却了假洋鬼子，似乎对于今天一切'晦气'都报了仇；而且奇怪，又仿佛全身比拍拍的响了之后更轻松，飘飘然的似乎要飞去了"。恋爱失败、丢了生计之后，就向小D遭怒，小D自称"虫豸"求饶，而这谦逊反使阿Q更加愤怒起来，与小D互拔辫子，来了场并无胜败的"龙虎斗"，"在钱家粉墙上映出一个蓝色的虹形，至于半点钟之久"。愤怒无他人可以转移时，就自打嘴巴，"似乎打的是自己，被打的是别一个自己，不久也就仿佛是自己打了别个一般，——虽然还有些热刺刺，——心满意足的得胜的躺下了"。

这种精神机制的转移作用，在封建等级社会里就化为一级压迫一级的普遍现象。诚如鲁迅在《灯下漫笔》中所说的："有贵贱，有大小，有上下。自己被人凌虐，但也可以凌虐别人；自己被人吃，但也可以吃别人，一级一级的制驭着，不能动弹，也不想动弹了。"最低级的"台"，"有比他更卑的妻，更弱的子在。而且其子也很有希望，他日长大，升而为'台'，便又有更卑更弱的妻子，供他驱使了。如此连环，各得其所，有敢非议者，其罪名曰不安分！"

8. 合理化。

合理化是防御机制。这种方式是利用社会上可以接受的理由，试图为其不同的、社会所不允许的行为或行动加以辩护。用虚构的美好理由欺骗他人和自己，来解释自己的行为。合理化的机制可以分为两种特殊的类型，即"酸葡萄式"与"甜柠檬式"。

酸葡萄机制来源于狐狸和葡萄的寓言。一个人既然得不到他所要的东西，就拼命坚持不需要这些东西，以弥补未得到的痛苦。例如一个年轻人没有得到所求的职位，为了顾全面子，保持自尊，就宣称他实际不想要这项工作。年轻男子被姑娘拒绝后，就解释说他根本没有同她结婚的意思，因为她没有达到自己的择偶标准。鲁迅曾在1933年7月14日致黎烈文的信中谈论过这种酸葡萄机制："曾大少真太脆弱，而启事尤可笑，谓文坛污秽，所以退出，简直与《伊索寓言》所记，狐狸吃不到葡萄，乃诋之为酸同一方法。但恐怕他仍要回来的，中国人健忘，半年六月之后，就依然一个纯正的文学家了。"

而这种酸葡萄机制，阿Q表现并不多，整篇小说仅有二例。阿Q进城后，据他说："是在举人老爷家里帮忙。这一节，听的人都肃然了。这老爷本姓白，但因为合城里只有他一个举人，所以不必再冠姓，说起举人来就是他。这也不独在未庄是如此，便是一百里方圆之内也都如此，人们几乎多以为他的姓名就叫举人老爷的了。在这人的府上帮忙，那当然是可敬的。但据阿Q又说，他却不高兴再帮忙了，因为这举人老爷实在太'妈妈的'了。这一节,听的人都叹息而且快意,因为阿Q本不配在举人老爷家里帮忙,而不帮忙是可惜的。"鲁迅的这段心理描写非常微妙:一则写出阿Q的"酸葡萄机制"——想在举人老爷家里帮忙,结果举人老爷家里不要;或者是在举人老爷家里帮过忙,后来被辞退了,于是说:"他却不高兴再帮忙了,因为这举人老爷实在太'妈妈的'了。"二则也写出听的人的"酸葡萄机制"——听说阿Q在举人老爷家里帮忙之后"都肃然了",这个"肃然"包含着敬畏与妒忌等多种无可名状的复杂感情,有不少醋意和酸味;后来又听说阿Q不再给举人老爷家里帮忙了,于是因为妒忌对象的失势而感到快意,暗骂"阿Q本不配在举人老爷家里帮忙",然而又因为自己失去了在举人老爷里帮忙、令人"肃然"的同乡而感到"可惜",或者是因为阿Q竟不珍重在举人老爷家里帮忙这个不易得的好位置而感到"可惜"。仅用这样简单的几句话,就把阿Q与周围听众的复杂心理活动刻画得如此惟妙惟肖,真不能不令读者叹服。另一例是:阿Q要求"革命"而未能获准后,就反过来把"革命"想成是杀头的罪状。

甜柠檬机制的作用是:个体坚持无论发生了什么事情都是最好的,或者他得到的就是所能够得到中的最好的。例如高级讲师未被晋升为重要的职位,这本身对他来说是一个打击,但他却说,在现在的职位上更为愉快,还能够有更充裕的时间为家庭服务或为写作效力,且更为安全,以此调整这一挫折产生的心理结果。

甜柠檬机制,对阿Q来说,比酸葡萄机制要实用得多,简直就是维持生命,不至于发疯的主要精神法宝。无论发生了什么事情,遭受了多么巨大的屈辱,阿Q都会凭借这种甜柠檬型的精神机制,把坏事变成好事,把屈辱变成荣光,把失败变成胜利。被闲人揪住黄辫子在壁上碰了四五个响头,会以"我总算被儿子打了,现在的世界真不像样……"的想头取得精神上的胜利;自称"虫豸"却仍被碰了五六个响头之后,竟又会自诩为"第一个能够自轻自贱的人",并进一步转化为"第一个",转化为"状元"，转化为鄙夷一切的自负，暗骂对方："你算什么东西"呢！甚至在死刑判决书上画圆圈没画圆这个唯一使他歉疚的"行状"上的污点，也可凭借"孙子才画得很圆的圆圈"的思维逻辑，化污为美，使自己"释然"，"睡着了"。总之，无论什么样的人生苦果，都会被阿Q转化为"甜柠檬"。

值得深思的是：为什么阿Q使用的精神胜利法宝，主要是甜柠檬型的，而不是酸葡萄式的？这主要是因为阿Q处于最低下的奴隶地位，他一生所受的几乎全是侮辱与损害，全是人生的苦果，又不能进行积极的抗争，所以只能采取消极的精神机制，把苦果转化为甜柠檬。其次是因为阿Q是"真能做"的质朴的劳动者，虽然"很沾了些游手之徒的狡猾"，实在无有生计时被迫给窃贼当个在洞外接东西的小角色，然而胆子却很小，"听得里面大嚷起来，他便赶紧跑，连夜逃回未庄来了，从此不敢再去做"，"不过是一个不敢再偷的偷儿"。他既不是积极向上的进取者，又不是无端侵占他人劳动成果的掠夺者、剥削者，所以极少以"狐吃不到葡萄，乃诋之为酸"的酸葡萄机制进行心理调节。就是那不高兴再给举人老爷家里帮忙的自解，也是非常可怜的，并非是要爬上什么高位，也不是想占取什么好东西，不过是欲做奴隶不可得罢了。遭到假洋鬼子"不准革命"的呵斥后，关于"造反是杀头的罪名"的毒想，似乎有些"酸葡萄"的味道，实质也不能完全归于此列。因为这种想拿点东西的阿Q式的"革命"，在小说中只处于空想阶段，并未付诸行动，阿Q所向往而没有得到的"革命""造反"不过是团混沌的泡影，并非已成实物的"葡萄"。

从人类心理的普遍规律来看，处于被侮辱被损害的奴隶地位者，无论是个人，还是民族，采取精神胜利法这种消极的心理调节法维护自尊，也只能采取甜柠檬型的。中国近代腐败无能的清朝统治者，面对帝国主义列强的侵略束手无策，就是采取甜柠檬型的精神胜利法进行自我欺骗。而处于侵占地位者，无论是个人，还是民族，在达不到目的以消极的精神胜利法维护自尊时，则会采取酸葡萄型。例如美国在越战失败后拍的一部电影，制造了一个叫"蓝波"的所谓英雄人物，就是为美国在越南的败北寻求宽慰和解释，颇有酸葡萄型的精神胜利法的味道。

9. 反动形成。

个体以与自己实际愿望和动机根本对立的方式去感受、思考和行动，以反动的形式作为防御策略，力图禁止、指明或克服某种冲动，就是反动形成。例如一个人被没有希望的性需要所激动，却极力装出清教徒的样子，避免与任何异性接触，甚至批评别人的性行为。

这一条，在阿Q身上表现非常突出："他的学说是：凡尼姑，一定与和尚私通；一个女人在外面走，一定想引诱野男人；一男一女在那里讲话，一定要有勾当了。为惩治他们起见，所以他往往怒目而视，或者大声说几句'诛心'话，或者在冷僻处，便从后面掷一块小石头。"鲁迅在杂文《寡妇主义》中也剖析过这种心理："至于因为不得已而过着独身生活者，则无论男女，精神上常不免发生变化，有着执拗猜疑阴险的性质者居多。欧洲中世的教士，日本维新前的御殿女中（女内侍），中国历代的宦官，那冷酷险狠，都超出常人许多倍。别的独身者也一样，生活既不合自然，心状也就大变，觉得世事都无味，人物都可憎，看见有些天真欢乐的人，便生恨恶。尤其是因为压抑性欲之故，所以于别人的性底事件就敏感，多疑；欣羡，因而妒嫉。其实这也是势所必至的事：为社会所逼迫，表面上固不能不装作纯洁，但内心却终于逃不掉本能之力的牵制，不自主地蠢动着缺憾之感的。"阿Q因为一贫如洗，将到"而立"之年没能沾过女人的边，其实也是为社会所逼迫而致，所以表面上固不能不装作纯洁、正气，"内心却终于逃不掉本能之力的牵制，不自主地蠢动着缺憾之感"，一边想着女人，又装作严守"男女之大防"的样子，"于别人的性底事件就敏感，多疑；欣羡，因而妒嫉"。这实质是将假道学的虚伪心理极为透辟地揭露出来了。

10. 补偿。

如果影响我们自尊的那些无足轻重或无价值的东西既不能加以解释（合理化），也不能付诸实施（反动形成），它或许可由个人加以补偿。补偿有积极与消极两种。积极性补偿，是以突出发展某一方面的才能，来平衡或遮盖自己的不足或缺陷。例如，外表不吸引人的少女，尽力扩充自己的知识，在班里独占鳌头，就是利用这一机制，来获得她在外部特征所不能得到的别人的器重和赞赏。拿破仑的成就，就某种程度而言，是对他早期的自身矮小瘦弱的自卑感的一种补偿行为。消极性补偿则是在赢得承认的过程中，由于挫折而产生了自卑感，于是就采取自我吹嘘、自我装扮、追求虚假胜利等消极方式进行补偿。

阿Q的补偿，完全是消极性的。除了唱着《小孤孀上坟》到酒店去喝酒、调笑、吹嘘之外，典型的表现是比丑，不仅比头上别人还不配的癞头疮，而且与王胡比捉虱子：

> 阿Q也脱下破夹袄来，翻检了一回，不知道因为新洗呢还是因为粗心，许多工夫，只捉到三四个。他看那王胡，却是一个又一个，两个又三个，只放在嘴里毕毕剥剥的响。
>
> 阿Q最初是失望，后来却不平了：看不上眼的王胡尚且那么多，自己倒反这样少，这是怎样的大失体统的事呵！他很想寻一两个大的，然而竟没有，好容易才捉到一个中的，恨恨的塞在厚嘴唇里，狠命一咬，劈的一声，又不及王胡响。
>
> 他癞疮疤块块通红了，将衣服摔在地上，吐一口唾沫，说："这毛虫！"

不管比赛的内容如何，是美还是丑，是香还是臭，只要比胜了，是"第一个"了，自卑感就会得到补偿，心满意足；倘若比输了，不是"第一个"了,自尊就会受到损伤,恼羞成怒。

鲁迅在《随感录·三十九》中也形象地批判过这种消极补偿的比丑式精神机制:"即使无名肿毒,倘若生在中国人身上,也便'红肿之处,艳若桃花;溃烂之时,美如乳酪'。国粹所在,妙不可言。"这种与人比赛肿毒的心态,与阿Q的比捉虱子还要荒唐。

20世纪80年代初,有些人暴富了。就有两个暴发户跑到西湖边比赛烧钞票,其实质比捉虱子还要荒唐可笑!

泯灭了美丑是非的界限,专以表面取胜和虚假第一作为精神的补偿,正是一种典型的消极性补偿。

11. 推诿。

一个缺乏自信的人,陷于失败或挫折的危险境遇时,既不能以合理化形式得到解释,又没有以反动形成的方式加以抵制,或以补偿机制进行平衡,就会把责任推诿而抱怨机遇,羽毛球运动员把自己的失利归因于球拍不好,从椅子上掉下来的孩子踢打椅子。

阿Q是到了"被抬上"刑车法场杀头的最后时刻,才采取委之于命的推诿机制获得精神胜利:"他突然觉到了:这岂不是去杀头么?他一急,两眼发黑,耳朵里嗡的一声,似乎发昏了。然而他又没有全发昏,有时虽然着急,有时却也泰然;他意思之间,似乎觉得人生天地间,大约本来有时也未免要杀头的。"这的确是阿Q精神胜利法的末一着。

鲁迅在《且介亭杂文》中的《运命》一文中说过:"运命并不是中国人的事前的指导,乃是事后的一种不费心思的解释。"这正抓住了根本。奥古斯丁说:"只有听天由命、忍受一切才是真正的自由。"这种"事前的指导"式的命运观,才是属于西方人的。阿Q是中国人命运观的代表,临到杀头之刻,才用"人生天地间"一句"不费心思的解释"获得精神胜利,处之泰然。

12. 同情。

个体凭借这种机制，寻求他人对自己失败和过失的同情和怜悯，暂时渡过心理上的危险。

阿 Q 临刑前的最后一刻，是想寻求他人对自己的同情和怜悯，然而相反，得到的只是又凶又怯的狼眼睛：

四年之前，他曾在山脚下遇见一只饿狼，永是不近不远的跟定他，要吃他的肉。他那时吓得几乎要死，幸而手里有一柄斫柴刀，才得仗这壮了胆，支持到未庄；可是永远记得那狼眼睛，又凶又怯，闪闪的像两颗鬼火，似乎远远的来穿透了他的皮肉。而这回他又看见从来没有见过的更可怕的眼睛了，又钝又锋利，不但已经咀嚼了他的话，并且还要咀嚼他皮肉以外的东西，永是不远不近的跟他走。

这些眼睛们似乎连成一气，已经在那里咬他的灵魂。

"救命，……"

然而阿 Q 没有说。他早就两眼发黑，耳朵里嗡的一声，觉得全身仿佛微尘似的迸散了。

寻求同情，是一个人最后的防御机制。然而在冷酷的人世间，阿 Q 临死连一丝同情都没有寻到，最后的一道防线破毁了，任何形式的精神胜利法都不再起作用，阿 Q 精神彻底崩溃，随着一声枪响，"全身仿佛微尘似的迸散了"。

通过以上十二个方面的对照分析，可以看出所谓阿 Q 的精神胜利法，实质就是人类不愿意面对自身缺陷和失败现实时所借以进行心理调节的消极策略与防御机制，属于一种精神系统的消极平衡术。这种精神机制，产生于客观存在的人类心理本身的根本性弱点，人类学家和心理学家们早就从社会心理学和变态心理学的角度进行了深入的研究。鲁迅并不是发现这种人类普遍弱点的第一人,当然更不是这种弱点的制造者。

由于将阶级论推向绝对化、极端化的境地,在阿Q典型研究中竟然出现了这样荒谬的逻辑:似乎阿Q精神胜利法所反映的人类普遍弱点是根本不存在的,而是鼓吹人性论的阿Q研究家们虚构的神话。鲁迅也根本没有探讨过国民性和人类的普遍弱点,如果探讨过,也只是鲁迅接受阶级论之前的思想局限性的反映。拒绝对阿Q精神胜利法的根源——人类心理本身的根本性弱点进行科学研究,拒绝接受人类在这项科学研究中所取得的社会心理学、变态心理学、精神分析学等人类学成果,仅仅将眼光局限在阿Q的阶级成分划定上,连最起码的客观事实都看不到,这就是"左"倾教条主义在阿Q典型研究中所造成的理论悲剧。

与"左"倾教条主义的荒诞逻辑恰恰相反,客观事实是:人类心理本身确实存在一些根本性的弱点,中国人在特定的民族环境中又形成了一些特定的国民性病根,鲁迅从留日时期弃医从文开始,为了寻求改变国民精神的最佳契机,不仅不拒绝接受研究人类普遍弱点的社会心理学、变态心理学、精神分析学等方面的科学成果,而且通过日文和德文读过这方面的大量书籍,对其中的原理心领神会,深悟其道。他极愿意将张孟闻的文稿和信刊出绝不是偶然的,是他长期对社会心理和变态心理研究极感兴趣所致,而不同意文稿的有些地方,正说明"他的知人论世,总比别人深刻一层"[1]。别人以为所谓崇拜偶像者是真心在崇拜,鲁迅却深察到:"其中的有一部分其实并不然,他本人原不信偶像,不过将这来做傀儡罢了。和尚喝酒养婆娘,他最不信天堂地狱。巫师对人见神见鬼,但神鬼是怎样的东西,他自己的心里是明白的。"对人类深层心理的独特洞察,是贯串于鲁

---

[1] 许寿裳:《亡友鲁迅印象记》,岳麓书社,2011年。

迅毕生著作中的。前期在《中国小说史略》中就说过《野叟曝言》"意既夸诞，文复无味，殊不足以称艺文，但欲知当时所谓'理学家'之心理，则于中颇可考见"。《儒林外史》写王玉辉见女儿殉夫大喜但又转觉心伤一节，鲁迅评价是"描写良心与礼教之冲突，殊极刻深"，考见了中国封建社会传统心理在人们心灵中引起的矛盾冲突。后期在《病后杂谈之余》一文中正式出现"社会心理"一词。总之，对社会心理学、变态心理学、精神分析学等方面科学成果的长期而深刻的研究，正是鲁迅创作《阿Q正传》、对中国社会心理与精神现象进行卓越分析的重要准备。

那么，指出鲁迅并非发现人类消极精神防御机制的第一人，他创作《阿Q正传》之前就汲取了研究人类普遍心理弱点的科学成果，以后也潜心于这方面的研究，是否就掩盖了鲁迅个人的特殊贡献呢？不是的。鲁迅个人的特殊贡献不仅没有被掩盖，反而合乎人文科学发展逻辑地被凸现出来了。

鲁迅个人的特殊贡献有两点：第一，首次把人类的消极防御机制概括为"精神上的胜利法"，这是世界人文科学领域从来未曾有人做出过的最准确最根本的理论概括。第二，塑造了阿Q这个极为成功的精神典型，通过中国辛亥革命时期浙东农村一个浮浪农工的形象，最生动最形象最警拔也最精炼地反映了精神胜利法这一人类普遍的心理弱点和中国国民性的病根。就这一点而论，在世界文学的典型人物画廊中，阿Q是独树一帜，无可比拟的。

有必要重复作家毕飞宇的话："鲁迅的伟大是他完成了'精神胜利法'的命名"，并以高超的艺术手笔写出了以精神胜利法为性格特征的活生生的阿Q，使他成为一种"镜像"——令人们从中"开出反省的道路"。这是鲁迅先生对中国文学乃至全人类所做出的无与伦比的贡献。

我完全赞成毕飞宇的说法，并且认为鲁迅倘若没有《阿Q正传》，只有《彷徨》里的《祝福》《伤逝》等艺术上更完美的小说和《野草》那样无人超越的散文诗以及《中国小说史略》等学术著作，或者更多得多的学术论著的话，也称不上伟大，至多是一位超群的作家和学者。是《阿Q正传》使鲁迅成为中国文学的后来者很难甚至无法超越的伟人。

鲁迅《阿Q正传》的发表，标志着这位"精神界之战士"已经卓越地行使了他青年时代确立的改变中国人精神的"立人"重任，成为人类史上不朽的文学家、思想家和革命家。以后继续沿着这条道路深化下去，晚年通过《清代文字狱档》和明代野史的阅读，在《隔膜》《买〈小学大全〉记》中，批判了中国知识分子"不悟自己之为奴"、与统治者之间存在"隔膜"的政治幼稚病；在《病后杂谈》及其之余中，又从"大明一朝，以剥皮始，以剥皮终"的历史现象入手，开始思考怎样结束改朝换代的历史恶性循环问题。可惜还未深入就死去了。但不管怎样，鲁迅都为中国的崛起和现代化、文明化做出了不可磨灭的贡献。一百年来，《阿Q正传》仍然具有重要的现实意义，因为阿Q和他的精神胜利法在中国还很普遍！确实是"不存在而又到处存在的"。令国人惊醒、深省！

马克思在《〈黑格尔法哲学批判〉导言》中说："理论只要说服人，就能掌握群众；而理论只要彻底，就能说服人。所谓彻底，就是抓住事物的根本。但人的根本就是人本身。"而人本身确实与宇宙万物一样，具有二重性，既有优于万物的智慧的一面，又有不如万物的弱点的一面。这智慧与弱点的两面，全来源于人的精神。精神是人区别于动物的根本标志，是物质发展的最高结晶。人有了精神，才成为智慧生物，可以运用人所独有的精神和智慧，逐步科学地认识世界与认识自己，使精神与物质、主观与客观、理论与实践相统一，在改造物质世界中提高精神境界，成为自觉的真正的人，充分发挥精神的积极作用。但是，人有了精神，也会产生无穷的痛苦，出现种种的错觉，具有万物所没有的消极的一面和普遍的弱点。所以如前文所引钱锺书《管锥编》中的妙论所云："诗人每羡禽兽之冥顽不灵，无思无虑，转得便宜。如利奥巴迪因羊而兴叹，戈扎诺睹鹅而生悟，亦犹尼采之赞牛牲健忘耳。"即便愚昧颠顶如阿Q，也有思想，有高级精神活动，有七情六欲，有失败与胜利、自卑与自尊、屈辱与虚荣等心理感觉，与冥顽不灵、无思无虑的禽兽大不相同。

到这里，需要探讨一下精神与物质之间的"隔膜"，或者叫作"间隔"关系。

精神是人脑和神经中枢的特殊机能，是物质发展的最高结晶，脱离物质而独立存在的精神是根本没有的，然而精神与物质之间却不是融合为一的，而存在着特定的"隔膜"或"间隔"。其表现之一，是人体精神机制可以在一定限度内与外部物质世界"间隔"开来，求得内部心理世界的平衡与调适。例如阿Q在外部物质世界遭了打，失败了，却可以靠儿子打老子的自撰的逻辑在内部心理世界反败为胜，求得精神上的胜利。古今中外都有很多很多的人，在外部物质世界遭到挫折或畏惧艰险之后，退缩到内部心理世界中去，构筑一个与外界保持一定"间隔"的封闭性的精神家园，求得自身的心理平衡与精神慰藉。这正是中国老庄哲学与西方宗教产生的人类的精神机制根源。动物界不可能有什么哲学和宗教，也不可能有什么精神胜利法，因为它们没有人所独有的精神现象。人类脱离动物界，有了高度发达的头脑和精神系统，反而也随之有了动物所没有的思虑与痛苦，也有了逃避现实痛苦、退入内心世界、以"瞒和骗"进行自我安慰、寻求精神胜利的"特权"。这实在是人类的一种普遍弱点。当然，这种精神与物质的"间隔"是有一定限度的。被闲人揪住黄辫子在壁上碰了四五个响头，可以靠"我总算被儿子打了，现在的世界真不像样……"的自撰逻辑，"心满意足的得胜的走了"。自贱为"虫豸"仍然被碰响头之后，也可以靠从"第一个能够自轻自贱的人"推理到"第一个"，到"状元"，再到"你算是什么东西"来获得胜利。然而到了在赌摊上很白很亮的一堆洋钱——这种宝贵的物质被人哄抢而走还挨了几拳几脚之后,"说是算被儿子拿去了罢,总还是忽忽不乐;说自己是虫豸罢,也还是忽忽不乐:他这回才有些感到失败的苦痛了"。阿Q的精神胜利法接近失灵的边缘了,但是终归靠"自打嘴巴"转败为胜。最后,连被王胡扭住碰头和遭假洋鬼子"哭丧棒"抽打这生平两件屈辱,也可靠"忘却"这一件祖传的宝贝完结。不过诚如马克思所说:"精神一开始就很倒霉,注定要受物质纠缠。"精神疗法再有用也不能排除药物的疗效。精神胜利法和"忘却"的宝贝再起作用,也不能没有物质生活的起码保障。"食色,人之大欲所存焉。"阿Q将到"而立"之年,竟被小尼姑害得飘飘然了。精神胜利法绝对不能解决性欲的问题,只得对吴妈跪下乞求"困觉"。结果不但求爱不成,还被赵秀才的大竹杠打了出去。和女人困不成觉,虽然性欲不能解决,生活未能幸福,倒还可以勉强生存。"只是没有人来叫他做短工,却使阿Q肚子饿:这委实是一件非常'妈妈的'的事情。"精神胜利法完全失效了,为了生计,迫不得已给偷儿们做做洞外接东西的小角色。而临到被推上刑车去杀头时,虽然还可靠"人生天地间,大约本来有时也未免要杀头"的命运说稳定情绪,但是精神终归挡不住物质的摧毁,阿Q肉身仿佛微尘似的迸散了。《阿Q正传》实质是精神胜利法一步步走向崩溃的失败史,鲁迅不仅写出了人体精神机制与外部物质世界的"间隔"关系,而且从唯物主义的立场出发揭示了这种"间隔"的限度。这后一点,显得尤为可贵。

  精神与物质之间存在特定"隔膜"或"间隔"的表现之二,是人类普遍存在以个体为本位的自私性与主观性的弱点。公然指出这一弱点,有些冒天下之大不韪,似乎与认为人的本性是自私自利的观点沆瀣一气了。其实,承认人有自私性的弱点,与认为自私是人的本性是两码事。正视人有自私性的弱点,就会针对这一弱点采取相应的对策:一则制定严格的法律,使人们只能在法律的轨道上合理地维护与发展个人利益,一旦越出法律的轨道就会受到制裁；二则实行高尚的道德教育，使人们正确认识和处理个人与他人、个体与群体关系，超越以个体为本位的局限性，升华到为他人、群体乃至全人类谋利益的"大我"境界，从而克服自私性的弱点，提倡大公无私的精神。承认人有主观性的弱点，具有更为普遍的认识论意义。因为每个人精神深处都有一个主观的小世界。这个主观的小世界与客观的大世界相比，永远是渺小的。

客观世界在空间上是无限扩展的，在时间上是无限绵延的，无时无刻不处在发展变化中。人的主观世界，即对客观世界的映像与认识，却永远是有限的，跟不上客观变化的。然而，人们的言论、行为，又是受自身主观世界导引和控制的。如果主观世界与客观世界不符合，就会出现错误的言论和行为，陷入种种主观主义的误区。因此，只有正视人所共有的主观性的弱点，时时刻刻注意观察客观世界的实际状况，掌握新的知识和信息，最大限度地使自己的主观世界与客观世界相符合，才可能使错误的言论和行为减少到最小程度，尽少陷入主观主义的误区。鲁迅笔下的阿Q，不仅表现了人类逃避现实、退缩内心、寻求精神胜利的普遍弱点，而且也反映了人类普遍存在的以个体为本位的自私性与主观性。他的自负就是典型的表现：既鄙薄城里人把未庄的"长凳"叫为"条凳"，油煎大头鱼不像未庄那样加上半寸长的葱叶，却加上切细的葱丝，又嘲笑未庄人没有见过城里的煎鱼，真是不见世面的可笑的乡下人——以个体的主观意识为衡量一切是非高低美丑真伪的唯一准绳，自以为是，唯我独尊。实质上，精神胜利法的认识根源就是主观主义。但是，鲁迅的《阿Q正传》所突出表现的却非这点。这一点，是由世界文学中的其他精神典型堂吉诃德着力表现的。

精神与物质之间存在特定"隔膜"或"间隔"的表现之三，是人类在思想与行动、理论与实践之间往往有一定"距离"，愈是思想、理论片面发展的知识分子，愈可能出现"忧郁"和"惰性"。

这一点，阿Q表现不突出，原因在于他是连圆圈也画不圆的文盲。

突出表现这一点的是哈姆雷特。

从世界文学范畴考察，阿Q等精神典型从不同的角度，表现了精神与物质之间"隔膜"或"间隔"关系所造成的人类弱点。

阿Q最成功地表现了人类易于逃避现实、退入内心、寻求精神胜利的普遍弱点。

堂吉诃德最成功地表现人类易于脱离客观物质世界的发展变化、陷入主观主义误区的普遍弱点。

哈姆雷特、奥勃洛摩夫最成功地表现了人类易于在思想与行动、理论与实践之间出现"忧郁"和"惰性"的普遍弱点。

陀思妥耶夫斯基笔下的人物，则最成功地表现人类面对严酷的客观物质现实所出现的精神的无奈、绝望、痛苦和分裂，陀氏可算是将这种病态的精神现象描写、刻画到了极致。

这些讽喻性的精神典型，像一面面明镜，照出了人类普遍的弱点，从根柢上教育和敦促人类克服自身的弱点。

当然，精神典型也并非都是讽喻性，从负面发挥教育功能的，也有颂誉性，从正面教育人、鼓励人的。德意志民族和她的文学大师歌德所创造的不朽形象浮士德，就是一种颂誉性的精神典型，表现了人类在物质世界面前自强不息、精进不懈的精神。但丁《神曲》中的"我"，也属于颂誉性精神典型，表现了新旧交替时代的一种克服惰性，以坚强的意志战胜迷惘和苦难，达到真理和至善境界的新型人文精神。

杜勃罗留波夫评论莎士比亚时说过这样的话："他的剧本中有许多东西，可以叫作人类心灵方面的新发现；他的文学活动把共同的认识推进了好几个阶段，而且只有几个哲学家能够从老远地方把它指出来。这就是莎士比亚所以拥有全世界意义的原因。"[1] 无独有偶，陀思妥耶夫斯基对莎士

---

[1] 杜勃罗留波夫:《黑暗王国的一线光明》，杜勃罗留波夫:《杜勃罗留波夫选集》第2卷，辛未艾译，上海译文出版社，1983年，第361页。

比亚也说过类似的话:"莎士比亚——这是先知,由上帝派来向我们宣布人和人的心灵的秘密。"[1] 阿 Q 与世界文学中的那些屈指可数的精神典型,确实是人类最宝贵的精神遗产,其中包含着"人类心灵方面的新发现","把共同的认识推进了好几个阶段"。创造这些精神典型的大作家们,从某种意义上说,确实是"先知,由上帝派来向我们宣布人和人的心灵的秘密"。这正是他们"拥有全世界意义的原因"。而精神典型所包含的"人和人的心灵的秘密",所拥有的全世界全人类的深刻意义,也必须由几个哲学家和潜心求道的研究家"从老远地方把它指出来"。

## 精神幻觉与物质实境

英国浪漫派莎评最重要的代表柯尔律治早在 19 世纪就提出这样的见解:哈姆雷特的悲剧主要在于想象的世界与真实的世界之间的平衡被扰乱了,"他的思想,他幻想的概念,比他真实的知觉要活泼得多","他那推动了健康的关系的头脑,永远为内在的世界所占据着,而从外在的世界转移开,——用幻想来代替实质,在一切平凡的现实上罩上一层云雾"[2],因而形成了哈姆雷特的忧郁与踌躇。

苏联莎学专家阿尼克斯特认为:"思想与意志的分裂,愿望与实践的分裂,理想与现实的分裂形成了哈姆雷特的精神悲剧的最高点。"[3] 不仅冥想派知识分子哈姆雷特是这样,堂吉诃德、奥勃洛摩夫、高略德金、伊凡·卡拉马佐夫和阿 Q 也都是这样,都是不同形式地陷于主观冥想,出现了精神幻觉与物质实境的分裂。正如马克思所说:"一个人,如果对于

---

1 弗里德连杰尔:《陀思妥耶夫斯基与世界文学》,李春林、臧恩钰、王兆民译,辽宁大学出版社,1991 年。
2 杨周翰编选:《莎士比亚评论汇编》下,中国社会科学出版社,1979 年,第 147 页。
3 同上,第 513 页。

他感性世界变成了赤裸裸的观念,那么他就会反过来把赤裸裸的观念变为感性的实物。他想象中的幻影成了有形的实体。"[1] 杜勃罗留波夫在著名论文《什么是奥勃洛摩夫性格?》中指出:奥勃洛摩夫"只能在自己的幻想中来安排世界的命运了。可是,他在自己的幻想中,却喜欢把自己献身给一种威武的英雄的追求。'有的时候,他喜欢把自己想象成为一个所向无敌的统帅,在他的面前,不但拿破仑,就是叶鲁斯冷·拉扎列维奇[2]也是不足道的;他又虚构了一场战争以及战争的原因:例如吧,他的非洲民族侵入了欧洲;或者呢,他建立了一支新的十字军,从事作战,解决民族的命运,毁灭城市,宽恕,惩罚,表显仁慈、宽宠的勋业。'或者他想象他是一个伟大的思想家和艺术家,在他的后面,有一大群人跟着他,谁都向他们鞠躬致敬。……很明白,奥勃洛摩夫并不是一个浑浑噩噩的冷淡的典型,而是一个在其生活中也在摸索着什么东西的、也是在思索着什么东西的人"[3]。实质上,就是哈姆雷特式的冥想派人物。

堂吉诃德更是生活在一个心造的精神幻觉里,他把从骑士小说中看到的一切虚幻化为自身生存其间的物质实境:"他所思、所见、所想象的事物,无一不和他所读到的一模一样。"于是把客店当城堡,把店主当长官,把妓女当名门闺秀或高贵骑士的礼仪之乐;还把风车当巨人,把羊群当敌军,把商队当游侠骑士,把酒袋当魔鬼的头颅,把祈雨的偶像当作遭劫持的贵妇,把傀儡戏中的打仗当作真实的战争,诸如此类,不胜枚举,尤其可笑的是把面貌丑陋、胸脯长毛,而且从未见过一面的农家姑娘当作自己的意中人,给她起了一个带有公主贵人意味、表示甜蜜温柔的美妙名字"杜尔西内娅",奉为自己心中的太阳、勇敢和力量的源泉、生命和荣誉的保护神。总之,"把这类分明虚假的事都信以为真"。所以马克

---

[1] 马克思、恩格斯:《马克思恩格斯全集》第2卷,人民出版社,1963年,第235页。
[2] 俄国民间故事中的主角,他曾骑着得来的一匹马建立了武功。
[3] 杜勃罗留波夫:《杜勃罗留波夫选集》第1卷,辛未艾译,上海译文出版社,1983年,第197页。

思、恩格斯等经典作家常常把那些单凭主观幻想支配行为的人比喻为堂吉诃德。

陀思妥耶夫斯基中篇小说《两重人格》的主人公高略德金，竟在精神幻觉中虚构了一个和他同名、同貌、同一地位的人，称之为小高略德金。大高略德金知道，在物质实境中挤进上层社会必须善于搞阴谋，玩手段，拉关系……可是这种种伎俩他根本不会，于是就给了精神幻觉中的小高略德金，让这个幻影取得了自己在物质实境中向往而得不到的东西，事事成功，飞黄腾达，无往不胜。而其实呢，真实的自我却在物质实境中屡屡失败，最后被送进了疯人院。

我们的阿Q，更是精神幻觉中的驰骋者。他被闲人揪住黄辫子，在壁上碰了四五个响头之后，心里想"我总算被儿子打了，现在的世界真不像样……"于是在精神幻觉中心满意足地得胜地走了。在所有的精神胜利法都不管用之后，便自打嘴巴，"似乎打的是自己，被打的是另一个自己，不久也就仿佛是自己打了别个一般，——虽然还有些热刺刺，——心满意足的得胜的躺下了"。最精彩的是革命后的精神幻觉：来了一阵白盔白甲的革命党，小D、赵太爷、秀才、假洋鬼子跪下喊饶命，打开箱子来：元宝，洋钱，洋纱衫，……秀才娘子的一张宁式床先搬到土谷祠……而其实呢，阿Q在物质实境中屡屡失败，最后竟糊涂地被枪毙了。

与以上典型在性质上有所不同的浮士德，也是周旋于精神幻觉与物质实境之间，正如海涅所说："德国人民本身就是那位知识丰富的浮士德博士，就是那位理想主义者，他凭借精神，终于理解到精神的不足，而要求物质的享受，恢复肉体的固有权利……"[1]

以上典型人物所反映的精神幻觉与物质实境的分裂，绝不是他们几个文学作品中的人物才有的精神现象，而是人类的普遍弱点。也正因为如

---

[1] 海涅：《论浪漫派》，张玉书译，人民文学出版社，1979年，第32页。

此,他们才具有全人类的普遍意义。

如前文所述,人类防御机制作用的第 5 条"白日梦或幻想",是把自我退缩到想象中的个人自我满足的天地里的一种方式。因而,与面对的现实相悖,他们满足于非现实的想象的成功,或是通过制造信仰和想象的世界,得到梦幻般的满足。这一点,实质是人类精神机制的一种负特征。没有高级精神活动的动物,不会产生什么精神幻觉。人有了区别于动物的高级精神活动,成了万物之灵,反而也有了动物所没有的普遍弱点。这实质上也是精神与物质之间存在特定的"隔膜"或"间隔"关系所致的。这种"隔膜"或"间隔",可能使人们产生精神游离于物质之外的错觉,陷于种种幻觉中,使精神与物质、主观与客观相分裂,产生种种病态心理与病态行为。

但是,这种病态绝不是生理性或器质性的,而是哲理性或心理性的。

《学史论》一章中提到,林兴宅把阿 Q 定为轻度精神病患者,张静阿不久就提出异议,认为林的观点否定了阿 Q 性格分裂所产生的审美价值。

张静阿提出的异议是中肯的。生理性精神分裂症患者,除了发生器质性病变之外,还有思维过程缺乏连贯性、思维和感觉模式混乱、冷漠、缺乏情感、语言方式错乱等症状。他们所产生的幻觉与白日梦与阿 Q、堂吉诃德等精神典型有本质的不同。阿 Q 等世界文学中的精神典型,从生理上说都是正常、健康的,所产生的幻觉虽然是与现实背离的,却有一定秩序,并非像精神分裂症患者那样倒错、破碎、紊乱。哈姆雷特是装疯,如果真的疯了,那么全部戏剧都失去了意义。其实他不仅生理上没疯病,而且神志健旺,才华横溢,不愧为一位思想家与雄辩家。堂吉诃德虽然被周围人们看作"疯子",甚至被他忠实的侍从桑丘看成"头脑有毛病",然而在他向大家发了一通高论之后,在场的人又觉得"他对各种问题都识见高明、思路清楚",生理上很正常、健全。即便是这位"哭丧着脸的骑士"

本人，也并不认为自己是真疯，不过是学古代骑士的疯样做戏罢了，因为他对桑丘说过：如果得不到心上人杜尔西内娅小姐的回信，"就要当真的发疯了"。至于奥勃洛摩夫，生理上就更不疯癫了："他并不比别人愚蠢，他的心地像玻璃一样明亮、洁净，而且高尚、亲切。""他上过学，见过世面，……""对于理解高尚思想的乐趣，对于全人类的苦难，也并不隔膜。"高略德金呢，杜勃罗留波夫做过这样的分析："这个人为什么不发疯？只要他还是信守这与世无争的道理……那么这个人就可以继续在先前的知足和平静之中过日子了。可是事情却不是这样：有一种什么东西从灵魂深处上升了，表现为最阴沉的抗议，只有阴沉的抗议才是这位没有多大能耐的高略德金先生能够做到的，——这就是疯狂……"[1]这就是说高略德金平时是并不疯狂的，只是"阴沉的抗议"无可压抑地表现出来时才疯狂了。然而也正由于这点，这个典型形象的哲理意味大大削减了。最后分析我们的阿Q，他生理上也是健全的，不仅"割麦便割麦，舂米便舂米，撑船便撑船"，"真能做！"而且从思维到语言也都与常人一样，胆子还很小，参与行窃"不但不能上墙，并且不能进洞，只站在洞外接东西"，"里面大嚷起来，他便赶紧跑"。

那么，这些人物是否完全健康，没有病态呢？不是的。如果这样，这些人物同样没有意义了。他们是有精神病态，不过不是生理性的，而是哲理性的，是在精神与物质、主观与客观、幻想与现实的哲理关系上陷于病态。

同是哲理性精神病态，具体的心理趋向又有所不同。堂吉诃德是主观冒进型的精神病态，正如鲁迅所分析的：本已不是那么古气盎然的时候了，却"偏要行古代游侠之道。执迷不悟，终于困苦而死"。他的精神病态，不在于"立志去打不平"的动机，而在于"打法"，在于"不识时务"

---

[1] 杜勃罗留波夫：《逆来顺受的人》，《杜勃罗留波夫选集》第2卷，第494—495页。

(《集外集拾遗·解放了的堂·吉诃德》)。当主观精神与客观现实完全不符合时，还偏要"在黑夜里仗着宝剑和风车开仗"，结果颠连困苦，是"十分老实的书呆子"(《南腔北调集·真假堂·吉诃德》)，犯的是思想落后于时代而又主观盲动的错误。从哈姆雷特到阿Q，却属于内心退缩型的精神病态。哈姆雷特的悲剧，如歌德所说，是"一件伟大的事业担负在一个不能胜任的人的身上"[1]。也如别林斯基所说："哈姆雷特的分裂是通过认识责任后的软弱来表现的。"[2] 于是只能退缩到内心去，陷于忧郁与踌躇的精神病态。奥勃洛摩夫明白无误地"总喜欢退隐到内心深处，生活在自己所创造的世界里"。冈察洛夫借希托尔兹的心理独白明确指出："这一个奥勃洛摩夫的问题，对他来说，比哈姆雷特的问题还更为深奥。"这说明冈察洛夫创造奥勃洛摩夫这个精神典型的时候，自觉继承了莎士比亚创造哈姆雷特的艺术经验，并且更加深入地刻画了人物的内心退缩型精神病态，以更加浓重的笔墨描绘人物蜷缩于幻觉中的精神活动。高略德金也是退缩进纯精神领域里：装模作样地定购自己根本无力购买的高档商品，把所有的大钞换成小票，以便使钱夹子鼓得高高……在自己虚构的自尊自胜的幻影中寻求自我安慰。阿Q的内心退缩型精神病态比以上人物更加鲜明、集中。鲁迅以简劲奇拔之笔力，将这种精神病态写得极为活脱、透辟，以至于要挨假洋鬼子棒打的时候，阿Q就"赶紧抽紧筋骨，耸了肩膀等候着"，退缩到无以复加的地步。挨打后反依靠"忘却"这祖传宝贝的效力而觉得轻松些，将这种精神病态表现到了极致。这种内心退缩型精神病态在人类社会是很普遍的。如恩格斯所说的那样，这种人是"设法从外在世界遁入内在世界"的奴隶。鲁迅毕生都在批判这种内心退缩型的奴隶性精神病态。

---

1 杨周翰编选：《莎士比亚评论汇编》上，中国社会科学出版社，1979年，第296页。
2 同上，第432页。

## 精神典型的具象性

以上反复论证了阿Q等精神典型的普遍性，说明这种典型由于深掘到精神与物质这个人人面临的哲学根柢中去，反映了每个人都无法逃避的主观与客观的关系问题，显现了人们在这一根本问题上的面貌与状态，因而具有全人类的普遍意义。

然而，如果仅仅停留于此，是不能全面理解阿Q等精神典型的完整意义的，甚至会有把艺术杰作肢解为阐析人类普遍精神弱点的学术论文之危险。下一步，还要回答更为重要的问题：阿Q等精神典型为什么既具有极广泛的普遍性，又具有生动的具体性与鲜明的形象性，亦即具象性？其实，在论证阿Q等精神典型的普遍性、推翻"精神寄植说"的过程中，对这一问题已经做了一定程度的回答：既然阿Q等精神典型所反映的精神弱点，具有全人类的普遍意义，是每个人都可能出现的，所以不必要进行什么"寄植"，只需选择最适合的具体人物精心塑造、"深掘"下去就是了，因而阿Q等精神典型理所当然地首先是一个活生生的具体人物，有最充分的条件在最大的限度内、最高的境界上实现独特性与普遍性的统一，历史的具体性、文学的形象性与哲学的抽象性的统一。恰如恩格斯在《致敏·考茨基》的信中所说的："每个人都是典型，但同时又是一定的单个人，正如老黑格尔所说的，是一个'这一个'。"[1]

"这一个"，是黑格尔在《精神现象学》中阐发的一个重要的辩证法思想，也是他的典型学说——理想性格说的哲学基础。黑格尔在分析"感性确定性"时对"这一个"做了解释："什么是这一个？让我们试就这一个的双重的存在形式这时和这里来看，则它所包含的辩证法将具有一种和

---

[1] 北京大学中文系文艺理论教研室编：《马克思恩格斯列宁斯大林论文艺》，人民文学出版社，1980年，第130页。

这一个本身一样的可以理解的形式。"所谓"这时",就是时间;所谓"这里",就是空间。"这一个",就是在特定的时间与空间的"双重的存在形式"中,即特定的环境里的特定个体。黑格尔以巨大的历史感论述了个体和环境的辩证关系:"构成个体性规律之内容的环节,一边是个体自身,另一边是个体所面对着的普遍的无机自然界,如当前的环境,形势,风俗,道德,宗教,等等;特定的个体就要根据这些情况才可理解。它们既包含着特定的或有规定的东西也包含着普遍或公共的东西,并且同时又是一种现成存在的东西,这现成存在的东西一方面把自己直接呈示在观察面前,另一方面又以个体性的形式把自己表现出来。""如果根本没有这些社会环境、思想观念、风俗道德、一般的世界情况,个体就不会成为它现在所是的这个样子,因为包括于一般的世界情况里的一切东西,构成着这个普遍的实体。——但是,世界情况既然已在这个个体(这正是要去理解的个体)里特殊化了它自己,那它就应该自在自为地在它自身也已特殊化了它自己,并且已经以特殊化后取得的规定性影响了一个个体;因为只有这样,才能说世界情况使个体变成了它现在所是的这个特定的个体。"[1]

黑格尔关于"这一个"思想的阐析,虽然佶屈聱牙、晦涩难懂,但是如果读通了的话,则可以当作一把打开精神典型普遍性与独特性关系之锁的钥匙。阿Q等精神典型,既反映人类普遍的精神弱点,又是"这时"和"这里"的"双重的存在形式"中的"这一个",是特定的时间与空间,即特定环境里的特定个体,是具有鲜明时代性、民族性、阶级性的活生生的具体人物。哈姆雷特,是17世纪封建制度与新兴资本主义交接前夕的那个怀疑与沉思的时代里,英国乃至西欧新兴资产阶级的一位代表人物。他的踌躇性格反映了这个阶级当时的矛盾性与软弱性,同时又具有哈姆雷特"这一个"特定个体所独具的、其他任何人物都无法替代的特殊

---

[1] 黑格尔:《精神现象学》上卷,贺麟、王玖兴译,第202—203页。

个性。他"既包含着特定的或有规定的东西也包含着普遍或公共的东西，并且同时又是一种现成存在的东西"。所谓"现成存在的东西"，在阿Q等精神典型的研究领域中去理解，就意味着这类典型并非某种精神的"寄植者"，也非主观臆造的"集合体"，而是以生活中现成存在的人物为原型的。他们"一方面把自己直接呈示在观察面前，另一方面又以个体性的形式把自己表现出来"。个体和环境之间是相互依存、相互影响的，像哈姆雷特，一边是个体自身的素养、气质，另一边是个体所面对着的17世纪丹麦王国的环境、形势、风俗、道德、宗教等；哈姆雷特这一特定的个体就要根据这些情况才可理解。如果根本没有这些社会环境、思想观念、风俗道德、一般的世界情况，哈姆雷特这一个体就不会成为它现在这个样子，因为"包括于一般的世界情况里的一切东西"，即17世纪丹麦王国的环境、形势、风俗、道德、宗教等的一般特点，构成哈姆雷特这个实体的普遍性。当时当地的世界情况既然已在哈姆雷特这个个体里"特殊化了它自己"，亦即表现出了它自己的特定面目，那它就应该自在自为地在环境自身的描写中也显现出它自己的特定面目，并且反过来以特殊的规定性影响哈姆雷特等个体人物；因为只有这样，才能说世界情况，即17世纪丹麦王国的社会环境使哈姆雷特这一个体变成了它现在这个特定的个体，亦即现在这样的精神典型。

以此类推，堂吉诃德，是16、17世纪西班牙社会中没落小贵族的一位代表人物。当欧洲一些国家的资本主义迅速发展的时候，西班牙却还是一个封建势力占统治地位的专制王朝，但是骑士时代却早已一去不复返了。堂吉诃德的主观主义，从最基本的层次上是讽刺了骑士时代早已过去的时候仍然热衷游侠生活的没落贵族，扩大一层则是鞭笞了资本主义迅速发展时期仍然坚持专制统治的封建势力，从最广大的意义上说，则反映人类主观认识往往落后于客观形势的普遍弱点，然而又具有堂吉诃德"这一个"特定个体所独具的、其他任何人物都无法替代的特殊个性。16、17

世纪西班牙社会的环境、形势、风俗、道德、宗教等使堂吉诃德这一个体成为现在这个样子，离开了堂吉诃德的特殊个性与当时的世界情况，是不可能理解这一特定个体的。奥勃洛摩夫，是19世纪俄国农奴制度崩溃前夕没落地主阶级的一位代表人物。他的懒惰与冷漠，正是这个阶级垂死的表现，是19世纪俄国的社会环境、思想观念、风俗道德、一般的世界情况所造成的。高略德金，则是19世纪俄国社会矛盾压榨、挤迫下的小职员形象，反映了下层知识分子在严酷现实面前无路可走，因而出现的二重人格与精神分裂。而伊凡·卡拉马佐夫则反映了教养更高、思想更深的俄国人文知识分子，面对无法解释的客观世界所出现的种种哲学矛盾与精神幻觉。以上三个人物形象，都包含着19世纪俄国社会的环境、形势、风俗、道德、宗教等所形成的普遍气质，又具有作为特定个体的独特个性。歌德笔下的浮士德呢，则是19世纪上半期德意志民族渴望摆脱中世纪的束缚、追求现代科学的精神代表。他冲出中世纪书斋，来到广阔的世界开拓疆土，这种孜孜不息、"有为而为"的精神正来源于德意志民族特有的环境、形势、风俗、道德、宗教等，充满了德国味与作者歌德的特殊个性。离开19世纪上半期的德国背景与歌德的个人气质，是不可能理解浮士德的。

我们的阿Q更是这样！有必要从中华民族的传统思想、时代环境和未庄文化三个层次分析阿Q形象独特性的形成原因。

**传统思想**。鲁迅在《俄文译本〈阿Q正传〉序》中说他旨在"写出一个现代的我们国人的魂灵来"，又说"看人生是因作者而不同，看作品又因读者而不同，那么，这一篇在毫无'我们的传统思想'的俄国读者的眼中，也许又会照见别样的情景的罢，这实在是使我觉得很有意味的"。这一段话使我们深思以下问题："我们国人的魂灵"究竟是什么样的？人类的精神弱点有很多种，为什么鲁迅唯独以阿Q的精神胜利法概括中国人的精神弱点，这种概括是否符合"我们国人的魂灵"？哈姆雷特、伊凡·卡拉马佐夫等为什么不能突出反映中国人的弱点？俄国读者所没有的"我们的传统思想"的症结是什么？鲁迅通过中华民族与发达国家的比较对照说明"我们的传统思想"的症结：他"觉得英国人的品性，我们可学的地方还多着"，"我们的古人将心力大抵用到玄虚漂渺平稳圆滑上去了，便将艰难切实的事情留下，都待后人来补做，要一人兼做两三人，四五人，十百人的工作，现在可正到了试练的时候。对手又是坚强的英人，正是他山的好石，大可以借此来磨练"（《华盖集·忽然想到·十》）。英国新兴资产阶级在与封建阶级交接之初，确实表现过哈姆雷特式的踌躇与忧郁，但是后来在工业革命的推动下，却逐步克服了这一弱点，由精神冥想转为物质追求，形成了一种偏重外界、探究宇宙、控制自然的风气，与"我们的传统思想"的"将心力大抵用到玄虚漂渺平稳圆滑上去"不同，是做艰难切实的事情，不是"求诸内"，而是求诸外。当然，对外侵略是必须反对的，但是对外探求自然、注重实践的坚强品性，却值得讲求面子、不求实效的中国人认真学习。

从为了维持面子而做戏、不看事实、专讲形式，到"用瞒和骗，造出奇妙的逃路来，而自以为正路"，本质上都是背离物质实境而"求诸内"，在精神幻觉中求得心理平衡，都是"精神上的胜利法"。那么，中国国民性中这种消极的精神机制与文化心理究竟是怎样形成的呢？这就要如黑格尔所说的那样，从一个民族的环境、形势、风俗、道德、宗教等等，即社会历史、文化积淀与精神现象中去寻找了。为了寻找国民性弱点的根源，鲁迅整整奋斗了一生，归纳出以下三点：

（一）"精神的遗传"。鲁迅早在前期杂文《我们现在怎样做父亲》中就深为忧心地指出："可怕的遗传，并不只是梅毒；另外许多精神上体质上的缺点，也可以传之子孙，而且久而久之，连社会都蒙着影响。""精神的遗传"，是鲁迅长期探索人类精神现象所得出的一个重要观点。他从这一观点出发，潜心研究中国人的精神发展史，得出了"中国根柢全在道教"的重大发现。1918年8月20日,在致许寿裳的信中指出:"中国根柢全在道教,此说近颇广行,以此读史,有多种问题可以迎刃而解。"1927年9月,又在《小杂感》中说:"人往往憎和尚,憎尼姑,憎回教徒,憎耶教徒,而不憎道士。懂得此理者,懂得中国大半。"这些话应该怎样理解呢?美国学者杜威1922年在《中国人的人生哲学》一书中说:"中国人对于政治和社会的一切态度和两个大哲学家的人生哲学有深密的关系——一个是老子,一个是孔子,也许可以再加一个进去——便是释迦。但是佛教思想是外来的,而孔、老的哲学,都是中国的土产。……""老子主张自然超过人为,从这种主张所得的结论,便是'无为'的主张。……'无为'是道德行为的一种规律,是教人积极的忍耐、坚毅、静待自然工作的一种教训。以退为进,就是他的标语。……因为有这种见解作根柢,所以才有中国人的'听其自然'的、知足安分的、宽容的、和平的、诙谐的、嬉乐的那种人生观。也因为有了这种见解作根柢,所以才生出中国人的定命主义。""孔教的一般见解,恰和道教立于相反地位。孔子的教义,夸张艺术、文化、人道主义、知识和道德的努力的重要。所以这种教义对于学者阶级、上流阶级发生的影响,比道教对于民众所生的影响,自然更要深切得多了。可是有许多地方,孔教所生的实际效果,竟和道教的效果一般无二。"杜威作为一个资产阶级教育家,整个体系和方法是实用主义的,然而"于事者迷,旁观者清",他作为西方旁观者,对中国人人生哲学的这段评析的确是很清醒的。"以退为进""听其自然",实在是中国民众人生哲学的根柢。这种原发性的蒙昧的精神状态,正是产生道教这个中国土产的温床。所以,道教在中国完全是自然而然产生,自然而然生根,不必像西方基督教等宗教那样需要进行人为的传教和布道,而只是适应中国人唯求心安的精神惯性,任其蔓延就是了。"有心栽花花不开,无心插柳柳成荫。"西方传教士到中国传教多少年收效甚微,道士们任其自然倒使道教在中国根深蒂固,就是顺应了中国人精神机制与心理习惯的缘故。

相互顺应,又相互促进,道教从理论上顺应并促进了中国唯求心安的精神惯性,反过来,中国人的这种精神惯性又从实践上顺应并促进了道教的发展。这也正是中国人"往往憎和尚,憎尼姑,憎回教徒,憎耶教徒,而不憎道士"的根本原因。鲁迅为什么选择阿Q这个浮浪农工做主人公,以"精神上的胜利法"概括中国传统思想和国民性的症结呢?原因之一是中国民众受道教人生哲学影响最深,而鲁迅是以改变中国民众的精神为己任的,作为中国根柢的道教之精神机制是"精神上的胜利法"。有的研究者提出儒教是精神胜利法的思想根基,其实与认为是道教的观点在本质上并不对立。杜威的一个评判是切中肯綮的:"有许多地方,孔教所生的实际效果,竟和道教的效果一般无二。"哪些地方一般无二?主要是同样引导人们背离客观实际而向内心追求调节与平衡。鲁迅说:"中国原是'礼义之邦',关于礼的书,就有三大部。"(《准风月谈·礼》)长期以来,中国封建统治者强迫人们"非礼勿视,非礼勿听,非礼勿言,非礼勿动",一切言行都以礼教为准。在中国,赖以维持社会稳定的,不是法律而是礼教。礼教是注重形式的,一举一动都有礼仪。当初提倡礼教的时候,或者每种礼仪,都还包含精神内容。但是到了后来,环境已变,人事已改,已经不能适应社会生活的需要,专制统治者却仍然死命固守那些繁文缛节,丝毫不变。结果,只有躯壳,没有精神,所谓礼教完全成为虚伪的形式,人们迫于各种压力,或者出于各种考虑,甚至由于前世遗传的一种主观盲目的惯性,不顾事实而恪守形式。这样,对于"我们的传统思想"来说,行为准则就不是依据事实、以实践为唯一标准,而是凭借形式、以礼教或其他纯精神的东西为永恒的准绳。于是,也就变本加厉地强化了中国国民性中背离客观事实而向内追求形式圆满、精神胜利的机制与心理,以致使西方人觉得中国人"具有强烈的做戏的本能"。至于释迦呢,也同样沿着这一心理路线被同化了。鲁迅说:"佛教初来时便大被排斥,一到理学先生谈禅,和尚做诗的时候,'三教同源'的机运就成熟了。"(《华盖集·补白》）佛教之所以在中国和孔教、道教"同源",就在于佛教中因果报应、转世轮回的观念符合中国人追求精神胜利的心理机制,真正信佛、切实修炼的人,在中国很少见。万变不离其宗,无论什么教,归根结蒂,都会归于精神胜利这条根上来。所以,人类的精神弱点有很多种,唯独阿Q的精神胜利法能够概括中国人的精神弱点,鲁迅的这一概括实在太符合"我们国人的魂灵"了。哈姆雷特等精神典型,概括各自民族的灵魂与最突出的精神弱点是符合的,用以概括中国人却不符合,因为他们不能反映"我们的传统思想"的症结。用荣格心理学的观点来看,这种始终在中国人社会言行背后作怪的精神顽症属于一种"集体无意识",中国人的确经常无意识地集体滑入形式主义的邪轨,却自以为正路。的确需要民族的有识之士不断地敲响警钟,疗治病症,除去病根,使越来越多的中国人日益清醒地意识到本民族深层心理中的病源,自觉地克服民族弱点,上升到讲究实效的科学理性的境界。

（二）地理环境因素。中国人背离外在实际而向内心追求形式胜利的精神遗传是怎样形成的？除了宗教、道德等精神因素之外,是否有黑格尔所说的"无机自然界"的因素呢？回答应该是肯定的。鲁迅早在青年时代就指出过这方面的原因,他在《文化偏至论》中说:"屹然出中央而无校雠,则其益自尊大,宝自有而傲睨万物,固人情所宜然,亦非甚背于理极者矣。"其意是说中国的地理环境是立于中央而无能与之抗敌的国家,地大物博,自给自足,造成傲视万物的心态,这本来也是人情的必然发展,并非完全违背道理。马克思主义哲学认为地理环境是指物质存在,包括自然地理环境与文化地理环境两种,前所说的精神遗传现象属于后一种,这里所说的地处中央、地大物博属于前一种。前后两种相互影响,因为地处中央、地大物博,长期保持自给自足、不求于人的小农经济形态,所以对外扩大之野心甚少,而向内追求平衡调节之机制甚重,外敌软弱不足以胜己时便益自尊大,而外敌强大、自己屡屡失败时就易于退回内心、追求精神胜利了。地处中央的自然地理环境,随人情所宜然,生出注重内心的文化地理环境;一味内缩的文化心态,又加强了固守中央的自然地理意识。这就形成了一种恶性的循环圈。要打破这种循环圈,唯一的方法就是对外开放,克服闭关自守的狭隘意识,树立环境交流的开放观念,在全民族培养正确的"宇宙意象"与"自我意象"。

(三)历朝的压抑与外族的入侵。鲁迅1934年在《从孩子的照相说起》一文中指出:"所谓'洋气'之中,有不少是优点,也是中国人性质中所本有的,但因了历朝的压抑,已经萎缩了下去。"1936年又在致尤炳圻的信中说:"日本国民性,的确很好,但最大的天惠,是未受蒙古之侵入;我们生于大陆,早营农业,遂历受游牧民族之害,历史上满是血痕,却竟支撑以至今日,其实是伟大的。"这就是说:中华民族虽然由于精神遗传与地理环境等因素形成了传统思想的病症,但是"我们从古以来,就有埋头苦干的人,有拼命硬干的人,有为民请命的人,有舍身求法的人……虽是等于为帝王将相作家谱的所谓'正史',也往往掩不住他们的光耀,这就是中国的脊梁"(《且介亭杂文·中国人失掉自信力了吗》)。然而由于历朝的压抑与外族的入侵,"中国的脊梁"所本有的性质与优点却被缩小和扭曲了,使中华民族出现了"人类心理的顺遂的变形"(《集外集拾遗·〈梅斐尔德木刻士敏土之图〉序言》)。鲁迅后期在《且介亭杂文》的《隔膜》《买〈小学大全〉记》《病后杂谈》《病后杂谈之余》等杂文中详细地研究了《清代文字狱档》和孟森的《心史丛刊》,分析了清代一些文字狱案件的真相;窥探了《御批通鉴辑览》《上谕八旗》《雍正朱批谕旨》等皇帝批示的文件,揭露了封建统治者阴暗、专横的心理;并列举了明代的剥皮等酷刑,引录了古书上关于汉民族"受游牧民族之害",社会倒退的描述和清兵入关时"扬州十日""嘉定三屠"的惨状,从中不仅洞察了专制者统治"策略的博大和恶辣,并且还能够明白我们怎样受异族主子的驯扰,以至遗留至今的奴性的由来"(《且介亭杂文·买〈小学大全〉

记》)。"奴性的由来",就是"人类心理的顺遂的变形",或称"人类心理的一切秩序的蜕变的历史",原本由于精神遗传与地理环境等因素就形成了向内追求、讲究形式的心理症结,再加之以历朝的压抑与外族的入侵,"一向被同族和异族屠戮,奴隶,敲掠,刑辱,压迫下来的,非人类所能忍受的楚毒,也都身受过"(《且介亭杂文·病后杂谈之余》),本来具有的一些优点被缩小和扭曲,本来并不是漠不相关,但因豺狼当道,积累了许多痛苦的经验,后来就自然地都走到漠不相关的道路上去。即使有所同情,也往往采取心理上的大团圆形式。而这种心理上的"大团圆"形式,正是中国传统心理中早已存在的一种精神胜利法。据许寿裳回忆,鲁迅在日本弘文学院学习期间,经常和他讨论三个问题:1. 怎样才是最理想的人性? 2. 中国国民性中最缺乏的是什么? 3. 它的病根何在?对第二个问题,鲁迅给出的答案是:中国人最缺乏的是爱和诚,也就是"深中了诈伪无耻和猜疑相贼的毛病。口号只管很好听,标语和宣言只管很好看,书本上只管说得冠冕堂皇,天花乱坠,但按之实际,却完全不是这回事"。这种判断,与外国旁观者所说的"做戏的本能""永远不是事实问题,而总是形式问题"[1]是一致的,与中国传统文艺中"大团圆"的虚构结局也是一致,一致都是"瞒和骗",背离客观实际、追求精神胜利。对第三个问题,鲁迅认为:当然要在历史上去探究,因缘虽多,而两次奴于异族,认为是最大最深的病根。做奴隶的人还有什么地方可以说诚说爱呢?[2] 1925年,鲁迅又在与一位青年朋友的通信中进一步回答了国民性病根的问题:"惰性表现的形式不一,而最普通的,第一就是听天任命,第二就是中庸。我以为这两种态度的根柢,怕不可仅以惰性了之,其实乃是卑怯。遇见强者,不敢反抗,便以'中庸'这些话来粉饰,聊以自慰。所以中国人倘有权力,看见别人奈何他不得,或者有'多数'作他护符的时候,多是凶残

---

1 美国传教士史密斯在《中国人气质》一书所言。后文将详述。
2 许寿裳:《回忆鲁迅》,《亡友鲁迅印象记》。

横恣，宛然一个暴君，做事并不中庸；待到满口'中庸'时，乃是势力已失，早非'中庸'不可的时候了。一到全败，则又有'命运'来做话柄，纵为奴隶，也处之泰然，但又无往而不合于圣道。这些现象，实在可以使中国人败亡，无论有没有外敌。要救正这些，也只好先行发露各样的劣点，撕下那好看的假面具来。"(《华盖集·通讯》)这一段分析，最简明、最全面地概括出了国民性的病根，也完全符合阿Q的"行状"：口讷的他便骂，气力小的他便打，做事并不中庸；但是被王胡扭住了辫子拉到墙上去碰头时，却宣称"君子动口不动手"，满口"中庸"了；一到全败，绑到刑场去杀头时，又有"命运"来做话柄，"觉得人生天地间，大约本来有时也未免要杀头的"。纵为奴隶，也处之泰然，不仅不知自己为奴，而且以为自己没有不合于圣道之处。这种人生态度的根柢之所以是卑怯，就在于完全出自奴隶根性。由于历朝的压抑与外族的入侵，而一贯卑怯，永远退缩，无处可退时只能彻底缩回内心，于是就显现为"精神上的胜利法"。阿Q的确是我们这样沉默的国民魂灵的绝妙画像！试加比较，会更鲜明地看出这一点：堂吉诃德纵然主观莽撞，但是却没有半点卑怯与虚伪，而是充满了勇敢与真诚，简直像一位书生化的斗牛士，这恐怕与西班牙的民族性格有渊源。哈姆雷特纵然踌躇忧郁，却也没有丝毫奴性，并不卑怯与虚伪，造成他错过复仇良机的原因绝非什么精神胜利法，而是对上帝和天堂的宗教信仰。当他有机会从背后刺杀国王时，竟因为担心在仇人祈祷时会把他送上天堂而收起了自己的宝剑。这是西方人才可能产生的心理，中国人是不会有的。奥勃洛摩夫纵然懒惰，却仍没有奴性，更不卑怯与虚伪，"心地像玻璃一样明亮、洁净，而且高尚、亲切"。他屡次被塔朗切耶夫和伊凡·马特威耶维奇诈骗钱财、巧取豪夺，是由于懒惰、懦弱、书生气十足，并非出于奴性。陀思妥耶夫斯基笔下的高略德金、伊凡·卡拉马佐夫等人物，也同样没有阿Q那种奴性。这都是由于以上人物所在的民族没有"我们的传统思想"。鲁迅发露"我们的传统思想"的各样劣点，撕下那好看的假面具，正是为了救正中华民族。这是他创造阿 Q 这一精神典型的宗旨。

**时代环境**。1840 年鸦片战争以后，中国的门户被帝国主义列强的大炮打开，失败日益惨重，再也自大不起来了。精神胜利法就成为近代中国一个普遍的精神现象。这一点我们将在《历史论》一章中详论。

**未庄文化**。阿 Q 这一精神典型不仅表现了别国所没有的"我们的传统思想"的独特症结，反映了与以往历史时代有所不同的近代中国的独特精神现象，而且是未庄文化的独特产儿。

未庄是什么地方？这是阿 Q 典型研究史上始终在探究的疑难。冯文炳先生认为："未庄就是绍兴城，所以鲁迅关于它的描写具有那时的府或县的城街的特点而不具有农村的特点。"[1] 事实证明这一观点是站不住脚的。未庄就是典型的中国农村，表现了中国宗法社会的一般特征。《中国人气质》的作者史密斯说过："一个外国人在中国城市住上十年，所获得的关于人民内部生活的知识，或许还不如在中国村庄住上十二个月得到的多。""我们必须把村庄看作中国社会生活的一个基本单位，这本书里的文章就是以一个中国村庄为立脚点写成的。"同样，鲁迅的《阿 Q 正传》也正是以未庄这样一个中国村庄为立脚点写成的，因为村庄不仅是中国社会生活的一个基本单位，而且是以小农经济为基础的中国宗法社会的缩影。旧时代的中国社会，不过是一个扩大的复杂化的村庄罢了，尽管疆域要广大得多，建筑要堂皇得多，威势要浩荡得多，但是其中基本的经济结构与阶级关系和村庄是相同的。皇帝，就是大地主。官吏，就是村里的地保。以下是不同阶层的农民，而阿 Q、王胡、小 D 一类浮浪农工是压在社会最底层的。

在未庄这个精神环境与文化温床中，赵太爷是重要的代表人物。可

---

[1] 冯文炳:《阿 Q 正传》,《东北人大人文学报》1957 年 2 月第 2、3 期合刊。

以说，没有赵太爷，也就没有未庄文化，没有其产儿——阿Q。赵太爷是未庄宗法社会的土皇帝、专制者、地主和暴君。在他的管辖之下，阿Q连姓赵的权利都没有，听说阿Q自称姓赵之后，第二天就让地保叫阿Q到自己家里来，满脸溅朱地呵斥一顿，跳过去，给了阿Q一个嘴巴，又骂道："你怎么会姓赵！——你那里配姓赵！"阿Q并没有抗辩他确凿姓赵，只用手摸着左颊，和地保退出去了，在外面又被地保训斥了一番，谢了地保二百文酒钱。知道的人都说阿Q太荒唐，自己去招打；他大约未必姓赵，即使真姓赵，有赵太爷在这里，也不该如此胡说的。鲁迅在《序》中首先活画出这场冲突极有必要，用意甚深。过去曾有人认为《阿Q正传》的《序》是多余的，的确是皮毛之见。单从赵太爷不许阿Q姓赵这场戏来说，此《序》就是必不可少的：一开场就把未庄这个宗法社会的基本矛盾揭露无余了。阿Q忍受着赵太爷这位宗法头子最残酷的剥削与压榨，连姓氏的权利都被剥夺了。他是从物质财富到精神地位一无所有的，而且告状无门，无力反抗，除了依靠精神胜利法求得内心宽慰之外，真是无法可施。

1926年5、6月，敬隐渔首次把《阿Q正传》翻译成法文，发表在《欧罗巴》杂志第5期和第6期上。《阿Q正传》一共九章，敬隐渔的译文却变成了八章，把第一章《序》整个删掉了。据说鲁迅一方面对罗曼·罗兰的称誉感到荣幸，一方面对删去第一章《序》很不高兴，因为第一章《序》精辟地勾画出了旧中国的缩影——未庄的阶级对立状况，精炼地反映了未庄各个阶级人物所处的不同地位和心态，如果删去，就难以看到中国社会的阶级情状和各个阶级不同的精神胜利法了。这充分说明承认精神胜利法是"人性的普遍的弱点"，并不意味着否定阶级论。研究典型人物应该从人类性、民族性、阶级性、乡土性、个体性这五个层面着眼，忽视任何一个层面都不能得出全面的结论。

整个未庄毫无真理和法律可言，赵太爷的话就是金科玉律，神圣不可触犯，人人必须遵守。而赵太爷的人品又如何呢？可谓五"毒"俱全。

第一"毒"是霸道：不许阿Q姓赵等恶行就是鉴证。第二"毒"是吝啬：晚饭后定例不准掌灯，例外是赵太爷未进秀才的时候准其点灯读文章，这是为了将来宦途得意，父以子显；另一例外是阿Q来做短工的时候准其点灯舂米，这是为了多剥削阿Q的劳动。第三"毒"是荒淫：儿媳妇都要生孩子了，还要买一个小的，以娱晚景，然而却全不管阿Q也有人类的本能和欲求——需要找一个女人困觉，吴妈一哭喊起来，就任儿子赵秀才捏大竹杠把阿Q痛打出去，还订定了苛刻的五条件，使阿Q彻底破产。第四"毒"是贪婪：阿Q从城里归来，向未庄村民廉价推销赃物时，赵太爷未始不知道这些物品来源不清，可是贪婪的毒根作祟，逼使他去做阿Q的主顾。当初阿Q要跟吴妈困觉的丑事早丢到九霄云外，不准阿Q进赵府门槛的禁令也一笔勾销，通过家族决议，托邹七嫂即刻去寻阿Q，生怕赃货已推销一空，自己得不到，所以绝不拖到明天，破例点灯等候。等候当中，实在难挨，一是担心便宜货轮不到他，二是眼看着灯里的油耗下去，万一赃货买不到，油还白费了怎叫赵太爷不心痛？好不容易等来了阿Q，却只剩下了一张门幕，于是赵太爷先是失望，后是气愤，但是如今看见阿Q也有几手，再不敢像往常那样泄愤了，否决了赵秀才要把阿Q赶出未庄的提案，理由是"怕要结怨"，"况且做这路生意的大概是'老鹰不吃窝下食'，本村倒不必担心的；只要自己夜里警醒点就是了"。至于偷了别处的，不但不要管，还要尽先送来给他看。

一副贪婪、自私、伪善的土财主嘴脸真是恶毒之极！然而这并非赵太爷的全人全貌，他还有另一面，即第五"毒"：奴性。当阿Q欢呼"革命"、高喊"造反"的时候，这位曾经不许阿Q姓赵的赵太爷竟然怯怯地迎着低声地叫："老Q。"阿Q料不到他的名字会和"老"字联结起来，以为是一句别的话，与己无干，只是唱，没反应。赵太爷的儿子赵白眼只得直呼阿Q其名，又很快改口"Q哥"，以同是"穷朋友"套近乎。结果被阿Q顶撞回去。鲁迅在前期杂文《论照相之类》中说过："凡是人主，也容易变成奴隶,因为他一面既承认可做主人,一面就当然承认可做奴隶,所以威力一坠,就死心塌地,俯首帖耳于新主人之前了。""用事实来证明这理论的最显著的例是孙皓,治吴时候,如此骄纵酷虐的暴主,一降晋,却是如此卑劣无耻的奴才。"后期又在杂文《谚语》中指出:"专制者的反面就是奴才,有权时无所不为,失势时即奴性十足。孙皓是特等的暴君,但降晋之后,简直像一个帮闲;宋徽宗在位时,不可一世,而被掳后偏会含垢忍辱。做主子是以一切别人为奴才,则有了主子,一定以奴才自命:这是天经地义,无可动摇的。"试想赵太爷号咷以后,从遗老降为赤贫,一定是极卑劣无耻的奴才,其恶劣程度远过于阿Q不知多少倍。阿Q与赵太爷之间,精神上有相通之处,但是到底性质截然不同,阿Q可悲可哀,鲁迅对他"哀其不幸,怒其不争";赵太爷则是只令人憎恶,鲁迅对他毫不同情。为什么鲁迅以主要笔力写阿Q的精神胜利法,赵太爷的却只当作陪衬?就在于鲁迅把阿Q这样的落后群众当作启蒙对象,热烈地渴望他们觉醒,而赵太爷之类却是不可救药的。正是有了赵太爷,才有了未庄的宗法社会,才使阿Q这样的被压迫者不能克服人类普遍的精神弱点,处于蒙昧的精神状态中,并把普遍弱点发展到极致——形成典型的精神胜利法。以赵太爷等人为压迫者、统治者的未庄宗法社会,是形成阿Q精神胜利法的社会原因。

假洋鬼子也是一个异常重要的人物。他是赵太爷、钱太爷们的第二代,进过洋学堂,去过东洋,有些"洋化",但又不彻底,回国之后本应做点儿事业,却仍回未庄做不劳而获的地主;辫子本已剪掉,却又装起假辫子;也许有过某种模糊的"洋化"或"革新"的憧憬,回到未庄宗法社会以后内心原本就积淀甚厚的宗法思想又滋长起来,对阿Q这类底层的被压迫者动辄挥黄漆棍子痛打,完全是奴隶主架势。假洋鬼子充分反映了当时某些所谓新派人物的软弱性与投机性以及与旧势力千丝万缕的联系,同时也表现了当时的时代特征。如果没有假洋鬼子这个人物,说未庄是几百年前的宗法社会也未尝不可。有了这个"宝贝",才显现出近代中国社会的时代特征,透露出辛亥革命前夕的社会气氛。因为这个假洋鬼子就是殖民地化的。

　　阿Q的精神胜利法,在假洋鬼子身上的表现也很突出。革命之后,他进了趟城,身上挂了块银桃子,据说是参加自由党、未庄人称为"柿油党"的凭证,还以四块大洋卖给赵秀才一块,并且解下假辫子,已经留到一尺多长的真辫子都拆开了披在肩背上,蓬头散发的像一个刘海仙,对挺直站着的赵白眼和三个闲人起劲地吹嘘道:

　　　　我是性急的,所以我们见面,我总是说:洪哥!我们动手罢!他却总说道NO!——这是洋话,你们不懂的。否则早已成功了,然而这正是他做事小心的地方。他再三再四的请我上湖北,我还没有肯。谁愿意在这小县里做事情。……

　　这纯属极无耻的吹嘘、炫耀与精神胜利法。如果当真性急革命的话,为什么还要装假辫子?所谓"洪哥"是指黎元洪,他原是清朝驻武昌新军第二十一混成协的协统(相当于之后的旅长),1911年武昌起义时,被拉出来担任革命军的鄂军都督。实际上,他不仅没有参加策划起义,还多次破坏革命党人的活动。所以,假洋鬼子说他与黎元洪见面时动员黎动手,还亲切地称呼"洪哥",是彻底的谎言。还说什么黎元洪总是说"NO!"更是无稽之谈,黎是旧式人物,是不会这样用洋话回答的。假洋鬼子竟又借此谎言自炫道:"这是洋话,你们不懂的。"既然明明晓得赵白眼他们不懂,又何必说呢?完全是故弄玄虚、抬高自己身价罢了!接着是更大的谎言:如果黎元洪当初听他的话动手,就早已成功了。俨然成了革命元勋。但是又生怕得罪了所谓"洪哥",于是语气一转,说没有动手是他做事小心的地方。接着又是吹嘘:"他再三再四的请我上湖北,我还没有肯。谁愿意在这小县城里做事情。……"其实，假洋鬼子根本就不认识黎元洪，这从他以上漏洞百出的谎言中就可断定，黎又怎么会再三再四地请他上湖北呢？怎么会有他"还没有肯"呢？下面一句倒是无意吐了真言：大概是假洋鬼子进城谋事没有成功，把总没把他放在眼里，才说了句与上湖北沾不上边的气话："谁愿意在这小县城里做事情。……"鲁迅这神来一笔以及后边的省略号真是妙极了！活灵活现地勾出了假洋鬼子的魂魄：这是一种最不知羞耻的精神胜利法，而且是酸葡萄型的。因为在县城里没谋成事，所以才吹嘘黎元洪再三再四地请他上湖北，他还没有肯，接着又前言不搭后语地斥县城为"小"，摆出不愿意在这"小县城"里做事情的高傲姿态，大有狐狸吃不到葡萄、说是酸的之意。前文分析阿Q的精神胜利法时，曾发现阿Q多是甜柠檬型的，而少有酸葡萄型的，而且也不过是说说不高兴再给举人老爷家帮忙之类气话罢了。而假洋鬼子的精神胜利法则是一露头就是"酸葡萄"。其中缘故在于：阿Q是被侮辱被损害的奴隶，为了安于奴隶地位，只能把受到的种种不合理待遇合理化，所以精神胜利法多表现为甜柠檬型。假洋鬼子是处于掠夺地位的剥削者，在达不到向上爬的目的、得不到要掠取的东西时若要靠精神胜利法自慰，就必然表现为酸葡萄型。假洋鬼子的革命纯属掠夺性的，一方面不准阿Q革命，另一方面则是到静修庵里去，很给了老尼姑头上不少的棍子和栗凿，还顺手抄走了观音娘娘座前的一个宣德炉。阿Q的革命，虽然有"我要什么就是什么，我欢喜谁就是谁"这消极的一面，然而终归有要求改变自己奴隶地位的积极的一面，如果引导得法，克服其消极面，发扬其积极面，则有可能成为革命的动力。而假洋鬼子却毫无可取之处了。因此，无论是在精神胜利法上，还是在革命问题上，阿Q与假洋鬼子都有本质的不同。鲁迅对他们的态度也是有所区别的，对阿Q是讽刺中满怀深切同情，对假洋鬼子是讽刺中蕴含极端憎恶。

吴妈是未庄封建社会铸造的一个极驯服的奴才。她出身于底层劳动人民家庭，连女儿缠足的事也顾不上，或者是为了劳动不能缠得过小，所以在阿Q眼里落了个"脚太大"的缺憾，然而作为赵府的劳动力，却合乎主人的要求。她整天手脚不停地为赵府操劳，傍晚闲下来心里想的嘴里讲的仍然是赵府家里的事，在长凳上坐下和阿Q谈闲天也不住唠叨："太太两天没有吃饭哩，因为老爷要买一个小的……""我们的少奶奶是八月里要生孩子了……"她就没想到和自己同处于奴隶地位的阿Q，将到"而立"之年还无力讨老婆，阿Q也是人，也是和赵太爷一样的男人，也有想和女人困觉的生理要求，讲这些买小的话对阿Q是否过于刺激？然而当阿Q跪下向她求爱时，她却愣了一息，突然发抖，大叫着往外跑，且跑且嚷，似乎后来带哭了，结果给阿Q招来灭顶之灾。她如果一方面拒绝阿Q，一方面把事情遮掩过去，或许不会闹得这般严重，然而她是不会这样做的。这样做，对阿Q自然有益，对她却可能大大不利：主人知道后会认为她不正经，守不住寡。因此，她一定要大叫快跑，连嚷带哭，甚至要寻短见。所有这些，其实都是做戏给主人及旁人看的，为了证明自己正经，是严格守寡，遵循奴隶法则的。这很像《聪明人和傻子和奴才》里的奴才，当傻子要替他砸开窗洞时，他竟大叫："人来呀！强盗在毁咱们的屋子了！快来呀！迟一点可要打出窟窿来了！……"哭嚷着，在地上团团地打滚。一群奴才出来赶走傻子之后，他又对最后出来的主人恭敬而得胜地说："有强盗要来毁咱们的屋子，我首先叫喊起来，大家一同把他赶走了。"于是得到主人"你不错"的夸奖。聪明人等来慰问时，他又自炫道："这回因为我有功，主人夸奖了我了。"吴妈所得到的主人的安慰与邹七嫂"谁不知道你正经"的评说，与奴才所得到的"你不错"的主人夸奖是一样的，其心理也是相通的。然而赵家人和邹七嫂背后难保不说"雌狗不摇尾，雄狗不上身"之类的话。作为"被害人"，吴妈从阿Q给赵府的赔偿中得到的仅是其中最破烂的部分——把小半破布衫做了鞋底，那大半呢，做了少奶奶八月间生下来的孩子的衬尿布，赔罪的香烛给赵太太留下拜佛用，请道士祓除缢鬼的费用和阿Q应得的工资则成为赵太爷的意外之财。最后，阿Q在被绑赴刑场的路上，于人丛中发现了吴妈，判断她是在城里做工了。她怎么离开赵府的？作品没有交代。但是可以推想：不是借故辞退了，就是自己干不下去了。无论怎么表白自己正经，终归在主人和未庄人眼中是不清白了。在阿Q被押赴法场的路上，吴妈对阿Q既没有同情，也没有怨恨，阿Q发现了她，她却没有看阿Q，只是出神地看着兵们背上的洋炮，可见吴妈已经更加麻木不仁了。

小D是未庄宗法社会最底层的人物，位置比阿Q看不起的王胡还低下，又瘦又乏。当阿Q因为被谋饭碗事找他寻衅时，骂他"畜生"，他竟自称"虫豸"，这谦逊反使阿Q更加愤怒，和他来了场"龙虎斗"。据许广平回忆，鲁迅说过："《阿Q正传》还可以续写，就是从小D身上发展，但是他不像阿Q。"然而鲁迅为什么没有续写呢？许广平做了这样的揣测："是不是现实社会还没有产生足以表现这一典型的丰富的材料，致使现实主义的他，没有引起动笔的兴致呢？还是另外的现实生活确不容许他假托小说来描写呢？"[1]后来也有些研究者做过种种推测，认为鲁迅没有续写小D的原因是他缺乏农民革命的生活体验。笔者认为：鲁迅虽然产生过续写《阿Q正传》的想法，但是实际上很难续写，而且也没有必要续写了。因为从塑造阿Q这一精神典型、揭露精神胜利法这一国民性弱点来说，《阿Q正传》已经卓越地完成了任务，实现了宗旨，如果硬是续写，反倒会成为多余。精神胜利法在中国和人类精神现象史上的持续时间将会是极其漫长的，阿Q的艺术生命力和哲学启蒙意义也会是极为恒久的，绝不会轻易死去。假使一定要鲁迅续写小D，以他深刻的洞察力与一贯的思想观念推测，他也不会侧重写小D的革命性，而会着重深掘作为阿Q后

---

[1] 许广平：《〈阿Q正传〉上演》，《汇编》第2卷，第1104页。

一代的小 D 改变精神的艰巨性,甚至会写小 D 在革命成功之后是如何变成新的阿 Q 和新的赵太爷的。未庄文化的传统影响与精神遗传是极为顽固的,万万不可低估。

邹七嫂也是可以略加评说的人物。她出场不多,却神情毕显。第一次出场,是作为赵太爷的间壁,从旁劝说被阿 Q 求过爱的吴妈:"谁不知道你正经,……短见是万万寻不得的。"话是这样说,潜台词如何呢?前文已推测过了。邹七嫂是赵府之外的最早信息获得者,可以想见,她一定迫不及待地向未庄妇女们传播阿 Q 的桃色新闻,叽叽喳喳,添油加醋,说得不堪入耳,因而促发了女人们的"怕羞",同时也忘了自己的一把年纪。然而当阿 Q 从城里带回了赃物,却把什么怕羞、贞节全抛到九霄云外,一味见财眼开,只花了九角钱就买了一条蓝绸裙。得意之余,还请赵太太去鉴赏。受赵府家族之托去寻阿 Q 时,也是紧卖力,甚而至于急得"气喘吁吁",生怕阿 Q 不来会开罪赵太爷。而亲听了赵太爷的"庭训"之后,第二日便将那蓝裙去染了皂,又将阿 Q 可疑之点传扬出去了。仍然是事后一笔最传神!一副势利、贪财、胆小、多事的长舌婆形象活画出来了!令人想起鲁迅忆旧散文《琐记》里的衍太太。这个女人鼓动少年鲁迅到母亲大橱的抽屉里寻出珠子一类的东西来卖,鲁迅并没有真去寻,她却制造了鲁迅偷偷家里东西变卖的流言,使少年鲁迅受到极深的刺激。邹七嫂比衍太太还要低俗,然而灵魂和手段却是一样的。对她的勾勒,反映了鲁迅对世俗闾中这种卑劣现象的憎恶。

未庄的其他人物,赵府的赵秀才、赵白眼、赵司晨等,是卑俗势利的"遗少"和打手。地保则是为虎作伥,鱼肉人民,连对一贫如洗的阿 Q 也要敲诈酒钱,是宗法社会污吏走卒的化身。在这些专制机器压榨下的群众,又是毫无反抗:与阿 Q 同处于奴隶地位的王胡欺软怕硬,瘟头瘟脑;静修庵的老尼姑、小尼姑,原想脱离尘世,却总脱不开世俗的欺侮,除了放黑狗追咬饿极的阿 Q 之外,只能是忍气吞声;至于未庄的众闲人呢,也都是社会不合理现象的旁观者与助威者。阿Q和他周围的人物全是病态的、颠顸的，由这些人物形成的未庄文化，也只能是一种未开化的原生态、蒙昧状的宗法文化，反映了人类"前史时代"文化的荒谬性。林兴宅在《论阿Q的性格系统》中提出：阿Q性格是"人类'前史时代'世界荒谬性的象征"。后来得到钱理群等学者的赞同。笔者也认为这是一个极可贵的见解，不能因为林文的部分失误而否定其真理部分，在这里采纳此说。而阿Q，则正是这种特定的荒谬性的未庄文化的独特产儿。他的"男女之大防""排斥异端""造反便是与他为难"等思想，其实正是未庄文化的映射，阿Q、吴妈、邹七嫂等不过是这种荒谬文化的从众而已。

以上从中华民族的传统思想、时代环境和未庄文化三个层次分析了阿Q形象独特性的形成原因。

下面还需要探讨阿Q的阶级身份。

虽然我们在《学史论》一章批判了把阶级论推向极端化的错误倾向，但是阶级论本身是不应该被完全否定的，因为这是马克思主义诞生以前就已形成的人类观察社会的科学思想之一。过去通行的观点是把阿Q确定为落后农民，笔者以为不确，更准确点儿说，应该确定为浮浪农工，或者是已故学者王学泰先生所提出的"游民"。此说被有的学者称为是新时期人文社会科学的一大发现。原因在于阿Q没有固定的从事农业劳动的土地，不管这土地是自己的还是租佃的，是大还是小，总之没有固定住处、固定职业，连姓氏、宗族、来历全都没有的"五无"人物。而正是这种浮浪、虚空的"五无"反倒是最适于表现某种精神状态的超越性角色，因此不宜确定为农民或雇农。周作人在《关于阿Q》一文中称阿Q为农工，所以还是确定为浮浪农工或游民为宜。

研究者们也只有悟出这"五无"的意味，超脱所谓"阶级成分"的束缚，才可能懂得阿Q这个典型形象的精神反思意义。

阿Q所处的辛亥革命前后的历史时代，正是中国从传统农耕文明向现代工业文明转变的前夕，阿Q作为浮浪农工游荡于城市与农村之间，有利于表现中国城市文化与农村文化之间的冲突及其千丝万缕的联系。中国精神和民族性格的负载者实际上是农民。中国的士人、文人，或称知识分子，即便住在城市，也与农民有着深固的精神血缘维系。千百年来，他们一代代承袭着农业文化和乡村情感的精神渗润，自觉不自觉地秉持着对土地对农民对乡村精神文化的认同与归属感。毋庸讳言，中国知识分子大都是小农经济的儿子。他们的重负不在别的什么地方，而在我们绵延数千年的小农经济上面。所以，作为浮浪农工或游民的阿Q，既能表现中国农民的重负，又能反映中国士人的弊病，从而成为中国民族性格和精神现象劣根性的最佳体现者，反映了中国从传统农耕文明向现代工业文明转变的必要性、必然性以及复杂性、艰巨性。如果鲁迅不是选择阿Q这个浮浪农工或游民作为人物典型，而是选择闰土那样的地道农民，或者吕纬甫那样的书生、文士，就绝对不可能产生这种最佳效应。

因此，把阿Q的阶级身份定为农民、落后农民，或者破落地主，都不符合阿Q的实际状况，也不能反映鲁迅的创作本意，并且不利于从制高点上，即人类从传统农耕文明向现代工业文明转变的时代高度，去反观与审视阿Q这一不朽典型所包含的时代意义与精神价值。还是确定为浮浪农工或游民比较适宜。

## 性格系统

阿Q等精神典型的具象性，主要还是由其独特的内在性格系统所决定的。

黑格尔在《精神现象学》中所阐发的"这一个"的辩证法思想，是他在《美学》中全面论述的理想性格说的哲学基础。什么是黑格尔的理想性格说呢？朱光潜先生做了这样的解释：黑格尔关于"美的定义也是艺术的定义,其实也就是典型的定义。典型在他的《美学》里一般叫作'理想',它是理性内容与感性形象的统一"[1]。所以,黑格尔的理想性格说实质上就是典型性格说。他认为艺术发展到了成熟期,就必须用人的形象来表现,"因为只有在人的形象里,精神才获得符合它的在感性的自然界中的实际存在"[2]。因此,人物性格,就成了理想艺术表现的真正中心。在理想的艺术作品中,"每个人都是一个整体,本身就是一个世界,每个人都是一个完满的有生气的人,而不是某种孤立的性格特征的寓言式的抽象品"[3]。如果仅仅表现精神胜利法这个阿Q的精神机制,而不完满地描写他既质朴又狡黠、既自尊又自贱、既蛮横又卑怯、既保守又趋时的充满矛盾和生气的性格系统,那么《阿Q正传》就不会成为理想的艺术作品,而只能变成"某种孤立的性格特征的寓言式的抽象品"。同样道理,如果仅仅表现主观主义这个堂吉诃德的思想特征,表现踌躇忧郁这个哈姆雷特的内心弱点,表现懒惰冷漠这个奥勃洛摩夫的主要性格,……而不完满地描写他们那充满矛盾和生气的性格系统,那么这些世界文学名著就不会成为理想的艺术作品,也只能变成"某种孤立的性格特征的寓言式的抽象品"。

多样性,是阿Q等精神典型性格系统的特征之一。普希金曾经拿莫里哀作品中的人物与莎士比亚笔下的人物做过这样的比较:"莎士比亚创造的人物,不像莫里哀那样,是某一种热情或某一种恶行的典型;而是活生生的,具有多种热情、多种恶行的人物;环境在观众面前,把他们多方面的多种多样的性格发展了。莫里哀的悭吝人只是悭吝而已;莎士比亚的夏洛克却是悭吝、机灵、复仇心重、热爱子女,而且锐敏多智。莫里哀的伪善者追逐自己恩人的妻子,是口是心非的。莎士比亚的伪善者怀着虚假

---

[1] 朱光潜:《西方美学史》下卷,人民文学出版社,1979年,第703页。
[2] 黑格尔:《美学》第2卷,朱光潜译,商务印书馆,1981年,第166页。
[3] 黑格尔:《美学》第1卷,朱光潜译,商务印书馆,1981年,第303页。

的严厉宣读法庭判决词,然而是公正的;他煞费苦心地借对政府官员的判决来为自己的残酷辩白;他以有力而吸引人的诡辩,而不是以又因循又虔诚的可笑态度装饰成无罪的样子。安哲鲁是伪善者,因为他的公开的行动与他秘密的欲望相矛盾!这个性格是多么深刻啊!"[1]要成为精神典型,当然首先要像莎士比亚创造的人物那样,具有"多方面的多种多样的性格",不能像莫里哀作品中的人物那样,性格单一化、定型化、理性化。例如阿Q,绝对不是精神胜利法的理性化,而是一个活生生的人物,他除了颟顸、奴性的一面之外,也有质朴、滑稽、诙谐、坦诚、胆小、天真等方面的善性,所以使人觉得可爱而又可怜,绝引不起憎恨和厌恶。堂吉诃德,也绝对不是主观主义的理性化,同样是一个活生生的人物,他除了主观、糊涂、莽撞一面之外,也还有真诚、执着、博学、勇敢、无私、坚韧等多方面的优点,所以使人对这位可笑又可爱的先生充满了同情。以此类推,哈姆雷特、奥勃洛摩夫、高略德金、伊凡·卡拉马佐夫以及浮士德等,都不是某种单一精神特征的理性化,而是活生生的人物,具有"多方面的多种多样的性格"。

矛盾性,是阿Q等精神典型性格系统的特征之二。黑格尔在《美学》中指出:"把许多不同的特征和活动串在一起,尽管也形成一种排列成的整体,却不能显出一个有生气的人物性格。"[2]阿Q等精神典型所具有的"多方面的多种多样的性格",绝不是毫无联系地串在一起的,而是由内在的矛盾性有机地结构在一起的,所以才显出一个有生气的人物性格。阿Q性格所表现的颟顸、奴性与质朴、诙谐这多样性的特征,是阿Q这个不觉悟的浮浪农工或游民在未庄宗法社会这不合理的现实面前所做出的必然反应,纵然多种多样,却是统一于阿Q这个"矛盾体"一身当中的,如果仅有颟顸、奴性而没有质朴、诙谐,或者仅有质朴、诙谐而没有颟顸、

---

[1] 普希金:《关于莎士比亚的〈罗密欧与朱丽叶〉》,《莎士比亚评论汇编》上,第426页。
[2] 黑格尔:《美学》第3卷下册,朱光潜译,商务印书馆,1981年,第265页。

奴性，就不成其为阿Q了。阿Q之所以为阿Q，就在于他的性格具有内在的矛盾性，又由内在的矛盾性表现出多种多样的特征。同样，阿Q的精神胜利法也具有正负两面的矛盾性——正面，即积极效应是：使他始终乐观、开朗，不至于精神崩溃，变成疯子，也不会因想不开而自杀轻生，这正是中华民族千百年来历尽屈辱和劫难却始终不曾衰亡、始终坚韧地长存下去的重要原因。负面，即消极效应是：求得乐观、开朗、精神胜利的方式与途径是荒谬的，不是正视现实、克服弱点、奋发图强，而是"用瞒和骗，造出奇妙的逃路，而自以为正路"，在自我欺骗与自我麻醉中求得心理平衡、精神调节，因而只能在浑浑噩噩中糊糊涂涂了结一生，这也正是中华民族数千年停滞不前、没有长进的原因之一。这种正负两面的矛盾性，恰恰是精神典型所具有的共同特点。别具辩证法慧眼的黑格尔，早就看出了哈姆雷特的矛盾性："莎士比亚的特点正在于他把人物性格描绘得果断而坚强，纵然写的是些坏人物，他们单在形式方面也是伟大而坚实的。哈姆雷特固然没有决断，但是他所犹疑的不是应该做什么，而是应该怎样去做。"[1] 应该做什么？应该杀死现在的国王，为自己的父亲——前王复仇！这个目标对于哈姆雷特来说，是毫不犹疑、非常明确的。他的忧郁和踌躇表现在应该怎样杀死国王的问题上。而正是在这个怎样去做的问题上，反映出了哈姆雷特忧郁的特征——对上帝和天堂的宗教信仰过于虔诚，以至于过于迂腐，竟然不在国王祈祷时趁机从背后一剑刺死他，因为怕把这个恶人送上天堂，而要"等候一个更残酷的机会；当他在酒醉以后，在愤怒之中，或是在乱伦纵欲的时候，有赌博、咒骂或是其他邪恶的行为的中间，我就要叫他颠踬在我的脚下，让他幽深黑暗不见天日的灵魂永堕地狱"。这样，一等再等，错过复仇的大好时机，最后付出了最高的代价——牺牲了生命。然而，就

---

[1] 黑格尔：《美学》第1卷，朱光潜译，第310—311页。

是这个在报父仇方面忧郁和踌躇的哈姆雷特，在形式方面却是伟大而坚定的。他不仅是深刻的思想家，而且是剑术高超的武士，机警过人的智者，从他暗地里更换国王的信件、借英王之手处死罗森格兰兹和吉尔登斯一事就可充分看出他的才智与心机。用挪威王子福丁布拉斯闭幕前的话来说，就是："要是他能够践登王位，一定会成为一个贤明的君主的。"可惜的是，这样一位智勇双全的军人，未来的贤明的君主，这样一位具有积极效应的英雄人物，却由于虔诚得近于迂腐的宗教信仰与自己的忧郁和踌躇，在宫廷之内的非常变故中出现了消极效应，错过复仇良机，牺牲了宝贵的生命！这难道不是饱含深刻的矛盾吗？但是，正是这种正负两面的矛盾性，使哈姆雷特这个精神典型有了张力，显现鲜活的生气和深邃的哲理。倘若单一地只写哈姆雷特的没有决断，只写他的犹疑，写成一个优柔寡断、懦弱无能的人物，就不会引起观众深切的同情与长久的反思，哈姆雷特也就不会成为一个不朽的精神典型了。同样，如果只写主观主义这一面，堂吉诃德也就不会成为一个极成功的精神典型。诚如现代美学家克罗齐所阐析的："关于典型的美学理论也是如此，如果典型是指——它本来常指——抽象的概念，而这理论主张艺术应使总类在个体中显现出来。如果这里'个体'就是'典型'，那只是文学上的同事异名。典型化在这种情形之下应即指个性化，就是使个体得到定性表象。堂吉诃德是一个典型；但是他是什么的典型呢？除非像一切他的那些人物的典型？他绝不是一些抽象概念的典型，例如现实感觉的迷失，或是对于荣誉的羡慕。无数人物都可纳于这些概念中，而却不是堂吉诃德类的人物。换句话说，在一个诗人的表现品中（例如诗中的人物），我们看到自己的一些印象完全得到定性和实现。我们说那种表现品是典型的。我们的意思就无意说它是艺术的。"[1] 克罗齐的意思是：堂吉

---

[1] 克罗齐：《美学原理·美学纲要》，朱光潜等译，人民文学出版社，1983年，第41—42页。

诃德绝不是主观主义即现实感觉的迷失，或对于荣誉的羡慕这些抽象概念的典型，无数人物都可纳于这些概念中，而却不是堂吉诃德的人物。堂吉诃德是一种诗人的表现，也就是一种艺术的典型，一种充满矛盾性的活生生的个体。在这一个体中，将自己看到的一些印象完全得到定性和实现，由杂多的意象融会成一个综合的意象整体。

整体性，就是阿Q等精神典型性格系统的特征之三。用黑格尔的话来说："这种整体就是具有具体的心灵性及其主体性的人，就是人的完整的个性，也就是性格。"[1] 这就是说性格系统的多样性和内在矛盾性必须"凝聚于一个主体，不能只是乱杂肤浅的东西，或是偶然心血来潮的激动——就像小孩子们把一切可拿到的东西都拿到手，就它们临时发出一些动作，但是见不出性格。性格不能如此，它必须渗透到最复杂的人类心情里去，守在那里面，在那里面吸收营养来充实它自己，而同时却又不停滞在那里，而是要在这些旨趣、目的和性格特征的整体里保持住本身凝聚的稳固的主体性"[2]。按照黑格尔的观点，要保持性格系统的整体性，第一须坚持人物的主体性，第二是下文进一步阐述的："性格的特殊性中应该有一个主要的方面作为统治的方面。"[3] 就是说人物性格系统中须有一个主要的性格特征占突出地位。

黑格尔的见解无疑是极为可贵的，至今对于艺术典型的性格塑造仍然具有重要的理论意义。然而，对精神典型的创造来说，有必要对黑格尔的见解加以引申与深化。因为精神典型性格系统的整体性，有其更深一层的不同于一般艺术典型的形成机制。

这就是下面所要特别加以论析的。

---

1　黑格尔:《美学》第1卷，朱光潜译，第300页。
2　同上，第303页。
3　同上，第304页。

## 精神高于性格

作为精神典型来说,在人物性格系统中占据统治地位、使其形成整体性的,则是更深一层的精神机制,是深入精神与物质中去的根柢性的"哲学"中枢,人物的性格系统纵然多种多样,充满内在的矛盾性,却都受控于这个精神机制与"哲学"中枢,这正是精神典型不同于其他艺术典型的根本原因。

如前文所述,阿Q典型研究学术史上一个失误的现象,就是把阿Q精神胜利法仅仅看作一种性格特征,甚至不是最突出的主要特征,只是与其他方面并列为一般特征,以至于淹没在多样化的陈述中被完全忽略了。沿着这样的思路继续下去,是不可能正确理解阿Q的典型性的,唐弢先生早在1987年就别具慧眼地看出了这种错误倾向,在《关于艺术方法论》的谈话中指出:

> 许多论文没有将评述对象当作一篇完整的艺术品(或一个完整的艺术问题),从美学上进行宏观的概括,提出较有理论意义的观点;而是把现成的思想架子套在一篇生气勃勃的具体丰富的创作上,这就不可能不一面强调整体观念,一面又按照原定的思想架子对作品实行支解,合得上的地方讲得头头是道,合不上便捉襟见肘,难以自圆其说。这一点突出地表现在对《阿Q正传》的评论上。鲁迅的《阿Q正传》是篇艺术创作,有人用系统分析,在说明阿Q性格既是特定的阶级、时代和民族的现象,又具有超阶级、超时代、超民族的效果,这点说得较为合理,较为全面,因此也较有说服力。我觉得应当肯定。但别的方面有不少漏洞,牵强附会,自相矛盾。例如为了说明阿Q性格是一个"复杂系统",竟至不敢承认精神胜利法是

他性格中的主要特征，因为一承认，似乎就单一化，同正在论述的"复杂系统"相冲突了。但这样做，却使人有削足适履——削艺术创作之足，适思维方法之履的感觉。[1]

唐弢先生的见解是切中肯綮的，私下也与我和当时还年轻的同事谈过。林兴宅的《论阿Q性格系统》一文最大的失误，正在于忽视了阿Q的精神胜利法这一深层的精神机制与"哲学"中枢，在性格系统中所起的制约作用；忽视了阿Q性格的多样性与矛盾性受控于精神胜利法这个客观事实，因而不可能阐明阿Q性格系统的整体性的形成机制，阐明精神胜利法的突出地位及其与阿Q多种性格特征之间的关系，当然也就不可能阐明阿Q作为一个特殊的艺术典型的特异性质。

如果图表在显现阿Q性格系统方面会起一些直观作用的话，我们姑且在林文图表的基础上改制如下新表：

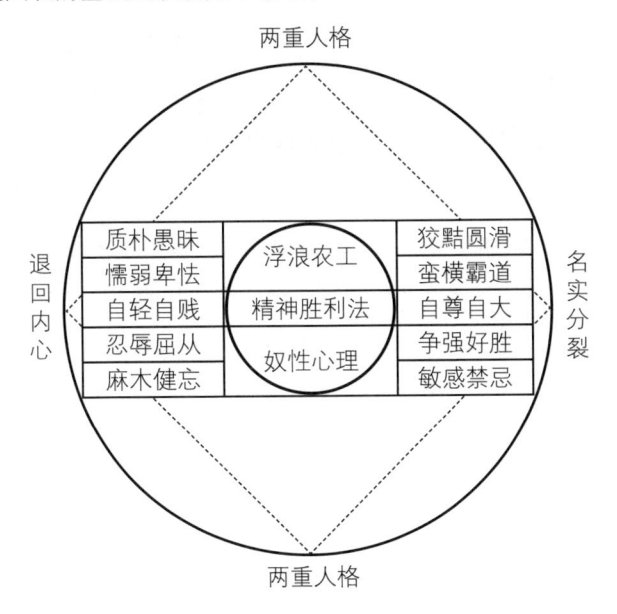

```
                    两重人格
        ┌─────────────────────────┐
        │  质朴愚昧 │浮浪农工│ 狡黠圆滑 │
   退   │  懦弱卑怯 │       │ 蛮横霸道 │  名
   回   │  自轻自贱 │精神胜利法│ 自尊自大 │  实
   内   │  忍辱屈从 │       │ 争强好胜 │  分
   心   │  麻木健忘 │奴性心理│ 敏感禁忌 │  裂
        └─────────────────────────┘
                    两重人格
```

---

[1] 唐弢：《西方影响与民族风格》，人民文学出版社，1989年，第142页。

作为一个处于蒙昧精神状态中的浮浪农工或游民，一个既被人奴役又时时想奴役他人的奴性心理十足的流动无产者，精神胜利法这一机制与"哲学"中枢，使阿Q在种种不同的情境和机缘中显现出种种不同的性格侧面。而这些情境和机缘大致可以分为两类：被人奴役时与奴役他人时。被人奴役，对于作为奴隶的阿Q来说是毫无疑义的。奴役他人，则有疑义。阿Q从未爬上奴隶主的地位，怎么会奴役他人呢？其实，从未爬上奴隶主地位的奴隶，也会有奴役他人的情境与机缘。阿Q就在三种情况下奴役他人：一是奴役或欺侮更弱者，如小尼姑等人；二是精神上奴役他人，既鄙薄把"长凳"叫"条凳"的城里人，又笑话没见过城里煎鱼的未庄人；三是在幻觉中奴役他人，幻想自己"革命"成功后该怎样奴役小D等人。这样，在被人奴役与奴役他人两种不同的情境和机缘中，阿Q就表现出两种截然相反的性格。被人奴役而劳动时，表现为"真能做"，显出劳动者的质朴；而在"革命"成功后奴役他人的幻觉中，却懒得做了，抢了钱家或赵家的桌椅、宁式床到土谷祠来，也要小D搬，搬得不快打嘴巴，或者在偷了静修庵菜园的萝卜之后，对追上来的老尼姑说"你能叫得他答应你么"，显得多么狡黠。被假洋鬼子挥哭丧棒抽打时，"赶紧抽紧筋骨，耸了肩膀等候着"，何等懦弱卑怯；转脸遇到小尼姑这般弱女子，却又动手动脚，大加欺侮，又何等蛮横霸道。被闲人揪住黄辫子碰头之时，竟自称"虫豸"，多么自轻自贱；而凭借"我的儿子会阔的多啦"的空想，对赵太爷、钱太爷"在精神上独不表格外的崇奉"时，又多么自尊自大。被赵太爷打了个嘴巴、勒令不许姓赵时，竟至不开口，只用手摸着左颊，和地保退出去，外面又被地保训斥了一番，谢了地保二百文酒钱，如此忍辱屈从；与王胡比赛捉虱子输了之后，却连癞疮疤都块块通红，虽然和那些打惯的闲人见面还胆怯，独有这回却非常武勇，和王胡打斗起来，又如此争强好胜。被假洋鬼子拍拍抽打之后，倒似乎完结了一件事，反而觉得轻松些，这般麻木健忘；对待有嫌影射他癞疮疤的乡下人，却口讷的便骂，气力小的便打，又这般敏感禁忌。这些截然相反、完全对立的性格，这种人格的多样性与丰满性，都凝聚于阿Q"这一个"主体身上，是一个活生生的人物在种种不同情境和机缘中显现出的种种不同的性格侧面，表现形式纵然不同，甚至对立，实质上却都导源于精神胜利法这种精神机制与"哲学"中枢，导源于阿Q这个浮浪农工或游民特有的奴性心理。我们之所以把林文图表所列的十对阿Q性格特征，简化为五对，一则为了简明，二则因为这五对恰好是阿Q在被人奴役与奴役他人时的矛盾表现，而其他特征则不完全是这两种对立情境中的反映，例如率真任性与正统卫道这对性格特征，无论被人奴役还是奴役他人时，阿Q都会有所表现，不会由于地位的变化而改变。同样，即使阿Q有一天爬到了奴隶主的地位，他也会既狭隘保守又盲目趋时、既排斥异端又向往革命、既憎恶权势又趋炎附势、既不满现状又安于现状的。

到那时，他会向往拿更多东西的"革命"，憎恶比他更大的权势，而这些性格特征都来源于蒙昧的精神状态，来源于主观性、自私性这种人类的普遍劣根性，是在所有情境下都会表现出来的。当然，这些特征也是阿Q性格系统中不可缺少的层面，只是不便于全部反映在图表上。林文图表上的"两重人格""退回内心"两种提法是可取的，依然照旧。"泯灭意志"一语，改为"名实分裂"，是为了体现阿Q精神与物质相分裂的哲学根源。黑格尔在评论《荷马史诗》时说过："在荷马的作品里，每一个英雄都是许多性格特征的充满生气的总和。阿喀琉斯是个最年轻的英雄，但是他一方面有年轻人的力量，另一方面也有人……这些其它品质，荷马借种种不同的情境把他的这种多方面的性格都揭示出来了。……关于阿喀琉斯，可以说：'这是一个人！高贵的人格的多方面性在这个人身上显出了它的全部丰富性。'"[1]关于阿Q，我们也可以说："这是一个人！奴性的

---

[1] 黑格尔：《美学》第1卷，朱光潜译，第302—303页。

人格的多方面性在这个人身上显出了它的全部丰富性！"

由于人类精神机制的种种弱点或特点带有极大的普遍性，各个阶级、阶层、身份的人都无法超越，因此就用不着"寄植"，只需在对人类精神机制的某种普遍弱点或特点进行透彻研究的同时，又对突出表现这种普遍弱点或特点的特定人物进行透视，"深掘"他内在的精神机制与"哲学"中枢，鉴别其中隐含的精神与物质之间"隔膜"或"间隔"的种类，揭示"这一个"特定人物内在的，而非外加的精神机制与"哲学"中枢在其性格系统中的"外显"过程与"内控"契机，就必然会具体形象地显现出特定人物精神机制与性格系统之间的内部联系，发现二者之间高度和谐一致、不可或代的内在成因。阿Q的精神胜利法，就不是"寄植"的，而是鲁迅在对中国国民性与精神胜利法的普遍性进行深刻探究的同时，对阿Q乐天气象的内在精神缘由进行透视，从而"深掘"出来的。由于这种精神机制与"哲学"中枢，这种类型的精神与物质之间的"隔膜"或"间隔"，是阿Q本身具有而非从外塞入的，所以阿Q的精神胜利法只能"外显"为阿Q所独具的自贱第一、自打嘴巴、比捉虱子等行为。这些行为与个性，是其他同样以精神胜利法为精神机制与"哲学"中枢的人物，例如赵太爷、假洋鬼子等所不具备的。他们表现出来的是不许阿Q姓赵和持"哭丧棒"打人。因而阿Q的性格系统，不仅富有独特性，充满丰富性，而且受到精神胜利法这种精神机制与"哲学"中枢的"内控"，天然地形成一个整体，达到高度的和谐。

同样，哈姆雷特的忧郁与踌躇不仅是一种性格特征，实质上，也是一种精神机制，一种类型的精神与物质之间的"隔膜"或"间隔"在这位丹麦王子独特的性格系统中的"外显"。哈姆雷特的忧郁、踌躇、博雅、英武、仁慈等性格特征，既是"这时""这里"的"这一个"丹麦王子所独具的，又受这种"忧郁"型精神机制的"内控"。堂吉诃德的主观主义，当然也不是一种性格特征，也是一种精神机制、世界观和思想方法，也是一种精神与物质之间的"隔膜"或"间隔"，在16、17世纪西班牙"这一个"小贵族身上"外显"为莽撞、呆气、真诚、质朴、热情、虚荣等多样化的独特的性格系统。这个性格系统之所以成为一个整体，就在于它受主观主义这种精神机制的"内控"。奥勃洛摩夫的惰性，从根柢上说，更是一种精神与物质之间的"隔膜"或"间隔"，在19世纪俄国"这一个"地主身上"外显"为懒惰、冷漠、真诚、胆怯、空想等多样化的独特的性格系统。这个性格系统之所以成为一个整体，就在于它受惰性这种精神机制的"内控"。以此类推，高略德金、伊凡·卡拉马佐夫、浮士德等精神典型性格系统与精神机制之间也是这种"外显"与"内控"的关系。正因为如此，这些精神典型的性格系统才既显出了它的全部丰富性和深刻性，又成为一个完满的整体，一个有生气的世界，一个完满的有生气的人。

精神机制对性格系统的"内控"，可分为无意识与有意识两类。

无意识类。阿Q、阿金一类人物处于本能的蒙昧的精神状态，精神机制对性格系统的"内控"，侧重于无意识。阿Q的精神胜利法，是作家鲁迅从理性高度概括出来的，而对于阿Q来说，却是无意识的。他的"儿子打老子""自贱第一""自打嘴巴"等获得精神胜利的方法，都是在本能中产生的。按照弗洛伊德学说，就是出于"本我"的功能。弗氏认为：人格的整体由本我、自我和超我三个主要部分构成。本我不受理性或逻辑法则的约束，它没有价值观念，没有伦理和道德法则，唯一功能是尽快发泄由于内部或外部刺激而引起的兴奋。这唯一的功能可以实现生命的最基本原则——"唯乐原则"，以消除人的紧张，或把紧张降到最低程度。紧张给人带来痛苦的、不舒服的感觉，解脱紧张则给人带来快乐的、舒畅的感觉。因此，唯乐原则的目的可说是避免痛苦，寻求欢乐。阿Q处于社会最底层，在物质实境中只能遭到侮辱和损害，所以只能退回内心，在精神幻觉中靠想象、幻想、幻觉体验和做白日梦来避免痛苦，寻求欢乐，消除或降低内心的紧张，获得心理平衡与精神胜利。这种唯求内心快乐的性格，是受本我控制的。本我不会思维，只有愿望和行动。所以，处于本我状态中的阿Q，其精神机制对性格系统的"内控"，是侧重于无意识的。同样，那个浑浑噩噩、给洋人当娘姨的阿金，也属于没有脱离动物界与儿童期的"本能的人"，她的精神机制对性格系统的"内控"也是侧重无意识的。阿Q、阿金一类人物都没有达到自我的境界，只能隶属于本我的唯乐原则，不能受唯实原则即伦理准则与客观现实规律的制约。

有意识类。堂吉诃德、哈姆雷特一类人物处于往精神方面极端化畸形发展的状态。这类人精神机制对性格系统的"内控"，侧重于有意识，甚至到了极端化的程度。按照弗氏学说来看，简直达到了超我的境界，既不隶属唯乐原则，也不遵从唯实原则，而是服从理想原则，努力实现的是道德理想的完美而不是实际或快乐。不过，可惜的是，他们所追求的理想原则与道德完美并不符合实际，他们心理的主观世界与现实的客观世界之间是分裂的，所以他们在客观现实面前只能屡屡碰壁，努力愈甚，失败愈惨。像堂吉诃德那样的游侠骑士，从个人伦理道德准则角度衡量，是多么完美，多么真诚，多么纯洁，多么高尚！他对虚构的心上人杜尔西内娅小姐是那样痴情，对做游侠骑士、为世人打抱不平的理想是那样忠诚！他的全部言行、念头与整个性格系统，都受到主观主义的理想原则这一精神机制有意识的"内控"，可算是把理想贯彻到了极致，然而却在现实的硬壁面前碰了个头破血流，临死时才如梦方醒，明白自己不过是个普通人，并非什么"骑士"。而哈姆雷特的忧郁性格，也受到上帝、天堂等理想原则有意识的"内控"，导致了理性贻误良机的悲剧。思想家伊凡·卡拉马佐夫，同是被人创造了上帝还是上帝创造了人这种极度深邃的精神思辨"内控"了全部思想言行与整个性格系统，以至于内疚自责，神经错乱，从自己崇高思想的顶峰跌入疯狂与死亡的深渊。倒是浮士德，终于克服了腐儒精神对自己生活与性格有意识的"内控"，冲出书斋，努力实践，性格也为之一变，由沉郁转向明朗，由呆板转向活泼，反映了人类精神从中世纪向现代科学转型的发展史。当然，这种转型是极为艰巨的，要不是借助了魔鬼靡非斯特的魔力，单靠浮士德自己是不可能实现的。

无意识类与有意识类并不是截然分开的，而是相互交融的。实质上，所有的人物，在精神机制对性格系统的"内控"方面，都包含无意识与有意识两种类型，只是比重有所不同。阿Q侧重于无意识，但是作为一个人，一个劳动者，他的活动并非全是无意识、无理智的。例如他只有迫不得已时才给偷儿们充当一个洞外接包的小角色，之后也不敢再偷，就是有一定伦理道德规范的——凭劳动换饭吃，不可任意偷抢他人东西。这就使得阿Q虽然很沾了些游手之徒的狡猾，却仍保持了农民式的质朴、愚蠢，从上海洋车夫等劳动者里面可以找出他的影子，不过没有流氓样，也不像瘪三样。而堂吉诃德、哈姆雷特、伊凡·卡拉马佐夫、浮士德等精神机制有意识地"内控"性格系统的人物，在整个精神过程中又是以无意识活动为基础的。其精神特征有些像荣格论述诗人创作心理时所说的情状："每当创造力占据优势，人的生命就受无意识的统治和影响而违背主观愿望，意识到的自我被一股内心的潜流所席卷，成为正在发生的心理事件的束手无策的旁观者。创作过程中的活动成为诗人的命运并决定其精神的发展。不是歌德创造了《浮士德》，而是《浮士德》创造了歌德。"[1]堂吉诃德等人物，与这种情状非常类似，每当某种观念、幻觉占据优势，成为内在的精神机制之后，他们的生命就"受无意识的统治和影响而违背主观愿望，意识到的自我被一股内心的潜流所席卷，成为正在发生的心理事件的束手无策的旁观者"。堂吉诃德读骑士小说走火入魔之后，就身不由己，非要披挂上阵，骑马出战不可。哈姆雷特对上帝与天堂的信仰是深入骨髓的，在这种具有强烈意识的理念占据优势之后，反而受无意识的统治和影响，违

---

[1] 荣格：《心理学与文学》，冯川、苏克译，生活·读书·新知三联书店，1987年，第142—143页。

背报杀父之仇的主观愿望，身不由己地错过了报仇的良机。

伊凡·卡拉马佐夫更是受尽意识与无意识的矛盾煎熬，明确地意识到自己不能再思考人创造了上帝还是上帝创造了人的问题了，却身不由己地偏要越来越艰深地进行思考。浮士德内心里也是被不知满足的强烈冲动的潜流所席卷，这种潜流有鲜明的理性成分，但是更顽固的、更身不由己的成分却来自潜意识的心理深层。至于奥勃洛摩夫，就更为分明地看出了意识与无意识之间的尖锐对立，他其实是位有教养、有头脑的绅士，非常明白自己应该做什么事情，不断有意识地想象着各种宏伟的计划，然而潜意识中根深蒂固的惰性与冷漠却顽固地拖扯着他，使他身不由己地赖在床上，自己对自己束手无策。心理深层的某种精神机制有意、无意地交融活动，构成这些人物的命运并决定其精神的发展。

鲁迅晚年回忆《阿Q正传》发表后社会反响情状时这样说过："记得作《阿Q正传》时，就曾有小政客和小官僚惶怒，硬说是在讽刺他，殊不知阿Q的模特儿，却在别的小城市中，而他也实在正在给人家捣米。但小说里面，并无实在的某甲或某乙的么？并不是的。倘使没有，就不成为小说。纵使写的是妖怪，孙悟空一个筋斗十万八千里，猪八戒高老庄招亲，在人类中也未必没有谁和他们精神上相像。"（《且介亭杂文末编·〈出关〉的"关"》）"精神上相像"，正是精神典型具有极大普遍性的根本原因。"深掘"到精神与物质这个人人面临的哲学根柢中去，提炼出某种具有极大普遍性的人类精神"共相"，又"外显"为"这时""这里""这一个"特定人物的独特人物的独特行径与特征，形成特定人物所独具、其他人物不可替代的性格系统——这就是精神典型性格系统整体性的内在成因，是更深一层的不同于一般艺术典型的整体性形成机制，个体性与普遍性互相渗透、和谐统一的根本因素。

何其芳在《论阿Q》一文中，从"共名说"这种语义学的角度解决具体人物与普遍精神的矛盾，在当时来说表现了难得的理论勇气，并取得了一定效果。但是仅停留在语义层面是不够的，他又含蓄地深入到"人类的普通弱点"这个更深的层面上，说明"阿Q相"并非只是旧中国特有的现象。到了《关于〈论阿Q〉》一文，就更加深入了一步，明确指出："像堂·吉诃德、诸葛亮、阿Q，他们性格上最突出的特点作为一种共性来说，概括了不同时代不同阶级的某些人物的相同或相近的精神状态。"深入到"精神状态"这一层面，是极为难得的，已经进入实质性问题的边缘，然而可惜的是没有继续深入，"深掘"到精神与物质这个人人面临的哲学根柢中去，抓住问题的根本，因而在以下三个问题上缺乏充分的理论说服力：

（一）典型的物质基础问题。精神根源于物质，不同的精神根源只能从不同的物质条件和社会关系中去寻找，某一种精神特征也只能体现于特定的物质——某一位具体人物身上。脱离物质的精神是不存在的，脱离具体的物质条件和社会关系去寻找抽象的精神也只能是空幻的，脱离具体人物就不可能切实把握任何一种人的精神特征。正如世上只存在某一张具体的桌子，却看不到抽象的桌子概念那样，人们只能看见具象的活生生的阿Q，却看不见抽象的脱离具体人物的精神胜利法。精神胜利法虽然是一种人类中极为普遍的精神机制，但是在不同的特殊物质——各种人物身上却会有完全不同的"外显"，即在不同的物质条件和社会关系中显现不同的物质内容。因此，"共名说"纵然难能可贵地发现了不同时代不同国度不同阶级的不同人物共用一个精神特征或性格特征名称的表层现象，却未能深入到这一现象的物质基础，因而难免让人抓住理论破绽。李希凡正是抓住了何其芳的这个破绽，对典型的物质基础进行了阐发，因而在学术史上留下了应有的价值。

（二）典型的内在机制问题。因为未能深入到典型的物质基础——人的问题中去，所以在胆怯地认可"似人类的普通弱点的一种"这种说法的时候，绕了圈子，说道："这种说法自然是不科学的。但如果我们并不着重这后半句话,并不承认人类有什么抽象的超阶级的弱点,而仅仅取其前半句话的意思,'阿Q相'并非只是旧中国一个国家内特有的现象,就不能不说,这位评论者的这种感觉仍然有一定的生活的根据。"其实,何必绕这个圈子呢!就直接承认人类确实存在普遍弱点好喽!不管您绕多少圈子,实质上,您已经承认这一点了。所以,人家批判您"陷入人性论的泥坑"是有根据的。问题并不在于陷入还是没有陷入,而在于究竟是"陷入"还是"深入"?是"人性论"还是承认阶级性的同时又深入研究普遍人性的科学理论?是"泥坑"还是关于人的科学的深层境界?可惜的是您并没有"陷入""泥坑",只是在"泥坑"边上既好奇又胆怯、既耿直又含糊地看了看,说了说罢了!正因为如此,您就不可能深入到典型的内在机制中去,深入研究人类产生普遍弱点的内在精神机制因素,研究人类在精神与物质之间的"隔膜"或"间隔"关系。

(三)典型普遍性的根源问题。也正因为没有深入研究人类在精神与物质之间的"隔膜"或"间隔"关系,没有研究人类产生普遍弱点的内在精神机制因素,仅仅从共用一个名称这种语义学的表层意义上去捕捉典型的普遍性,因而无法透彻解释阿Q与世界文学中的堂吉诃德、哈姆雷特、奥勃洛摩夫这一类典型产生极大普遍性的根源问题,无法深入到精神哲学的领域中去对典型的理论问题做出更为深刻有力的探讨。到这里,我们禁不住又要回顾马克思的那句名言:"理论只要说服人,就能掌握群众;而理论只要彻底,就能说服人。所谓彻底,就是抓住事物的根本。但人的根本就是人本身。"您的"共名说"之所以在以上三个问题上缺乏充足的理论说服力,就在于您的理论不够彻底,没有抓住人这个根本。当然,这并不能苛求您个人,这是当时的历史时代所造成的,您当时所表现的理论胆识已经够难得了,付出的代价已经够沉重了。我们作为后学至今仍对您表示深深的崇敬,并为再不能与您对谈这些深奥的理论问题而感到无限的惆怅。[1]

吕俊华的《论阿Q精神胜利法的哲学和心理内涵》，在心理内涵领域确实进行了别开生面、丰富新颖的开掘，然而在哲理内涵的挖掘方面却是令人不满足的。把阿Q的精神胜利仅仅归结为自尊与自卑的问题，显然还仅达到伦理这个层面，尚未深入到根柢中去，揭示精神与物质之间的"隔膜"或"间隔"关系，因而有时在自尊与自卑的概念上兜圈子，未能切中肯綮，不仅有堆积资料之嫌，而且留下了脱离具体的物质条件和社会关系，从纯生理与纯心理角度分析人、考察人的理论破绽。所以，紧紧抓住人，抓住人的内在精神与外界物质这个根本性的哲学问题进行深入分析，对于理解阿Q这类典型的精神实质来说，实在是太重要了。

总之，阿Q等精神典型之所以既具有鲜明、独特的具象性，又具有广泛、深刻的普遍性，就在于作家塑造这些典型人物时，"深掘"到精神与物质这个人人面临的哲学根柢中去，概括出了人物内在的某种带有极大普遍性的精神机制或精神特征。当然，仅仅表现精神是不够的，还必须形成一个自成一体、丰富完满的性格系统。然而，精神高于性格，在典型人物性格系统中起着"内控"与"外显"作用。因而，精神典型的精神机制与性格系统才天然合一，高度和谐，形成充满生气的统一整体，从而使个体性和普遍性互相渗透、互相统一，"能就个人之事实，而发见人类全体之性质"[2]。

黑格尔在《精神现象学》中把浮士德式的追求快乐的精神、堂吉诃德式的改革家精神以及狄德罗《拉摩的侄儿》中所描写的分裂精神放在人类精神现象史的范畴中进行分析，而一般性的人物性格却难以上升到精神

---

[1] "文革"时期，笔者曾幸运地与何其芳同志有过一段亲切的接触，常听他耿耿于怀，甚至有点儿神经质地唠叨阿Q的典型性问题。所以写到这里，觉得这位老人又在眼前，情不自禁改为第二人称与他交谈，然而他已长眠九泉之下数十年了。倘若地下有知，知道当时耐心教诲的青年求教者始终如一日地苦苦求索，该会感到安慰吧？
[2] 王国维：《红楼梦评论》，郭绍虞、罗根泽主编：《中国近代文论选》下，人民文学出版社，1959年，第762页。

现象史的境界。拉摩的侄儿属于一种运用辩证方法塑造的高傲和卑鄙、才智和愚蠢相混合的精神典型,受到从黑格尔到马克思、恩格斯等大思想家的高度评价,被认为是无与伦比的杰作。但是可惜没有像堂吉诃德等人物那样普及。黑格尔还把人类的艺术品分为"抽象的艺术品""有生命的艺术品"和"精神的艺术品"三种。黑格尔认为"抽象的艺术品""还不是一种本质上采取人的形式的存在",仅是具有人的外形的神像。到"有生命的艺术品"阶段,人们对英雄人物的崇拜,还停留在直观的、感性的阶段,或者说,还只是直觉到这些人物的伟大、坚强和美丽。对于这些人物的内心世界以及他们与周围人事的复杂关系,他们的历史地位和意义,还来不及思索和消化。因此,还不可能立即把这一切都艺术地再创造出来。而"精神的艺术品"才是真正的高级的艺术品,是在更深的意蕴和更广阔的历史背景中,去认识、把握和表现人物及其复杂的社会关系。

这种真正意蕴丰富、深刻的精神艺术品,具有永久的魅力和价值,凝结和积淀了某一民族精神。黑格尔指出:"对民族精神自身加以纯粹直观,所看见的就是普遍人性。"[1]

类型化和概念化的作品,可以看作黑格尔所说的"抽象的艺术品";塑造了一般性文学典型的作品,可以看作"有生命的艺术品";而创造了最成功的文学典型,其中包括精神典型的作品,则可以看作"精神的艺术品"。因为精神典型不仅反映了饮食男女这种人类共性,更本质的是深入精神与物质、主观与客观、幻想与现实这个人人面临的哲学根柢中去,表现了人们在这一哲学根柢上的种种精神状态,因而必然具有极大的普遍性。以至于屠格涅夫在著名论文《哈姆雷特与堂吉诃德》中说:"所有的人都或多或少地属于这两个典型中的一个,我们几乎每一个人或者接近堂吉诃德,或者接近哈姆雷特。"[2] 海涅在《莎士比亚的少女和妇人》中说:

---

[1] 黑格尔:《精神现象学》下卷,贺麟、王玖兴译,商务印书馆,1983年,第213页。
[2] 杨周翰编选:《莎士比亚评论汇编》上,第466页。

"我们认识这个哈姆雷特，好像我们认识我们自己的面孔，我们经常在镜子里看到他，但他却并不如人们所相信的那样为我们所认识。"[1] 阿Q也是这样，茅盾说："读这篇小说的时候，总觉得阿Q这人很是面熟。"[2] 涵庐（高一涵）也生动地形容了《阿Q正传》刚发表时许多人疑神疑鬼，以为在骂自己的情景。[3] 不仅中国人有这种感觉，外国人对阿Q也很面熟。印度作家班纳吉说："阿Q的特质，他的心理状态，他对自己和别人的鄙视，他对于损伤他的事物的轻易忘怀，他用来安慰自己失败的'精神胜利法'，都是被奴役过的国民所共有的。阿Q只是名字是中国的，这个人物我们在印度也看到过。"印度尼西亚作家普拉姆迪亚·阿南达·杜尔说："阿Q的情况是我们自己一般人的情况"，鲁迅的伟大，"是在于他能够使我们认识到阿Q的情况——我们的情况——和带领我们努力摆脱这种情况，甚至为我们的弟妹和子孙，在地球上，现在、将来和永远地消除这种情况"。危地马拉作家米盖尔·安赫尔·阿里德里亚斯说：美洲的许多民族也都有精神胜利法，这"在我们对压迫者进行斗争的时候，只能妨碍我们看清楚我们的处境，所以现在是应该把它抛弃的时候了"[4]。之所以出现这种情况，就在于不论哪个阶级、哪个国度的人，都无法脱开精神与物质、主观与客观、幻想与现实这个哲学根柢，都或多或少有错觉和误差。也正因为如此，精神典型作为一个处于一定阶级地位的活生生的具体人物，又具有极大的普遍性，对人类精神产生特别深刻的影响，令研究者争论不休，歧说纷纭，有永远挖掘不尽的精神意蕴。

要补充的是：尽管文学研究界的理论家、研究家在阿Q典型性问题上争论不休，而文学创作第一线上的天才作家却对典型人物创造中精神高

---

[1] 杨周翰编选：《莎士比亚评论汇编》上，第340页。
[2] 茅盾：《通讯》，《汇编》第1卷，第25页。
[3] 涵庐：《闲话》，《汇编》第1卷，第172页。
[4]《鲁迅先生逝世二十周年纪念大会上的报告和讲话》，《文艺报》1956年第20期附册。

于性格的问题已经有了精辟的论说。

这位天才作家就是余华。他在《虚伪的作品》[1]一文中公布了自己的文学宣言。作为知音的莫言完全赞同这个宣言,并做了更为精要的转述:"故事的意义崩溃之后,一种关于人生的、关于世界的崭新的把握方式产生了。这就是他在《虚伪的作品》中所阐述的:人类自身的肤浅来自经验的局限和对精神的疏远,只有脱离常识,背弃现状世界提供的秩序和逻辑,才能自由地接近真实。"[2]

这个宣言代表了20世纪世界文学中一种全新的写作态度和思维方式。而这种全新的文学流向,在中国,正是由鲁迅作品,特别是《阿Q正传》所开创的。20世纪末期,余华和莫言重新感悟了它,并当作文学宣言公之于世。余华的感悟可能并不来自鲁迅,而是首先得来自对卡夫卡、博尔赫斯等现代主义作家作品的潜心阅读。但是当他从世界顶尖的现代作家那里获得启悟,又回归到鲁迅这里时,就由衷地产生了认同:鲁迅"是本世纪最伟大的作家之一,他的名字应该和卡夫卡、马尔克斯、普鲁斯特放在一起,他与博尔赫斯是20世纪小说家中最有学问的两个"[3]。

从余华提供的新视角出发进行思考,对鲁迅所开创的20世纪中国文学的新的写作方式会做出怎样的理解?对阿Q这一不朽典型的形成奥秘又会做出怎样的阐释?

要回答这些问题,就须搞清楚余华对真实的理解。余华在宣言中说:"我的所有努力都是为了更加接近真实。"然而,他关于文学基本规则的见解是反常规的,他的"接近真实"是"背弃现状世界提供的秩序和逻辑"的。

常规认为,"接近真实",就须精细地描述人物的外貌和周围环境。

---

[1] 余华:《我能否相信自己》,人民日报出版社,1998年。
[2] 莫言:《清醒的说梦者》,莫言:《会唱歌的墙》,人民日报出版社,1998年。
[3] 《鲁迅研究月刊》编者:《余华说:一辈子也赶不上鲁迅》,《鲁迅研究月刊》1998年第11期。

余华不以为然，反而认为："20世纪的作家是不会再去从事这种无效劳动，而是去抓住最主要的事物，也就是人的内心和意识。"其实，在20世纪中国文学中实现这种叙述变革的也是鲁迅。他的《阿Q正传》就没有"津津乐道地去描述人物身上穿着什么衣服"等等，而是单刀直入地"抓住最重要的事物，也就是人的内心和意识"，集中刻画阿Q的精神胜利法。环境描写，也没有"屋子靠窗的地方放着什么"等琐碎交代，而是淡笔勾勒，朦胧模糊。未庄很像是陀思妥耶夫斯基《卡拉马佐夫兄弟》中托名"畜栏"的外省小城，是一种寓言化、象征性的精神环境。而在这种模糊、淡化的背景中，阿Q的精神特征与内心活动却鲜明地凸现出来了。

常规认为，"接近真实"，就须竭力塑造人物性格。余华更不以为然，挑战道："事实上我不仅对职业缺乏兴趣，就是对那种竭力塑造人物性格的做法也感到不可思议和难以理解。我实在看不出那些所谓性格鲜明的人物身上有多少艺术价值。那些具有所谓性格的人物几乎都可以用一些抽象的常用语词来概括，即开朗、狡猾、厚道、忧郁等等。显而易见，性格关心的是人的外表而并非内心，而且经常粗暴地干涉作家试图进一步深入人的复杂层面的努力。因此我更关心的是人物的欲望，欲望比性格更能代表一个人的存在价值。"对文学具有超俗悟性的余华，竟然无意中进入了阿Q典型研究的深层次，并道出了真谛。阿Q的复杂性格与精神胜利法的关系问题，是鲁迅研究争论的深层焦点之一。阿Q的性格是复杂的，确如有的学者所论析的那样，是一个多极对立的系统。然而，精神胜利法是这一性格系统的核心机制与"哲学"中枢，起到了对性格的"内控"作用。精神高于性格。倘若把阿Q的性格论述得面面俱到，却忽视了精神胜利法的主要作用，就会本末倒置。诚如余华所言："性格关心的是人的外表而并非内心。"只注意性格，就会妨碍作家"进一步深入人的复杂层面"，塑造出更深刻，更具普泛性、超越性的人物形象，也会阻碍研究家的视线，不能挖掘出人物更深层的内涵。更深层的是什么呢？在这里，余华说的是"欲望"。在同文的前段,又称为"精神"。他认为:"对于任何个体来说,真实存在的只能是他的精神。""人只有进入广阔的精神领域才能真正体会世界的无边无际。"其实,余华说的"欲望"和"精神"是一个意思。阿Q就是因为充满了处处当胜利者的欲望,而在现实中又处处受挫,所以只能退回内心,求得精神上的胜利。这种欲望和精神的两难处境,造成了他外表上的多极对立的复杂性格。鲁迅历来把改变中国人的精神当作"第一要著",倾全力刻画阿Q的精神胜利法,才使阿Q成为与堂吉诃德、哈姆雷特、奥勃洛摩夫等世界级文学形象相通的偏重反映人类精神现象的变异性艺术典型。也正因为如此,阿Q才以其怪诞而深邃的恒久魅力,始终引人注目,发人深省,具有永远说不尽的无穷底蕴。倘若鲁迅不是"深入人的复杂层面",倾全力刻画阿Q的精神胜利法,而热心于愚昧、狡猾等性格描写,就不会出现阿Q这一不朽典型了。作家余华也正是由于悟出了精神高于性格的价值与意义,自《十八岁出门远行》以来,一直苦苦追寻人的精神,探索人的精神,雕塑人的精神,从《活着》到《许三观卖血记》,取得了一个又一个突破性的成果。

常规认为,"接近真实",就须遵循"现状世界提供的秩序和逻辑",余华仍不以为然,在文学宣言中反其道而行之,不仅不遵循,反倒公开宣布"背弃",断言道:"任何新的发现都是从对旧事物的怀疑开始的。人类文明为我们提供了一整套秩序,我们置身其中是否感到安全?对安全的责问是怀疑的开始。"余华又在整体性思维方式上与鲁迅不谋而合了。鲁迅之所以知人论世,总是比别人深刻一层,思维方式上的原因之一就在于能够对旧中国的一整套秩序发出了"从来如此,便对吗?"的大胆怀疑,"脱离常识,背弃现状世界提供的秩序和逻辑",从而"自由地接近真实"。余华也正是在"关于现实是否真实的哲学探究"中体悟着虚伪与真实之间的悖论:形式是虚伪的,本质却十分真实;形式是真实的,本质却十足虚伪。因为在常理和经验的局限中,虚伪与真实往往是颠倒的。所以余华偏偏要冲破局限："常理认为不可能的，在我作品里是坚实的事实；而常理认为可能的，在我那里无法出现。"执意要在形式上"虚伪的作品"中表现本质的真实。而《阿Q正传》又恰是这样的作品，不仅未庄子虚乌有，阿Q与王胡比捉虱子等细节在常理看来也是不可能的，当时就有囿于常理的短视者提出过批评。然而，从精神本质上思考，却不能不承认其中包含着坚实的事实，辛辣地嘲讽了的确存在的某些中国人一味盲目追求精神胜利的可耻现象。这种虚假的荣耀和胜利不是还被现代一些人刻意追求着吗？囿于常理是不可能理解《阿Q正传》这种拔俗之作的。同样，要理解余华创造的许三观，也必须从不同于常规的20世纪新的写作方式出发。

## 抽象与变形

又是普遍性，又是具象性，这二性在鲁迅等作家创造阿Q等精神典型的思维活动中究竟是怎样统一起来的呢？为什么这些大作家在创作过程中具有高度的科学理性，然而创作出的典型人物却丝毫没有理念化的痕迹呢？反之，为什么这些大作家是从生活出发创作出活生生的具体人物，然而其人物却超越了具体生活的局限，蕴含着极其普泛、深邃的理性色彩呢？这就要从鲁迅等作家的思维特征中寻求答案。

黑格尔说过："艺术作品所处的地位是介乎直接的感性事物与观念性的思想之间的。它还不是纯粹的思想，但是尽管它还是感性的，它却不复是单纯的物质存在，像石头、植物和有机生命那样。艺术作品中的感性事物本身就同时是一种观念性的东西，但是它又不像思想那样观念性，因为它还作为外在事物而呈现出来。如果心灵让对象自由存在，不去深入探索它的内在本质（这样做，对象对于心灵就完全失其为个别外在的东西了），感性事物的这种显现（外形）就会以形色声音等等面貌从外面现给心灵看。"总之，"在艺术里，这些感性的形状和声音之所以呈现出来，并不只是为着它们本身或是它们直接现于感官的那种模样、形状,而是为着要用那种模样去满足更高的心灵的旨趣,因为它们有力量从人的心灵深处唤起反应和回响。这样,在艺术里,感性的东西经过心灵化了,而心灵化东西也借感性化而显现出来了"。[1]黑格尔的这段论述是意远旨深的,其核心思想是阐发了艺术创作活动中感性具象与理性抽象之间的辩证关系:感性具象是一种观念性的东西,却不是像思想的那种观念性,而是作为外在事物呈现出来的,用康德的话来说,就是"不基于概念而基于形象显现"[2]。这种显现,不只是一种感性具象的再现,而是要"满足更高的心灵的旨趣",亦即达到更高的理性抽象。这样,在艺术里,感性具象是包含理性抽象的,理性抽象又是融会感性具象的。

这种感性具象与理性抽象互相交融的规律,也充分体现在鲁迅等作家的思维特征中。

鲁迅对精神胜利法的研究与概括,从生活中的具体个人升华到阶级性直至普遍的人性弱点,超越了多重层次,是一种高度科学的理性抽象。然而,从前面的有关引文就可看出,即便在杂文里,在极其冷静、深刻的理性分析中,鲁迅对精神胜利法的剖析与表述,也不是像纯科学论文那样主要基于概念进行推理论证,而是有如艺术作品那样在很大成分上基于形象显现的,譬如"'红肿之处,艳若桃花;溃烂之时,美如乳酪。'国粹所在,妙不可言",以及"合群的爱国的自大"的五种表现,早期关于"死抱国粹之士"认为"今之学术艺文,皆我数千载前所已具"的评说,等等,都充满了丰富、新鲜的形象。鲁迅和弗洛伊德、荣格、弗洛姆等精神分析的大师们,同样都是在探索人类的精神现象,然而探索的方式与表达的形式却迥然相异:弗氏等人主要是从心理学、医学、精神科学出发,对人类的精神现象进行实证性、理论性的分析与研究,表达形式也主要是

---

[1] 黑格尔:《美学》第1卷,朱光潜译,第48—49页。
[2] 康德:《判断力批判》上卷,宗白华译,商务印书馆,1964年,第70页。

基于概念进行推理论证：鲁迅却主要是从现代中国人的生活状况与精神活动出发，捕捉和提炼富有特征的典型实例，进行形象的表述与评说。因而，鲁迅即便在对人类的精神胜利现象进行高度科学的理性抽象当中，也渗透了丰富、新鲜的感性具象。

而当鲁迅从现代中国人特有的生活实际与精神胜利现象出发创作《阿Q正传》的时候，在充满丰富、新鲜的感性具象的艺术思维中，又隐含着高度科学的理性抽象。

阿Q从生活原型到艺术典型的创作过程充分证明了这一点。

早在1940年，周作人就发表了署名知堂的《关于阿Q》[1]一文，披露了阿Q的生活原型谢阿桂的行状：

> 阿Q本来是阿桂拼音的缩写，照例拼音应该写桂作kuei，那么当作阿K，但是作者因为Q字样子好玩，好像有一条小辫，所以定为阿Q，虽然声音稍有不好也不管了。其阿桂也原是对音的字，或者是阿贵也说不定，只因通常写作阿桂，这里也就沿用，不问他的生日是否在阴历八月里。阿桂姓谢，这是我查了民国四年的日记才记起来的。
>
> 阿桂平时只是小小的偷点东西罢了。他有一个胞兄，名叫阿有，专门给人家舂米，勤苦度日，大家因为他为人诚实，多喜欢用他，主妇们也不叫他阿有，却呼为有老官，以表示客气之意。阿桂在名义上也是打杂的短工，但总是穷得很，虽然并不见他酗酒或是抽大烟。到了穷极的时候，他便跑去找他老兄，有一回老兄不肯给钱，他央求着说，这几天实在运气不好，偷不着东西，务必请借给一点，得手时即可奉还。他的哥哥喝道，这叫做什么话，你如不快走，我

---

[1]《汇编》第3卷，第48页。

就要大声告诉人家了。他这才急忙逃去。其时阿有寄住在我们一族的大门的西边门房里，所以这件事我记得很清楚。阿桂虽然以偷为副业，打杂总算是正业罢，可是似乎不曾被破获过，吊了来打，或是送官戴大枷，假如有过一定会得街上传遍，我们也就立刻知道了。所以他在这一点上，未始不是运气很好。但是话虽如是，枪毙的可能他也并不是没有。辛亥革命那一年，杭州已经反正，绍兴的知县和绿营管带都逃走了，城防空虚，人心惶惶，那时阿桂便在街上走着嚷道，我们的时候来了，到了明天我们钱也有了，老婆也有了。有破落的大家子弟对他说，像我这样的人家可以不要怕。阿桂对答得好：你们总比我有。有者，俗语谓有钱也。这样下去，阿桂说不定真会动起手来，可是不凑巧，嵊县的王金发已由省城率队到来，自己立起军政分府，于是这机会就永远失掉了。

阿桂穷而并不憔悴，身体颇壮健，面微圆，颇有乐天气象。我所记得的阿桂的印象是这一副形相，赤背，赤脚，系短布裤，头上盘辫。吾乡农工平常无不盘辫，盖为操作故也，见士绅时始站立将辫发推下，这就是说把盘在头上的辫子向后一推，使之下垂背后，以表敬意。

据周芾棠的《乡土忆录——鲁迅亲友忆鲁迅》一书所录，鲁迅故家老工友王鹤照，在回忆中也描述过阿桂的行状：

在新台门里打短工的，有阿富、阿桂两兄弟。阿桂从前人蛮好，蛮老实的。鲁迅先生从日本回来时，他已住在塔子桥头的土谷祠里了，做小偷，还常与别人揪着辫子打架，衣服当掉去戏赌。阿桂常弄根辫子胡说乱讲："辫子甩一甩，人要死一方！""辫子翘一翘，人要死多少。"有一天晚上，阿桂从西面梁家台门的砖墙缺口，爬到新台门里偷东西，鲁迅听见有人喊："有贼，有贼！"就从床上爬起来，推开窗门一看，这时阿桂正翻墙逃出，鲁迅先生就指指说："你阿桂，你阿桂！"当时鲁迅先生看了他被旧社会折磨成这般光景，十分感慨。

农历辛亥年 8 月 19 日（1911 年 10 月 10 日）。武昌起义，不久杭州光复，胜利消息传到绍兴，谢阿桂也飘飘然高兴极了。"得得，锵锵，得，锵令锵！"他边唱边走，出了土谷祠，到热闹的东昌坊十字路口，他竟情不自禁地嚷了起来："造反了！造反了！到明朝，房子也有哉，老婆也有哉，白米饭也有得吃了！……"嚷完，他又"得得，锵锵，得得锵！"地到大街上去了。谢阿桂的嚷嚷，当时也颇引起人们的注意，特别是傅盛记米店的老板还大为吃惊呢。但不久，这事也就成为过去了。

周芾棠后来又在《鲁迅早年轶闻录》[1]中，对阿桂的行状做了进一步补充：

> 王老（鹤照）与我说时，虽年已"古稀"，但他经过自学，已能看鲁迅的《阿Q正传》了。他说："现在我看《阿Q正传》，总觉得阿Q与谢阿桂似乎有点相像，这阿桂或许就是鲁迅酝酿创作'阿Q'这个艺术形象时的原型吧！"还有，读过《阿Q正传》的人会记得，阿Q嘴边常挂的"手执钢鞭将你打"这一句唱词，据王鹤照老伯说，它出于绍兴剧《龙虎斗》一戏。……阿Q另一句唱的戏词"悔不该，酒醉错斩了郑贤弟"，也出自绍兴流行的地方戏《龙虎斗》。

另据张能耿的《鲁迅早期事迹别录》所记，别人看了《阿Q正传》，好奇地问鲁迅母亲："真有阿Q这样的一个人吗？"鲁迅母亲笑笑说：

---

[1]《解放军文艺》1988 年 9 月号。

在绍兴家乡是有一个人叫阿桂的，但《阿Q正传》里写的事不都是他。有些是别人的事。那是许多人的事拼凑起来的故事。

例如《恋爱的悲剧》一章阿Q下跪向吴妈求爱一事，据周作人回忆，取自周氏家族的周桐生，即"桐少爷"：

> 他没有能力谋生活，又喜喝酒，做小买卖也不能持久，往往连本钱和竹篮都喝了下去，挑水舂米都是干不来的，可以说与孔乙己大同小异的一派败落大家子弟吧。……有一天，桐少爷在他们（本家叔辈椒生家）的灶头，不知怎的忽然向老妈子跪下道：你给我做了老婆，你给我做了老婆！那老妈子吵了起来，伯父便赶来拿了大竹杠在桐生的脊梁上敲了好几下。[1]

以上引述的材料当然仅供参考，不可不信，也不可全信，然而终归可以得出这样的结论：鲁迅创造阿Q这个典型形象是有充分的生活依据的。鲁迅曾经总结过作家取人为模特儿的两法："一是专用一个人，言谈举动，不必说了，连微细的癖性，衣服的式样，也不加改变。这比较的易于描写，但若在书中是一个可恶或可笑的角色，在现在的中国恐怕大抵要认为作者在报个人的私仇。""二是杂取种种人，合成一个，从和作者相关的人们里去找，是不能发见切合的了。但因为'杂取种种人'，一部分相像的人也就更其多数，更能招致广大的惶怒。我是一向取后一法的，当初以为可以不触犯某一个人，后来才知道倒触犯了一个以上，真是'悔之无及'，既然'无及'，也就不悔了。况且这方法也和中国人的习惯相合，例如画家的画人物，也是静观默察，烂熟于心，然后凝神结想，一挥

---

[1] 周遐寿：《鲁迅小说里的人物》，上海出版公司，1954年，第83页。

而就,向来不用一个单独的模特儿的。"(《且介亭杂文末编·〈出关〉的"关"》)鲁迅创造阿Q,看来是综合了以上两法的所长:既杂取种种人,又重点专用一个人。从周作人等人提供的材料考察,是重点专用谢阿桂一人。前文注明过,我判断此人应该叫阿贵。因为像他这层劳动者是希望富贵的,他哥哥叫阿有,兄弟名字连起来,是有贵的意思。他们是无心像文人那样欣赏桂花的。鲁迅写《阿Q正传》取他住在塔子桥头土谷祠里当农工和游民的身份,穷而并不憔悴、颇有乐天气象的性格,只是小小地偷点东西的行状,辛亥革命时大嚷钱也有了、老婆也有了的事迹。杂取其胞兄谢阿有的"专门给人家舂米,勤苦度日"的劳动本色,化为阿Q的"真能做";取桐少爷等没落人物跪下向老妈子求爱等情节,化为阿Q的恋爱悲剧与各种封建保守观念。

鲁迅总结讽刺文学经验时说过:"'讽刺'的生命是真实;不必是曾有的实事,但必须是会有的实情。""它所写的事情是公然的,也是常见的,平时是谁都不以为奇的,而且自然是谁都毫不注意的。不过这事情在那时却已经是不合理,可笑,可鄙,甚而至于可恶。但这么行下来了,习惯了,虽在大庭广众之间,谁也不觉得奇怪;现在给它特别一提,就动人。"(《且介亭杂文二集·什么是"讽刺"?》)所谓"特别一提",就是特意捕捉并特别提示人物的特征。无论"专用一个人",还是"杂取种种人",都是"专用"或"杂取""一个人"或"种种人"的特征。不仅文学创作要这样做,就连一般性的人类视觉也要选择事物的特征。著名的格式塔心理学家鲁道夫·阿恩海姆就指出:"视觉有高度选择性,它不仅对那些能够吸引它的事物进行选择,而且对看到的任何一种事物进行选择。照相机忠实地记录下事物的一切细节,而视觉却不是这样。""观看,就意味着捕捉眼前事物的某几个最突出的特征。"[1] 从本质上说,文学创作也是一

---

[1] 阿恩海姆:《艺术与视知觉》,滕守尧译,中国社会科学出版社,1984年,第49页。

种"观看",一种更高超的"观看"。作家对生活进行长期、深刻的"观看",像鲁迅那样对阿贵等种种阿Q的生活原型进行多年的"静观默察",对他们的行状与特征"烂熟于心",使阿Q的影像在心中反复酝酿、呼之欲出。到孙伏园为《晨报副刊》拉稿时,便"凝神结想,一挥而就",借助语言文字这种抽象符号,奇妙地组合、勾勒出阿Q的形象特征,传达到读者心目中去。这种观察、捕捉、描写人物特征的过程实质上就是一种艺术抽象过程。这一过程,宛如一条波静流深的长河,表层浮游着人物行状、环境氛围、乡土特色等感性具象,时而冒出一些化为格言形态的警拔议论,而深层隐动的潜流则是高度科学的理性抽象。

在阿Q的典型塑造过程中,起潜在制约作用的正是鲁迅对精神胜利法的理性抽象,对阿贵等生活原型行状与特征的观察、捕捉,都经过这张抽象网罩的"过滤"与理性熔炉的"冶炼",不是为了追求惊险、离奇而选择重大情节,也不是为了哗众取宠而猎取滑稽故事,而是捕捉、提炼那些看似平凡、琐细却极能表现阿Q精神胜利法特征、极富典型意义的情节与细节,凸现出阿Q的精神机制。这种典型塑造过程中潜在的理性抽象作用,正是所创造的典型达到"精神高于性格"境界的内在原因。

从奥勃洛摩夫等典型人物的塑造过程中也可以看出这点。杜勃罗留波夫在《什么是奥勃洛摩夫性格?》中,把罗亭等"多余的人"与奥勃洛摩夫列为同一个典型系列,而奥勃洛摩夫是带总结性的、最成功的。

是的,在这个"多余的人"的典型系列里,只有奥勃洛摩夫达到精神典型的境界。就以屠格涅夫笔下的罗亭对比来说,罗亭的确如克鲁泡特金所说,"得到这种典型的人物的完全的艺术表现",成功地塑造了一种罗亭型的"没有行动,只有空言"的典型性格。[1] 这种典型性格,与莫里哀笔下的悭吝人不同,不是无论对待什么人、在什么情境下都一味"悭吝"

---

[1] 王西彦:《屠格涅夫》,贵州人民出版社,1987年,第1页。

的单一的类型性格，而是活生生的，具有多种热情、多种多样性格的文学典型。他是一个浪漫主义者，一个不切实际而又没有行动能力的人；但是又醉心于公众的利益，不倦地工作，甘于牺牲，为自己的思想而活着。他在爱情面前只是退缩，甘心"屈服"，显得性格软弱；然而却正直而不自私，强调自尊自爱，热爱真理，漂泊天涯，最后在巴黎工人起义的巷战中付出了生命，思想境界远远高于胸无壮志、只讲实际的列日涅夫。

他确实称得上是一个精致、丰满、真实的艺术典型。

不过，罗亭无论如何都算不上是精神典型。

为什么？与冈察洛夫笔下的奥勃洛摩夫相比就可以看出差别。冈察洛夫极其细致、深入地描绘了奥勃洛摩夫的精神活动，甚至不惜以整整一章的长篇文字写"奥勃洛摩夫的梦"，写他的幻象境界。这种冗长写法的确使许多读者认为是个缺点，然而却也正是一个特点，如杜勃罗留波夫所说："冈察洛夫才能底最强有力的一面，就在于他善于把握对象底完整形象，善于把这形象加以锻炼，加以雕塑。这就是他所以特别不同于同时代俄罗斯作家的地方。"如果奥勃洛摩夫这个题材"落到别的作家身上，就会把它写成另外一副样子：他可能把它写成五十来页轻松而又赏心娱目的文字，可能把它创作成可爱的笑剧，把他的懒汉可能嘲笑一通，可能赞美一通奥尔迎与斯托尔兹，于是事情就这样完结了。这样的故事无论如何是不会使人厌烦的，虽然它并没有什么特别的艺术意义。可是冈察洛夫却用另外一种方法来进行这个工作"。这另一种方法，从杜勃罗留波夫的论述中可以归纳为如下三点：（一）穷根究底地找出眼前现象的原因，把包围着现象的一切关联都详细而清晰地并且凸出如浮雕地传达和描写出来，"努力把一种在他面前闪过去的偶然的形象提高到典型的地位，赋予它普遍而又持久的意义"。（二）"将自己灵魂里的内在世界跟外部现象的世界交融在一起，能够通过统治着他们的精神的三棱镜来观察全部生活和自然。"（三）不是如有些艺术家那样使一切东西都受造型美的感觉支配，迷离于某一对象的一方面或某一事件的一个瞬间,而是把这一对象转来转去,从四面八方来观察,期待这一现象所有的瞬间的完全显现,然后才从事艺术的加工。[1] 冈察洛夫所运用的这另外一种方法正是有别于屠格涅夫的塑造精神典型的方法。一言以蔽之:屠格涅夫运用的是一种性格造型式的浮雕艺术,冈察洛夫运用的则是一种精神开掘式的空镂艺术。无论是罗亭的"没有行动,只有空言"的性格,还是奥勃洛摩夫的懒惰和冷淡,都产生于脱离物质实境、向内心世界退缩的精神根柢。屠格涅夫没有揭示出这个根柢,冈察洛夫却特别强有力地深掘出来并且凸出如空镂地传达和描写出来了,因此,奥勃洛摩夫这个典型特别具有精神意蕴。

拿莎士比亚的《哈姆雷特》与可能是该剧题材来源的最初蓝本进行对照,也可以看出精神典型与一般性格典型的差异。莎士比亚写作《哈姆雷特》以前,远在1589年左右,伦敦舞台上出现过一个用同故事作为题材的悲剧。这个剧本早已失传,可是18世纪在德国发现的德文剧本《杀兄受惩记,一名丹麦王子哈姆雷特》手抄本,据推测可能是根据它修改和缩写而成的。从这个手抄本看出,最初的关于哈姆雷特的悲剧不过是一出普通的复仇剧,哈姆雷特装疯一点也不像,所谓"极大忧郁"仅是一句空话。而莎士比亚却把这出普通的复仇剧点化成了伟大的社会悲剧。其关键就在于使哈姆雷特的报仇行动有了延宕,对现实的认识和感受极其深刻的莎士比亚,使哈姆雷特说出了那些非常像疯话的痛心话,给他的"极大忧郁"注入了极为深厚的社会内容与精神意蕴,深入揭示了他意志薄弱、脱离物质实境、向内心世界退缩的精神根柢,所以才创造出了哈姆雷特这样一个"不囿于一代而照百世"[2] 的不朽的精神典型。

《阿Q正传》这个题材如果落到别的作家身上,也会写成另外一副样子,可能写成轻松而又赏心娱目的文字,可能创作成可爱的笑剧,把

---

[1] 《杜勃罗留波夫选集》第1卷,第185—186页。
[2] 本·琼孙语。

阿 Q 当作无赖汉嘲笑一通，正如鲁迅所担心过的，"将只剩了滑稽"（《书信·301013 致王乔南》），结果不可能有任何意义。30 年代，上海曾有一部笑剧《王先生的秘密》轰动一时，有人称王先生为都市的阿 Q。当时就有人撰文尖锐指出：王先生只是"一个小丑，不是某个时期或某个社会的典型。《王先生的秘密》只有趣味性，没有阿 Q 精神，当然王先生不是阿 Q"[1]。鲁迅写阿 Q 与冈察洛夫写奥勃洛摩夫有相通处，绝不是表面化地描写阿 Q 的可笑言行，而是穷根究底地找出形成这种可笑言行的精神现象，明确概括为"精神上的胜利法"，详细而清晰地并且凸出如空镂地传达和描写出来，使之升华到精神典型的境界。鲁迅创造精神典型的意识的确较之前人更自觉、明朗了。

苏雪林在《〈阿 Q 正传〉及鲁迅创作的艺术》一文中，说阿 Q 可以和英国梅台斯的《自私者》中的威洛比先生"一并流传"。梅瑞狄斯在这部小说中虚构了另一本名叫《利己主义》的宏伟巨著，记载着利己主义的全部原则，主人公威洛比的一切言行和性格都从这些原则出发，受利己主义精神的主宰。这也是精神高于性格的例证。不过，这部小说文体晦涩，全书都是大谜语，因而不易为读者接受，人物精神也未能写透，所以其价值无法与《哈姆雷特》《堂吉诃德》《奥勃洛摩夫》和《阿 Q 正传》以及陀思妥耶夫斯基的作品相比拟。

由此可见，高度的理性抽象，在精神典型塑造过程中，确实起到了使典型形象具有超越性和普泛性的关键作用。所谓"精神开掘式的空镂艺术"，正是一种抽象的艺术，是特别强有力地将典型人物的精神根柢与精神机制深掘出来，并且凸出如空镂般地传达和描写出来，升华到一种高于性格的深刻、透明、超越的哲学境界。正因为如此，在阿 Q 等精神典型的内在系统中，精神高于性格，又与性格特征相和谐，形成一个浑然天成

---

[1] 尔辑:《〈王先生的秘密〉和阿 Q 精神》,《汇编》第 1 卷，第 1143 页。

的整体。

　　当然，要使理性抽象恰到好处，的确大为不易，甚至有些非常伟大的作家、思想家也常把握不当，使笔下人物理念化。例如车尔尼雪夫斯基的《怎么办？》，就有明显的图解作者民主主义思想的缺陷。造成这种缺陷的原因很多，最主要的是车氏的思维特征更偏重于基于概念而显现的理论抽象，而不特别擅长基于形象而显现的艺术抽象。

　　所谓艺术抽象，实质上就是黑格尔所说的"介乎直接的感性事物与观念的思想之间"的一种抽象。而所谓理论抽象，则属于观念性的思想范畴。两种抽象虽然都包含理性内容，但是无论在性质上还是在表现形态上都是迥然不同的。这里，我们着力探讨的是艺术抽象。艺术抽象极难把握之点，就在于"介乎……之间"，亦即黑格尔著作中最常见的哲学概念——"中介"。如果从质量和度量上进入这个"中介"，就会升入艺术的殿堂，实现感性具象与理性抽象的水乳交融，即便抽象如荷兰画家蒙德里安晚年创作的纯几何形的油画《百老汇的爵士乐》，传输出的意味也会蕴含丰富的感性具象。反之，活生生的具体形象阿Q、哈姆雷特、堂吉诃德等却传达出极深的理性抽象的意蕴。这个理论问题是极为艰深的，只能留待日后进一步深入探讨。笔者仅就阿Q等精神典型的塑造过程，谈以下三点达到这种"中介"境界的艺术抽象方法：

　　**拉远距离**。这种方法在布莱希特戏剧美学中被称为"间离法"。这种"间离法"努力拉远作家与生活、读者与角色之间的距离，使人们对日常生活中熟视无睹的人物、事物以及种种精神现象"陌生化""奇异化"，作家笔下的场景、人物、意象也"模糊化""神秘化"，不追求逼肖地再现生活，而极力实现对有限生活与时空的超越性以及富于哲理的寓意，从而把具象化的生活提升到更具概括力的抽象平面之上，大大强化艺术作品的概括力度与象征功能。如前文引述的余华的说法：不精细地描述人物的外貌和周围环境，反而认为"20世纪的作家是不会再去从事这种无效劳动，而是去抓住最主要的事物，也就是人的内心和意识"。其实，在20世纪中国文学中实现这种叙述变革的正是鲁迅。他的《阿Q正传》就没有"津津乐道地去描述人物身上穿着什么衣服"等等，而是单刀直入地"抓住最重要的事物，也就是人的内心和意识"，集中刻画阿Q的精神胜利法。环境描写，也没有"屋子靠窗的地方放着什么"等琐碎交代，而是淡笔勾勒，朦胧模糊。这就是采取了拉远距离的艺术抽象方法：未庄是一个非常模糊的环境，很抽象，很虚幻，读者只知庄内有土谷祠，有酒店，有赛神会，有静修庵，有赵太爷的家府，府里有内、外院，有舂米场，具体的景象如何？鲁迅根本没有交代过，更没有精描细刻。至于县城，就更是虚写了，除了阿Q曾为偷儿接包的洞、被抓进抓出的栅栏门、被绑赴法场时示众的街路，没有任何确定的影像。然而无论是未庄，还是县城，都在模糊中显现出强烈的具象性，使读者在无穷无尽的想象中如见其形，如闻其声，如嗅其味，透发出一种独特的浙东城乡的地方风情，又反映出中国农村社会的普遍特征。所以，鲁迅在《阿Q正传》中设置的未庄，就像陀思妥耶夫斯基在《卡拉马佐夫兄弟》中托名"畜栏"的外省小城市一样，是一种寓言化、象征性的孕育典型人物的精神环境，很难确切指出在什么地方。冯文炳先生曾断定"未庄就是绍兴城"，是过于确定与实在了，违背了鲁迅在《阿Q正传》中使环境模糊化的创作实情，不能不说是阿Q典型研究史上的一个失误。

**省略末节**。阿Q等精神典型的塑造经验充分证明，越是拉远典型人物与琐屑生活的距离，省略不能反映人物精神特征的细枝末节，而抓住最能透视人物精神机制的典型细节，以"画眼睛"的手法，用极省俭的文字传神且概括地点化出来，就越是容易达到艺术抽象的"中介"境界，使人物既具有鲜明的具象性，又含有极大的普遍性。《阿Q正传》几乎没有铺陈性的描绘，尤其是前四章，从不配姓赵的风波，到行状、身世和自贱第一、自打嘴巴等最能反映精神胜利法特征的事例以及向吴妈求爱遭打被逐的经历，全是省略末节的特征介绍与点化。其艺术效果，确如鲁迅在谈善于给别人起名号的效能时所说的："这正如传神的写意画，并不细画须眉，并不写上名字，不过寥寥几笔，而神情毕肖，只要见过被画者的人，一看就知道这是谁；夸张了这人的特长——不论优点或弱点，却更知道这是谁。"(《且介亭杂文二集·五论"文人相轻"——明术》)这种寥寥几笔、传神写意的特征介绍与点化，往往比铺陈性的描绘更具有艺术抽象效能。例如车尔尼雪夫斯基的《怎么办？》，虽然全书有理念化的弊病，罗普霍夫、薇拉·巴夫洛芙娜、吉尔沙诺夫等人物，也不同程度地存在概念化的痕迹，然而到上卷末尾才插入的奇特人物拉赫美托夫，却活生生的，极富个性特征。对于这个奇特人物，作家并没有让他进入小说的整体情节发展，也没有予以铺陈性的描绘，只是进行了二十七页省略末节的特征介绍与点化，但是精华中的精华、革命家拉赫美托夫的英雄形象却深深铭刻在无数读者的心中。他那在世俗看来非常可笑、滑稽的自讨苦吃、自愿奉献、自觉锻炼的极端坚韧的革命精神，感召、陶冶了一代代的革命者。正如他为自己辩解时所说的那样："我并不是一个抽象的思想，我也是一个渴望着生活的人啊。"拉赫美托夫是车尔尼雪夫斯基从实际生活中，从自己和同时代战友的"景象"中提炼出来，用寥寥几笔、传神写意的特征介绍与点化的笔法，塑造的一种精神典型。这一典型，同牛虻一样，反映了人类的坚韧精神。而这一难得的典型形象竟是靠简明的插笔和评介完成的，其笔法与《阿Q正传》前四章对阿Q的特征介绍与点化极为相似。这种笔法的成功，证明了省略末节的方法在艺术抽象中的意义。反之，《奥勃洛摩夫》第一部十一章一直让主人公懒躺在床上，到挚友希托尔兹来后才起床飞奔过去，对于表现懒惰、冷漠的奥勃洛摩夫性格的确起到了作用。然而终归是过于烦琐、冗长了，整部书都缺乏省略末节的艺术技法，因而使这部书没有达到抽象的更高境界，在手笔上略逊《阿Q正传》一筹。《堂吉诃德》作为一部 17 世纪问世的早期的长篇小说，也不可避免地存在比较粗糙和不够完美之处，其中最主要的缺陷也是没有注意省略末节，第一部里插进的几个和情节无关的小故事，就属于大可省略的末节，连塞万提斯自己都说它们"穿插得不合适"，在第二部里就改变了这种写法。那些无关紧要的末节，不仅使整个小说的结构比较松散，破坏了作品的整体感，最主要是妨碍了主人公精神特征的凸现，也分散了读者的注意力，阻隔了对思想精华的理解与接受。即便如塞万提斯这样的天才作家，在创作过程中也是逐渐悟出艺术抽象的价值与意义的。

倘若他创作第一部时就具有更高的艺术自觉，更自觉地悟出自己所孕育的堂吉诃德先生极为难得、最为珍贵的精神启悟意义，就一定会更为成熟地运用省略末节的艺术技法，使这部世界名著升华到更为完美的艺术抽象境界。

**经营空白**。这种方法是中国绘画艺术中的一个重要手段，其要领是仅画出对象最当紧最富特征的部分，其余部分故意不画，留出空白来让观者敞开想象。在文学作品中，特别是《阿Q正传》等塑造出精神典型的作品中，"经营空白"的艺术方法也发挥了作用。

阿Q这个奇特人物，姓名不知，籍贯不详，不知从哪里来，也不知到哪里去，一片空白。实际上，"阿Q"及其所住的"未庄"，从命名上就有子虚乌有的寓意。而这样处理，要比正面实写、详细铺排传神得多。百年来，对阿Q的学术研究始终不衰，日益强劲，与作品留出了极其广大的空白供研究者想象与揣测是极有关系的。相比之下，《奥勃洛摩夫》又显得过实、过细了，缺乏足够令人敞开想象的空白天地与让人感到神秘的虚幻感，因而在艺术抽象的境界上比《阿Q正传》差若干档次。当然《奥勃洛摩夫》自有其独到的别的名著不能替代的价值与意义，艺术抽象也有多种多样的不同表现形态，然而到达的境界终归有高低之别。

谈到艺术抽象的不同表现形态，就回溯到前文曾经提出的精神典型仅是包含在艺术典型大概念范畴之内的小概念问题。

不仅同是精神典型的阿Q、奥勃洛摩夫、堂吉诃德、哈姆雷特等在艺术抽象的表现形态上存在着差异，就是精神典型与其他艺术典型之间的差异，也与艺术抽象的不同性质、方式以及所致力的重心、方向，所达到的界域、层面有重要的关联。

精神典型属于成功的艺术典型的大范畴之内，绝不能涵盖整个范畴，也不能替代其他艺术典型，或者与之一比高低。各种类型的典型形象，都是艺术典型这个大范畴的不同分支，各有不同的性质与意义，不可褒此贬彼。而形成不同分支的重要因素之一，就是艺术抽象所致力的重心、方向，所达到的界域、层面存在差异。阿Q等精神典型塑造过程中的艺术抽象，重心是从特定人物的精神现象中"抽"出带有极大普遍性的精神特征，朝着最能表现这种特征的艺术方向努力升华，以至于达到一种高于性格的深刻、透明、超越的哲学界域与精神层面。而贾宝玉、林黛玉以及安娜·卡列尼娜等情感类的艺术典型塑造过程中的艺术抽象，重心则是从特定人物的情感世界中"抽"出带有极大普遍性的情感特征，朝着最能表现这种特征的艺术方向努力升华，以至于达到一种几乎能感染和打动所有人的真情界域和人性层面。至于诸葛亮等智慧类的艺术典型，不管其塑造得是否成功，重心却是从特定人物的智慧事例中"抽"出最能表现人类智慧的故事，加以编织、虚构，朝着最能表现这种特征的艺术方向努力升华，以至于用力过于极端，结果如鲁迅批评《三国演义》所说的"状诸葛之多智而近妖"（《中国小说史略·第十四篇元明传来之讲史》），没有到达成功艺术典型的界域与层面，反得了个"近妖"的评论。然而无论如何，诸葛亮在智慧类文学形象中还是最成功的。

艺术抽象所致力的重心、方向的不同，是造成阿Q等精神典型与其他艺术典型之间差异的重要因素，但却不是唯一因素，也不是本质因素。本质因素是艺术抽象的性质、方式有所不同，这就是：变形。

维柯的《新科学》一书对"变形"做过这样的解释："诗的奇形怪物

(monsters)和变形(metamorphoses)起于这种原始人性中的一种必要,即没有把形式或特性从主体中抽象出来的能力。按照他们的逻辑,他们须把一些主体摆在一起,才能把这些主体的各种形式摆在一起,或是毁掉一个主体,才能把这个主体的首要形式和强加于它的相反形式隔离开来。把这种相反的观念摆在一起就造出诗的奇形怪物。"[1]人类艺术也是螺旋形上升的,原始文化中处于粗陋状态的变形艺术,后来却在高级的精神艺术品中出现了。不过,并不是没有把形式或特性从主体中抽象出来的能力,而是恰恰相反,这种能力达到了极其高超的程度,以至于能够把某种精神特性从人物主体中抽象出来,上升到一种奇形怪物的诗与哲学交融的境界。这样就造成精神典型与其他艺术典型的另一区别:托尔斯泰、屠格涅夫等人的小说是一种庄重的正剧,是用正规的手法雕塑庄重的人物典型形象;而陀思妥耶夫斯基等人却是采取变形的艺术手法凸现主人公变形的精神。

1876年11月,一位读者在给陀思妥耶夫斯基的信中写过这样一段发人深思的话:

> 我们俄罗斯只有两位心理小说家,——这就是托尔斯泰和您。托尔斯泰描绘现实的艺术笔法细腻雅致,……您描绘的与您不同的人的伤处使人动心……这只是因为您描绘其他人几乎无法理解的怪人。您理解他们,您替他们担心,您同他们一起感到了精神疲惫,强迫自己按照他们的方式去理解和感觉,并以这种方式再现活生生的,但却是伤残的人。[2]

格·弗里德连杰尔的《陀思妥耶夫斯基与世界文学》一书认为这位

---

[1] 维柯:《新科学》,朱光潜译,人民文学出版社,1986年,第183—184页。
[2] 弗里德连杰尔:《陀思妥耶夫斯基与世界文学》,李春林、臧恩钰、王兆民译,第197页。

读者的话是基本正确的,"说明了陀思妥耶夫斯基与托尔斯泰心理分析倾向之间的主要区别。托尔斯泰在他的中长篇小说中感兴趣的一般是心理'正常的'——从他自己对社会的理想与要求的观点来看——人。他的主人公——安娜·卡列尼娜、尼古连卡·伊尔切恩也夫、聂赫留朵夫、奥列宁、彼尔·别祖霍夫、列文——与社会一起经历了混乱,但是这种混乱产生是由于社会不能满足他们合理的自然的要求,而这种要求是与每一个或多或少精神上健康、纯洁的社会的人的要求相吻合的。在陀思妥耶夫斯基那里则不同,他关注的中心是普通的人们,但这些人不仅与社会一起经受混乱,而且他们自身就带有社会的病态,并且处在特别强烈和突出的形式中,——按照作家本人的说法——是以一种'非常的'和'荒诞的'形式将这种病态反映了出来。因为他们背负着他们所产生的虚妄的思想与空想的负荷。资产阶级个人主义与无政府主义的毒素侵入了他们的意识,毒化了他们的血液,因而他们最可怕的敌人乃是他们自己。社会的病态和支离破碎在他们那里引起了病态的和支离破碎的意识,在这种意识中,周围的人们和物象都带有'险恶的''荒诞的'色彩"。

以上分析概括了一点,就是说明陀思妥耶夫斯基塑造的典型人物与托尔斯泰的主要区别在于:托氏是"正常的",陀氏却是"变形"的。

所谓"怪人""伤残的人",所谓"以一种'非常的'和'荒诞的'形式将这种病态反映了出来","带有'险恶的''荒诞的'色彩",等等,实质上都是艺术抽象的性质和方式中所出现的变形。

这一点,也被尼采的天才慧眼发现了,他认为陀思妥耶夫斯基是"颓废现象"和病态的毁坏了的人的心理现象的古典造型艺术家。

陀氏的造型艺术,从一定意义上讲,就是变形艺术,是把某种精神特性从人物主体中抽象出来,偏离现实,突破常态,造成超越常规的艺术倾斜,形成突兀的变形,使典型形象上升到一种奇形怪物的诗与哲学交融的境界。如果变形有节,运用成功,变形的艺术形象常常比正常的原形物象包含更多的哲理意味，更反映生活的真谛与对象的特征。例如米开朗琪罗创作的雕像《大卫》，大卫过分颀长的身体比例不但没有破坏大卫的性格，反而凸现了大卫的个性特征。这种变形在古今中外的世界中都可以找到范例，譬如中国古代形成的飞龙，就是由马头、鹿角、蛇身、鸡爪的变形图像拼凑、同化而成的；现代主义作家卡夫卡，干脆写成小说《变形记》，让主人公变成一只甲虫。前文所引的余华说的超越常规之说，与这种理论是相通的。有很多评论认为余华是从现代先锋派转回传统的现实主义，其实是一种表面性的误读，余华的《活着》和《许三观卖血记》实质是从叙述语言的返回传统，深化到人物精神本质塑造上的更为深刻的现代化变形。

塑造阿Q等精神典型的艺术作品也都以不同程度、不同方式地运用了变形艺术。概括起来，主要表现在以下七个方面：

1. 人物变形。陀思妥耶夫斯基等作家往往选择"荒唐人"做主人公，陀氏笔下的高略德金以及梅思金、拉斯柯尔尼科夫、伊凡·卡拉马佐夫等人物，总有"一些可笑的地方"，陀氏甚至认为人没有一点怪僻就毫无价值。而塞万提斯笔下的堂吉诃德，莎士比亚笔下的哈姆雷特，冈察洛夫笔下的奥勃洛摩夫以及鲁迅笔下的阿Q等，无不荒唐可笑。这是由于作家采取特殊手法把人物身上某种看似怪僻实质包含深厚意蕴的精神特征夸大、变形，漫画化，而且虚幻化了，不是过实、过细的工笔画，而是大写意的哲理漫画。这一点，从美术上的阿Q形象中也可以得到验证。《阿Q正传》问世以来，引起了许多美术家的浓厚兴趣，纷纷为之绘制插图，出现了多种阿Q的美术形象。而其中最传神的当数丰子恺与郭士奇的作品。冯雪峰曾批评丰子恺的《漫画〈阿Q正传〉》"没有擒住阿Q的精神，并且在这种精神的广泛性及其根源的深远上去擒住"[1]，是从更高要求出发做出批

---

[1] 《鲁迅研究月刊》1989年第10期。

评的，与近于工笔的阿Q美术形象相比，丰子恺的画作还是较符合阿Q特征的。特别是郭士奇笔下的阿Q，美术功底与笔法虽然不算最深厚、精湛的，甚至于显得有些笨拙，然而却极传神，颇得《阿Q正传》的神韵。但是功力应算上乘的范曾先生的作品，在传神方面却略逊一筹。其中的道理就在于阿Q形象本身是漫画化的，因此只能以漫画笔法传其神韵，用近于工笔的勾线画法，技巧再高也无法显其神。

2. 精神变形。陀氏等作家不仅选择"荒唐人"做主人公，而且着重描绘这些"荒唐人"的有违常规的不正常的思想观念与精神。

例如堂吉诃德的主观主义到了怪诞的程度，阿Q的精神胜利法充满了荒谬性。实质是，这种不正常的思想观念与精神现象在人们头脑中是很普遍的，只是程度有所不同，或者只是偶发性的，因而往往是无意识、不自觉。鲁迅等作家却把这种不正常的思想观念与精神现象，这种在精神与物质、主观与客观、幻想与现实这一哲学根柢上的错觉与误差凸现了出来，上升到一种变形的诗学和哲学的境界，从而使人们警觉、自省，疗救自我的精神病态。

3. 情节变形。为了凸现这些人物在精神与物质、主观与客观、幻想与现实这一哲学根柢上的错觉与误差，作家往往故意虚构一些看似荒唐可笑实质蕴含深厚的情节。例如堂吉诃德大战风车，凸现了人物的主观盲目性。阿Q与王胡比捉虱子，凸现了人物泯灭美丑界限、一味追求虚假胜利的精神特征。作家选择细节、编织情节时，往往不追求表面的激烈、惊险与曲折，而是力求反映人物的精神特征与心理机制。如鲁迅所说的那样："特别一提就动人。"(《且介亭杂文二集·什么是"讽刺"？》)使情节的单纯性、奇特性与意蕴的深厚性、隽永性相统一。

4. 意象变形。从《哈姆雷特》到《阿Q正传》，特别是陀思妥耶夫斯基的作品，反复出现的意象是疯狂、疾病、身体的残缺或毒疮恶瘤等，充满阴冷、森严、恐怖的意象与氛围。

5. 结构变形。为了凸现"荒唐人"反常的精神特征，适合变形情节需要，作品结构也违反一般常规，出现了变形：《哈姆雷特》为了凸现主人公的忧郁与踌躇，在戏剧结构中有意进行了延宕，延迟冲突高潮的到来。《奥勃洛摩夫》在整整第一部里竟一直让主人公躺在沙发上，以凸现他的惰性。《阿Q正传》前四章集中笔力刻画阿Q精神胜利法，待勾勒完毕才让阿Q出走，发展故事。

6. 语言变形。所有这些作品的语言都诙谐、诡谲、尖刻、幽默，超越一般语言规范。

7. 美学变形。所有这些作品都具有悲喜剧交融的美学风格，悲中有喜，喜中有悲，令读者发出含泪的微笑，于悲喜交集中获得精神启悟。鲁迅说过："悲剧将人生的有价值的东西毁灭给人看，喜剧将那无价值的撕破给人看。"(《坟·再论雷峰塔的倒掉》)前文已论述过，阿Q等精神典型都是生理上健全的善良的人物，他们的人生是有做人的价值的，然而却被毁灭了，因此包含浓郁的悲剧成分。这些人物所具有的精神胜利法、主观主义、忧郁踌躇、懒惰冷漠等精神特征又是无价值的，作家们撕破给人看，使人们在笑声中获得教益。所以，这些作品必然超越了一般的美学规范，出现美学变形，具有悲喜剧交融的变异风格。

当然，变形绝不是主观随意、毫无法度的。里德认为："艺术，用培根的话讲，务必在其比例关系中包含某些奇异的东西。"又认为："眉毛和鼻梁可以雕刻成直的，但万万不能把腿搞得歪歪扭扭，不成样子。这是个程度问题。"[1] 艺术变形，纵然奇异，不同于原形事物，但是却不可完全违背自然，不成样子。艺术变形是有法度、有依据的。对其中的"度"把握合宜，是成功的关键。《阿Q正传》等作品与《二十年目睹之怪现状》等清末谴责小说的区别也正在于此。鲁迅说："讽刺小说是贵在旨微而语

---

[1] 里德：《艺术的真谛》，王柯平译，辽宁人民出版社，1987年，第12—13、64页。

婉的，假如过甚其辞，就失了文艺上底价值。"（《中国小说的历史的变迁》）怎样做到"合度"，既不"溢美"，又不"溢恶"，故意夸张，却不扭曲，怎样像《阿Q正传》等作品那样富有分寸感地将生活的夸张和变形调节到适宜程度，的确值得深入研究。

那么，艺术变形所要合乎的"度"，究竟应该以什么为根据和参照系呢？如果按照以前时行的一种观点回答，就只能是依客观生活为根据和参照系了。实质上，这种观点虽然以唯物主义为标榜，持的却是一种以主客体分立为特征的客体主义。这种脱离人的存在、人的活动的观点和思维方式，不仅不符合马克思主义，而且早已被马克思所扬弃了。

马克思早在《关于费尔巴哈的提纲》中就明确指出：

> 以前的一切唯物主义——包括费尔巴哈的唯物主义——的主要缺点是：对事物、现实、感性，只是从客体的或者直观的形式去理解，而不是把它们当作人的感性活动，当作实践去理解，不是从主观方面去理解。所以，结果竟是这样，和唯物主义相反，唯心主义却发展了能动的方面，但只是抽象地发展了，因为唯心主义当然不知道真正现实的、感性的活动本身的。[1]

因此，艺术变形所依的根据和参照系应该包括两个方面：一方面是客体，即客观存在的现实生活；另一方面是主体，即作家的反映主体与读者的接受主体。艺术变形，是作家主体对现实生活的变异反映。这种形态上的变异，不仅不会掩盖或扭曲生活的本质，而且由于受到作家主体精神能动性的导引，用黑格尔的话说，就是"去满足更高的心灵的旨趣"，因而更突出更集中地反映了生活的本质。这种变形应该得到读者接受

---

[1]《马克思恩格斯选集》第1卷，第16页。

主体的认可与理解。当然，读者的接受是允许有过程、有层次的。不能要求创新的艺术立即就得到读者认可与理解，也不能要求某种艺术为所有读者所接受。

实际上，无论是艺术抽象，还是艺术变形，都是人类的精神现象在艺术领域里的反映。特别是《阿Q正传》等塑造了精神典型的艺术作品，重点在于凸现人类的精神活动与精神特征，因而作家的主体精神就在典型塑造过程中发挥了更重要更能动的作用。而对精神典型的接受，又是读者进行消化、反省的极其复杂的精神过程。所以，塑造精神典型过程中的艺术变形所要合乎的"度"，应该以客观存在的人类精神现象、作家主体的精神创造、读者主体的精神感受这三者为根据和参照系。最复杂最难把握的莫过于人的精神现象，因而这里的"度"也是很难界定、很不确定的，简直是一个模糊的概念。但是，总须原形与变形相互映衬，常态与变态交相呼应，不可全是原形、常态，也不可都是变形、变态。阿Q有"真能做"等普通劳动者的正常品格，又有"精神上的胜利法"这种突出的变形特征与变态行状；堂吉诃德有一般读书人的认真、执着的正常品质，又有想入非非、大战风车等主观主义的变形风格与变态行为。而这种原形与变形、常态与变态的分配，又绝不是铢两悉称、各自参半的。变形、变态的凸现，是以充分、恰当地表现人物最突出的精神特征为目的的。鲁迅在刻画阿Q的精神胜利法时，就是在《优胜记略》和《续优胜记略》两章中连续写阿Q忌讳癞头疮、自贱第一、自打嘴巴、比捉虱子、健忘奇速等一系列变态行状，一直到完全呈现出精神胜利法的"法宝"为止。如鲁迅自己在总结小说创作经验时所说的，力图极省俭又极奇警地"将意思传给别人"（《南腔北调集·我怎么做起小说来》）。而要做到这点，就须不仅成为"自然的奴隶"，"用人世间的材料来进行工作"，而且成为"自然的主宰"，"使这种人世间的材料服从他的较高的意旨，并且为这较高的意旨服务"。[1]对阿Q形象进行艺术变形的成功处理，表明鲁迅在创作过程中对精神胜利法有着高度科学的理性认识，显示出运用自如的艺术主宰力量。而阿Q原形与变形、常态与变态之间比例，即所要合乎的"度"之模糊性、不确定性，又说明鲁迅在创作过程中含有很大的非理性成分，很大程度上是潜意识运作的。这含混朦胧处，正是"有意味"处，最见作家艺术天分与文学功底处。

由此，又须延伸到《阿Q正传》的创作方法问题。多少年来，学术界的多数意见一向认为《阿Q正传》及其他小说都是现实主义的。20世纪80年代，学者、作家阎真突发奇论，在《理解阿Q：在现实主义界柱之外》与《理解阿Q：从新的基点出发》两篇论文中提出：《阿Q正传》研究者的思维视野不应再局限于现实主义文学形象。

笔者认为：阎真的思考是极为可贵的，很多观点发人深省，有助于研究者冲破传统的思想牢笼。但是，他在现实主义问题的理解上又过于狭隘了，从哲学根源上说则是尚未彻底冲出以主客体分立为特征的客体主义给现实主义创作方法设置的思想牢笼。只是从客观的形式上，而不是从主观方面、从人的感性活动上去理解现实主义。长期以来，由于客体主义哲学作祟，文学理论界在阐述现实主义创作方法时，总过于强调客体一面，而往往忽略作家主体的能动作用，以至于给人们造成了这样一种错觉：似乎现实主义就是要求作家对客观现实生活进行严格的摹写，不能加进主观的成分，一旦在运作中进行了主体精神所施以的夸张与变形，就违背了现实主义的创作原则，创造的典型人物也就"并非一个现实主义的文学形象"了。其实，这是对现实主义的狭隘曲解。对现实主义的正确理解应该是扩大的、开放式的，主、客体兼顾的，在强调文学必须反映客观真实与生活本质的同时，又充分注重作家主体精神对客观现实的升华、抽象、变

---

[1] 爱克曼：《歌德谈话录》，朱光潜译，第137页。

形及折射，充分注意鲁迅、陀思妥耶夫斯基这样的"最高意义上的现实主义者"。既不可因为承认他们是现实主义者，而视他们艺术手法上的变形、怪诞于不顾；又不可因为认可了他们艺术手法上的变形、怪诞，而将他们排除在现实主义的大范畴之外。因此，我同意阎真的老师——颜雄先生在1991年12月29日给我的信中的意见："阿Q既是现实主义形象，又不仅是现实主义形象；承认阿Q的非现实主义性，即变形、荒诞的特点，并不与确认其现实主义特性不相融。——关于这一点，我本来拟作一文章，且自信有较多的根据，足以证明阿Q形象身上的'现实性'，与'现代性'之统一。"是的，阿Q的确是一个原形与变形、常规与荒诞、现实性与现代性高度统一、胶结契合的最高意义上的现实主义精神典型。

其实，像阿Q这样的精神典型，在中外文学史上是不乏其例的。除了本书所分析、比较的哈姆雷特、堂吉诃德、奥勃洛摩夫、浮士德以及陀思妥耶夫斯基笔下的高略德金、伊凡·卡拉马佐夫等世界文学中的著名人物之外，从诸多文学名著，特别是中外著名神话传说中还能寻找到一些实例。

恩格斯说过："费尔巴哈认真地研究过的唯一的宗教，是基督教这个以一神教为基础的西方的世界宗教。他指出，基督教的神只是人的虚幻的反映，人的映象。但是，这个神本身是长期的抽象过程的产物，是以前的许多部落神和民族神集中起来的精华。与此相应，这个神所反映的人也不是一个现实的人，而同样是许多现实的人的精华，是抽象的人，因而本身又是一个想象的形象。"[1] 恩格斯在这里虽然是转述费尔巴哈关于神的形成的看法，但是却极精辟地阐明了一个形象的塑造需要经过长期抽象、集中精华才能逐渐形成的文艺学原理。足以构成宗教崇拜的神的形象，一般都抽象到了精神的和哲学的境界，高度体现了某种人类精神，因而才引人信

---

[1] 恩格斯：《路德维希·费尔巴哈和德国古典哲学的终结》。

仰。例如基督耶稣充分体现了一种为了解救人类而在十字架上忍受残酷折磨的仁慈、博大的献身精神，佛教的释迦牟尼则表现了一种大慈大悲的安详精神，道教的老子使人体验到一种任其自然、天人合一的自适精神。就这一点说，宗教的神的形象，与文学领域的精神典型有相通之点，都是朝着反映人类普遍精神特征的方向进行抽象与变形，达到了一种虚幻、神妙、超越的哲学之境，从至高点上折射出人的精神，用鲁迅论孙悟空时所说的话来讲，就是"在人类中也未必没有谁和他们精神上相像"。

而在中国古典文学所塑造的典型形象中，达到和人类"精神上相像"的精神典型境界的，恐怕只有孙悟空一人。

但是，古希腊神话文学中达到精神典型境界的艺术形象，却不乏其例。其中最引起精神分析学家注意的是俄狄浦斯。这个人物是古希腊悲剧作家索福克勒斯的代表作《俄狄浦斯王》中的主人公，他生来对母亲有着某种性爱，而对父亲却有着妒忌心甚至仇恨，最后走上弑父娶母的道路。这个剧取材于古代母权制向父权制过渡时期的一个传说，但是弗洛伊德却在这上面大做文章，他"根据自己对古希腊悲剧的知识，提取了弑父娶母的俄狄浦斯故事的相似之处，从而为乱伦欲望发明了'俄狄浦斯情结'这一术语"[1]，并根据这一批评标准，对索福克勒斯的《俄狄浦斯王》、莎士比亚的《哈姆雷特》以及陀思妥耶夫斯基的《卡拉马佐夫兄弟》这三大名著做过精妙的分析。弗洛伊德的这个批评观点，对后来的心理分析评论家影响极大。正如著名心理分析批评家诺曼·葆兰所指出的那样，"弗洛伊德对莎士比亚研究学者的最著名的贡献当然在于哈姆雷特的'俄狄浦斯情结'。弗洛伊德最终形成的观点从形式上说来，是十分优雅的。他指出，首先，几个世纪以来，评论家们始终不能说出为什么哈姆雷特迟迟延宕杀死谋杀他父亲并娶走他母亲的人的时间。其次，他还根据精神分析的

---

[1] 弗洛伊德：《创作家与白日梦（一九〇八年）》，林骧华译，伍蠡甫主编：《现代西方文论选》，上海译文出版社，1983年，第350页。

临床经验表明，每一个孩子都想做出那样的事，而且这种孩提时代的愿望在后来成年时的无意识反应中一直延续下去。第三，哈姆雷特之所以拖延时间，是因为他不能像现在那样仍为了无意识的愿望去做……第四，这种愿望是无意识的，这一事实本身就说明了评论家本人是无法解释哈姆雷特延宕时间之原因的"[1]。后来的心理分析评论家努力运用弗洛伊德倡导的方法，对莎士比亚的作品进行精神分析。其中最有成就的首推英国的欧内斯特·琼斯，他是《弗洛伊德评传》的作者，著名的心理学家，对弗洛伊德的精神分析学体系颇有研究。早在1910年，琼斯就创造性地运用了弗洛伊德的文学观点和批评方法，写成了著名的论文《用于解释哈姆雷特之奥秘的俄狄浦斯情结》，之后又不断扩充修改，于1949年成书出版。这本研究专著进一步发展了弗洛伊德的文学观点，指出：与其说哈姆雷特替自己报了杀父之仇，倒不如说是克劳迪斯帮助他杀死了父亲，从而解除了他自幼以来一直患有的心病。他的理由在于，当哈姆雷特下决心替父报仇时，却犹豫不决了，准备工作做得那样拖拖拉拉，内心斗争如此激烈，以至于几次险些使计划落空。最后，他虽然杀死了父亲的仇敌克劳迪斯，但伴随这一成功而来临的却是母子双双亡于悲剧性的结局。按照琼斯的观点，哈姆雷特的故事本身就是一个"俄狄浦斯情结"的故事。琼斯的分析虽很有见地，成为研究莎剧的"一家之说"，但是过分强调了"俄狄浦斯情结"本身的作用，进而冲淡了莎剧的深刻政治内容和社会意义，确实有牵强附会、望文生义之处。有的精神分析学家还认为陀氏的《卡拉马佐夫兄弟》也是弑父的"俄狄浦斯情结"在文学中的复归，同样过于牵强了。不过，却也说明俄狄浦斯的确具有独特而深厚的精神意蕴，反映了恋母弑父这种特殊的心理情结与精神现象，是一个达到精神典型境界的艺术形象，对世界文学和人类精神产生了深远的影响。

---

[1] 霍尔等：《弗洛伊德心理学与西方文学》，包华富、陈昭全、杨莘燊编译，湖南文艺出版社，1986年，第209—210页。

而荷马史诗中的奥德修，即罗马神话中的尤利西斯，则属于一种集中反映人类的智慧、韧性甚至狡黠特征的精神典型，表现了人类在历史上的儿童时代对自身精神力量的向往与自信。奥德修是特洛伊战争中希腊联军的著名将领和英雄，英勇善战，精明能干，足智多谋。他曾杀死色雷斯王瑞索斯；帮助阿喀琉斯和阿伽门农重修旧好；与狄奥墨得斯一道去楞诺斯岛，把菲罗克忒忒斯请回，参加特洛伊战斗；他献出的木马计，使希腊军取得了决定性胜利。回国途中又历尽艰险，终于回到故乡伊大卡，乔装乞丐，杀死了妻子的求婚者。最后被不相识的儿子武勒戈诺斯（基尔克所生）用长矛误伤致死。荷马的两部史诗《伊利昂纪》和《奥德修纪》记载了他引人入胜、可叹可佩的业绩和遭遇，以恢宏的气势和深邃的哲理塑造了这位英雄的伟大形象，并使之抽象和升华到了极高的哲学境界，包含深厚的精神意蕴。因此，除了荷马的这两部西方最伟大的作品之外，奥德修还是阿波罗多罗斯、许基诺斯、奥维德、鲍萨尼阿斯、索福克勒斯、维克尔等人作品里的重要人物。在英国文学中，也有许多关于奥德修故事的作品，如丁尼生的著名诗篇《尤利西斯》描述了年老的尤利西斯，即奥德修追求新境界的永不止息的精神，斯宾塞的主要作品《仙后》把奥德修的妻子拍涅罗帕描写成忠贞妻子的精神象征。对现代影响最大的，则是爱尔兰著名现代主义作家乔伊斯的意识流小说《尤利西斯》，这部小说把主人公利厄波尔·布卢姆与荷马史诗中的尤利西斯相比拟，布卢姆在都柏林的一昼夜游荡与尤利西斯的十年漂泊相比照，全书十八章——与《奥德修纪》中的情节相对应，通过全面的对比渲染了现代西方社会的精神堕落，突出了现代人在精神上的渺小与悲哀。当时，很多人都读不懂这部书，倒是精神分析学家荣格从精神现象的深层视角对《尤利西斯》做了独具慧眼的透视。他认为:《尤利西斯》可以用一句话概括，这就是"地狱里魔鬼是怎样折磨灵魂的"。"我们面临的几乎是整个现代人普遍的'重新积淀'（restratification）问题，他们正在摆脱一个已然陈旧的世界，他们正处在摆脱这个旧世界的桎梏的艰难道途之中。可惜我们不能预见到未来，因而不会知道在最深的意义上我们究竟正与中世纪有多么紧密的联系。但是，如果从未来时代的瞭望塔上看现在的我们，仍然还彻头彻尾地深陷在中世纪的泥潭里，对此，我是不会表示任何惊异的。因为只这一点就足以解释为什么应该有《尤利西斯》这样风格的书或艺术作品。它们是大剂量的泻药，如果没有同样强烈的抵抗，就会辜负了它们的整个效力；它们是一种心理特效药，只用于对付最坚硬愚顽的东西；它们就像弗洛伊德的理论一样，以其盲目的单面性摧毁那些已经开始崩溃的价值。"荣格还认为：现代人"满脑子充塞着中世纪的偏见"，彼此之间孤立、密封，牢固地禁锢于与中世纪教堂类似的"精神环境"中，而乔伊斯的"炸药主要是用来摧毁教堂以及由教堂产生和影响的精神堡垒的"，"如果不用乔伊斯似的炸药是绝对炸不开他们孤立、密封的境况了"。"人们毫无希望地被束缚在他们的精神诞生地的一片幽暗之中"，《尤利西斯》"揭示出了他们以前所不曾知道或所不曾感觉到的东西"，所以才屡次出版，屡次被人抢购一空。人们"并没有感到这本书的难以忍耐的乏味，而是从中得到了帮助，受到了教益，清醒了头脑，改变了态度，进行'重新积淀'"。而在艺术上，荣格认为《尤利西斯》是"最深意义上的'立方主义'，因为它将现实的图景融入到了无限复杂的绘画之中，这一无限复杂的绘画的基调便是抽象客观性的忧郁"。它是"一种精神的锻炼，一条苦行禁欲的戒律，一出令人痛苦的仪式，一道神秘的程序"；"是十八个重叠起来的炼金术士的蒸馏瓶，在那瓶里的酸与毒沫中、火与冰中，一个遍及宇宙的、新的意识的侏儒提炼了出来！"[1] 而这所谓"新的意识的侏儒"，实质上，正是反映"为物惑物遣的白种人"，即现代西方社会精神压抑、精神萎缩现象的一种精神典型，表现了一种特殊意义上的现代西方社会的"阿Q现象"，的确具

---

[1] 荣格：《〈尤利西斯〉：一段独白》，《心理学与文学》，冯川、苏克译，第145—170页。

有"遍及宇宙"式的极大普遍性。荣格之所以对乔伊斯如此理解，在于他们在探索人类精神现象的深层次上不谋而合。西方评论界认为在《尤利西斯》中，乔伊斯吸收了荣格的"集体无意识"和"神秘"的成分，这样他的作品便纳百川汇洪流，犹如令人眼花缭乱的万花筒一般，把乔伊斯本人内心的苦闷、混乱，对当代社会的不满甚至抗议统统表达了出来，宛如多股纵横交错的"意识之流"一涌而出。据乔伊斯自己所称，他的作品之所以充满了扑朔迷离和神奇莫测之感，之所以晦涩费解，是因为当代社会本身就是这样一幅纷乱杂沓的图画，令人不可思议，不可理解。当代社会随着物质的高度发展而出现的某种精神萎缩、精神变形的现象，从一定意义上说，也是荣格所发现的"集体无意识"现象。大多数人是无意识的，而乔伊斯这样的现代主义作家和荣格这样的精神分析学家，却众人皆醉我独醒，以文学艺术或理论发现的形式，揭示出了众人"以前所不曾知道或所不曾感觉到的东西"，所以才使他们震惊，清醒了头脑，由此开出反省的道路。这正是阿Q这一类精神典型之所以经久不衰地给人以教益的根本原因，也是其价值与意义之所在。

其他与阿Q等精神典型有类似特征的艺术典型，还有果戈理名作《死魂灵》中的乞乞科夫。的确如周作人早已指出的那样，在"用滑稽的笔法写阴惨的事迹"[1]和写出"笑中的泪"[2]方面，《阿Q正传》显示出《死魂灵》的深刻影响，乞乞科夫也堪称是一个成功的艺术典型，从种种投机的实业家中间可以见到旅行着收买死农奴的乞乞科夫的影子。这个影子也达到了相当高的艺术抽象的境界，比莫里哀笔下的悭吝人形象要丰满、鲜明得多，然而与升华到哲学高度的阿Q等精神典型相比却稍逊一筹，因此尚不能归为一类。然而，捷克著名作家雅·哈谢克塑造的不朽典型好兵帅克，却可以归入精神典型一类。帅克作为捷克人民数百年来所孕育成长

---

[1] 周作人：《关于鲁迅（二）》，《汇编》第2卷，第93页。
[2] 周作人：《关于阿Q》，《汇编》第3卷，第46页。

起来的一个憨厚老实、聪明机智而又幽默诙谐的典型人物，表现了被压迫人民进行曲折的、韧性的反抗时所透发的一种特殊的精神特征。这个艺术典型，于厚重中显现机灵，在抽象的线条里包含深沉的意蕴，甚至于比塞万提斯笔下的堂吉诃德更接近阿Q的某些特征。

# 历史论：中国历史上的精神胜利法和阿Q式的"革命"

## 从学者到皇帝都认为"西学起源于中学"

精神胜利法在中国很有些历史。太远的不说，就从明末清初说起吧。那时，利玛窦、南怀仁等传教士携"西学"来华，中国知识分子即喜欢以一种"老子化胡"式的想象来理解"西学"，以保持对"中学"的自信。

甚至一些学者中的佼佼者也这样认为，譬如黄宗羲曾说，"勾股之术，乃周公商高之遗，而后人失之，使西人得以窃其传"[1]。黄宗羲发现西方传教士传入的毕达哥拉斯定理，与中国的勾三股四弦五之术相通，遂认定西方人"窃"了中国的勾股之术。在这里，黄既忽略了"各自独立发现"的可能，也忽略了理论提炼与现象觉察之间的差别。

类似的论调，也见于和黄宗羲同时代的王夫之、方以智、王锡阐等人。王夫之在谈论西洋历法时，曾说"西夷之可取者，唯远近测法一术，

---

[1] 全祖望：《梨洲先生（黄宗羲）神道碑文》，黄云眉选注：《鲒埼亭文集选注》，商务印书馆，2018年，第97页。

其他皆剽袭中国之绪余,而无通理可守也"[1]。方以智说,西方历法虽然精准,但其实都是中国古已有之的东西,"其皆圣人之所已言也",只是后人不争气失传了,"天子失官,学在四夷",被西方人捡了去发扬光大。[2] 王锡阐则称,西方历法的创新优异之处,"悉具旧法之中",全在中国老祖宗的旧法当中,"西人窃取其意,岂能越其范围?"[3]

不过,黄、方、王这些人是在野学者,影响力终究有限。真正让"西学起源于中学"之说,成为举国知识分子皆信以为真的显学者,是康熙皇帝。

众所周知,康熙曾向来华传教士学习过数学、地理与天文历法等知识。不过,康熙的这种"好学",并非对知识本身存有兴趣,而是缘于强烈的政治目的,为的是折辱汉族知识分子,消灭他们在"学问"方面对满族所拥有的心理优势。故此,康熙自传教士处学得一些天文历法知识,转头就会将李光地等人召来,要当着这些汉族知识分子的面,证明《尧典》之类的古籍是错的;他自传教士处学了如何以数学方法计算河水流量的知识,也会转头召集群臣当场示范,使群臣们"得闻所未闻,见所未见",从而达到折服汉族知识分子的目的。其结果,便如姚念慈在《康熙盛世与帝王心术》一书中所总结的那般:"至康熙后期,……学术领域中的领袖,也只有玄烨一人。他自恃周知万物,又无书不览,学术已凌驾汉人之上,意得志满之态往往难以掩饰。……玄烨虽不承认自己生而至圣,但学而至圣,他是当仁不让的。"[4]

借传教士之学问以打击汉族知识分子的同时,康熙又以"西学起源于中学"来打击传教士。他曾写过一篇《三角形推算法论》,宣称西方历

---

[1] 王夫之:《思问录·外篇》,《船山全书》第十二册,岳麓书社,1996年,第439页。
[2] 方以智:《浮山文集》,张永义校注,华夏出版社,2017年,第390页。
[3] 王锡阐:《历策》,阮元:《畴人传》卷三十五《王锡阐下》。
[4] 姚念慈:《康熙盛世与帝王心术》,生活·读书·新知三联书店,2018年,第230—231页。

法起源于中国，是从中国传过去的，西人学到之后代代增补修缮，所以现在比中国本土所传要精密一些："历原出自中国，传及于极西，西人守之不失，测量不已，岁岁增修，所以得其差分之疏密，非有他求也。"[1]

上有康熙负责给出"正确结论"，下有御用学者负责"摇尾论证"，"西学起源于中学"之说遂成为康熙时代不容挑战的"文化常识"。

号称康熙朝"历算第一名家"的梅文鼎，得李光地开示，热烈歌颂康熙的见解，先说皇帝的研究独步古今，此前历代学者"皆所未及"[2]；然后又帮助皇帝竭力"论证"西方天文学即中国古代的"周髀盖天之学"，还脑补出了一条"合理"的文明西传之路。[3]梅还一再对人表态，说自己对皇帝提出的"西学源于中学"之说，拜服得五体投地："伏读御制《三角形论》，谓古人历法流传西土，彼土之人习而加精焉。大语煌煌，可息诸家聚讼。"[4]"伏读圣制《三角形论》，谓众角棱心以算弧度，必古算所有，而流传西土。此反失传，彼则能守之不失且踵事加详。至哉圣人之言，可以为治历之金科玉律矣。"[5]

同样必须"五体投地"的，还有宫中的传教士。梅文鼎之孙梅瑴成所编《御制数理精蕴》里说："我朝定鼎以来，远人慕化，至者渐多。汤若望、南怀仁、安多、闵明我相继治理历法，间明算学，而度数之理渐加详备，然询其所自，皆云本中土流传。"[6]

---

1　玄烨：《御制文集》第三集卷十九，康熙五十三年内府刻本，转引自冯尔康：《尝新集：康雍乾三帝与天主教在中国》，天津古籍出版社，2017年，第140页。
2　梅文鼎：《雨坐山窗》，《绩学堂诗抄》卷四，乾隆梅城刻本，转引自左玉河：《中国近代文明通论》，福建教育出版社，2010年，第185页。
3　梅文鼎：《论中土历法得传入西方之由》，《历学疑问补》卷一，转引自李迪：《梅文鼎评传》，南京大学出版社，2006年，第199页。
4　梅文鼎：《上孝感相国》，《绩学堂文抄》卷四，乾隆梅城刻本，转引自左玉河：《中国近代文明通论》，第185页。
5　梅文鼎：《测算力圭序》，《绩学堂文抄》卷二，乾隆梅城刻本，转引自左玉河：《中国近代文明通论》，第186页。
6　何国宗、梅瑴成汇编：《周髀经解》，《御制数理精蕴》上编第一卷。

无远弗届不容置疑的皇权高高在上，面对"你们的历法学问来自哪里"这样的问题，除了重复康熙的"御定结论"，传教士们很难有什么别的回答。

内有"学术界"拥护，外有传教士认同，"西学起源于中学"之说，遂成为康雍乾嘉时期的主流论调，且代代皆有"创新"。例如活跃于嘉庆道光时期、同时具备学者与官员身份的阮元，即宣称西方传教士带来的哥白尼地动日心说，有可能源自张衡的地动仪："张子平有地动仪，其器不传。就说以为能知地震，非也。元窃以为此地动天不动之仪也。然则蒋友仁之谓地动，或本于此，或为暗合，未可知也。"[1]

按阮元的理解，俗谓的张衡（字子平）地动仪，并不是用来测试地震的，而应该是一种"地动天不动之仪"，与传教士蒋友仁带来的"地动说"是一回事。后者或许源自前者，也或许是各自独立发现。

活跃于嘉庆道光时期的邹伯奇，则"论证"得出了"西学源出墨子"的结论："西方天学……尽其伎俩，犹不出《墨子》范围。……《墨子》俱西洋数学也。……故谓西学源出《墨子》可也。"[2]

邹伯奇的这一"发现"，俘获了众多晚清知识分子。

1898年出版的《劝学篇》，它的作者张之洞在最初的《自序》上说："中国学术精微，纲常名教以及经世大法，无不毕具；但取西人制造之长补我不逮足矣；……其礼教政俗已不免于夷狄之陋，学术义理之微则非彼所能梦见者矣。"这就是清朝的皇帝和大臣们的精神胜利法。

## 清朝战败后的自我圆场

第一次鸦片战争失败后，清朝的将军奕山向英军卑屈求降，对清朝的皇帝却谎报打了胜仗，说"焚击痛剿，大挫其锋"，说英人"穷蹙乞

---

1　阮元：《续畴人传·序》，中华书局，1991年。
2　邹伯奇：《论西法皆古所有》，《广东文征》第六册卷二十六《邹伯奇》，第76页。

抚"。[1]清朝的皇帝居然也就这样说:"该夷性等犬羊,不值与之计较。况既经惩创,已示兵威。现经城内居民纷纷递禀,又据奏称该夷免冠作礼,吁求转奏乞恩。朕谅汝等不得已之苦衷,准令通商。"[2]

　　鸦片战争之役,英国侵略军于虎门攻坚不克,窜入没有严密设防的北方沿海,进入天津大肆骚扰时,在道光皇帝旻宁的"圣谕"中,却白日说梦似的大讲什么"该夷因浙闽疆臣未能代为呈诉冤抑,始赴天津投递呈词,颇觉恭顺"。分明是穷凶极恶地入侵,却说成是"投递呈词""呈诉冤抑";分明是烧杀掳掠,却说成是"颇觉恭顺";分明是在帝国主义侵略面前遭到惨败,签订丧权辱国的条约,屈膝求和,大批赔款割地,在有关的"圣谕"中却还装得趾高气扬,说成是"妥为招抚"和"入城瞻仰"等鬼话。像这样的"精神上的胜利法",比起阿Q来实在是有过之而无不及的。

　　清朝的士大夫也和皇帝一样恬不知耻。辜鸿铭极力称赞辫子和小脚,专制和多妻制,并且说中国人脏,那就是脏得好。《新青年》第四卷第四号上发表过林损的一首诗,开头两行是:"乐他们不过,同他们比苦!美他们不过,同他们比丑!"这就是过去的旧知识分子的精神胜利法。据说鲁迅常常引林损这几句诗来说明士大夫的怪思想。

## 一个精神胜利法的小故事

　　1867年11月21日,近代中国组建了第一支派往欧美的外交使团。

　　美国人蒲安臣(Anson Burlingame)被清廷任命为"办理中外交涉事务大臣",是使团的领导者;英国人柏卓安(J. Mcleavy Brown)与法国人德善(E. De. Champs)被任命为左右"协理",充当蒲安臣的副手;中

---

[1] 夏燮:《中西纪事》卷六,岳麓书社,1988年。
[2]《筹办夷务始末(道光朝)》第二册卷二十九,中华书局,1964年。

国官员志刚、孙家谷随行，另有秘书随员20余人。

1868年2月，使团从上海出发；6月抵达华盛顿；9月抵达伦敦。1869年1月抵达巴黎；9月前往瑞典、丹麦和荷兰；10月抵达柏林。1870年2月抵达圣彼得堡，23日，劳累过度的蒲安臣骤然去世；10月，使团返回中国。由欧美人士率领一支外交使团，代表清廷出使欧美，这是一幕难得一见的外交奇景。

何以如此？

原来这是维护帝国荣耀的"奇策"。

此次向欧美派遣外交使团，与即将到来的"修约"之事有关。所谓"修约"，即国与国之间，建立以条约为基础的近代外交关系。这就要求清廷抛弃传统华夷观念下的羁縻之道，但清廷并不乐意如此。

1868年是清廷与英法俄美四国早就商议好了的《天津条约》修订之期。为应付这次修约，清廷组织封疆大吏，做了两次外交政策大讨论。

第一次是在同治四年（1865）。针对中国此前种种不守条约的情况，赫德、威妥玛向清廷呈递了《局外旁观论》与《新议略论》，主张遵守条约，并建议进行外交改革以适应国际环境。经过讨论，总理衙门部分接受了赫德等人的意见，承认正视条约、遵守条约的重要性。

第二次是在同治六年（1867）。为应付次年《天津条约》的修订，奕訢给地方督抚、封疆大吏下发了征求意见的通知，讨论方向是如何继续施展和维持传统的"羁縻之术"。

包括陕甘总督左宗棠、两广总督瑞麟在内的多数督抚，均赞成此种方针，奕𫍽、奕谅等皇族宗室，甚至喊出了"现在必应羁縻，将来必应决裂"，不妨趁"臣民义愤"之机，将洋人尽数"驱之出境"等高调。只有李鸿章大泼冷水，强调所谓"民心"靠不住，与洋人作战，只能依赖切实的军队实力，不能依赖虚幻的民心（未有不恃兵而专恃民者），而清廷如今的军队之中，并无可堪与洋人一战者（不但淮军文武无此可靠之才，九州内亦少中意者)。

一方面不愿走出"华夷外交",不愿放弃"羁縻之术",另一方面又不得不接受近代外交体系,不得不承认"条约外交"。两难之下,派遣一个外交使团出使欧美,以求知己知彼,遂被总理衙门提上了日程。

清朝皇帝决定派遣一个洋人作为钦差大使,出访世界各国,让1867年11月末的北京外交界十分震惊。蒲安臣本人也很震惊——在清廷的正式任命发布之前,他并未接收到任何明确的暗示。

上海的英文报纸《北华捷报》认为,总税务司赫德是促成此事的重要推手:"这一决定……乍听之下……当时使我们不能相信。……我们可以肯定的说,无论发表的如何突然,蒲安臣的任命是经过长期和缜密的考虑的。我们的记者说,'此事是同赫德商议之后才提出的'。我们相信,这个计划是发自赫德的头脑。"(1867年12月14日)

查《赫德日记》可知,他并不是此事的提议者,但总理衙门确实就此事征求过他的意见:"向海外派遣代表的问题,竟成为我在每次前往总理衙门时一定要谈论到的事情。……几天以后,在总理衙门的宴会中,柏卓安告诉我,总理衙门已经在考虑派蒲安臣为前往各条约国家的代表,并问我对这个问题的看法。我当即说这种想法应当予以支持,第二天,我前往总理衙门极力表示赞同。"

赫德之所以极力赞成此事,是因为他一贯主张,中国应尽快从离群索居中脱离出来,在国际上主动抛头露面;中国必须在欧美各国的首都有自己的使节,以便及时准确地将自己的意见转达给欧美,而不必再扭扭捏捏、由驻北京的欧美国家使节代为转达。

但清廷考虑问题的出发点,与赫德截然不同。

清朝的"华夷观念"根深蒂固。1858年的《天津条约》规定,中国与欧美各国应该互派使节。但多年来,派遣常驻使节,一直是欧美国家单方面的行动,清廷没有任何动静。这种毫无动静,本质上是一种鸵鸟政策。不向欧美各国派遣使节，自然就不会出现礼仪冲突——华夷外交强调的是"天朝上国"的荣耀（跪拜），近代外交强调的是国与国之间的平等（不跪拜、握手鞠躬）——回避了礼仪冲突，似乎传统的华夷秩序就能继续维系。

除了不派遣驻外使节，清廷还一直在软性抵制欧美各国驻华使节"觐见中国最高领袖"的要求。

传统华夷秩序下的觐见仪式，要求外国使节必须行跪拜之礼；但近代外交秩序强调各国平等，要让欧美驻华使节跪拜中国皇帝，无异于痴人说梦。清廷自知在武力上不足以让欧美使节下跪，又不愿意放弃彰显"天朝荣耀"的华夷秩序，只好采取拖延之策，以皇帝年幼为由，将接见欧美驻华使节一事，尽可能地往后拖延。

1867年，为应付即将到来的修约，清廷需要派遣一个使团，去了解欧美各国的情况，但清廷又不愿因此而丧失华夷秩序下的"天朝荣耀"。使团出使欧美，势必"入乡随俗"采用欧美外交礼仪（清廷自居天朝上国，不愿使团在欧美行跪拜之礼）；清廷使团的这种"入乡随俗"，又势必影响清朝皇帝以何种礼仪接见欧美驻华使节——欧美驻华使节时常与清廷交涉此事，自然不会放过这样的好机会；清廷为了坚持跪拜之礼，已使用拖延战术与各国使节"斗争"了十年之久，自不愿功亏一篑。

两难之下，让外国人率领中国使团出使，就成了解决问题的"最佳方案"。正如总理衙门在奏折中所言："用中国人为使，诚不免为难；用外国人为使，则概不为难。"意思是：中国人做使团的团长，代表"天朝上国"去到欧美，自然不能跪拜欧美各国君主政要；但中国人在欧美不跪拜，自然也就不好再要求欧美驻华使节跪拜中国皇帝，所以"诚不免为难"。让外国人做中国使团的团长，就不会有这种问题。

选择美国人蒲安臣为使团首领的同时，清廷还给使团拟定了诸多训令。其中在"礼仪问题"上，有如下具体指示：可"概免"行礼者尽可能免，待将来谈判落定再说。须按照欧美各国礼仪无法推托者，须严正申明，这是西方之礼，与中国国情不符，"中国无论何时，国体总不应改"。一切有违中国国体礼仪之事，可不举行者概不举行。蒲安臣对这些训令，很不以为然。

总理衙门建议使团，不要将国书直接递给西方国家政府首脑，以免他们反过来要求直接递国书给清朝皇帝。但蒲安臣在美国接受了约翰逊总统的接见，并亲递国书。总理衙门训令回避西方礼仪，使团在美国递交国书时，行的却是鞠躬握手之礼（在英、法、瑞、丹、荷、普、俄等国，也是如此）。

因为蒲安臣是外国人的缘故，随行历练的中国官员志刚和孙家谷，倒也不觉得握手鞠躬之礼丢脸。志刚在日记里写道："礼从宜，使从俗，亦礼也。"事后来看，站在总理衙门的角度，以洋人为钦差大使这一"奇策"，在维护"天朝上国"的面子这件事情上，确实收到了"奇效"。

1869年，清廷的担忧发生了。英国驻华公使阿礼国向总理衙门递交照会，果然以蒲安臣使团在欧洲使用握手鞠躬之礼为由，要求清廷准许各国驻华使臣，也以握手鞠躬之礼觐见清朝皇帝。于是，"先见之明"生效。总理衙门以蒲安臣是洋人为由，反驳了阿礼国的类比，且再次搬出"皇帝年幼"与"中外国情不同，礼节亦不同"的老招数，将问题继续往后拖延。为了"天朝上国"的面子，而让一名外国人担任赴外使团的首脑，这是一桩极为危险的事情。

不过，蒲安臣还并不辱使命，以他的演说才能，将中国打扮成了一个温和、开放的形象。每到一处，他都极力欢呼中国正准备冲破传统的铁幕，投入世界的怀抱，投入到近代文明中来。

可惜的是，这一形象营销，虽然在欧美取得了成功，却并未能够反哺中国。他演说中的那个正在走向开明的清廷，仍对近代文明抱持着极大的敌意。

譬如，总理衙门大臣文祥曾给使团下达训令，"不要让西洋强迫我们建设铁路和电报，我们只希望这些事情由我们自己来提倡"，文祥的话很委婉，由自己来提倡的实质，其实是不提倡。相较之下，同治皇帝的师傅倭仁的话，就说得更加明白了，他断言欧美国家毫无文明可言："彼等之风俗习惯，不过淫乱与机诈；而彼等之所尚，不过魔道与恶毒。"

随蒲安臣使团出使的中国官员志刚，撰有日记《初使泰西记》。在日记中，志刚写下了在巴黎观看西洋舞蹈的感受。他先是做了一番赞叹，然后总结道：西洋舞蹈虽好，但不符合清廷国情，因为"中国之循理胜于情，泰西之适情重于理"，这些舞蹈只能在西方跳，不可引入国内。访问欧洲期间，志刚还听闻了海滨浴场有群聚"洗海澡"的盛况，男性只穿泳裤，女性加穿背心。他"遥闻此事而艳之"，但艳羡之外，却另有一番莫名其妙的思辨。

志刚说，洗海澡很好，但不符合中国国情，因为"欧洲之人大率血燥，故心急、皮白、发赤而性多疑。虽不赴海澡，亦必每日冷水沐浴而后快"，中国人体质与他们不同，"中国重理而轻情，泰西重情而轻理"，所以中国人不可群聚洗海澡。

跳舞与洗澡，尚且有国情不同、体质不同之说，蒲安臣努力塑造出来的那个开明中国，终究只能是昙花一现。真正有生命力的，反是奕𬭎、奕𫍽这类人所鼓吹的"臣民义愤"。可见，清朝从皇帝到大臣、士大夫，其精神胜利法比阿Q有过之无不及。

还有一本书的故事能够更形象地说明中国历史上长期存在的精神胜利法。

1879年，清朝一本《国朝柔远记》，卖得洛阳纸贵，成为当年爱国主义的经典著作，书中，把挨打说成天朝赏赐，打造出阿Q的"顶级豪华版"。该书作者王之春，曾经是曾国藩、李鸿章幕僚，历任山西、安徽、广西巡抚，是清廷"高干"，他以编年体形式综述清代自顺治元年

（1644）到同治十三年（1874）间中外交涉和与边远少数民族关系，熬心费血，完成了这部"不朽"著作。

全书共十九卷，跨度二百三十年，但笔墨重点在从道光十九年（1839）至同治十三年（1874），这后三十五年占了一半以上的篇幅，他意在说明，鸦片战争后这三十五年间的"柔远"远胜于此前的一百九十五年。

按照王之春的说法：在前一百九十余年间，我中华"天朝"对外国的政策是，如果它对"天朝"俯首称臣，自然优待；如果它气焰嚣张、不服"天朝"的管，则灭了它。而19世纪中后的三十余年，残酷的现实是，大清总在挨打，列强侵逼，割地赔款，丧权辱国……这些如何能成说是"天朝"的"柔远"呢？不必发愁，当年，有彭玉麟、谭钧培、卫荣光、俞樾、李元度等名流，纷纷力挺王之春的大作，他们自有高论，不由你不服。

彭玉麟为湘军勇将，他读完这本书，不禁盛赞自周文王、周武王之后，中国历朝历代的"柔远之政"竟没有如晚清"尽美尽善"者！就是说，这段时间被揍得结实，所以"柔远之政"看上去更美，正如鲁迅说挨打之后"艳若桃花"。原云南巡抚谭钧培更绝，他说早在康乾时期，康熙和乾隆皇帝就看到"天下"要四海一家的端倪了。也就是说，中国遭列强侵凌的实质是"天之欲合四海为一家"，康乾盛世时"天下承平"的中西交往只是这种四海一家的开始，康熙、乾隆才刚刚有所觉察，而几乎天天挨打的咸丰时期却是"上天"要中国降服蛮夷的正式过程。道光、咸丰年间虽然列强不断入侵，京师曾为英法联军攻克，皇家园林圆明园也为焚毁，但这恰是上天赐给的由中国来统一世界的良机。

任江苏巡抚的卫荣光则从"历史"中寻找根据，认为今日的列强就是"九夷八蛮"，仍是大清的附庸。他说，列强之所以要以坚船利炮翻山越岭、跨洋过海一路打来，原来是为"我朝"圣主的道德、声望折服，都是来接受指教,将要仿效中国"德政",于是就四海一家了。列强,竟是为听从"天朝"君王的命令而来!

专制高压下的臣子,如同太监身受残虐却高唱颂歌,其实,这种景象从来没有断片儿,不信?看看俞樾是如何狂想的。

俞樾是晚清著名学者,他认为《国朝柔远记》问世意义深远,读后不禁叹服"天道"宏伟、覆盖一切。他更是断言世界分为五大洲即印证了中国上古的"大九州"之说,但推出上古的"大九州"并不是他的目的,他的目的是要说明在神农氏以前,世界是由中国统治的。自神农以后,天下分裂,"中国"成了神州内的小九州。但天下大势合久必分,分久必合。现在,机会来啦!列强不远万里来到中国,就是为了使世界再恢复到神农氏以前,由中国统治"大九州"即全世界的状态,中国君王将重为"大九州"之君主。西方的"长技"只是"末技",只有中国的文化才是世界的根本。所以,他极为乐观地认为这部《柔远记》是世界重新由中国"大一统"的先兆。

曾任云南按察使及贵州布政使等职的李元度写道:"尧舜孔孟之教,为天地立心,为生民立命。"这是万世不变的。因此,中国现虽遭西方诸国侵略,但西方的文化价值观不但不可能超过尧舜孔孟,恰恰相反,尧舜孔孟的学说将在西方各国盛行,此时便是这一时代的开始。因为上古时代西方各国与中国相距数万里,所以他们不知道有圣人,未能得到中国圣人的教诲。他们发明铁路轮船,就是为了前来中国接受再教育。

李元度把洋人的特性概括为残忍、机巧、强梁、阴险、狡猾、忘本、黩武、专利、奢侈、忌刻,这十大特性条条都深犯"天忌"。但是,天心仁爱,圣人有教无类,要把孝悌忠信从中国恩赐给这些毫无文化的蛮夷。今天西方列强侵华,恰是上天诱使他们掉进了大清的圈套,所以我们不必担心西方列强逐鹿中原,他们必然臣服在我大清的脚下。

经过这帮高师大德的忽悠,充满屈辱的中国近代史,被虐待出了快感，反成了一部"国朝柔远"的丰功伟业史。只可惜，大师们欣欣然的大一统、天下一家，并没有出现。仅仅过了二十多年，大清王朝就轰然坍塌。

## 雷颐对晚清精神氛围的透视

谈到中国晚清的昏聩，我就不能不想起深为敬服的思想家型的中国近代史学家雷颐在《最大的遗憾不是无知而是以无知为荣》一文中的有关论述——

> 历史是个邪恶的老师，只对自由人诉说真相，唯有自由人才有资格和能力从中汲取历史教训。
>
> 在对西方的学习中，近代国人始终未能找到真正的问题，所谓南辕北辙，方向错了，再多的努力也是白费。
>
> **夷夏之防** 鸦片战争时，林则徐来到广东布防，但是他完全不了解英国人，对敌情一无所知。当时谣传洋人膝盖不能打弯儿，这谣言也不知是谁先传的，反正大家都信，于是林则徐也信。
>
> 早些年见外国使臣见乾隆皇帝时不肯下跪，中国人认为他不是不愿下跪，而是洋人生下来膝盖就不能打弯儿，跪不下去。
>
> 林则徐的奏折上是这样认为的，他到前线看了看，发现英国人膝盖还是能打弯，所以他就在奏折中写，英国军人的装束太紧密了，从脚脖子到大腿都被绷带打得很紧，所以膝盖不容易弯曲。
>
> 有人向他建议准备几千根长竹竿，双方交战的时候拿长竹竿一捅，英国人掌握不好平衡就会摔倒，而且膝盖不能打弯，一捅就站不起来了，我们就肯定赢。林则徐最初也是这个看法。
>
> 我再讲一个人。打了几次败仗后，清政府并没有意识到他们失

败的原因是中英两国的深层次差距，他们觉得是指挥员不行，就派了湖南提督杨芳去打仗。杨芳到了广州后还没正式接防，第二天英国军舰就来了，他自己去观战。观战的时候他发现了一个很奇怪的现象：英国军舰在水里颠簸，炮也随之颠簸，但都打得很准，威力还很大，他觉得这用的是邪术，我们要破邪术。他的方法是在广州征集马桶，因为最脏的东西能破邪术，他还征集了什么呢？中国传统文化里歧视妇女，他就征集妇女卫生用品，也就是月经带。

等下一次英国军来了，他就把这些马桶、月经带扎在竹排子上面放出去。他觉得把邪术一破，英军就败了。

当然这根本没用。杨芳的想法是当时中国人普遍的看法，中国人都是这么想的。

再说林则徐，他经过这个战斗觉得，国外是一个我们完全不了解的领域，于是林则徐就违反了规定，悄悄地让一些广东的知识分子搜集了英国的各种资料，地理书，报纸，编了一些书叫做《四洲志》，他知道这是犯忌的，他就没敢公开，但后来还是传出去了。

当有人质疑他为何要搜集这些资料时，林则徐说我为了"悉夷"，知己知彼。很多人就攻击他了，说你是长敌人威风，我们的华夏文化是最好的，只要我们坚持自己的治国之道、伦理纲常，我们就能把英国打败。于是林则徐被流放了，主张了解外国、"长敌人威风"，是林则徐的罪名之一。

在前往新疆的路途中，林则徐在镇江碰到了好友魏源，他就把鸦片战争的情况对好友说了，他觉得中国要好好了解世界，于是他把他《四洲志》交给了魏源，他希望魏源来帮他完成心愿。魏源花了几年时间搜集资料编出了《海国图志》。

这本书是当时介绍外国情况最全面的一本书，每个国家的历史、经济、军事，尤其介绍这些国家的武器、轮船、军舰。按照林则徐的观念，这种做法叫做"师夷长技以制夷"，就是说，他们还是觉得中国的一切都好，包括传统与制度什么都好，就是在武器这一点不如人意，所以我们要学习国外的武器。

除了"长敌人威风"的罪名外，林则徐还有一个罪名叫"溃夷夏之防"，就是说中国人长期认为华夏和蛮夷之间有一道文化防线，而林则徐则溃败了这道文化防线，换作今天的话来说就是破坏了中国传统的文化安全。这在当时是很大的一个罪名。

所以在当时普遍的中国人不接受《海国图志》这本书。但这本书很快传到了日本，日本人反而在短短两年内翻刻了二十一版，而且对日本的明治维新起了非常重要的思想启蒙作用，日本通过这本书了解到世界需要什么，觉得他们自己也应该维新，应该图强。

我们知道，日本恰恰是经过明治维新走上了富国强军的道路，反过头来一次又一次地侵略中国。林则徐启蒙中国人的书，中国人不接受，无意中启蒙了日本人，日本反而因此强大，反过来又侵略中国，这个历史的悲剧，我觉得是很值得吸取的。

我们再想，究竟是杨芳那种就是坚持中国传统，哪怕战败也绝不能向狄夷学习，不能向西方学习是真正的爱国，还是像林则徐那样提出"师夷长技以制夷"，被指责为溃夷夏之防的心态是真正的爱国？为什么他们都把盲目排外算是真正的爱国呢？

**满汉之争**　晚清总共70年，就连要不要向外国人学习使用枪炮，都耽误了20年。这个王朝太没有见识了，传统的包袱太深，觉得我是天朝上国，只能你学我，不能我学你。

晚清所处的时代是"三千年未有之大变局"。重温晚清的这段历史，只因剧变的时代，亟需有所为，有所不为的成事智慧。因为历史是我们当前的立场、意志和选择，以及我们的行动。

而且没有正确的史观，大灾难绝不会带来大觉醒。因此我们必须跳出自身,用超脱的眼光看中国,从而获得真知。历史在哪里扭曲,就在哪里突破。

这样,封闭自我、拒绝学习的清王朝终于崩溃了。但它仅是从形式上瓦解了,其精神实质仍然照旧延续着。

《新青年》第四卷第四号上发表过林损的一首诗,开头两行是:"乐他们不过,同他们比苦!美他们不过,同他们比丑!"这就是过去的旧知识分子的精神胜利法。据周作人在《鲁迅小说里的人物》中说,鲁迅常常引林损这几句诗来说明士大夫的怪思想。

精神胜利法的本质,就是不认识自己,又抗拒了解世界的真相,在精神幻觉中自我麻醉,幻想胜利。回顾这些历史事实,我们就不难理解鲁迅《阿Q正传》的创作缘由了。

## 鲁迅长期的思考和酝酿

鲁迅绝对不是在创作《阿Q正传》时才开始考虑精神胜利法问题,而是在日本写作早期论文时就已经深思这个问题了。

1907年写的《摩罗诗力说》就有这样一段话:

> 故所谓古文明国者,悲凉之语耳,嘲讽之辞耳!中落之胄,故家荒矣,则喋喋语人,谓厥祖在时,其为智慧武怒者何似,尝有闳宇崇楼,珠玉犬马,尊显胜于凡人。有闻其言,孰不腾笑?夫国民发展,功虽有在于怀古,然其怀也,思理朗然,如鉴明镜,时时上征,时时反顾,时时进光明之长涂,时时念辉煌之旧有,故其新者日新,而其古亦不死。若不知所以然,漫夸耀以自悦,则长夜之始,即在斯时。今试履中国之大衢,当有见军人蹀躞而过市者,张口作

军歌，痛斥印度波兰之奴性；有漫为国歌者亦然。盖中国今日，亦颇思历举前有之耿光，特未能言，则姑曰左邻已奴，右邻且死，择亡国而较量之，冀自显其佳胜。夫二国与震旦孰劣，今姑弗言；若云颂美之什，国民之声，则天下之咏者虽多，固未见有此作法矣。

他在这里所批评的弱点，不是和阿Q夸耀先前如何阔，自己头上有癞疮疤，却藐视又癞又糊的王胡一样吗？

1918年，他在《随感录·三十八》中批评了所谓"合群的爱国的自大"，并且把这种自大分为五种：

甲云："中国地大物博，开化最早；道德天下第一。"这是完全自负。

乙云："外国物质文明虽高，中国精神文明更好。"

丙云："外国的东西，中国都已有过；某种科学，即某子所说的云云"，这两种都是"古今中外派"的支流；依据张之洞的格言，以"中学为体西学为用"的人物。

丁云："外国也有叫化子——（或云）也有草舍，——娼妓，——臭虫。"这是消极的反抗。

戊云："中国便是野蛮的好。"又云："你说中国思想昏乱，那正是我民族所造成的事业的结晶。从祖先昏乱起，直要昏乱到子孙；从过去昏乱起，直要昏乱到未来。……（我们是四万万人）你能把我们灭绝么？"这比"丁"更进一层，不去拖人下水，反以自己的丑恶骄人；至于口气的强硬，却很有《水浒传》中牛二的态度。

这五种议论虽然程度不同，但不都是阿Q精神胜利法的具体表现吗？

至于 1925 年，他在《论睁了眼看》中所写的这些话，就更像是对于阿 Q 精神的总说明：

> 中国人的不敢正视各方面，用瞒和骗，造出奇妙的逃路来，而自以为正路。在这路上，就证明着国民性的怯弱，懒惰，而又巧滑。一天一天的满足着，即一天一天的堕落着，但却又觉得日见其光荣。

许寿裳说："民三以后，鲁迅开始看佛经，用功很猛，别人赶不上。"[1] 其实，这种对佛经的钻研，正是对人类精神现象和精神机制的深入研究。在这时，已经对精神胜利法有了理论上的认识。

外国人对中国人的批评，在鲁迅发现精神胜利法的过程中也起到了重要的作用。一位美国传教士，英文名为阿瑟·亨·史密斯，中文名叫明恩溥，1890 年积在中国传教二十二年的见闻和观察，以"中国人气质"为总题，在上海的英文报纸《中国北方每日新闻》，即《字林西报》上发表了一系列文章，轰动一时。1894 年由美国佛莱明公司出版成书。1896 年，对外反应极快的日本就有学者涩江保将其翻译为日文出版。1903 年，到日本留学的周树人在与挚友许寿裳讨论中国国民性时，理应已经读到了这本书，并引起他终生的注意，直到临终前，还在希望有人译出来。这实质是教导中国人要学会"以别人的眼光来审查自我"，以别人的批评为"镜子"照出自己的真实面目，"而自省，分析"，"变革，挣扎"，自强自励，自立于世界民族之林，"不求别人的原谅和称赞"。无所求于外界的内心，永远是稳定和丰富的。有了这样的心，这种正确地认识自己、认识世界的自觉的精神境界，在世事面前便可以荣辱无惊、乐观洒脱，永远立于

---

[1] 许寿裳：《看佛经》，《亡友鲁迅印象记》。

不败之地。

《中国人气质》第一章就题为《面子》，认为面子是中国人的精神总纲和认识中国人气质的钥匙，还做了这样尖刻的评判："中国人作为一个种族具有强烈的做戏的本能。""中国人的问题永远不是事实问题，而总是形式问题。"[1]语言确实很刺耳，但是鲁迅却异常冷静地听取这些批评，许多改造国民性的重要思想来源于这些批评，他一生中多次介绍过这本书，去世前十四天发表的《"立此存照"（三）》一文，还在结尾处语重心长地力主翻译此书："我至今还在希望有人翻出斯密斯的《支那人气质》来。看了这些，而自省，分析，明白那几点说的对，变革，挣扎，自做工夫，却不求别人的原谅和称赞，来证明究竟怎样的是中国人。"史密斯对中国人所做的那两句尖刻的评判，确实值得我们进行深刻的自省、分析：所谓"做戏的本能"，所谓"总是形式问题"，实质上就是背离客观现实而向内追求，依靠内部心理平衡和现世身心愉快来抵消对外部事实的正视与外向的理想和努力。正如鲁迅所概括的："中国人的不敢正视各方面，用瞒和骗，造出奇妙的逃路来，而自以为正路。在这路上，就证明着国民性的怯弱，懒惰，而又巧滑。一天一天的满足着，则一天一天的堕落着，但却又觉得日见其光荣。"(《坟·论睁了眼看》)因为"用瞒和骗，造出奇妙的逃路来，而自以为正路"的潜意识和顽固心理作怪，所以必然"具有强烈的做戏的本能"，"永远不是事实问题，而总是形式问题"。在假想中取得精神上的胜利。

鲁迅后来在1934年刊出的《说"面子"》一文中说过："中国人要'面子'，是好的，可惜的是这'面子'是'圆机活法'，善于变化，于是就和'不要脸'混起来了。长谷川如是闲说'盗泉'云：'古之君子，恶其名而不饮，今之君子，改其名而饮之。'也说穿了'今之君子'的'面

---

[1] 详见拙译：《中国人气质》，河北大学出版社，2010年。

子'的秘密。"其实，这个"秘密"就是：只要保住"面子"，无论遭受多大的屈辱都是"胜利"。即使"失败"也可以"圆机活法"，"改其名而""胜利"。由此，鲁迅也道出了他发现"精神上的胜利法"的秘密。一位日本人说鲁迅是"最懂得中国"的"两个半人"[1]中的一个，恐怕发现和懂得中国人"精神上的胜利法"是重要的根据。

鲁迅就是这样毕其一生对中国人精神进行着深刻的反思。敦促中国人冲出思想的牢笼，获得精神的解放，达到精神的独立和思想的自由，从而正确地认识自己、认识世界，确定自己在世界的恰当定位和自立于世界民族之林的正确方略，实现中华民族的伟大复兴。人的精神自由，是以对精神的深刻自我意识为条件的。一个民族的精神要达到自由的境界，也需要以对本民族精神的深刻自我意识为条件。要做到这一点，就需要本民族的思想家，启悟同胞们对本民族的意识状态、精神世界有一个比较深透的理解与掌握，从而自主、自觉地对本民族自己内部世界实现有效的整统与完善，成为意识自我的主人。而鲁迅正是这种本民族高境界的精神反思者，是民族的大脑和良知，是专门致力于民族精神反思的伟大思想家。其思想本质与价值核心正在于此。称他为"民族魂"，根本原因正在这里。

很显然，鲁迅并不认为阿Q精神只是存在于当时的落后的农民身上的弱点，也并不把它看作仅仅是一种统治者的思想。他把它称为"国民性"，说阿Q精神在当时许多不同的阶级的人物身上都可以见到，却是事实，的确有生活上的根据。

鲁迅说阿Q，即绍兴的阿贵在他心目中似乎确已有了好几年，但一向

---

[1] 据冯雪峰回忆，1933年底，他在江西红区经常和毛泽东聊天。一次他说，有一个日本人讲，全中国只有两个半人懂得中国，一个是蒋介石，一个是鲁迅，"半个是毛泽东"。毛泽东听了哈哈大笑。然后沉思着说，这个日本人不简单，他认为鲁迅懂得中国。这是对的。

毫无写他出来的意思。经孙伏园一提在《晨报副刊》编《开心话》的事，忽然想起来，把长期对精神胜利法的观察与思考和阿贵联系起来，融合在一起，既活生生、鲜灵灵又包含深刻寓意的阿Q形象便出现了。

## 中国历史上的"革命"

《阿Q正传》除写出阿Q的精神胜利法之外，另一重要内容是写了阿Q的"革命"。有些研究者认为精神胜利法应该否定，阿Q的"革命"却是应当肯定的。但经过百年来切身体验，很多学者意识到阿Q的精神胜利法必须深入批判，阿Q的"革命"更需要认清其本质。

阿Q是个处于最底层的受压迫者，鲁迅对他是哀其不幸、怒其不争，充满同情。所以当辛亥革命来到时，便写阿Q要革命了。这是合乎人性的。

但阿Q想象中的革命竟是这样的——

> 造反？有趣，……来了一阵白盔白甲的革命党，都拿着板刀，钢鞭，炸弹，洋炮，三尖两刃刀，钩镰枪，走过土谷祠，叫道，"阿Q！同去同去！"于是一同去。……
>
> 这时未庄的一伙鸟男女才好笑哩，跪下叫道，"阿Q饶命！"谁听他！第一个该死的是小D和赵太爷，还有秀才，还有假洋鬼子，……留几条么？王胡本来还可留，但也不要了。……
>
> 东西，……直走进去打开箱子来：元宝，洋钱，洋纱衫，……秀才娘子的一张宁式床先搬到土谷祠，此外便摆了钱家的桌椅，——或者也就用赵家的罢。自己是不动手的了，叫小D来搬，要搬得快，搬得不快打嘴巴。……
>
> 赵司晨的妹子真丑。邹七嫂的女儿过几年再说，假洋鬼子的

老婆会和没有辫子的男人睡觉，吓，不是好东西！秀才的老婆是眼胞上有疤的。……吴妈长久不见了，不知道在那里，——可惜脚太大。

我认为这段描写是鲁迅在《阿Q正传》，甚至在他全部著作中最深刻、最精彩的文字。《阿Q正传》最为深刻的地方并不是歌颂农民的造反，恰恰是对所谓农民起义负面性的极为深刻的批判。正是由于这一点——鲁迅才成其为鲁迅，才成为中国历史乃至整个人类历史上最为深刻的思想家型的大文学家与大哲之一。

因此，我禁不住反复回味当代深刻的思想者陶东风先生的诤言——

这样一种阿Q式"革命"根本就不可能与精神胜利法形成真正意义上的对抗，因为它们不过是专制主义与奴性文化的不同表现形式而已。作为专制社会的官方意识形态，精神胜利法的确是与以自由、民主、个性解放、人民主权等为价值诉求的现代革命无法共存的，因为后者是一种全新的现代价值和现代现象。但问题在于：阿Q式的"革命"——身体造反、感官享乐、想干什么就干什么——却绝非现代意义上的革命，阿Q式的"革命"和阿Q的精神胜利法一样，都是"现实法则"与"官方正史"规训的产物。

也禁不住重复支克坚先生生前的话——

不能做阿Q式的"革命家"！不能像阿Q那样"革命"！

其实，鲁迅在前期作文《随感录·五十九》中就对历史上的这样的"起义"或"造反"有过这样的思考——

  古时候，秦始皇帝很阔气，刘邦和项羽都看见了；邦说，"嗟乎！大丈夫当如此也！"羽说，"彼可取而代也！"羽要"取"什么呢？便是取邦所说的"如此"。"如此"的程度，虽有不同，可是谁也想取；被取的是"彼"，取的是"丈夫"。所有"彼"与"丈夫"的心中，便都是这"圣武"的产生所，受纳所。

这里的"彼可取而代也！"就是：他的皇帝之位可以取而代之。如在《上海文坛之一瞥》所说："至今为止的统治阶级的革命，不过是争夺一把旧椅子。去推的时候，好像这椅子很可恨，一夺到手，就又觉得是宝贝了，而同时也自觉了自己正和这'旧的'一气。""奴才做了主人，是决不肯废去'老爷'的称呼的，他的摆架子，恐怕比他的主人还十足，还可笑。这正如上海的工人赚了几文钱，开起小小的工厂来，对付工人反而凶到绝顶一样。"

  鲁迅在这篇文章中还说过一句关于革命的名言："革命是并非教人死而是教人活的。"革命是否合理，应以"教人死"还是"教人活"为准，不能唯革命方的穷富为据。阿Q是上无片瓦、下无寸地的最穷的人，他的思想却"颇合圣经贤传"：特别憎恨异端思想，非常讲究"男女之大防"……是典型的"身为下贱、心比天高"，极其认同统治者核心价值观的奴才。革命尚在幻想中，就已制订了杀虐、称霸计划。

  中国历史上一些贫贱出身的皇帝也跟阿Q相似。朱元璋出身贫农家庭。他在位三十一年，却杀戮功臣、打击富民、推出海禁、永废相位、设置直属皇权的锦衣卫等情报机构，实行中国古代王朝最为暴虐的专制制度。

  这种所谓"革命"，使我联想起"荆轲刺秦王"的故事，是从高二语文课本上知晓的。给我印象极深的不是荆轲"风萧萧兮易水寒，壮士一去兮不复还"的豪歌，而是燕太子丹置酒华阳之台，宴请荆轲。酒中，太子出美人能琴者为之抚琴。荆轲说："好手琴者！"太子即进之。荆轲道："只爱其手耳。"太子即断抚琴女的手，盛以玉盘奉之。

看到这里，我不禁毛骨悚然，眼前立时浮现出盛在玉盘里的抚琴女那双冷去的玉手，已无血色，僵硬，恐怖……她被断手的那一刻是多么悲惨，裂肺巨痛，鲜血喷溅，是很快死去，还是勉强活下来，过着无手的日子？生活不能自理，生不如死，终于被抛弃街头，沦为乞丐，惨死荒野……一个活灵灵的才艺色三绝的美女，就这样令人心颤地离开了人间。她家在哪里？身世如何？无从查考。不过，是一个毫无人的价值的任人蹂躏、宰杀的女奴，则确定无疑。

这刹那间的闪念，很快又被荆轲的壮行压倒了。我还是被荆轲的豪壮之气所感染，佩服他视死如归的气概，甚至想作一首长诗予以颂扬，并写出了开头几句：萧萧的北风呵，寒彻的易水，不复还的壮士迎风而去……但随着尘海苍茫中的风霜打磨，阅尽种种失去人性的卑鄙行径，我逐渐对荆轲的所为疑惑，反思，厌恶，以至于憎恶了。

秦王是有他的暴烈行为，但还有统一中国的积极一面。如无秦王，就不会有书同文、车同轨的景象，中国可能至今还处于分裂、争斗之中。而燕太子丹之所以不惜一切代价收买荆轲去刺秦王，恰恰是为了一己私利去阻挡这个大势。到头来只能是螳臂当车，彻底失败，被自己的故国——燕绑给秦王诛杀。

太子丹为了达到刺杀秦王的目的，是不讲任何道德的，竟然剁断抚琴女那十指纤纤的玉手以满足荆轲极其病态的要求，荒唐暴虐、有悖人性到了极致。这等惨无人道的虐行，与俄国民粹主义者涅恰耶夫的"革命"教条不谋而合："要冷酷对待自己，更要冷酷对待别人"；"应实施歼灭行动，不应有任何恻隐之心，包括对亲人、朋友、爱人"；"革命者应把自己伪装起来，无孔不入，渗透到社会各阶层"；"应拟定一个暗杀、处死的名单、顺序，排名先后，不是按其罪行，而是根据革命的需要"；"革命者要与残忍的强盗团伙相结合，他们是真正的革命者"；"革命组织应想方设法全力促进社会的灾难与罪恶的加深，最终逼迫人民失去耐性而起来暴动"。总之，只要目标高尚，手段可以忽略不计，以恶易恶，以暴易暴，革命者言行无须有道德底线。

出于这种宗旨，选人也是以生性残虐为准，燕国有勇士秦舞阳，年十三，杀人，人不敢忤视。乃令秦舞阳为副。然而，这种杀人成性者，自己正是怕死的。刚见到秦王陛下，就色变振恐，坏了荆轲的大事。

其实，荆轲的行动即使成功了，刺死了秦王，也阻挡不住秦国统一中国的大势。相反，可能使秦更加凶狠，灭燕国和其他诸国更为疾猛。退一万步说，荆轲胜利了，坐上了帝王或权臣的宝座，从他要抚琴女玉手的病态心理和绝无道德底线的人性来看，肯定是一个暴虐无比的杀人魔王，不知有多少像抚琴女一样的美丽少女会惨遭蹂躏、残杀，多少百姓会陷于水深火热之中。因为一个为人民谋利益的掌权者，首先应该珍惜人的生命、尊重人的价值，那种不能将心比心、设身处地为别人着想、一心满足自己病态欲求的暴徒，不把人当人、不以人为本的毫无人性、极端自私自利的嗜血者，掌权之后，肯定是暴君或贪官，绝对不会体恤民情，给老百姓带来好处。所以，荆轲刺秦王的举动，无论是从道德来查，还是就策略来看，都一无足取，用现在的话来说，是地地道道的"左"倾盲动，"极端主义者的自杀性爆炸"，应该彻底否定、批判。

但是，对这种所谓的"革命"，中国知识界的认识却是很有阻力的。历史上一直有文人墨客极力赞美荆轲。淡泊如陶渊明者，也写过金刚怒目式的《咏荆轲》，塑造了一个除暴勇士的形象。其中云"君子死知己，提剑出燕京……心知去不归，且有后世名……其人虽已没，千载有余情"，陶公对荆轲刺秦未成是觉得遗憾的，说："惜哉剑术疏，奇功竟不成！"陶公生活在晋王朝没落的年代，由晋入宋，叛乱相继，杀伐不已，出于对荆轲的误读，他向往荆轲那样的江湖侠骨来铲灭以强凌弱的暴乱政治，倒也思出有因。这一思想，不断在后世显现。初唐骆宾王《于易水送人》咏道："此地别燕丹，壮士发冲冠。昔时人已没，而今水犹寒。"和陶公的《咏荆轲》一脉相承。清末大诗人龚自珍《杂诗》其一说："陶潜诗喜说荆轲，想见'停云'发浩歌。吟到恩仇心事涌，江湖侠骨恐无多。"定庵生活的时代同样是鸡鸣不已，难免对荆轲怀着欣赏和惋惜的心情。直到20世纪40年代，郭沫若在历史剧中依然歌颂荆轲、高渐离等刺客，与鲁迅相比，就显现出这位文化大师思想的浮浅，以及人类对这种所谓"革命"的认识的艰难！鲁迅先生早就憎恨农民起义领袖张献忠丧尽人性的残忍，后来又认识到明朝永乐皇帝的凶残，远在张献忠之上，于是又将这憎恨移到永乐身上去了。明初，永乐硬做皇帝，惨杀建文帝的忠臣，景清剥皮，铁铉油炸，他们及其属下的妻女发付教坊，叫她们做娼子，还要她们"转营"，每座兵营里去几天，使她们为多数男性所凌辱，生出"小龟子"和"淫贱材儿"来！茅大芳妻张氏年五十六，送教坊司。张氏病故，教坊司安政于奉天门奏。奉圣旨："分付上元县抬出门去，着狗吃了！钦此！"

鲁迅怒斥道："君臣之间的问答，竟是这等口吻，不见旧记，恐怕是万想不到的罢。但其实，这也仅仅是一时的一例。自有历史以来，中国人是一向被同族和异族屠戮，奴隶，敲掠，刑辱，压迫下来的，非人类所能忍受的楚毒，也都身受过，每一考查，真教人觉得不像活在人间。"但是，中国历代的士大夫却竭力掩饰这残酷的事实，编造出铁铉女儿献诗而配了士子的故事。鲁迅一针见血地指出："倘使铁铉真的并无女儿，或有而实已自杀，则由这虚构的故事，也可以窥见社会心理之一斑。就是：在受难者家族中，无女不如其有之有趣，自杀又不如其落教坊之有趣；但铁铉究竟是忠臣，使其女永沦教坊，终觉于心不安，所以还是和寻常女子不同，因献诗而配了士子。这和小生落难，下狱挨打，到底中了状元的公式，完全是一致的。"鲁迅晚年真是深刻得令人战栗！他的《病后杂谈》《病后杂谈之余》,乃是中国历史甚至人类历史上最为深刻的文章,窥透了中国乃至人类"社会心理之一斑"。可惜学界至今对此注意得很不够。

鲁迅先生毕其一生,竭诚奋斗的就是让中国人争得人的价值,结束争夺"一把旧椅子""以剥皮始,以剥皮终"的历史恶性循环,进入人的社会。他对所有惨无人性者,无论是造反者,还是统治者,都是憎恨的。而主要将憎恨集中在统治者方面。因为社会的失去人性,关键在权力者那一面。但也告诫被压迫者不可以恶易恶,以暴易暴。无论是哪一方,首先都须具有人与人性的意识,珍惜和尊重人的生命和价值。因为这是作为一个人的底线,突破这一底线,就不是人了。他有一句名言:"革命是并非教人死而是教人活的。"革命的最终目的是使大多数人活得更好,更有尊严,绝对不是走向贫困和死亡。到了21世纪的今天,再也不能人云亦云,在陈旧而有害的思维轨道上习惯性地跑马了,须换个思路去反思与内省,强化人与人性的意识,不被表面的豪壮之气和美妙说辞所迷惑,深入考虑一下荆轲这种"教人死"也教自己死的举动的目的如何,后果如何,依据的道德底线究竟如何?……

当代思想界、文学界随着思想解放运动的开展,对荆轲这种"革命"有所觉醒了。在莫言的话剧《我们的荆轲》中,有这样一段对话——

  燕姬:你和我有仇吗?
  荆轲:没有。
  燕姬:你和我有冤吗?
  荆轲:没有。
  燕姬:那你为什么杀我?
  荆轲:我为天下百姓杀你。
  燕姬:你到底为什么杀我?

>   荆轲：我为侠士的荣誉杀你。
>
>   燕姬：你们这些侠士，不过是一群没有是非没有灵魂，仗匹夫之勇沽名钓誉的可怜虫！

——在话剧《我们的荆轲》中，莫言借荆轲的形象，表达了他眼中所见、心中所感的名利对人的限制和所谓"革命"的本质。

其实，鲁迅早就对"革命"的本质有很深的认识。据许广平回忆，早在留日时期，鲁迅就颇有自知之明："革命者叫你去做，你只得遵命，不许问的。我却要问，要估量这事的价值，所以我不能够做革命者。"[1] 而且，鲁迅深知革命者并不纯粹，虽然革命的动机大抵一致，但终极目的极为歧异："或者为社会，或者为小集团，或者为一个爱人，或者为自己，或者简直为了自杀。"（《非革命的急进革命论者》）概而言之，鲁迅早就对于革命的复杂性了然于心，同时他也不认可一般人所界定的"革命者"内涵。他留日期间，革命党派他回国搞谋杀，被他拒绝。有些年轻学者以此为据，攻击鲁迅。其实鲁迅的拒绝是对的。1930年5月7日晚，李立三约谈鲁迅，请鲁迅支持他组织的大游行，遭到鲁迅的拒绝，因为鲁迅一贯反对赤膊上阵，"左"倾盲动，阻止学生的"请愿"，主张"韧战""壕堑战"。他比当时的"左"倾领导人，懂得中国和中国革命，老练得多，也绝不拿所谓"黄金世界"诱惑革命者，而预言："将来的黄金世界里，也会有将叛徒处死刑。"（《两地书·四》）告诫青年："革命是痛苦，其中也必然混有污秽和血，决不是如诗人所想象的那般有趣，那般完美；革命尤其是现实的事，需要各种卑贱的，麻烦的工作，决不如诗人所想象的那般浪漫。"（《对于左翼作家联盟的意见》）自己也甘做"桥梁中的一木一石"（《写在〈坟〉后面》），绝不做什么"导师"。

---

[1] 景宋：《民元前的鲁迅先生》，王冶秋：《辛亥革命前的鲁迅先生》，新文艺出版社，1956年。

随着思想的解放和人性的自觉，中国人对阿Q式的"革命"认识越来越清醒了。北京语言大学教授于小植谈到组织学生讨论《阿Q正传》时的一段对话：阿Q成了革命领袖，未庄人民生活会好吗？同学们发言踊跃，达成共识：女人、财产、生命、劳动力被任意剥夺，比较恐怖。课后本人作顺口溜曰："阿桂革命成了功，未庄女人抱怀中。财产、男人随便用，看他威风不威风。"

鲁迅研究专家、北京大学教授高远东，继王得后从鲁迅著作中提炼出"立人"思想后，提出了"相互主体性"[1]：认为鲁迅是中国现代触及"人"的觉醒最深的思想家——其对"人"的问题的理解，其对中国旧文明之"吃人"病理的揭示，都受这个思想基本点的制约，但植根于这个思想基本点的现代性逻辑是存在问题的，也就是说，单向度的"立人"或主体性确立课题，必须进入相互关系的领域去展开，否则并不能导致所设想的"人"的局面的出现。以现代思想所致力的主奴关系克服而言，单向度的人之为人、主体之为主体并不能消灭主奴关系，因为在主奴关系中也存在一个主人，而另一个却是奴隶。只有把这一命题延伸到社会性的相互关系领域，主体才能成为"相互主体"，社会才能成为人人为人的社会，真正消灭了主奴关系的现代主体化的新文明才可能出现。

笔者认为高远东的见解是真正深入到本质的，也是未来鲁迅学应该施力的焦点，鲁迅思想的基础；并且是鲁迅研究之所以能够升华为鲁迅学、成为一门学科的原因，以及鲁迅研究在史料挖掘、整理和哲理思考诸方面远远高于其他人物研究的本因。

总而言之，精神胜利法与阿Q式的"革命"实际上在中国历史上已经成为一种"集体无意识"的心理形态和政治模式，迫切需要民族的思想家出来诊治和改革。1908年2、3月，青年周树人在《摩罗诗力说》中

---

[1] 高远东：《鲁迅"相互主体性"意识的当代意义》，《探索与争鸣》2016年第7期。

呼唤"精神界之战士";8月又在《文化偏至论》中提出"立人"思想。经过十年的思考和研究,1918年5月,鲁迅诞生了,发出了第一篇文学宣言《狂人日记》,从史册字缝里发现"吃人"二字,慨叹"难见真的人!""吃人"实质就是人对人的奴役,是主奴关系的象征。"吃人"意象是《狂人日记》的核心。离开了这个核心,从其他地方入手,论得再好也不可能理解《狂人日记》。1921年12月至1922年2月连载完毕《阿Q正传》,从反面给人们塑造了阿Q这个精神反思的镜像。按照一贯的逆反思维,以阿Q这个"末人"反衬"真的人",用"精神上的胜利法"这种本能、颠顶的人类的普遍弱点反照"真的人"自觉、理性、科学的精神。精神胜利法是《阿Q正传》的核心。离开了这个核心,从其他地方入手,论得再好也不可能理解《阿Q正传》。从《狂人日记》到《阿Q正传》,是鲁迅文学道路的一条主线。《阿Q正传》问世,标志着鲁迅初步从文学上实现了"立人"的夙愿。

鲁迅晚年读明代野史,对张献忠和永乐皇帝残酷、粗俗的批判和"大明一朝,以剥皮始,以剥皮终,可谓始终不变"的判断,对如何改变依靠暴力改朝换代的恶性循环的历史的思考,是沿着"立人"主线朝着"相互主体性"的深化。之后直到辞世,鲁迅都是为真正实现这个目标——人性的觉醒与政治的文明而苦斗。

然而觉醒与文明何其难尔!虽然亚里士多德说:"人生的最终价值在于觉醒和思考的能力,而不只在于生存。"哈佛大学胡佛研究所做的一张幸福因子排名表,把"觉醒"排在了第一位,但是在"做戏的虚无党"比比皆是的界域里,启蒙者总处于劣势。现实屡屡使鲁迅绝望,他坚韧地"反抗绝望",骨头最硬、从不妥协,成为民族的灵魂。正是源于这样的因由,中华民族赋予他"民族魂"的称号!

这就是经过百年的研究与论争,中国鲁迅学主流从鲁迅那里追溯出的思想主线与深刻教益。

## 艺术论：轻灵、跳荡，举重若轻

### 艺术特色

　　以上主要论析了精神典型塑造过程中的抽象与变形，并追溯了中外文学史上的与精神典型相类似的典型形象。阿Q作为中国文学的产儿，有哪些独立的艺术特色呢？真正深入到人物精神机制和思维方式中的作家、作品是极为少见的。对其艺术特色与档次的分析与定位非常必要——

　　首先，阿Q的名字就起得非常艺术，极其绝妙。没有比这个名字更为简单，更为令人着迷、幽默、易记，适于传播了。阿Q的生活原型是阿贵，直接叫阿贵也可以。不过，这是平庸作家的做法，鲁迅这样的天才作家偏不这样做，用了个拼音"Quei"的第一个字母"Q"。据周作人说从纹理或纹样上看，像拖了个小辫子。以此去阅读万物的形态，可以说是鲁迅所发明或者鲁迅所重新激活的阅读法。

　　周作人敏感地发现了阿Q中的Q纹理或纹样上像拖着条小辫子的奇妙作用，并看出了各个版式里的差错：

　　　　初版的《呐喊》里只有《阿Q正传》第一页上三个Q字是合格

的，因为拖着那条辫子，第二页以后直至末了，上边目录上那许多字都是另一写法，仿佛是一个圆圈下加一捺，可以说是不合于著者的标准的了。[1]

还有其他的相关说法。那是在1929年至1931年，《小小十年》作者叶永蓁在上海曾与鲁迅有过密切的交往。有一次谈到《阿Q正传》，叶永蓁突然问鲁迅："阿Q是一个地地道道的中国人，为何要取一个外国名字呢？"鲁迅听了，微笑着幽默地说："阿Q癞痢头，脑后留一条小辫子，你看，这个'Q'字不正是他的滑稽形象吗？说罢，大家大笑起来。"[2]

这是从阿Q的名字上看鲁迅的艺术，从整体看《阿Q正传》的艺术性则有以下四点：

### 一、短与长

1933年，茅盾的长篇小说杰作《子夜》问世，引起中国现代文坛的轰动。尽管《子夜》存在评论界早已批评的为预设理论服务、结构欠完满等缺点，但确实是中国现代文学史上从未有过的长篇小说巨著，显现出了茅盾企图"大规模描写中国社会现象"的雄心和恢宏、婉美的文笔。这时右翼刊物《新垒》5月号发文说："以阿Q传沾沾自喜，躲在翻译案头而斤斤于文坛地位保持的鲁迅，不免小巫见大巫了。"其实，这完全是对文学一窍不通的挑拨之言。文学作品的价值是不能以字数多少、书的厚薄为准的。《子夜》虽然不愧为中国现代文学珍品，但是其艺术价值与《阿Q正传》不在一个档次上，塑造的主要人物吴荪甫也与阿Q没有可比性。其中根本原因是《子夜》即使在"大规模描写中国社会现象"上有成功之处，却未能像《阿Q正传》那样深入到人物的精神机制和思维方式中去，

---

1 周遐寿：《鲁迅小说里的人物》，人民文学出版社，1957年，第45—46页。
2 马蹄疾编著：《鲁迅和他的同时代人》下卷，春风文艺出版社，1985年，第113—114页。

做出类似精神胜利法的概括。"我们先前——比你阔的多啦！""我总算被儿子打了，现在的世界真不像样……"这样符合阿Q身份又具有精神胜利法普遍性的概括是不易做出的。冈察洛夫用了那么多笔墨才写出奥勃洛摩夫的懒惰，反衬了鲁迅写阿Q的明快与睿智。只有鲁迅这样的大哲兼大文学家才能做到。1982年8月，在山东烟台举办的"全国鲁迅研究讲习班"上，陈涌同志向几百位学员说："鲁迅即使只有一本薄薄的《阿Q正传》，也是中国现代文学史上最伟大而深刻的作家和思想家，何况他还有那么多别人难以企及的著作呢？"我作为主持人坐在他旁边，听得真真切切，认为这是行家的见道之论。高尔基称赞契诃夫的作品"能够使人从现实性中抽象出来，达到哲学的概括"。哲学境界是文学作品最难达到的峰巅。中国现代文学史上，茅盾的《子夜》是难得的长篇小说珍品，但远没有"达到哲学的概括"。达到哲学境界，并取得世界共识的，恐怕只有《阿Q正传》。不过，这已经很有幸了。

所以，鲁迅创作《阿Q正传》，塑造阿Q这百年不朽艺术典型的文学经验真值得学术界去认真总结。究竟应该怎样观察人类社会的精神现象？怎样概括种种人物的精神机制和思维方式？怎样化为活生生的典型形象？这种典型引发的精神反思尤其值得人们研究和汲取。

仅从体裁和篇幅上看，《阿Q正传》就显现出其独立的艺术特色。《堂吉诃德》是近七十万字的长篇小说，《卡拉马佐夫兄弟》更长，有七十四万余字，《奥勃洛摩夫》也有四十四万字，《哈姆雷特》则是重头的大型剧本，《浮士德》和《神曲》《奥德修纪》等也都是数万行的叙事长诗。《两重人格》虽然是中篇小说，但如前文所论，主人公高略德金塑造得不很成功。而《阿Q正传》却是仅仅三万余字的小中篇，却向中国和整个人类贡献了永远引人反思的阿Q的精神胜利法。仅这一点就是鲁迅不朽的功勋。

确实如有些评论家所说，能够列入世界名著之林的，绝大多数是长篇,像《阿Q正传》这样,仅以一个小小的中篇就轻松自如地塑造出阿Q这样一个不朽的精神典型,当之无愧地跻身于世界文学名著行列,实属罕见。这种以少胜多、简洁精练的风格,反映出中国式和东方式的智慧。

把复杂的问题简易化,以明晰易懂的方式解释深奥的哲学,正是中国乃至东方思想家们历来的传统。从《周易》开始,孔孟、老庄阐发他们的哲学都是化难为易的,印度古代宗教哲学家也善于用寓言来形象地说明艰深的佛理,一直到当代,中国最卓越的哲学史家冯友兰先生就是把复杂深奥的哲学问题简易化、明了化的大师,人们喜欢读他的书,正是由于他的著作阐述的是一种极简化的哲学,或者说生活化的哲学。西方哲学家们,特别是德国哲学家们则不然,他们往往喜欢把原来很简单的生活中的问题复杂化、深奥化,一上来就要建立庞大的体系,写出无所不包的皇皇巨著。当然,这种风格与方式也自有其价值与意义,杜林那种以空卖空、胡编乱造的所谓体系除外,康德、黑格尔建立的哲学体系就大为充实了人类的思想宝库。把复杂的问题简易化与把简易的问题复杂化,这两种相反的走向,正说明了东西方思想家的不同特征。当然,身为西方哲学家的尼采与本民族的传统迥然相异,立志用"最纤美的手指和最刚强的拳头","在十句话中说出旁人在一本书中说出的东西,——旁人在一本书中没有说出的东西……"因此他志不在建立什么体系,写出什么巨著,而倾心于格言、警句,并自认在运用这种"永恒"的形式上,是德国人中的第一号大师。[1]然而,尼采对于西方哲学来说,是以背反的形式出现的,不仅不能代表西方哲学的一般特征,而且与之相对立,倒反映了东方哲学的某种特点。而作为中国独特的思想家、文学家的鲁迅,在接受尼采哲学深刻影响的同时,又大大加强了本来所具的中国式乃至东方式的简洁、洗练风格,以极其简易、明了的艺术方式,形象地表述了人类一种复杂的精神现

---

[1] 转引自周国平:《尼采:在世纪的转折点上》,上海人民出版社,1988年,第241页。

象与心理弱点——精神胜利法。

　　古语云:"唯得道之深者,然后能浅言。"精神胜利法,作为一种极为普遍又极难名状的精神现象,如果用理论形式研究和表述,足可写成一本厚重的学术专著;倘若把阿Q的生活故事交给一般作家去写,也可能拉长为几十万字的长篇小说;而这样做,则很难取得《阿Q正传》这样的社会效果与艺术效能。独有目前这种短短的三万字的小中篇形式,能够获得惊雷闪电式的明快、深透的社会震醒效应,并透发出鲁迅特有的那种居高临下、举重若轻、迅速见效的艺术风格,无论在语言上,还是在结构上,都表现出轻灵、跳荡、活脱的艺术特色。

## 二、轻与重

　　语言的轻灵、跳荡、活脱,是由短句、短段以及句子、段落之间语气的旋转曲折与自然衔接所构成的。《阿Q正传》的句子,显然不同于鲁迅以前的《狂人日记》《孔乙己》《药》《故乡》等小说的沉痛、庄重、凝练,而短促、跳跃、幽默、风趣,富有节奏感。例如第一章《序》中的一段:

> 传的名目很繁多:列传,自传,内传,外传,别传,家传,小传……,而可惜都不合。

　　一连串七个"X传",两字一顿,顿挫明快,有"大珠小珠落玉盘"之感,清亮干脆,最后又以"而……"转折、收束,语气委婉而诙谐。又如第四章《恋爱的悲剧》开头一段:

> 有人说:有些胜利者,愿意敌手如虎,如鹰,他才感到胜利的欢喜;假使如羊,如小鸡,他便反觉得胜利的无聊。又有些胜利

者，当克服一切之后，看见死的死了，降的降了，"臣诚惶诚恐死罪死罪"，他于是没有了敌人，没有了对手，没有了朋友，只有自己在上，一个，孤另另，凄凉，寂寞，便反而感到了胜利的悲哀。

句子长短交错，参差跌宕，抑扬顿挫，颇得中国古典词牌的节奏音律之美，特别是"一个，孤另另，凄凉，寂寞，……"一节，更像轻快的小令，"便反而……"一句又转为舒缓、悠长的气韵。这种语言风格，同样显现出一种举重若轻、驾轻就熟的大家风度，一种居高临下、睥睨一切的俯视感，一种谐谑的反讽、冷嘲与犀利的穿透力。

结构上的轻灵、跳荡、活脱，体现为各章之间的大省略、大跳跃与内在的逻辑联系。例如第六章《从中兴到末路》，开头一句："在未庄再看见阿Q出现的时候，是刚过了这年的中秋。"既与第五章末尾阿Q"已经打定了进城的主意了"一句自然衔接，又把阿Q进城的大段过程轻轻一笔省略掉了。如果是别的作家处理，很可能将阿Q这段由帮工到被迫给盗窃团伙充当小角色的曲折经历，当作至宝大为渲染，写成颇带传奇色彩的故事。然而，这样写只能是猎奇而已，篇幅纵然拉长到几十万字甚至上百万字，品位却大大降低了，而且必定会淹没对阿Q精神胜利法的刻画，丧失了作品最珍贵的思想价值。鲁迅与这种平庸写法迥然不同，开头省略的阿Q进城经历，仅在后来追叙阿Q向人们做自我吹嘘的情景时就交代清楚了。这样写，只用一小段就取得了一石三鸟的奇效：其一补足了这段空缺；其二通过阿Q不高兴再给举人老爷家帮忙的述说，凸现了他两例酸葡萄式精神胜利法中的头例；其三通过人们由"肃然""可敬"到"叹息而且快意"，再到"不帮忙是可惜的"的心理变化，写出了众人的精神胜利法。鲁迅这种超越平庸的高技巧、大手笔，出自对精神胜利法的深刻认识与加以突出表现的艺术自觉。再如第七章《革命》，开头一句："宣统三年九月十四日——即阿Q将搭连卖给赵白眼的这一天……"不仅说明了绍兴宣布光复的时间，而且表明阿 Q 已经赃物卖光、坐吃山空，再次穷落了。这样轻轻一笔，就为阿 Q 的中兴史画了句号，并为处于末路后的"革命"做好了铺垫，在各章之间的大省略、大跳跃中保持了内在的逻辑联系。

《阿 Q 正传》这种轻灵、跳荡、活脱的艺术特色背后，又隐含着厚重、沉稳、执着的思想内容与文化意蕴，所以绝不显得浮飘，而是篇幅虽短，分量却重；形式虽小，"含金量"却大。仅仅三万字，却胜过他人的几十万、上百万字，以一当十，以少胜多，符合鲁迅一贯坚持的创作原则："宁可将可作小说的材料缩成 sketch，决不将 sketch 材料拉成小说。"（《二心集·答北斗杂志社问》）而当前文学界却与此相反：宁可将 sketch 材料拉成小说，决不将可作小说的材料缩成 sketch。甚至将短篇小说，拉成中篇；将中篇拉成长篇；将一卷长篇拉成多卷，无休无止，越长越好，越厚越高。实质上，这正是平庸心理的表现。

要超越平庸，就必须克服这种心理，不着眼作品篇幅的长短，书脊的厚薄，而致力于提高"含金量"；从思维方式与总体构思上，摒弃那种尼采所鄙视的学者们"愚钝式的勤勉"，冲出复述他人思想、平铺事件过程的既定樊篱与精神牢笼；从战略上独辟蹊径、异军突起、出奇制胜，大大增强超脱凡俗的创新意识，于练达中显才气，幽默中话世事，谐谈中道真理，简洁中见睿智，反映出中国式乃至东方式的智慧。

著名东方学泰斗季羡林先生在《东方文化与东方文学》[1]一文中提出东方文学美在模糊的观点，认为东西方文化的主要区别在思维模式：西方重分析，常常分析到极其细微的程度；东方则重综合，看整体。因此，东方文学也就妙在模糊，美在模糊。如温庭筠的名句："鸡声茅店月，人迹板桥霜。"充满了深秋旅人早起登程的寂寞荒凉之感，但十个字写了六件

---

[1] 《文艺争鸣》1992 年第 4 期。

东西，全是名词，没有一个动词，它们之间的关系一点也不清楚，读者就能放开自己的想象。马致远的"枯藤老树昏鸦，小桥流水人家……"也有同样之妙。这样的精品妙语翻成英文，就要加上主谓语与连接词，将一切关系都限定了。这正体现了两种文化、两种思维的区别。作为中国文学乃至东方文学奇葩的《阿Q正传》，同样具有模糊美的艺术特色。例如对钱太爷家府的描写，出现的唯一意象仅是"钱家粉墙上映出一个蓝色的虹形"，即粉墙上映出的阿Q与小D四只手拔着两颗头，都弯了腰的影像，除了粉白、蓝色两种色彩与墙面、虹形两个物象之外，什么都没有，府里的情形更是全然不知，然而却使读者透过淡淡的颜色与影像去放开自己的想象。倘若从院墙到墙内都写得细致入微，反倒会禁锢住读者的想象力了。对于未庄的概貌，鲁迅也只是到阿Q出走时才极精简地点了一下：

未庄本不是大村镇，不多时便走尽了。村外多是水田，满眼是新秧的嫩绿，夹着几个圆形的活动的黑点，便是耕田的农夫。

仿佛一幅淡雅的彩墨画，充满淡远的美，模糊的美。对静修庵的描写，也只是淡淡一笔：

庵周围也是水田，粉墙突出在新绿里，后面的低土墙里是菜园。

又是"粉墙"，又是色彩对比，不再是"粉墙上映出一个蓝色……"，而是"粉墙突出在新绿里"，粉白在新绿的映衬下确实显得"突出"，呈现出一派朦朦胧胧的模糊美，于淡雅中透出浓浓的意蕴。这是写景物，写人物也是模模糊糊的。整篇《阿Q正传》，对阿Q和其他所有人物都没有进行什么细致的外貌描写，从外貌到行状都有些渺茫。然而于渺茫与模糊中又令读者放开想象，获得愈益鲜明的印象。这种美学风格，很像显克微支的小说题目：炭画，是用炭笔粗线勾勒的漫画。又近于抽象派的中国大写意画，于抽象线条内蕴藏深厚的情，将独具的浓郁的写实笔法和精湛简练的抽象派技巧融合在一起，抽象中显具象，单纯中含复杂，一般中见奇特，冲淡中藏浓郁，把具象化的生活画幅升华到具有高度概括力的抽象平面之上，包含在极为简易、单纯的线条之中，引人去咀嚼，去玩味，去想象背景底色，去体悟生活哲理，完全符合传统的中国写意画的审美接受方式。

《阿Q正传》无论从思想还是艺术上，确实都升华到了最高的层次。

### 三、深与浅

鲁迅在《阿Q正传》中寄意是非常深的，他最担心的就是浇薄的人并不理解他的深意，而加以浮浅的曲解，所以一直反对改编。早在1930年10月13日在致王乔南的信中就说过："我的意见，以为《阿Q正传》，实无改编剧本及电影的要素，因为一上演台，将只剩了滑稽，而我作此篇，实不以滑稽或哀怜为目的，其中情景，恐中国此刻的'明星'是无法表现的。"《阿Q正传》发表二十四年之后，鲁迅逝世前两个多月，又有人想把《阿Q正传》搬上银幕。鲁迅经过二十四年的观察，1936年7月19日在致沈西苓的信中做了最后的结论："《阿Q正传》的本意，我留心各种评论，觉得能了解者不多，搬上银幕以后，大约也未免隔膜，供人一笑，颇为无聊，不如不作也。"

鲁迅在《阿Q正传》中寄意极深，而又以"开心话"的语气开头，所以很容易让油滑的做戏者只看见"滑稽"。其实，这看似"滑稽"的细节，包含着哲学的深意。

赵太爷、假洋鬼子以及各朝代的封建君臣等也都有精神胜利法的表现，鲁迅为什么不以他们为主角，而专以阿Q为中心呢？

一则因为阿Q的精神胜利法是受压迫、被侮辱者的自我的消极抵御，可怜、可悲，令人同情，鲁迅对他是哀其不幸，怒其不争。赵太爷、假洋鬼子等的精神胜利法是压迫者、辱人者的逞凶与显摆，可憎、可恨，让人愤怒，鲁迅对他们是要痛打的。

二则因为阿Q思想单一、直白，能够以"总算被儿子打了"之类简单话表明精神胜利法的逻辑，使人一目了然，适合用幽默、风趣的"开心话"形式使大众接受。言行和想法都摆在明面上，把深奥的哲学变成明了的故事。"大道至简。"人活到极致，就是"简单"二字。这使《阿Q正传》既是"开心话"式的大众文学，又是底蕴深奥的哲学小说，做到既无比深刻，又传播甚广。只有鲁迅这样的天才能够做到。

四、巧与拙

如前文所述，能够列入世界名著之林的，绝大多数是长篇巨制，像《阿Q正传》这样，仅以一个小小的中篇就轻松自如地塑造出阿Q这样一个不朽的精神典型，当之无愧地跻身于世界文学名著行列，实属罕见。这种以少胜多、简洁精练的风格，反映出中国式乃至东方式的智慧。

这种智慧，我愿以一个字概括之，就是——巧。

鲁迅和《阿Q正传》之"巧"，是世间少见的。在一般作家，以至于如茅盾、巴金那样的优秀作家笔下，《阿Q正传》这样丰富的题材完全可能写成二三十万字的长篇，仅阿Q走投无路进城当窃贼帮手一节就足以写上十多万字。如到平庸的传奇写手笔下，拉长到几十万字也不在话下。就是算上世界著名作家的冈察洛夫写起主人公奥勃洛摩夫的懒惰来，竟用了十万字不让他起床。当然，各位作家自有他不同的写作方法，我们也不能不嫌他过于拖沓——太拙了。倘在鲁迅笔下肯定不会如此，而会予以巧妙的处理。阿Q当窃贼帮手一节，鲁迅就运用中国美术传统的"空白"手法一笔带过，任读者驰骋想象，绝不多说，集中笔力写他的精神胜利法，结果以一当十，出奇制胜。

《阿Q正传》之巧，也体现在语言文字的灵动上。例如阿Q向吴妈求爱失败之后，"未庄的女人们忽然都怕了羞，伊们一见阿Q走来，便个个躲进门里去，甚而至于将近五十岁的邹七嫂，也跟着别人乱钻，而且将十一岁的女儿都叫进去了"。

最传神的是"乱钻"一词，运用得极有灵气、有趣。简单一词把当时的场景活灵活现地描写出来了。鲁迅的手段真是高极了。寥寥几笔，便勾魂摄魄，一个"乱"，一个"钻"，活画了邹七嫂当时的影像：昏头瘟脑，惹是生非，胜过平庸写者多少长篇大论。

以为字越多越好，书越厚越高，恰恰是一种笨拙的思维方式作怪。真正的聪明和智慧，是以少胜多，以巧战拙，《阿Q正传》以三万字抵三十万、一百万字，正是作家智高笔妙的表现！

中国现代文学史上，没有任何一部作品像《阿Q正传》那样在世界文学中占据重要的地位；也没有任何一个典型人物，像阿Q那样不仅在国内遍为人知，而且跻身于世界文学典型画廊。《阿Q正传》被收入具有世界影响力的英语丛书"企鹅经典文库"。很多次世界文学名著的评选，《阿Q正传》都当之无愧地榜上有名。最近BBC评出七十七部在世界上具有影响力的文学名著，中国有三部：《三国演义》《水浒传》和《阿Q正传》。评上的所有著作都是长篇巨著，只有《阿Q正传》是薄薄的中篇。能与那些厚厚的巨作并列，应该说是难度更大的。《阿Q正传》这部鲁迅最主要的作品，的确是不朽的世界名著和传世经典。至今，仍然具有强烈的现实意义，因为阿Q和他的精神胜利法时刻是我们的镜像和警钟！确实是"不存在而又到处存在的"。令国人警醒、深省！我们又为中华民族能出现鲁迅这样的伟大作家、《阿Q正传》这样的伟大作品而感到无比自豪！

## 所受影响

周作人指出："豫才后所作小说虽与漱石作风不似，但其嘲讽中轻妙的笔致实颇受漱石影响，而其深刻沉重处乃自果戈理与显克微支来也。"[1] "轻妙的笔致"与"深刻沉重"的和谐统一，实在是《阿Q正传》艺术特色的真谛所在。周作人以高超的艺术感受力体悟出来，加以概括，并道出各自的艺术渊源，的确是极难得的。

然而，《阿Q正传》的另一艺术来源却未曾有人指出，这就是东方文学中的一件瑰宝——印度古代宗教哲学家撰著的《百喻经》。

《百喻经》，全名为《百句譬喻经》，是天竺（印度）僧伽斯那从修多罗藏十二部经中抄出譬喻和寓言，编纂而成的。由萧齐天竺三藏求那毗地译为汉语。书分上下两卷，上卷五十条，下卷四十八条，合为九十八个寓言故事，加上前面的引文和末尾的偈语，合计一百篇。佛教哲学认为世界是虚幻的，人生也是虚幻、充满痛苦的，主张用修行来超脱人世的苦难。佛经就是从各个方面来解释人世虚幻、必须用修行来超脱的道理。这种道理非常抽象，非常玄妙，一般群众很难理解，于是佛经里就使用了大量的寓言故事，形象地说明抽象、玄妙的佛教理论。所使用的寓言，不完全是说经和写经的佛教哲学家自己创造的，大多数本来就是古代印度和附近国家人民中流传的民间故事。这些故事充满机智，富有趣味，启人深思，令人联想到许多生活中的哲理。只要剔除了佛经所加进的某些虚玄内容，就会增加人的智慧，给人以艺术享受。鲁迅非常喜欢这本书，曾于1914年7月29日给杨仁山创办、在亚洲各佛教国以刻校佛经精确著称的金陵刻经处寄银50元，拟刻《百喻经》，又于10月7日加寄10元，至1915年

---

[1] 周作人：《关于鲁迅（二）》，《汇编》第2卷，第90页。

1月11日收到刻印成的三十册,为信佛教的母亲庆祝六十生辰。另外,《鲁迅日记》中还记有高丽本、日本正保二年本《百喻经》。1915年7月20日《日记》中记有:"夜以高丽本《百喻经》校刻本一过。"可见喜爱之甚,用功之勤。鲁迅还在文章中多次引用和评介过《百喻经》,并为王品青校点的《痴华鬘》,即《百喻经》一书写过《题记》,称赞道:"尝闻天竺寓言之富,如大林深泉,他国艺文,往往蒙其影响。"而"佛藏中经,以譬喻为名者,亦可五六种,惟《百喻经》最有条贯"。许广平评论道:"从刻印《百喻经》我们看出,鲁迅是从哲理、文学来研究,也就是从佛书吸取其精华,去其糟粕,处处从滋养着想介绍给人。"[1]而鲁迅爱读《百喻经》的动因则是从研究佛经引起的,1914年4月18日,即寄银拟刻《百喻经》前三个月,他买佛书一批,计有《选佛谱》《三教平心论》《法句经》《释迦如来应化事迹》《阅藏知津》。

次日,又购《华严经合论》三十册,《决疑论》二册,《维摩诘所说经注》二册,《宝藏论》一册。许寿裳说:"民三以后,鲁迅开始看佛经,用功很猛,别人赶不上。……他对于佛经只当做人类思想发展的史料看,借以研究其人生观罢了。别人读佛经,容易趋于消极,而他独不然,始终是积极的。他的信仰是在科学,不是在宗教。"[2]许广平认为;鲁迅从1914年4月起"就以大部分时间去看佛学","不但自己看,还与住在绍兴的周作人互相交流地寄书来看"。"惟其对古代文化能批判地接受,所以他就能沉浸于中而超拔于外。"[3]

鲁迅这段研究佛学、喜爱《百喻经》的读书生活,与《阿Q正传》的创作有着内在的联系。其一是通过研究佛学,探索人类的精神现象,对精神胜利法的概括与提炼起到了重要的促进作用;其二是汲取《百喻经》

---

[1] 许广平:《北京时期的读书生活》,许广平:《鲁迅回忆录》,作家出版社,1961年。
[2] 许寿裳:《看佛经》,《亡友鲁迅印象记》。
[3] 许广平:《北京时期的读书生活》,《鲁迅回忆录》。

中的寓言化手法，用寓言故事形象生动地说明和暗示抽象、玄妙、深邃的精神哲学。用寓言来说明深奥的哲理，当然并非《百喻经》的专利，中国古代思想家都擅长此道。例如对鲁迅影响颇深的《庄子》一书，十多万字，一大半是寓言。"寓言"这个词汇，也是庄周最先提出来的。然而从《阿Q正传》寓言化的世俗性、生活性、简易性等特点来看，鲁迅在创作过程中似乎更多地受到《百喻经》寓言化手法的影响与浸润。其中凸现阿Q精神胜利法特征的典型情节：因头上长癞疮疤而采取怒目主义，被闲人打了以后靠儿子打老子的假想取得精神胜利等等，都非常像《百喻经》中一段段的小故事。而鲁迅则大为升华，大为提高了。从整体来说，《阿Q正传》绝非寓言故事所可比拟，然而内在隐含的寓言倾向却是相通的，是一种高超的复杂化、精致化、深刻化的寓言，是将日常的生活素材和普通人的经常性、习惯性的精神活动陌生化、奇异化、寓言化的结果，是促人从形象化的寓言中醒悟自身精神弱点的警世之作。当然，要创作出这种高境界的特殊"寓言"，非经过长期的、多方面的精神修炼不可。只有当思想理论积淀与文学艺术素养开始升华时，才可能厚积薄发、绵长不绝地化为一股股缭绕的青烟，升入神秘、朦胧的近乎成佛入仙的高境界。

鲁迅的《阿Q正传》，正是这种高境界里冶炼出的文化瑰宝与艺术结晶。这样的瑰宝与结晶，在世界文学宝库中也是并不多见的。

## 作家条件

什么样的作家才能够创造出精神典型呢？他们必须兼备大思想家、大学者、大作家三项条件，具有精神哲学与精神诗学交融的素质：既有深厚的生活积累，心中长期孕育着人物的"影像"；又有长期的文化积淀与深邃的哲学头脑，能够将人物的某种精神特征提炼、升华到一种单纯、透明、超越的哲学境界，并以一种独特、怪僻的精神诗学的创造手法凸出如空镂地传达和描写出来。

但是，如前所述，创造了安娜·卡列尼娜、彼埃尔、列文等成功的艺术典型的托尔斯泰，不也兼备大思想家、大学者、大作家三项条件吗？为什么没有创造出精神典型呢？这主要的内在原因在于：变异。如精神典型是成功的艺术典型中的一种出现精神变形与艺术变形的分支与变异一样，创造精神典型的作家也是在巨大的精神痛苦的炼狱中出现了特殊的精神变异，是从天才人物中变异出一种特殊的"鬼才"。

黑格尔在《精神现象学》中对所谓"苦恼意识"进行过极其深刻的分析。他认为在人类进入奴隶主统治的日益腐朽时期，巨大的精神痛苦在自由民和在野贵族等不得势的知识阶层出现了。

这种巨大的精神痛苦以及怀有这种痛苦的人，黑格尔统称为"苦恼意识"。"苦恼意识"者由于太清醒，太有思想了，以至于看破红尘，厌倦现实的一切，只看到历史的否定方面，因而愈发感到苦恼。然而在这种苦恼过程中，知识、思想和智慧也逐步升华，从而产生创造性的精神作品。黑格尔高度重视苦恼意识，把苦恼意识放在人类精神发展的高层次上加以考察，认为作为观察、认识和显现世界整体的三种思维形式即艺术、宗教和哲学，其中每一部震撼人世的作品和理论体系的产生，都无不包容着深沉的苦恼意识和背景。从文艺复兴以来，可以说每一部杰作都蕴含着深深的苦难和磨砺。创造这些杰作的天才们，都是在深沉痛苦和生死磨难的沃土中成长起来的。而创造精神典型的伟大作家们，正是这种"苦恼意识"的最突出的代表。塞万提斯屡陷囹圄，历尽磨难，《堂吉诃德》所写的俘虏的经历，就是他自己的亲身体验。

陀思妥耶夫斯基十六岁时，母亲去世，家庭彻底崩溃。两年后，性格冷酷、脾气暴戾的父亲也遇害了。成年后，差点儿在沙皇的刑场上被处死刑，赦免后流放到西伯利亚，在死屋里度过了五年苦役生活。归来后始终受着癫痫病和贫困的威胁。鲁迅也是这样，少年时家庭突遭变故，到亲戚家避难，被讥为"乞食者"。以后是父亲的病和死，受尽侮蔑和刺伤，在"从小康人家而坠入困顿"的"途路中"，"看见世人的面目"，被迫"走异路，逃异地，去寻求别样的人们"；饱尝民族欺侮后，决心弃医从文，以文艺这"善于改变精神"（《呐喊·自序》）的药剂，救治本民族久受奴役的麻痹精神。接着是不幸的婚姻，过着"古寺僧人"的生活，靠着高强度的精神劳动——不停地读书、思考、写作和抽烟，度过那漫漫长夜。这些创造精神典型的大作家就是在这种精神痛苦的炼狱中出现了特殊的变异，锻造成一种特异的"鬼才"。

这种变异使他们偏重于精神现象的探索。塞万提斯深入研究了骑士小说对人们的精神毒害。陀思妥耶夫斯基身受宗教的精神束缚并把对宗教的精神分析融入自己的创作。鲁迅青年时代就在人类精神的深刻探索者尼采影响下，对精神现象这种"人类生活之极颠"（《文化偏至论》）进行了极为深刻的研究，呼唤"精神界之战士"（《摩罗诗力说》），投身于"善于改变精神"的文艺活动。以后抄录《嵇康集》，研究佛经和道教，实质上也是潜心研究精神现象，寻找改变中国人精神的契机，从而发现："中国根柢全在道教，此说近颇广行。以此读史，有多种问题可以迎刃而解。后以偶阅《通鉴》，乃悟中国人尚是食人民族，因成此篇。"（《书信·180820致许寿裳》）写成他的第一篇白话小说《狂人日记》，这篇小说中所说的"吃人"，实质是指人与人之间精神上的相吃。这种发现，关系甚大，影响极深。然而由于有些"逼促"，狂人形象未能达到精神典型的高度。就鲁迅的全部小说创作来说，称得上精神典型的，也只有一个阿Q。阿Q的精神胜利法，正是鲁迅多年潜心研究道教这一中国根柢、长期深邃体悟中国人的精神现象所做出的概括，把握住了对中国人进行精神启蒙的最佳契机。

因此，他们往往不同于那些过于注重社会生活表象描绘的作家，而是在孤独、寂寞中观察、倾听、沉思和回味的思想家式的作家，富有极强的自我意识和理性色彩，就像一头牛"喜欢反刍生活、回味生活"，这样反而使他们没有那种停留于社会生活表象的局限性，而去努力发掘人物性格背后的人性弱点与深层次的精神现象，探寻生活和历史背后的人性人格、人生悖论，以及某种人类精神现象学层面上的终极意义；从而也就往往突兀而起，以超拔的气势突破既有的精神模式与艺术范式，推出令人耳目一新的大幅度创新之作，为世人提供具有时代意识的崭新视角和超域性、超验性的感悟启示；亮出思想家式的艺术"大腕"，凭依浓重的人生感悟和常新的创造精神，使各个时代、各个国度、各个阶级的读者不断从新的维度上来发现人类自身的精神弱点，从中得到带有极大普遍性的精神启悟，获得精神自觉，使人类精神逐步上升到科学理性的水准线上。而这些作家，也从精神与艺术的高境界上，使自己的艺术作品及其所塑造的精神典型走向真正的大气与恒久的界域。

当然，在巨大的精神痛苦的炼狱中产生的精神变异，也使这些大作家出现了一种狂诞情绪，以变异怪诞之笔，去写变异的"荒唐人"的变异的非正常性思想活动与精神现象，因而使读者初接受时感到惊诧、奇异，一时难以理解。然而，也正是这种在巨大痛苦中痛定思痛而产生，一时令人难以理解的精神典型，才内涵深厚、耐人寻味，经得起长时期、多角度的反复推敲与研究。

自然，这些作家所创造的艺术典型并不都是精神典型，但是他们对精神典型无疑是最重视的。陀思妥耶夫斯基说高略德金"在自己的社会重要性方面是一个伟大的典型"，"而这个典型是我第一个发现并将其表现出来的"。[1] 又说"高略德金高于《穷人》十倍以上"，还曾"声明《两重人格》的思想是他准备贯彻到自己的长期文学活动中的全部思想当中最严

---

[1] 转引自李春林：《鲁迅的〈阿Q正传〉与陀思妥耶夫斯基的〈两重人格〉——兼谈精神胜利法的世界普遍性》，《〈阿Q正传〉新探》，第225页。

肃的思想之一"。[1]《哈姆雷特》则是莎士比亚的中心作品，如赫尔岑所说"可以看作是他全部作品的典型"[2]。《堂吉诃德》《奥勃洛摩夫》和《阿Q正传》无疑也是塞万提斯、冈察洛夫和鲁迅最重要的代表作。

创造精神典型的大作家，在世界文学史上也寥若晨星。而鲁迅则以阿Q这个高难度、高深度的精神典型，无愧地列入世界第一流大作家之列。仅从这点来说，鲁迅对中华民族的精神贡献就是永远不可磨灭的，就是中国最伟大最深刻的思想家与文学家。鲁迅是永远值得中国人民引以为自豪的。

## 文学后裔

张天翼说过："现代中国的作品里有许多都在重写《阿Q正传》。"[3] 老舍说："像《阿Q正传》那样的作品，后起的作家简直没有不受他的影响。"[4] 这两位现代文学大师的话是符合实际的。中国现代文学史上，确实出现了一系列有意学习，甚至刻意模仿《阿Q正传》的小说，可称之为阿Q的文学后裔，其中较有代表性的是：

许钦文的《鼻涕阿二》。这篇小说写的是一个名叫白菊花的女子深受重男轻女思想风俗迫害的故事，有明显模仿《阿Q正传》的痕迹。同样采取传记写法，同样写了主人公的一生。《阿Q正传》以辛亥革命为背景，它则以戊戌政变为背景，并做了明确的交代。而且也采用新形式的章目标题：开头一章，一字一句考证"鼻涕阿二"名字的来历，和《阿Q正传》第一章《序》的写法非常接近。阿Q有"恋爱的悲剧"，阿二则有

---

[1] 转引自李春林：《鲁迅的〈阿Q正传〉与陀思妥耶夫斯基的〈两重人格〉——兼谈精神胜利法的世界普遍性》，《〈阿Q正传〉新探》，第225页。
[2] 杨周翰编选：《莎士比亚评论汇编》上，第458页。
[3] 张天翼：《论〈阿Q正传〉》，《汇编》第3卷，第385页。
[4] 老舍：《鲁迅先生逝世二周年纪念》，《汇编》第2卷，第1000页。

"拒绝亲吻的悲剧"。向阿二求爱的那个男人不但像阿Q一样挨了打,而且还像阿Q一样受罚,给白家叩头、送红鞭,一样遭到地保的敲诈。阿二在家里经常受到祖母、姐姐等的戏谑、侮辱,她们以阿二的痛苦为乐,专门寻找机会取笑她,就像未庄人取笑阿Q那样。阿二再醮以后,忌讳人家说"二头婚""两嫁头",可是周围的人却故意要在她面前多说几个"二""两"。而阿二也像阿Q讳"光"讳"亮"似的,凡遇上"二""两"时就改称"双",结果闹出"双斗江米""双斤萝卜"的笑话。总之,从标题、结构、人物描写,乃至某些细节提炼,都可以看出《阿Q正传》的影响。

王鲁彦的《阿长贼骨头》。这篇小说中的主人公阿长和阿Q一样都生活在落后的村镇,都是旧社会里得不到正常发展的畸形人物。阿Q是一无所有,阿长家里也很贫困,父亲行乞,母亲给人家做工。阿Q真能做:"割麦便割麦,舂米便舂米,撑船便撑船";阿长也有一双能干的手:"会掘地,会种菜,会碧谷,会舂米,会磨粉,会划船,会砍柴"。阿Q爱押宝赌博,阿长也"喜欢摸摸牌"。阿Q被赵太爷等逼得走投无路,不得已做过小偷,阿长则是由于父亲偷窃恶行的影响,从小就学会了偷窃。阿Q曾在戏台下拧过人家妇女的大腿,阿长则甚至调戏自己的堂嫂和堂妹。作品特别写了这样一段情节:他偷了史家桥小孩的项圈,被打了一顿,然而没过多久,他就把当时为什么挨打、有哪些人打他、谁打得最凶都忘却了,只记得阿芝老婆在背后笑过他,因此他对她要进行报复。有一次,他借卖洋油的机会故意泼了她一身,并乘机摸人家的乳房,这时他"心里舒畅得非常……这报复是这样的光荣,可以说,所有史家桥人都被他报复完了。而且,他还握了阿芝老婆的肥嫩的手,摸了突出的奶!……光荣而且幸福。……然而这也足够他受苦的了,女人,女人,而又女人!"这与阿Q摸了小尼姑滑腻的脸之后的古怪感觉颇为相似。阿长与阿Q,不仅在"精神上的胜利"和善于忘却方面相通,而且在对于女人的心理状态上也是相同的。另外在讽刺笔法上,王鲁彦也颇得鲁迅真传,如苏雪林所云:"文笔之轻松滑稽,处处令人绝倒,也有些仿佛《阿Q正传》。"[1]

王任叔的《阿贵流浪记》。这篇小说以《阿Q正传》为模本,以"嘻笑怒骂的笔来写",通过主人公阿贵流浪上海的所见所闻,展示了"五卅"期间都市的黑暗现实。王任叔的不少作品都执意学习鲁迅的讽刺幽默笔法,例如《雄猫头的死》《疲惫者》《白眼老八》等描写破屋下人们的不幸遭遇,怜悯中夹杂着诙谐的笔调,其中的主人公雄猫头、运秧、老八等身上都可看见阿Q的影子;《剪发的故事》《黄缎马褂》《隔离》等摄下"乡村的封建势力的缩影与其可笑的动作",讽刺中透露出愤怒的情感。

蹇先艾的《水葬》。这篇小说的主人公骆毛,因偷东西被村人抓住,按当地风俗把他扔到水里处死,靠他侍养的老母却还在念叨他为什么不回家。鲁迅在《〈中国新文学大系〉小说二集序》中认为这篇作品"展示了'老远的贵州'的乡间习俗的冷酷,和由于这冷酷中的母性之爱的伟大"。小说写到骆毛被绑赴水葬途中,村中的男女老少争先恐后地跟着看热闹,很有点像阿Q被绑赴刑场游街示众时的情景。骆毛在受到拳打时也学着阿Q的口吻无师自通地说道:"哎哟!你们儿子打老子吗?""再过几十年,又不是一条好汉吗?"很有点儿阿Q相!

台静农的《天二哥》。这篇小说中的主人公因为打了警察两个耳光并说他姓"天"而被人称为天二哥,然而他又与群众小柿子互相打骂,表现出阿Q式的麻木落后。

其他,还有彭家煌《陈四爹的牛》中的猪三哈。他是陈四爹家连牛都不如的雇工,但是却安于做稳了的奴隶地位,当丢了牛、奴隶地位受到威胁时,就带着对主人真诚的祝福跳塘自尽。潘漠华《人间》中的火吁司,在深山坞里过着饥寒交迫的生活,却阿Q式地心平气和地忍受煎熬。

---

[1] 苏雪林:《王鲁彦与许钦文》,《现代》1934年第5期。

就是赵树理《李有才板话》中的李有才，其乐天气派与诙谐风格，也包含阿Q的韵味儿。

综上所述，可以得出这样的结论：《阿Q正传》对后起的作家确实产生了深远的影响。20世纪30、40年代，中国现代作家中有许多人在有意或无意地重写《阿Q正传》，形成了阿Q文学后裔系列，充分证明了阿Q所表现的精神现象与人性特征具有极大的普遍意义与广泛的社会基础，进一步开拓了人们对阿Q生活来源的认识视野，了解到社会生活中的确存在着各种各样的阿Q。但是，又不能不承认这样一个事实：阿Q的文学后裔，无论在深度还是在力度上都无法与阿Q相比，多数是在细节上模仿阿Q的滑稽与可笑，没有一个形象是成功的，更没有精神机制上的开掘，离阿Q式的精神典型远矣。

个中原因何在呢？除了文学水平外，主要是不具备鲁迅那样的哲学头脑和精神高度，这实在是令人深思的。

到了80年代中期，重写《阿Q正传》的问题，又在"文化热"中被重新提起，著名作家冯骥才从文化反思小说的角度对鲁迅和他的《阿Q正传》做出了独到的理解，指出：正是鲁迅，最早地把敏锐的思维触角深入到文化深层，从民族文化心理的角度剖析中国的国民性，通过阿Q等不朽的文学典型，对中国民族文化心态的痛疾做出形象而又深刻的揭示。冯骥才主张新时期文学面临今天的社会大变革，应该对社会的深层结构（特别是文化结构）进行比鲁迅先生更进一步的反思，并身体力行，致力于总名为《乱世奇谈》的系列文化反思小说的创作实践。

我们不妨拿《乱世奇谈》第二部《三寸金莲》与《阿Q正传》做一下比较，看看新时期文学从哪些方面沿着鲁迅开辟的方向前进了，又有哪些差距。冯骥才的《三寸金莲》，自然与鲁迅的《阿Q正传》相距甚远，但是也表现了当代中国作家对中国文化深层，即中国人的精神现象的可贵探索：不仅揭示了"求诸内"、不看外界客观实效、一味追求内部心理平衡和精神胜利这一中国人精神现象中所隐含的思维定势，而且用"小脚"这个再恰当不过的精神符号更为具象地显现了这种思维定势的"魅力"与自我束缚力。

在世界各民族的习俗中，畸形、变态、不讲实效者，恐怕莫过于中国妇女的裹小脚了。非洲、大洋洲的土著，也有在自己脖颈上戕出瘢疮作为修饰的，还有在下颌刻洞插上兽骨显示美观的。这种心理虽然愚昧、变态，倒还没有妨碍人的行动，痛苦也小得多。唯有中国妇女的裹小脚，不仅使人从小忍受终年累月的巨大苦痛，而且长大裹成之后，还严重妨害行动，有的竟像二寸二小脚的滕家小姐那样不能站立，成为残疾。《三寸金莲》以隐含血泪的笔触写了中国妇女这种撕心裂肺般的痛苦。主人公戈香莲为了让女儿莲心躲过裹脚的那一天，找了个替身哄骗将要咽气的公公佟忍安，以致丢失了亲女，就深刻反映了她对裹脚的彻骨的恐怖和隐恨。既然如此，中国妇女为什么裹了一千年呢？这就是《三寸金莲》所要着力回答的了。冯骥才以渊博的文化学、民俗学知识和富有神采的笔触，写出了令人眼花缭乱的小脚文化。就是这种伤天害理的缠足习俗，竟然有灵、瘦、弯、小、软、正、香各种讲究，荟萃了美术、工艺、文学、礼仪等中国古代文化的各种精华，有晾脚会、赛脚会等各式各样的赏玩方法，形成了中国特有的小脚文化。作家并非在卖弄学问，而是在形象地展现中国古代文化的二重特征——既是畸形、变态、愚昧、不讲实效的，又是精致、复杂、富丽、荟萃人类高度智慧的；既是封闭、自我束缚的，又是具有强大魅力、难以解脱的。这就是既不同于非澳土著文化，又不同于西方科学文明的特定的中国文化，中国人的精神现象。

而使这种文化对人产生强制力的原因，除了文化本身的魅力，重要的是文化背后的人的物质力量——以大古玩商佟忍安等"莲癖"为代表的封建宗法势力。小说以"太阳晒黑的小鸡儿"结尾，做出了这样的暗示：中国封建社会里，女性的事情关键在男性。因为嗜好小脚的男人主宰着社会，不娶、不买、不喜欢脚大的女人，并以脚小的程度判定女人的地位和价值。像戈香莲那样赛脚会败下来就受尽欺压，几乎寻死，发愤重缠出一绝妙小脚，就成了一家之主，一双脚丫子决定了女人一生和她下一代的生死存亡，所以女人才竞相缠足，越小越好。女人被男人束缚，自己又束缚自己，并且互相斗赛、互相束缚。戈香莲正是在这种由奶奶、佟忍安、潘妈、众妯娌、傻丈夫等人织成的不可摆脱的文化网罩和精神锁链中扭曲着自己的肉体和人性。

那么，佟忍安一类中国封建社会的男人又被什么裹缚呢？是被一种无形的文化心理与精神机制所裹缚。如前文所引史密斯《中国人气质》一书第一章《面子》，即全书总纲中说："中国人作为一个种族，具有强烈的做戏的本能。""中国人的问题永远不是事实问题，而总是形式问题。"鲁迅、周作人都同意这一论断，认为"面子"是中国国民性的精神纲领。由此深挖到底，也会剥露出中国民族文化心理中"求诸内"、只讲究形式、不看外界客观实效、一味追求心理平衡和精神胜利的思维定势。这种思维定势由意念进入潜意识，再由潜意识演化为全民族的"集体无意识"，于是形成一种无所不包的文化心态和国民气质，对民族中的成员有一种难以抵御的强制力，再加上高度发达的中国古代文明的酿化与炼化，就升华到中国文化的极限，显示出文化这个神秘物的强大魅力和自我束缚力，强使一代一代人民的行为方式、文化模式刻板化，既安于别人摆布自己的肉体和灵魂，又要强行裹缚比自己软弱者的肉体和灵魂。佟忍安这类"莲癖"男人对小脚如痴如醉，正是这种文化心理、思维定势扭结着变态的性心理所造成的男性对女性的摧残。这种中国人"内隐的行为模式"，的确是一种特殊的精神现象，是长期的"历史积淀"所压抑而成的一种精神扭曲。

而佟忍安一家一味斗赛、嗜好小脚，以致全部古玩家当被残疾人活受掠去的破落史，又折射出中国"数千年知识学问之累积，皆在人事一方面，而缺乏自然之研究"[1]的文化心态弊病与错误的精神趋向。《三寸金莲》虽然写的是清末民初的事情，只字未提"文革"，然而实质上对造成十年浩劫的中国民族文化心理中的思维定势，做了比《啊》《高女人和她的矮丈夫》更具有穿透力的思考；没有写改革，却使人感到比写改革的成功之作《走进暴风雨》更深沉地反映出改革在中国的必要性、必然性和艰巨性，因为它深入到改革后面的文化心理和精神现象的背景中去了。当然，并不是说《三寸金莲》这类文化反思小说可以替代直接反映现实改革的小说。目前更需要的还是后者。而是说大凡思想深刻、对人们的精神现象有所洞见的作家，不管从哪个角度创作，只要他把思维触角深入到文化深层和精神现象中去，都会不约而同地揭示改革的必要性。因为中国人的精神实在像"裹小脚"一样被束缚得太死了。

要改革，首先要解放思想，挣脱精神束缚。反映改革的深刻程度，往往不是主要由题材本身的性质所决定的，而主要取决于作家对民族文化心理与各种精神现象进行哲学思考的深度。正如郑义的《老井》，本来并没有打算写改革，客观效果却使读者联想到了改革的必要性与中华民族从事改革的必胜信心和坚韧精神。中国文化厉害之处，就在于能把一些变态、畸形的东西强加给人们，最后提高到一个审美层次，这就是我们需要改革原来的思想行为模式而又困难重重的文化心理原因。《啊》中的吴仲义，其思想上的"裹小脚"的痛苦性、艰巨性，某种意义上是比戈香莲有过之而无不及的。对这种自缚与被缚的隐性心理模态，南方苏州的陆文夫在《小巷人物志》中也做了可贵的探索。《井》中的徐丽莎就是因这种无形的社会舆论而自我钳制，成为思想上"裹小脚"的牺牲品。中华民族挣脱传统文化束缚、实现精神解放的历程，有如"缠放缠放缠放缠"的缠足与放足的斗争过程那样，是长期、曲折、艰巨的。是的，只有拒不缠足的

---

[1] 梁漱溟：《中国文化要义》，上海人民出版社，1949年。

一代天足者长大，这斗争的程度才渐渐消淡。单靠缠足者放足，无法战胜缠足。缠足者放开了以后可能不会走路，可能再缠，兴起"复缠会"。由"放脚"到"放脑子"，最终真正实现思想解放的希望，寄托于全新的青年一代。

"辫子""示众""围观""看杀头"，在《阿Q正传》里是反映中国文化心理和精神现象的符号；"小脚"在《三寸金莲》里，同样是一种文化符号与精神符号。在老祖宗留下的遗产里，最适合于具象地表现其封闭、畸形又精致、讲究的精神文化内涵的，莫过于"小脚"了。如果把中国封建社会的文化心理与精神现象具象化的话，就真像一只裹得极小又极美妙、极考究的"三寸金莲"。在阿Q可惜吴妈脚太大的惋惜声和《风波》结尾六斤新裹脚后的瘸拐形象中，鲁迅透露些许信息，但是并没有深掘其内涵，没有专门进行具象化的描写。冯骥才却发现了，进行了探索本原的工作，并以富有灵气和津味的笔，精彩地写出了它，这就是《三寸金莲》比《阿Q正传》更进一步之处，也是给予读者新鲜启悟的地方。我们的文学家不断从各个视角和层次，以不断更新的文学形象，拓展人们对中国民族文化心理与精神现象的认识，就会使文学在促进民族意识觉醒、重构民族文化品格、重塑民族现代精神的历程中发挥越来越大的作用。

对冯骥才在文化反思中的悟性做出这样高的评价，并不意味着认为《三寸金莲》是完全成功的。开始进行比较的时候，我们就已指出：冯骥才的《三寸金莲》，自然与鲁迅的《阿Q正传》相距甚远。甚至可以说，没有可比性。进行这种比较，从悟性意义上说，可以得到某种启发；而从高低意义上看，则是非常荒谬的。

因为《阿Q正传》是成功的传世名作，《三寸金莲》却是一次失败的尝试。在艺术成败问题上，我同意陈墨在《〈三寸金莲〉——失败的文本》[1]一文中的意见，但认为《三寸金莲》艺术上的失败除文本之外，应对失败的根本原因做一下认真的探究。

《三寸金莲》最大的失败在哪里呢？就在于没有塑造出一个成功的人物形象。当然更谈不上塑造成功的艺术典型，或难度甚高的精神典型了。诚如一位读者在一则杂感中尖锐指出的那样："最深的印象就莫过于戈香莲缠脚、佟忍安玩脚、妯娌们斗脚、爷几个赏脚等一系列关系小脚（而不是人）的大特写了；至于人物反倒成了小脚的附庸，因此虽说花了不少笔墨，色彩却比赵太爷、九斤老太们稀薄得多。"[2] 造成这种"稀薄"的原因，是"积淀"不足。文化积淀、学识积淀、思想积淀、生活积淀，特别是精神积淀和对原型人物的感性积淀不足，创作又不够从容、"清高"。这里用"清高"一词，并非标榜旧时文人习气，而是反对作家的媚俗。为了追赶时髦、从众随俗，或是由于经济等原因所迫，在创作上急功近利，不能从容裕如地惨淡经营清新、高雅、深刻、厚实之力作，因而"升"不上去，"化"不开来，既不能升华到《阿Q正传》那种晶莹透明、清澄醇厚的境界，又不能创造出一个阿Q那样的鲜活、灵动、蕴含深厚的艺术典型。冯骥才是注意长久地在心里消化生活的，总要使它熔化成一个具体的艺术形象。而戈香莲的形象却不仅无法与阿Q媲美，甚至无法与他自己小说里的高女人和她的矮丈夫相比，其根由在于冯骥才对高女人、矮丈夫这类生活原型有现实感受，对戈香莲这类人物却缺乏感性"积淀"。当然，这并不是说现实生活中无法直接感受的历史人物就一定无法写好，而是说需要更多的体味、感悟与想象，使之化为丰厚、醇美的形象。金克木先生指出《三寸金莲》是"小说体的论文"，很有道理。富于思想家、理论家气质的作家写出的小说，往往包含论文的特征，鲁迅的小说就被有些研究家当作论文或杂文来评论。然而，文化反思小说终归不是论文，而是借尸

---

1 《文学自由谈》1988年第2期。
2 颜唯文：《小脚的学问及其他——杂感两则》，《文汇报》1986年7月31日。

还魂，是把历史的题材、人物、故事当作载体，将创造主体对民族文化心理的反思渗透其间，"化"为自己擅长驾驭的小说结构与文学语言，塑造独特的文学形象。文化反思小说怎样才能做到鲁迅的《阿Q正传》那样，既有深邃的反思，又有活灵灵的形象呢？除了对原型人物的感性积淀之外，还需要精神积淀：对人类精神现象长期地深邃地洞鉴、体悟的积淀，对本民族精神机制、精神特征刻骨铭心的体验性积淀，对精神哲学理论典籍长期钻研、厚积薄发的理性积淀。这种学者、思想家型的精神积淀，不仅从艺术走向文学的冯骥才缺乏，其他中国当代作家也同样"先天不足"，无法与鲁迅等学者、思想家型的作家相比。

《三寸金莲》的另一个瑕疵是：情节构思尚未脱俗。例如后来与戈香莲对垒的天足会会长牛俊秀，竟然是戈香莲早年丢失的女儿莲心。这类巧合在中国古代小说，特别是晚清小说中是很多的，鲁迅小说中却从来没有。这正是鲁迅小说与中国传统小说的本质区别之一，是其深刻的表现，冯骥才的小说在情节构思上还没有完全达到这种境界。

纵然80年代的新时期文学史上没有出现堪与阿Q媲美的艺术典型，但是总算能找到一些靠近的，高晓声塑造的陈奂生就是其中之一。陈奂生这个典型人物，实质是表现中国农民在被长期封闭、困扰之后，与城市文化及西方现代文化在生活方式、价值观念上遭遇碰撞时，所形成的精神反差；从而表明了中国从传统农耕文明向现代工业文明转变的必要性、必然性以及转变过程中的精神变革的艰巨性、重要性。高晓声的确是新时期出现的比较深刻、扎实的作家，陈奂生不愧为新时期文学孕育出的比较富有光彩的艺术典型。高晓声那冷峻中透讥诮的笔法，在很大程度上反映了鲁迅的文学手段；陈奂生那幽默、诙谐的乐天气象，颇得阿Q的神韵。这再次说明了这样一个真理：只有在长期的残酷生活的"炼狱"中修炼出来的"鬼才"型的作家，才可能对现实生活产生特别深透的洞鉴，以冷峭、洒脱之笔，塑造出这种鲜活风趣、蕴藉深厚的艺术典型。然而，遗憾的是，陈奂生远未达到阿Q所具备的精神典型境界，远未"深掘"出人物性格系统中隐含的某种精神机制，因而使陈奂生没有产生阿Q所包含的那种无穷的哲学意味。个中原因在于：高晓声虽然比其他当代作家具有充足得多的生活积淀和对原型人物的感性积淀，然而终究与同代作家一样，在精神积淀方面先天不足，特别是缺乏对精神哲学理论典籍长期钻研、厚积薄发的理性积淀，也就是"书房功底"不够厚实，理性思辨力还不够深邃。所以，"上城"虽达到相当的深度与力度，但未能进入精神现象的深层次；而"出国"就更显得浮光掠影，给人以皮相之感了。因而影响也小多了。

希望还须寄托于新一代作家。中国当代青年作家中，"书房功底"较厚实，理性思辨力较为强健、深邃的，当属韩少功。他的《爸爸爸》，虽不能达到有的评论家所称的"伟大"的程度，但确实是一篇富有哲学意蕴的深刻力作。主人公只会对赞同者喊"爸爸爸"，对厌恶者说"X妈妈"的行为模式，反映了一种典型的处于原始、蒙昧状态的精神现象，在当代中国具有异常重要的现实启悟意义。可惜是人物形象的混沌性，使其难以像阿Q那样留给人们一个鲜明的印象，因而尚不能算是成功的艺术典型。其他青年作家中，"书房功底"不算厚实，但却受到理论典籍熏陶并从中获益的是矫健。据说他写《短篇小说八题》时，在海边租了一间草房，带去不少深奥的哲学著作，一个人独处深思，或在草房读书，或在海边徘徊，在悠闲自适的读书与思考中写成了八篇富有哲理意味的小说。他说他读哲学书，并不求甚解，而只是"熏味儿"，从中增强自己的哲理思辨能力。实践证明，他是大为获益了。但可惜这八篇小说虽富有哲理意味，却没有塑造出哲理性的典型人物，因而难以产生深远影响。张炜的《古船》《九月寓言》，与矫健的《短篇小说八题》相比，是深沉、厚重得多了。陌生化与寓言化的整体构架，有些像《阿Q正传》，表现出一种当代中国作家少有的带有根本性的深邃与坚实，显示出唯张炜才有的扎实功底与远大前程。然而令人惋惜的是：仍然未能塑造出十分鲜明、饱满的艺术典型。

古今中外的文学实践反复证明，塑造各种各样的典型人物，乃是各个时代文学创作的主要任务。因为文学是人学，而集中反映人的本质特征的文学形象自然是典型人物。当然，主要任务并非唯一任务，不能否定不以塑造人物为中心的其他文学体裁和作品的存在价值，应当允许文学多样化的自由发展，但是成功的艺术典型能够最大限度地发挥文学的功能，也最能衡量一个国度、一个时代的文学水准，却终归是无可否认的事实。那种还原生活、消解典型的论调是无益于文学的繁荣发展的。

可喜的是余华在塑造阿Q式典型人物的文学道路上前进了一步。他的《在细雨中呼喊》，对人类成长过程中的各种生命体验的刻画简直达到了极致，但是由于人物过多，未能雕塑出更为突出的形象。到了《活着》，就开始发挥"狠劲"，集中笔力雕刻一个人物——福贵，终于实现了突破。福贵承继并凸现了阿Q的乐天精神，说明我们中国人这几十年以至几千年是如何熬过来的，是怎样乐天地忍受着种种苦难，坚忍地"活着"的。正是本根于这种精神，阿Q才不致发疯或自杀，福贵也没有跟随他所有的亲人去死，中华民族也才坚韧不拔地顽强延续了五千年。诚如余华在他那篇文学宣言的结尾所说："一部真正的小说应该无处不洋溢着象征，即我们寓居世界方式的象征，我们理解世界并且与世界打交道的方式的象征。"《活着》称得上是一部"洋溢着象征"的真正的小说，福贵乐天地"活着"的精神正是一种"寓居世界方式的象征"。他具有一定的典型性，但是与阿Q相比差距甚大。其中症结在于：鲁迅对阿Q的精神胜利法这种"与世界打交道的方式"，主要采取的是批判的态度，深刻揭示了其负面的消极作用，让人引以为鉴，克服自身类似的弱点。余华对福贵乐天地"活着"的精神主要采取的是赞颂的态度，对其负面的内在消极因素缺乏深掘。中肯的批评往往比正面的歌颂更深刻，对中华民族也更为有益。

余华在他的第三部长篇小说《许三观卖血记》中就对中国人"活着"的方法,即"活法"进行了深刻的揭示与严酷的批判。这部小说绝不能简单地看作"主题重复",轻易下这种断语,只能表明评论者的浮浅。深一层去看,就不难得出这样的结论:《许三观卖血记》是《活着》的深化,是余华朝前迈出的一大步,作家是通过许三观这个典型形象,从与阿Q既同又不同的另一个更为具象、更为残酷的视角批判了中国人"求诸内"的传统心理与精神机制。所谓"求诸内",就是拒斥对外界现实的追求与创造,一味向内心退缩,制造种种虚设的理由求得心理平衡和精神胜利。儒、道、释之所以在中国能实现"三教融合",原因之一是这三教都有"求诸内"的心理渊源,合流之后更加重了这种趋向,长期积淀为一种顽固的心理定势与精神机制,铸成中国人的一种弱点。鲁迅对此进行了多年的深刻探究,他之所以创造阿Q,用意之一也在于要把退回内心以求精神胜利的普遍现象集中在一个人物身上,予以戏剧化的演示,让人们在笑声中肃然省悟自身类似的弱点,逐步克服。而余华笔下的许三观,则是血淋淋地展示了另一种更为残酷的"求诸内"——抽卖身内的鲜血以求自己和亲人的生存与发展。这种"与世界打交道的方式",真是令人毛骨悚然,于惊骇和恐惧中联想很多。造成许三观屡屡卖血的主要原因是时代环境,在禁绝商品经济的极"左"年代,老百姓除了卖血没有其他获得工资以外收入的途径,所以只能这样可悲地"求诸内"。然而在改革开放、经济繁荣、不必卖血为生的时期,许三观还是坚持卖血,并为自己的血已卖不出去而哭泣,就形象地说明"求诸内"这种"与世界打交道的方式"已经成为他自身的心理定势与精神机制,非常难以扭转。像许三观这样的中国百姓是很多的。当然,不见得每个人都在真的卖血,而那种一味强调节俭,把自己的生活费用压缩到最低点,以极少的碳水化合物维持生命的"活法",岂不是一种变相的更为普遍的"卖血"?他们对内只能出卖自身的鲜血,对外又要求绝对平等:"当他的生活极其糟糕时,因为别人的生活同样糟糕,他也会心满意足。他不在乎生活的好坏，但是不能容忍别人和他不一样。"然而，"遗憾的是许三观一生追求平等，到头来却发现：就是长在自己身上的眉毛和屌毛都不平等。所以他牢骚满腹地说：'屌毛出得比眉毛晚，长得倒是比眉毛长。'"许三观这时已经对自己"理解世界并且与世界打交道的方式"表示怀疑了。我们也通过这一形象联想和省悟到：如果不从根本上纠正中国人"求诸内"和追求绝对平等的致命弱点，将心理定势与精神走向扭转为求诸外，在建设中求生存，竞争中求发展，中国的改革开放事业就不可能成功，或者暂时成功了还会被巨大的惯性拉回老路。这就是许三观的内涵意义，是这个典型形象给予我们的哲学启悟。余华写许三观后来为自己的血已卖不出去而哭泣而发牢骚，比写他前期卖血还深刻得多！

因此，许三观的典型意义明显高于福贵。之所以产生这样的效果，原因之一是余华在创造典型时更为合"度"了。所谓"度"就是分寸感，合"度"就是把握好人物的褒贬程度与臧否分寸。鲁迅对阿Q是充满同情的，并没有完全贬斥。然而正因为如此，就反倒会哀其不幸，怒其不争，对阿Q身上的精神胜利法等病症更为痛恨，采取了以批判为主的态度，也就是说贬大于褒，否多于臧。倘若不合"度"，缺乏分寸感，变成以欣赏为主，褒大于贬，臧多于否，阿Q就会失去警戒作用。相反，如果完全批判，彻底否定，连乐天气象与"真能做"的劳动者的淳朴都没有了，成了流氓和惯偷，阿Q也会离我们远去了。所以，"度"实在是创造典型的一大要素与准则，绝对不可忽视。余华的《许三观卖血记》比《活着》深化之处，正在于对许三观"求诸内"负面消极性进行了异常深刻的批判，却又没有采取贬斥、嘲笑的态度，令人从许三观的失败和固执中感受到他是位既可悲又可爱的人。这种褒与贬、臧与否、赞美与批判之间的合"度"与互渗，使许三观这个典型形象深含哲理意蕴。

而金庸小说《鹿鼎记》中的韦小宝虽然算是一个相当生动的社会形

象，其价值却无法与阿Q相比。这个人物是妓院长大的小流氓，偷抢拐骗，吹牛拍马，没有什么不可做，而且做得心安理得。他就靠着侥幸和流氓气而获得了成功，居然也妻妾成群，封侯拜爵，成了大人物。但是在现实生活中，韦小宝式的成功者远没有阿Q型的失败者普遍，他只能助长人们的侥幸心理和流氓气，绝无阿Q那样的鉴戒作用。作家在这个人物身上涂抹的过"度"的喜剧色彩更冲淡了他的典型意义，使他绝不可能取代渗透着适"度"喜剧因素的悲剧典型阿Q，也远没有许三观那样的深刻内涵。

当然，"度"是极难把握的。因为它是模糊的、不确定的。这种不确定性，呈现于人物性格中就显示为多极性，难以用一个概念囊括。王蒙在《活动变人形》中以一系列连珠炮式的反问表达对主人公倪吾诚的困惑："知识分子？骗子？疯子？傻子？好人？汉奸？……"这些王蒙风格的反问，道出了一条真理：典型人物的典型性格是复杂、多极的，很难用一个词语和概念总括。说实话，我觉得王蒙小说虽多，八十多岁了还高产不断，令人佩服！但他最好的小说是《活动变人形》，塑造最成功的人物是倪吾诚。不仅他自己，就是整个中国当代文学，也很难超过了！阿Q也是这样的，无法简单判定他的类别归属：农民？落后农民？浮浪农工？保皇派？革命党？投机者？……多极性与模糊性成为阿Q性格的突出特征。同样，许三观的性格也不可能一言以蔽之，他的固执令人恼火，而他对亲人的无私奉献又让人觉得可爱。

造成人物性格多极性的内在原因是其内核中搏动的活泼泼的生命力。用20世纪80年代人们对贾平凹《浮躁》中金狗性格内核的评语来说，就是："野性。"金狗这位穷乡僻壤的才子和路遥小说《人生》中的高加林一样，也经历了一番从农村到县城记者然后又落魄回到农村的循环。然而，金狗绝不是高加林，他虽然有与高加林相同的经历和相似的文采，却比高加林深刻、复杂得多。高加林反映了城乡差异在农村学子心灵深处所造成的反差与不平,给人们带来了强烈的心理震荡,特别是农村姑娘刘巧珍真挚、善良的爱情以及由此形成的悲剧,更是感人肺腑。但是高加林的个人坎坷虽然也包含了时代因素,却没有与时代的整体性变革联系在一起。与时代变革融合在一起,反映出农民改革者性格特征并折射出时代浮躁心态的典型形象是金狗。他始终处于人格的双重裂变与灵、肉的撕搏之中,觉悟到农民意识对自己的禁锢与扭曲,要努力去克服,却不能超越自我、冲出牢笼。倒是因受大空经济犯罪牵连而入狱之后,才终被激醒,不但不再去要求恢复报社职位,反倒主动申请停薪留职,并进而彻底不要这个名位,玩笑式、洒脱地又成为一个地道的农民,决心"实实在在在州河上施展能耐,干出个样儿来,使金州河的人都真正富起来,也文明起来!"这时的金狗获得了哲学的升华,成为 80 年代出现的成功的新时期农民改革者的典型形象。与同样成功的张炜《古船》中的隋抱朴相比,之所以给人以更为突出、强烈的印象,也在于金狗性格内核中那种独特的"野性",非较为文静的隋抱朴所能相比。

但是,贾平凹仍未能对金狗的精神机制进行更为深入的开掘。真正深入到精神机制中的,是冯骥才小说《啊!》中的吴仲义。这个心理变态、人格扭曲的精神奴隶,形象地反映了中国知识分子在专制主义高压与肆虐下精神被扭曲、摧残、奴化的严重性,具有巨大的精神深度。一个吴仲义所表现的专制主义压迫的深广性,远远超过了众多"伤痕"文学作品,其原因在于冯骥才没有仅从表层的"伤痕"着笔,而是深掘了主人公从一位思想敏锐、有深度、对国家体制问题有惊人之见的历史系大学生逐步被"腌制"成精神奴隶的变形过程和精神机制萎缩、失常的主客观原因。

吴仲义与契诃夫《一个小公务员之死》、果戈理《外套》中的主人公有着亲缘关系。然而,由于冯骥才在刻画人物的精神深度上超过了前人,所以吴仲义具有了更为深刻的内涵,同时也就超越了他本身的意义,作为被专制主义扼杀、扭曲的精神奴隶的典型而普遍被引为鉴戒，具有超阶层、超界域的精神价值。因而不仅在中国新时期文学史上，而且在世界文学史上都有其独特的分量。

可惜的是吴仲义的对立面贾大真却很不成功，不像阿Q的对立面赵太爷、假洋鬼子那样有个性、有深度。纵然这个人物显得精明、凶悍、富有心机，足以给吴仲义这样的书生造成"黑云压城城欲摧"式的精神压力，然而从命名到内心还是有失浮浅，有些脸谱化，没有深掘出这类人物形成的社会原因与内心动机。加以这时的冯骥才，不仅没有鲁迅写《阿Q正传》的那种尖锐、讥诮、凝练的大手笔，而且不及他后来写《三寸金莲》时那般纯熟、灵动，有些地方略显生涩，因而影响了吴仲义这个人物形象的传布。

典型创造是在对比中进行的，对立面的深浅直接影响典型的成败。中国当代文学中最成功的对立面人物莫过于古华《芙蓉镇》中的王秋赦。此角色与住在土谷祠里、来历不明的阿Q颇为相像。而他赶上的时代机遇却比阿Q好得多，在土地改革中凭借穷出身与硬"根子"翻身解放，以后又接连因"穷"得福，成为"运动根子"。这个人物的价值在于启悟我们认识到：中华人民共和国成立后半个世纪以来，运动不断、民不安生的社会原因之一，就是相当普遍地存在着"我要什么就是什么，我喜欢谁就是谁"的阿Q式的革命家与王秋赦这样的"运动根子"。

还是回到余华的许三观上来。我们在前文中对许三观做出那样高的评价，并不是说他可与阿Q媲美，而是说有些相近，但差距仍很大。最主要的差距是远没有达到阿Q那样的精神哲学境界。前文说过，许三观抽卖身内鲜血的"求诸内"比阿Q精神胜利的"求诸内"要具象得多，也残酷得多。然而正因为其过于具象，也就难以有阿Q精神胜利法那样高度的哲学抽象性，不能上升到人类学的哲学本体境界，更有深度地表现人的精神活动与思维逻辑，因而难以具备阿Q那样深厚无穷的哲学意蕴与普泛无际的典型意义。

而路遥的《平凡的世界》之所以获得那么众多的读者，则因为以孙少平为首的主要人物所具有的克服困难、顽强向上的精神，符合当下无数青年的心理需要。在这一点上，属于浮士德式积极精神典型类型。更加证明精神高于性格，真正激励人们的是精神，而不是性格。当然，在艺术上是与浮士德有差距的。

造成差距的主要原因之一是哲学修养不够。余华说自己是一位有实力的作家，但修养还远远不够，当是非常中肯的自评。不仅是余华，中国当代作家几乎都难以有鲁迅那一代作家的修养了。而诸多方面的修养中，最缺乏的是哲学典籍的长期熏陶，不能如鲁迅当年猛攻佛经那样，对宗教文化进行深入的钻研，因而探索人类精神现象时不能运转"深度思维"，回瞰历史时又不能放以高远的眼光。譬如余华对"文革"的反映，无论是《活着》《许三观卖血记》，还是后来的《兄弟》，都显得简单化，与《阿Q正传》对辛亥革命的深刻批判无法相比。但比起一般作家已经高得多了。所受的限制，往往是时代的原因，不是个人素质的缺乏。

那么，为什么阿Q降生之后百年间，竟没有一个与之相通的精神典型再次在中国诞生呢？未来中国文坛上会不会再次出现这类艺术典型呢？为了回答这些问题，有必要看一下陀思妥耶夫斯基的一段精辟意见。早在1873年，这位文学圣哲就指出过："……我们艺术家……开始清楚地察觉实际生活现象，注意到它们的特点与创造出的这种艺术典型，当它大部分已经过去并消失时，就已蜕变为另一种与时代及其发展进程相适应的典型。因此，旧的几乎永远为我们让位于新的。并且自己要相信这是新的，而不是暂时的……只有天才的作家或者有着非常强的才干的人才能适时地猜度这种典型并及时地提出它；而通常的人只能跟踪它，某种程度奴隶式地、按照已有的定型写作。"[1] 陀思妥耶夫斯基的这一意见本身就是天才的，表现出非常强的才干。由此，我们可以得到这样的启悟：张天翼所说的"现代中国的作品里有许多都在重写《阿Q正传》"这一文学现象，虽然说明了《阿Q正传》对中国现代文学的深远影响，有其好的一面，然而同时也表明这种"重写"，只不过是"通常的人"的一种"跟踪"，是"某种程度奴隶式地、按照已有的定型写作"，所以在20世纪40年代中国现代文学史上出现的这种"重写"现象几乎没有一例是成功的。

不要以为只要再描写一个农村的浮浪农工或游民，写出他的憨气、乐天以至于搞女人的"恋爱的悲剧"，就是重现阿Q形象了。其实，这不过是阿Q的一点儿皮毛罢了，最根本的是阿Q的精神机制——"精神上的胜利法"。所以，在"重写"的作品中，有些主人公身份、地位、面貌等外在形态与阿Q迥然相异之作，反倒更富有阿Q的意味。例如台湾《联合文学》第50期上刊登的张宜芜所作《阿Q在校园》一文，塑造了一个台湾大学校园里的现代阿Q形象。他每遇挫败时，总要想出数十种解释，化现实中的挫败为精神上的胜利；对于恋爱，他"从不觉得自己条件过高：要想配得上我，岂可不是十全十美！他倒也没想过：一个十全十美的女孩子是否会看得上他"。演说时，他"开始想象正是自己掌握听众的情绪：他悲叹，听众跟着流泪；他愤怒，大伙随着捶胸顿足"。一切皆空之后，他又做起"归国学人"的美梦。这位现代阿Q，一副洋面孔，西服革履，气宇轩昂，绝不像鲁迅笔下的阿Q那样，"有农民式的质朴，愚蠢"，头皮上"颇有几处不知起于何时的癞疮疤"，然而精神上的"癞疮疤"却比阿Q有过之，无不及，更加主观盲目，更加不看现实，更加追求虚假胜利，更加陷于瞒和骗的大泽之中不可自拔。所以，这位台湾大学校园里的阿Q，比那些带着乡土气的阿长、阿二之类人物，更像阿Q，说明以阿Q

---

[1] 弗里德连杰尔：《陀思妥耶夫斯基与世界文学》，李春林、臧恩钰、王兆民译，第96页。

为代号的这种精神现象，依然在现代人身上顽强存在着。这篇作品的欠缺是语言提炼不够，作者也只是当作小品来写，没有作为小说苦心经营，因而尚不足以成为文学精品。不然，真可能在思想价值与文学价值上都远远超过所有"重写"《阿Q正传》的作品。

其实，也不必因为百年来，中国现当代文坛始终没有创造出与阿Q相媲美的精神典型而感到遗憾，因为一个成功的艺术典型本来就是要经过多少代人的积淀与升华才能提炼而成的。诚如冈察洛夫所说："典型是某种最根本的东西——许久才能建立起来并且有时要经过几代人才能形成。例如，奥斯特罗夫斯基描绘了所有固执商人及大体上的固执老人、官僚，有时还有贵族、贵族太太的典型——甚或也有青年浪荡子的典型。但这些青年典型并不年轻，他们在俄国生活中已繁殖许久——奥斯特罗夫斯基捕捉到的就是他们——，而另一些更新式的人已产生，作家之所以恰好不写他们，我以为因为他们尚不是典型，而新月一般转瞬即逝的人，谁也不知道他们会变成何种状态，只有经过漫长的时期，他们才会具有一定程度的某种固定特点，艺术家方能以确定的和清晰的态度对待他们，之后才可以进入形象的创造。""……典型，我理解，当他反复多次或者多次被发觉、被审视乃至众所周知时，才能够形成。"[1] 虽然冈察洛夫当时正为陀思妥耶夫斯基的随笔《小画片》的问题，与陀氏进行论战性通信，他们俩在典型理论上的看法是不尽相同的，然而冈察洛夫以上那些意见却无疑是正确的。实际上，冈察洛夫本身的创作实践也证明了他意见的正确性：奥勃洛摩夫这个尚不尽如人意的精神典型，就是经过几代人的努力，从"多余人"形象系列中发展、冶炼而成的。的确是"反复多次或者多次被发觉、被审视乃至众所周知时，才能够形成"。鲁迅创造的不朽典型——阿Q，也是经过中华民族思想先觉者多少代的努力，特别是近代以来的民族觉醒，

---

[1] 弗里德连杰尔：《陀思妥耶夫斯基与世界文学》，李春林、臧恩钰、王兆民译，第94页。

自我意识复苏，对本民族的自我精神弱点逐渐有了清醒的认识，又在五四文学革命的推动下，现代小说笔法在鲁迅手中趋于成熟时才在文坛诞生的。如果没有前人多少代的努力与国内外时代环境的孕育，只靠鲁迅一人的努力，是绝不可能成功的。当然，鲁迅本人的特殊经历、素养与天才条件，还是起着内在的关键作用。

阿Q之后不过才百年，这在一个人的生命历程上是漫长的，在文学史上却是短暂的。因此，不必因为中国现当代文坛始终没有创造出可与阿Q相媲美的精神典型而感到遗憾，也不必为始终没有出现鲁迅式的作家而抱怨，因为这不是短时间所能实现的；对文学特别是精神现象的观察，确实须用近来兴起的"长时段"一语。当然也不可松懈我们的努力，放弃对新的精神典型和鲁迅式作家的企盼。

陀思妥耶夫斯基说得实在太好了："只有天才的作家或者有着非常强的才干的人才能适时地猜度这种典型并及时地提出它。"可以说，阿Q式的精神胜利法已被鲁迅写绝了，描写人类这一精神现象的任务已由他天才地完成了，新的天才的作家只能适时地猜度那种新的艺术典型，特别是新的精神典型，并及时地提出它。

阿Q、堂吉诃德、哈姆雷特、奥勃洛摩夫以及陀思妥耶夫斯基笔下的伊凡·卡拉马佐夫、高略德金等人物，都是人类从传统农耕文明向现代工业文明转变前夕出现的精神典型。当前，中国正处于这种转变过程当中，精神变革的要求更为迫切，矛盾更为复杂，斗争更为激烈，出现的精神现象问题也更为令人眼花缭乱、难以琢磨，然而阿Q等世界文学中的精神典型却给我们提供了研究新的精神现象、发现新的精神典型的参照系。试看我们今天的精神生活，不是会发现许多新的阿Q、新的堂吉诃德、新的哈姆雷特、新的奥勃洛摩夫、新的伊凡·卡拉马佐夫、新的高略德金吗？不是有许多人在市场经济的冲击波前慌了手脚，或者丧失自我，迷失方向，唯钱为是，或者不思变革，安贫乐道，在物质贫困中寻求阿Q式的精神胜利吗？时代虽然改变了，人类的这几种精神弱点却仍然在变换花样，不断作祟，而且似乎还有某种前人未曾发现、未曾提出、未曾加以理论概括与文学表现的人类精神机制、心理痼疾，在阻碍着我们的精神与行动，使我们难以展开精神的双翼，让思想冲出牢笼，让行动开足马力，最大限度地发挥人的潜能。如何像鲁迅创造阿Q那样，创造出新的精神典型来促进当前的精神革命，从而加速本民族从传统农耕文明向现代工业文明的转变，实在是中国当代新的天才的作家们所要完成的历史使命。

当然，仅靠天才是不够的，还必须付出艰苦的精神劳动。巨大的痛苦与磨砺乃是伟大作品问世的精神条件，种种反文化、反理性、拒绝艰苦劳动、急功近利的文化心理只能产生浅薄之作，只有克服这种心理，努力创造有理性、有功底、脚踏实地、埋头苦干、深刻扎实、冷静睿智的精神氛围，大大加强中国当代文学的哲理深度与精神深度，才能促使大作家大作品大艺术的诞生。

# 悟性论：精神典型的接受美学与哲学启悟

## "剥离"反省与联想反省——精神典型的接受美学

早在八十年前，王冶秋就在《〈阿Q正传〉——读书随笔》[1]中形象生动地描述了人们阅读《阿Q正传》时的接受过程：

> 这篇民族的杰作，绝不是看一遍所能消化的：
> 看第一遍：我们会笑得肚子痛；
> 第二遍：才咂出一点不是笑的成分；
> 第三遍：鄙视阿Q的为人；
> 第四遍：鄙弃化为同情；
> 第五遍：同情化为深思的眼泪；
> 第六遍：阿Q还是阿Q；
> 第七遍：阿Q向自己身上扑来，……
> 第八遍：合而为一；

---

1 《汇编》第3卷，第345页。

第九遍：又化为你的亲戚故旧；

第十遍：扩大到你的左邻右舍；

十一遍：扩大到全国；

十二遍：甚至到洋人的国土；

十三遍：你觉得它是一个镜；

十四遍：也许是警报器。

　　王冶秋准确、深入、非常符合逻辑层次地揭示了《阿Q正传》在读者心中所引起的精神反省。这说明鲁迅预想的效果确实如愿以偿了。

　　鲁迅在总结自己的创作苦衷时说过："我的方法是在使读者摸不着在写自己以外的谁，一下子就推诿掉，变成旁观者，而疑心到像是写自己，又像是写一切人，由此开出反省的道路。"(《且介亭杂文·答〈戏〉周刊编者信》)所谓"开出反省的道路"，实质上就是作家设法把自己的精神意旨传达给读者，又设法使读者逐渐接受的道路，用西方文艺理论的术语来说，就是其中包含着接受美学。鲁迅虽然没有运用这种术语，但是对接受美学的基本原理却早就谙熟并有详尽的阐发。早期在《摩罗诗力说》中就阐述过这样的原理：人人心中"有诗"，但是大多数人"未能言"，要靠"诗人为之语"，为之"握拨一弹"，读者则"心弦立应"，而且"益为之美伟强力高尚发扬"，产生积极的反响。[1] 这里的"心弦立应"，也就是"开出反省的道路"。不过对精神典型的接受与反省，却不像有些诗那样，能够立即响应，而是需要经过长期的反复的阅读与理解。不仅对于一个有教养的读者来说，要经过王冶秋所说的那种十多遍的重复阅读；而且对于一个民族来说，也要经过不知多少代的轮回重读，多少学者、研究家的多重探索，才可能对本民族大作家所创造的精

---

[1] 袁良骏：《鲁迅的接受美学观》，《云南师范大学学报》1987年第2期。

神典型逐步"消化"、理解，并随着时代的发展、科学的提高，不断更新、深化这种理解。

这实在是一种长久而复杂的反省。

这属于一种"剥离"反省。

就像剥椰果那样，剥去椰皮，砍开椰壳，然后才能汲取椰汁，取得椰核。对《阿Q正传》等作品的阅读过程也是往往先读其表，被作品幽默、风趣的情节与格调逗笑，甚至"笑得肚子疼"；然后开始深读，砍其"壳"，"才咂出一点不是笑的成分"；到"阿Q向自己身上扑来"并"合而为一"的时候，就算是汲取其"汁"，开始品尝回味了——逐渐认识和理解阿Q等精神典型的精神机制与心理活动。

所有的读者都会明白：自己不会像阿Q那样，干与王胡比捉虱子之类的蠢事；也不会像堂吉诃德那样，骑劣马、握长枪、大战风车。然而把比捉虱子、大战风车这类可笑透顶的事件表相"剥离"掉，深入、冷静地反省一下，想一想自己纵然没有比捉虱子、大战风车的具体行为，难道就不存在与人进行无意义攀比，不看实际对象、盲目进行斗争的主观主义倾向和"精神上的胜利法"么？难道就没有做过与比捉虱子、大战风车还可笑的蠢事么？这样一层层地"剥离"下去，就必然会反省到自己精神机制与心理活动中存在着与阿Q、堂吉诃德类似的弊病与弱点，从而大大提高了自己的悟性。

当然，"剥离"反省就像探宝，并非所有的读者都能"剥"到"椰核"，探取宝藏，有些人刚"剥"掉一层表皮，就不再往下"剥"了，而且还不许别人再"剥"，这叫作"剥离"障碍，如果从接受美学的角度概括，可称之为"接受障碍"。例如对阿Q的接受过程中就出现过这种障碍，停留在阿Q的阶级成分这一层次上，就不许再往下"剥"了。倘若往下"剥"到精神胜利法是人类普遍弱点的核心层次，就会被打成资产阶级人性论了。这样，就只能在给阿Q定阶级成分上兜圈子，或者定为农民，或者定为落后农民，或者定为破落地主，或者大谈所谓未庄的阶级斗争，把阿Q当作农村无产者的革命代表，于是只能把阿Q典型研究引入"接受误区"。

要消除"接受障碍"，不入"接受误区"，就须改变凝固、静止、单维、单面的形而上学思维模式，养成运动、变化、多维、多层面的辩证思维习惯，把接受对象想得复杂些、深刻些，不凝滞在一个角度和一个层面上，而从多角度思考，向深层面开掘。阿Q等精神典型，是一种"深度思维"的产物，所以也只能在"深度思维"中接受。任何浅尝辄止、浮躁粗疏的作风都是要不得的。

同时，还须对阿Q这一类精神典型的性质和内涵有正确的界定和认识，了解到这类典型的重心在反映人类复杂的、深刻的精神现象，绝不能仅仅停留在阶级成分和性格特征上，而应努力探求这类典型所包含的巨大的精神深度，把握其精神机制。精神高于性格，绝不可在力求全面展现典型人物系统的时候，忽视了居于核心位置的精神机制。因此，对阿Q这类精神典型的概念界定，不仅有助于典型理论的丰富和发展，而且有益于读者对他们的正确接受。

还有一种属于联想反省。

王冶秋所说的从读《阿Q正传》第九遍开始"化为你的亲戚故旧""扩大到你的左邻右舍""扩大到全国""甚至到洋人的国土"，就是一种联想反省。这是扩大性的联想，由阿Q联想到自身，然后由自身扩大联想到从近至远的各个界域的人，一直到整个人类，省悟到阿Q的精神胜利法是一种人类的普遍弱点，从而促发了人类自我意识的觉醒。最后又返到自身，以阿Q为镜子照一照自己个人的精神形象，就会更为清醒地看到自身的精神弱点，它是对自己发出警惕弱点、改正缺点的警报器。这时与"剥离"反省结合在一起，就是不仅汲取了椰汁，而且取得了椰核，进入了阿Q的精神核心，从深度与广度相交融的焦点上接受了鲁迅通过阿Q

这一典型形象所要传达给读者的精神意旨。

另外还有一种联想,是由作品本身所包含的空间与否定引发起来的。我们曾在《典型论》的"抽象与变形"一节中谈过鲁迅所使用的"拉远距离"与"经营空白"这两种艺术抽象手法,而这两种手法在读者接受过程中所起的效应,竟与西方接受美学理论有不谋而合之处。

被称为西方接受美学理论双星之一的伊瑟尔,提出了阅读过程中的"空白"和"否定"的概念。他认为:文本中有一个"未定的无人区",这就是意义的空白点,意义的故意中断,造成"此时无声胜有声"的空白。同时,在阅读过程中,读者从新的感受,即从他所生活的社会的规范出发,常常否定前人的接受规范。一部成功的作品,它的规范即使被否定了,也还有潜在的可供追寻的意义。反之,便流于一般的没有恒定价值的作品。"否定"与空白结合在一起,就更能凸现出作品的意义。[1] 鲁迅在《阿Q正传》中经营出很大幅度的空白,仿佛一幅空白很大的木刻画,阿Q和未庄的其他人物只显现些许轮廓,余部渐隐于空白中,身世、行状皆子虚乌有,这样反倒会使读者在这种"未定的无人区"中引发无穷联想,不会因为能够确定人物的身世、行状,"一下子就推诿掉,变成旁观者,而疑心到像是写自己,又像是写一切人,由此开出反省的道路"。这种"使读者摸不着在写自己以外的谁"的"空白"笔法,确实起到了"此时无声胜有声"的功效。

同时,《阿Q正传》"否定"了20年代初中国报刊盛行的"开心话"之类平庸滑稽之作的一般规范,给读者以耳目一新的感受,然而也有些读者对其违反小说常规做法的评议性杂文笔调持否定态度,不过反倒证明了《阿Q正传》"潜在着的可供追寻的意义,反之,便流于一般的没有恒守价值的作品"了。而且这种双重"否定"也激活了读者的思维,引发了丰

---

[1] 陈鸣树:《文艺学方法概论》,上海文艺出版社,1991年,第311页。

富的联想。"否定"与"空白"结合在一起,更能凸现出《阿Q正传》的精神启悟意义与艺术创新价值。

伊瑟尔还提出与"否定"不同的"否定性"概念。他说:"否定性使否定的地位一变,成为一种推动力,并使不明言的原因成为读者观念化的想象客体的主题。因此,否定性充当表现与接受之间的一种调节,它发起了构成活动,这种构成活动对实现产生变形的不可明言的条件必不可少。在这种意义上,否定性可以称为文学文本的基本结构。"著名文艺理论家、鲁迅研究家陈鸣树先生对伊瑟尔的这段话做了这样的分析:"这段话比较晦涩,根据霍拉勃的解释,伊瑟尔的'否定性'是不能被界定的,而只能被读者所经验;它像文本中的一个深层结构,一个组织性原则,它的'抽象显现'便是读者感知到的空白与否定。或者说,否定性是一种'不言之意','它是使读者超越世界,得以阐明世界问题之原因的结构'。这就表明,否定性是一种更高层次上的意谓,它透过作品而又超越作品。如果说,'否定'是对作品中的规范的推陈出新,那么,'否定性'便暗示着文本描述的超越,例如,我们阅读《阿Q正传》,作者越是为我们描述阿Q的自我感觉良好;文本描述越是显得仿佛无动于衷,便越是使我们获得'否定性'的效果。"[1]陈鸣树先生的分析是切中肯綮的。鲁迅在《阿Q正传》中采取的"拉远距离"的艺术抽象手法,或者称之为施行艺术屏蔽,创造"间离"效果,对于作家来说,就是以俯临的视角、冷静的描摹、谐谑的反讽从事写作,与阿Q拉远距离,甚至于给人以这样一个感觉:鲁迅是从天外某个星座上用特异的天文望远镜观察着我们居住的这个蔚蓝色的星球,观察着我们人类世界,观察着某个虚幻的未庄,观察着阿Q这个人类精神弱点的代表,冷静而超脱地描写、勾勒着阿Q和他周围人物的行状与灵魂,越是拉远距离,就越是能够省略不能反映人类精神特征的

---

[1] 陈鸣树:《文艺学方法概论》,第312页。

细枝末节，着力提炼最本质的东西。当然，对于看似平常、实质紧要的细节，鲁迅又陡然拉近了距离，像是在用特异的放大镜细观默察："阿Q要画圆圈了。那手捏着笔却只是抖。于是那人替他将纸铺在地上，阿Q伏下去，使尽了平生的力画圆圈。他生怕被人笑话，立志要画得圆。但这可恶的笔不但很沉重，并且不听话，刚刚一抖一抖的几乎要合缝，却又向外一耸，画成瓜子模样了。"连手抖的形态、画小圆圈的样子都描绘了，真是细致入微。这是在死刑判决书上画圆圈，是人命关天的大事！可怜的阿Q竟毫无所知，多么令人痛心！然而，作家写作时竟无动于衷，"冷若冰霜"。而对读者来说，作家越是写阿Q在死刑判决书上画圆圈的"良好感觉"，越是显出极为冷静的写作风度，在阅读过程中就越是会获得"否定性"的效果；越是拉远与阿Q的距离，摆脱感情的纠葛，就越是有利于读者在联想反省中把阿Q精神胜利法所反映的人类精神弱点，从阿Q的具体形象中抽象出来，认识到这种精神弱点的蒙昧性，从而大大增强自己的理性感悟力。倘若像有些言情小说那样，作家哭哭啼啼地写，读者也呜咽饮泣地读，陷于感情的旋涡中不可自拔，反倒不可能获得"否定性"效果，使作品失去了精神启悟意义。

"被动综合"，是伊瑟尔提出的又一个概念。伊瑟尔认为：在文学阅读过程中，作品与读者之间，并非简单的主体与客体的关系，读者也在形成综合。但是这种综合又发生在潜意识中，先于谓述，所以成为"被动综合"。在"被动综合"中，"读者被吸纳到他自己通过形象制造出来的东西之中，而他亦进入他们的存在之中"，作品的形象所蕴含的意义不能离开读者而存在，读者也不能离开作品而获得意义。"在构成意义的同时，读者本身也被构成。"[1]为什么说有一千个读者，就有一千个阿Q，一千个堂吉诃德，一千个哈姆雷特，就在于读者在阅读这些作品时都在进行着"被

---

[1] 陈鸣树：《文艺学方法概论》，第313页。

动综合",都在自己心中制造着作品的形象,构成着形象所蕴含的意义,同时也在构成自我。如美国斯坦利·E.菲什在《读者心中的文学:感情文体学》中所说:阅读不是组织资料,而是改造自己的思维。这种改造,实质是在联想反省中不知不觉形成的。

导致联想的,据阅读心理学的专家研究,还有作品中的某些放射体系。这些体系,会引发出读者人格中一向潜藏的暗晦层面。

梁启超所谓:"夫子言之,于我心有戚戚焉!"[1]或者说:"先得我心。"说的就是被相应的作品唤醒心中潜藏意识的一种感觉。伊瑟尔指出:"只有被文本激发起来的、存在于我们心灵之中的自发性获得了它所特有的完形,在我们的意识中和我们异己的思想才能系统表述它们自身。这个完形不能由我们固有的过去经验和我们有意识的倾向性构成,因为这些东西无法唤醒我们的自发性,所以,我们从这里可以看到,这些起制约作用的影响必然是我们现在正在思考的异己思想。因此,文本意义的构成不仅意味着读者从相互作用的文本视野中创造逐渐显现出来的意义整体——正像我们已经看到的那样,而且意味着通过系统表述这个整体,它使我们有可能系统表述我们自己,从而发现一个内在的、我们迄今为止一直没有发现过的世界。"[2]这里所说的"异己思想",实质上就是与自己固有的过去经验和有意识的倾向性相异的思想,也就是成功的文学作品所给予人的与传统的习惯思维相异的新思想。它使我们发现一个"内在的""一直没有发现过的世界",自觉地意识到自己人格中一向潜藏的暗晦层面。用这种接受美学的原理,解释阿Q等精神典型对读者的启悟作用也是适宜的。这些典型形象就仿佛一种"放射体系",一种醒世的"异己思想",激发我们以阿Q为镜,发现了自己人格中一向潜藏的退回内心、追求精神胜利的暗

---

[1] 梁启超:《小说与群治之关系》,《饮冰室文集》卷一七〇。
[2] 伊瑟尔:《审美过程研究——阅读活动:审美响应理论》,霍桂桓、李宝彦译,杨照明校,中国人民大学出版社,1988年,第215—216页。

晦层面；以堂吉诃德为镜，发现了自己人格中一向潜藏的主观主义、盲目斗争的暗晦层面；以哈姆雷特为镜，发现了自己人格中一向潜藏的遇事忧郁踌躇的暗晦层面；以奥勃洛摩夫为镜，发现了自己人格中一向潜藏的热衷制订计划而懒于付诸行动的暗晦层面……当然，从浮士德、孙悟空、奥德修等典型形象中，我们也可发现人类自身蕴藏着无比巨大的精神潜能，有足够的智慧、韧性和力量战胜物质世界与自身人格中存在的任何顽敌。

而这一切，都是在这些精神典型问世之前，没有文学作品系统表述过，人类也没有普遍发现过、自觉意识到的内在的世界。这个世界的精神意蕴是那样深厚，以至于经过多少代读者的品味，多少位研究家的发掘，都仍能发现无穷的新意，不断引起人们新的反思，在反思中不断更新自我。

对于有些具备高度文化理论修养的哲学家、科学家、文学家来说，这种"联想反省"可能会是广阔无垠、难以限定的。例如大物理学家与科学思想家爱因斯坦，就在同德国政论家莫什科夫斯基谈话时，坦率地承认，陀思妥耶夫斯基的《卡拉马佐夫兄弟》等小说，对他的科学事业产生了巨大的启悟作用，其价值不仅超过了任何一位思想家，而且也超过了作为他的同行、先师的大科学家高斯。他认为，这种现象的发生是很正常的，因为艺术可以用"不合逻辑的、充满浪漫主义的"精神和方法，去讲述一切新的、充满了疑团的、被禁忌的思想和问题，这恰恰为"善于进行严密逻辑思维的"科学家提供了利用艺术开发其科学灵智和创造机制的便利条件。另外，作家、艺术家的生活和创作天地的广阔性，也无疑能够给予科学以积极的感染和影响。《卡拉马佐夫兄弟》中，就在写伊凡·卡拉马佐夫与精通魔法的小鬼谈话时，提到了卫星。小鬼说，如果把一柄斧头抛上天空，抛得很远、很远，这就会"像一颗卫星那样绕着地球飞行"，在真正的卫星出现的一百多年前，作家就写出了这样大胆的奇想，能说对百余年之后的卫星发明者没有起到"联想反省"的作用吗？另一位大科学家根兹堡还曾不止一次地表示过："我读到歌德的诗，无数的思绪一下子冒了出来！"这正印证了契诃夫的一句名言："艺术家的一个感觉，有时可以等于科学家的几个大脑。"从这个意义上讲，阿Q等精神典型对人类所产生的精神启悟，实在是某项具体的科学技术所不能替代的。

伊瑟尔关于"虚拟读者"的例证，以及接受美学的另一明星姚斯的"期待视野"理论，对于理解鲁迅等作家的创作特点和读者对阿Q等精神典型的接受心理也是颇有启发的。伊瑟尔认为作家在创作过程中都设想了自己的"虚拟读者"，考虑到怎样使这些"虚拟读者"接受自己的作品。姚斯则认为在文学史的各个时期，读者都有既定的"期待视野"，创新的文学作品只有打破它，才能产生划时代的超越。塞万提斯创作《堂吉诃德》时，设想的"虚拟读者"是骑士小说的爱好者们，但是却有意打破他们的"期待视野"，一反常规，没有写骑士的勋业，反倒刻画了堂吉诃德的主观、愚昧，结果不仅引发了骑士小说的划时代的超越，而且造就了一部反映人类普遍精神痼疾的世界名著。鲁迅创作《阿Q正传》时，设想的"虚拟读者"是爱看"开心话"之类滑稽之作的中国民众和一般的知识分子，因此既打破了他们平庸世俗的"期待视野"，以新奇、冷峻的笔法概括了人类的普遍精神弱点之———"精神上的胜利法"，又采用了简易、通俗的表述方式，使广大民众能够接受。试想，《阿Q正传》如果采取的是深奥、晦涩的文体，即便思想仍然如此深刻，也是绝不可能达到目前的效果的。鲁迅写小说的目的，就是疗救中国民众的心理痼疾，改变人的精神，所以就必然采取通俗、易懂的文体形式，做到雅俗共赏，人人皆宜。可以说，像《阿Q正传》这样，实现哲理性与通俗性、复杂性与简单性、合宜性与新奇性高度统一的作品，在世界文学范围内都是很少见的。

姚斯的"期待视野"理论还有这样一个观点："期待视野"常常决定

于第一批读者的先在经验，嗣后由于不同凡响的新作品的诞生，打破了"经验视野"的框范，从而造成了两者之间的审美距离。这种审美距离，"能达到读者文学史的范围"，也就是说，是文学史重新建构的基础。姚斯以福楼拜的《包法利夫人》和费多的《范妮》为例，说明读者期待视野的变化。《包法利夫人》刚刚问世时，只有一小部分有识之士欣赏，而费多的《范妮》却一年发行达十三版，但是随着期待视野的变化，前者享有了世界性声誉，后者"只落得成为昨日的畅销书之列"，几乎已被人遗忘。

同样，《阿Q正传》刚发表四章，就有读者谭国棠提出了责难，只有别具慧眼的大文学家茅盾看出是部杰作。之后，《阿Q正传》也不断受到指责，连文学水平甚高的钱杏邨也持有偏见。中华人民共和国成立后，又接连受到扭曲，然而人们对它的兴趣却经久不衰，时间愈久，愈悟出其中深意。与其同时期问世的那些真正的"开心话"之类的滑稽之作，当时供人聊作一笑，过后则被忘得一干二净了。由此也可联想到当今，那些书摊上的所谓畅销书、热门货，不久的将来就会被历史淘汰。随着人民文化素质的提高，"期待视野"的变化，留下来的只能是极少数深刻、扎实的文学精品。一部深刻的文学作品的本质意义，常常要经过长期的消化，才能被人们认同。新生的作品与第一个读者的"期待视野"往往有一段距离，经过若干岁月以后，深刻之作中潜在的本质意义才能被认识到，在新的文化氛围与"期待视野"中，一下子成为竞相阅读的对象，而那些浅薄、应时之作却已不知到哪里去了。所以，有志写作传世之作的作家们，必须放开眼光看后世，绝不能为名利所惑，急功近利，追赶时髦。

美国艺术理论家鲁道夫·阿恩海姆在《艺术与视知觉》一书中提出：对艺术作品的审美接受效应，是在实在层次、经验层次、超验层次这三个层次上展开的。读者正是通过"剥离"反省与联想反省，在接受过程中逐步跨越了三个层次，把对阿Q等精神典型的接受带入了超验的抽象层次，而且也促使这些典型自身变成了超时空的存在，就像一面面镜子那样，使不同时代、不同地域、不同民族、不同阶级的人，都从中照见了自己人格中一向潜藏的暗晦层面，发现了"内在的""一直没有发现过的世界"，自觉地意识到每个人的精神深层中都含有阿Q，含有堂吉诃德，含有哈姆雷特，含有奥勃洛摩夫……因而决心克服之，使自己从本能的人上升为自觉的人，理性的人，真正的大写的人！

### 认识自己与认识世界——精神典型的哲学启悟

鲁迅青年时代就在早期论文《摩罗诗力说》中讲过这样一句至理名言：

> 首在审己，亦必知人，比较既周，爰生自觉。

其意是：首先在于审视自己，也必须了解他人，相互比较周全合宜，才能产生自觉。用老子的话来说，就是："知人者智，自知者明，胜人者有力，自胜者强。"[1] 用孙子的话来说，就是："知己知彼，百战不殆。"[2] 而用现代的哲学语言解释，则是：认识自己，又认识世界，在周严的比较中达到主观世界与客观世界的统一，然后才能升华到自觉的境界。这一点，实质是人们学习哲学、增加智慧的要旨所在。当代著名哲学家冯契教授就认为哲学作为智慧的核心问题是不仅要认识世界而且要认识自己，并在认识世界与认识自己的交互作用中"转识成智"和培养自由人格。这些观点在他《认识世界和认识自己》一书中得以充分展开，成为他近年来所致力的

---

[1] 《老子》第三十三章。
[2] 《孙子兵法·攻谋篇》。

以智慧为中心的哲学理论研究之一。[1] 其实，鲁迅终生的奋斗目标，即在以文学为武器启悟"总不肯研究自己"（《华盖集续编·马上支日记》）的中国人学会认识自己与认识世界，在正确的认识中由"本能的人""蒙昧的人"转化为"自觉的人""智慧的人"，实现他从青年时代就树立起的"立人"理想。直到临终前十四天发表的《"立此存照"（三）》中，还在谆谆教诲着自己的同胞：

> 我们应该有"自知"之明，也该有知人之明……

并以肥胖与浮肿为例，形象地说明了既无自知之明又无知人之明的蒙昧的人，是怎样"安于'自欺'，由此并想'欺人'"的：

> 譬如病人，患着浮肿，而讳疾忌医，但愿别人胡涂，误认他为肥胖。妄想既久，时而自己也觉得好像肥胖，并非浮肿；即使还是浮肿，也是一种特别的好浮肿，与众不同。如果有人，当面指明：这非肥胖，而是浮肿，且并不"好"，病而已矣。那么，他就失望，含羞，于是成怒，骂指明者，以为昏妄。然而还想吓他，骗他，又希望他畏惧主人的愤怒和骂詈，惴惴的再看一遍，细寻佳处，改口说这的确是肥胖。于是他得到安慰，高高兴兴，放心的浮肿着了。

这种在"妄想"中求得精神胜利的"放心的浮肿"者，与忌讳头上癞疮疤的阿Q属于同种精神类型，永远"自我感觉"良好，永远在自欺欺人，永远不能认识自己的真实面目。为了疗救这种普遍的精神痼疾，鲁迅劝告这些"闭了眼睛浮肿着"的人，要好好"反省"，并且希望：

---

[1] 《理论界信息·学者专辑》，《文汇报》1992年3月27日。

有人翻出斯密斯的《支那人气质》来。看了这些，而自省，分析，明白那几点说的对，变革，挣扎，自做工夫，却不求别人的原谅和称赞，来证明究竟怎样的是中国人。

这实质是教导人们学会"以别人的眼光来审查自我"，以别人的批评为镜子照出自己的真实面目，"而自省，分析"，"变革，挣扎"，自强自励，自立于世界民族之林，"不求别人的原谅和称赞"。无所求于外界的内心，永远是稳定和丰富的。有了这样的心，这种正确地认识自己、认识世界的自觉的精神境界，在世事面前便可以宠辱无惊、乐观洒脱，永远立于不败之地。

塞万提斯在《堂吉诃德》里借主人公的口说："喜剧依照（罗马作家）西塞罗的意见应该是人生的一面镜子，世态的一副模样，真理的一种表现。"莎士比亚同样借哈姆雷特的口说：演戏的目的是"给自然照一面镜子，给德行看一看自己的面貌，给荒唐看一看自己的姿态，给时代和社会看一看自己的形象和印记"。阿Q、堂吉诃德、哈姆雷特等精神典型就是一种讽世的镜子，人们可以从中照出自己的精神面貌。它们最重要的哲学启悟意义就是：启示人们学会认识自己与认识世界。

美国著名整形外科医生和心理学家马克斯威尔·马尔兹，通过几十年临床实践和理论研究，发现改变一个人丑陋的面容往往能使他的个性发生突然的、戏剧性的巨变；但也有不少病例在手术后仍然有自卑情绪，好像他们还是生着一副丑陋的面孔一样。这使他受到了启发，从中发现了人外在肉体形象与内在的"自我意象"之间的特殊关系，觉察到"肉体形象的改观本身并不是改变个性的真正关键"，而"自我意象"这副"非肉体的个性的面孔"才是"改变个性的关键"，从而建立了一门新的学科理论——自我意象心理学。马尔兹将"自我意象"这种自己对自己的认识形象地比喻为每个人心中的一幅"心理蓝图"、一帧"自我肖像"。

人在心灵眼睛里的这幅"蓝图"和"肖像",对人思想、情感、行为、举止的影响是很大的。准确的、适当的自我意象,可以增强自我信念,使人增添新的才华和新的活力,扩展自身的潜在领域,发挥蕴含的潜在力量,去战胜困难,夺取胜利。不适当的自我意象,则会使人陷入盲目:把自己的"图像"看得完美无缺,会踌躇满志;看得丑陋不堪,会自卑自贱。堂吉诃德把自己的"图像"看得无比崇高,自命为当世英雄,立志打抱不平,于是"只落得闹了许多笑话,吃了许多苦头,终于上个大当,受了重伤,狼狈回来,死在家里,临死才知道自己不过是一个平常的人,并不是什么大侠客"(《二心集·中华民国的新"堂·吉诃德"们》)。而阿Q则是毫无确定的"自我意象",忽而妄自尊大,忽而自卑自贱,这全是没有评判事物的客观标准、唯求心灵愉悦和精神胜利所致。鲁迅在回顾自己办《新生》杂志的失败结局时说过:"这经验使我反省,看见自己了,就是我决不是一个振臂一呼应者云集的英雄。"(《呐喊·自序》)"看见自己",就是从自命英雄或自甘卑贱的精神幻觉中清醒过来,树立正确的"自我意象"。而做到"看见自己"绝非易事,一位名叫勃恩斯的诗人就写过这样的警拔的诗句:"啊!我多么希望有什么神明能赐我们一种才能,可使我们能以别人的眼光来审查自我。"堂吉诃德是临死才"看见自己"的,阿Q则是至死都没看见,混沌一片。这两个人物在自我认识方面的教训,对人类社会有极大的典型意义。人类,无论是群体,还是个体,都很难"以别人的眼光来审查自我",存在难以认识自我的普遍弱点。人类最初以为自己处于宇宙的中心,是世界的主宰,经过艰巨曲折的认识过程,凭借科学的力量,才醒悟自己不过是无限宇宙中一颗小小星球的居民罢了。于是就有一部分人出现了世纪末的悲观情绪,由自我中心的自负转为另一极端的自卑。两个极端来源于"自我意象"的荒谬性。这种荒谬性在一个国家和民族的自我认识过程中也有所表现。中国历来以位处中央、地大物博自傲于世,被帝国主义列强打开大门后,又出现了自己处处不如洋人的民族自卑情绪。德国和日本在大战前都自以为最优种族，可以占领全世界，第二次世界大战失败后又出现民族悲观论。而使人类走上发达之路的精神力量，却来自对自负与自卑两个极端的否定，来源于正确的自我认识。对一个人来说，消除形形色色的主观幻觉，正确地认识自己，树立恰如其分的"自我意象"也是至关重要的。只有这样，才能正确处理自己与他人、与群体的关系，合理地发展自己，为人类做出最有意义的贡献，也最大限度地发挥生命的价值。然而，大多数人很难做到这一点，起码很难自觉做到这一点，相当多的人是在主观幻觉中迷失着自我。例如有些因一时爱好而投身文学的人，往往陷入自以为是大作家的主观幻觉中，待到在怀才不遇、愤愤不平的自抱自怨中平平度过了大半生，才恍然大悟自己不过是普通的人，并非什么文学天才。有些大龄青年，始终找不到婚姻对象，原因纵然很多，最主要的则往往是他们或她们的"自我意象"不适当，对自己的认识不正确，把自我价值抬得过高了。也有些人，本来条件甚好，或是具有某方面的极高天赋，但是自己并没有认识到，也没有遇上被别人发现的机会，结果或是遇上个对象就草草成婚，失去了更好的选择对象；或是任凭自己的天赋长期埋没，最终平庸地度过一生。

因此，正确地认识自己，树立恰当的"自我意象"，无论是对于整个人类，还是一个民族、一个国家，小至一个人，都太重要了。这实在是人类悟性的基础。无此悟性，往往会白活一世，遭灭顶之灾还不知是怎么回事。鲁迅在后期杂文中有两篇专谈这个问题：

一篇是《隔膜》。此文写的是鲁迅从《清代文字狱档》中发现的一个案例：乾隆四十八年二月，山西临汾县生员冯起炎，闻乾隆将谒泰陵，便身怀著作，在路上徘徊，意图呈进，不料先以"形迹可疑"被捕了。那著作，是以《易》解《诗》，实则信口开河，唯结尾有"自传"似的文章却很特别，大意是有两个表妹，可娶，而恨力不足以办此，想请皇帝协办。虽然幼稚之极，然而何尝有丝毫恶意？不过着了当时通行的才子佳人小说的迷，想一举成名，天子做媒，表妹入抱而已。不料结尾却甚惨，这位才子被从重判刑，发往黑龙江等处给披甲人为奴去了。鲁迅对此案做出了极深刻的评析：

……这些惨案的来由，都只为了"隔膜"。

满洲人自己，就严分着主奴，大臣奏事，必称"奴才"，而汉人却称"臣"就好。这并非因为是"炎黄之胄"，特地优待，赐以嘉名的，其实是所以别于满人的"奴才"，其地位还下于"奴才"数等。奴隶只能奉行，不许言议；评论固然不可，妄自颂扬也不可，这就是"思不出其位"。譬如说：主子，您这袍角有些儿破了，拖下去怕要破烂，还是补一补好。进言者方自以为在尽忠，而其实却犯了罪，因为另有准其讲这样的话的人在，不是谁都可说的。一乱说，便是"越俎代谋"，当然"罪有应得"。倘自以为是"忠而获咎"，那不过是自己的胡涂。

鲁迅这段洞察世情的评析，具体来说，是针对冯起炎一案而谈的，从哲学启悟意义上思考，则是启发人类悟性的警世格言，启发我们做出这样的反省：要真正认识自己，就必须透过表面现象的"隔膜"，去理解事物的本质，绝不可像冯起炎那样简单愚蠢，上了统治者聪明谎言的当，"真以为'陛下'是自己的老子，亲亲热热的撒娇讨好去了"，结果祸从天降。

另一篇是《买〈小学大全〉记》，写的也是鲁迅从《清代文字狱档》中发现的一个案例。《小学大全》编纂者尹嘉铨的父亲尹会一，是有名的孝子，乾隆皇帝曾经给过褒扬的诗。他本身也是孝子，又是道学家，官做到大理寺卿稽察觉罗学，还请令旗籍子弟也讲读朱子的《小学》："荷蒙朱批：所奏是。钦此。"后来又因编纂《小学大全》，得了皇帝的嘉许。到乾隆四十六年，他已经致仕回家，本来可以安享晚年了，然而他却继续求

"名",写奏章给乾隆皇帝,请求为他父亲请谥,结果触怒龙颜,招致杀身之祸。鲁迅对此案的评析是,尹嘉铨的"祸机虽然发于他的'不安分',但大原因,却在既以名儒自居,又请将名臣从祀:这都是大'不可恕'的地方"。因为"乾隆是不承认清朝会有'名臣'的,他自己是'英主',是'明君',所以在他的统治之下,不能有奸臣,既没有特别坏的奸臣,也就没有特别好的名臣,一律都是不好不坏,无所谓好坏的奴子"。尹嘉铨招祸的原因与冯起炎相同,都是"不悟自己之为奴"(《书信·340602致郑振铎》),像阿Q那样对自己的奴隶地位与将死的命运毫无所知。

不认识自己的奴隶地位,又不认识世界、不认识这个世界上的最高统治者——皇帝的本质,缺乏最起码的悟性。这就是中国所谓知识分子的悲剧,纵然尹嘉铨可称是位大学者,冯起炎也是生员,却毕其一生未能认识自己,也未能认识世界。为什么鲁迅先生一再劝告青年学生"不要再请愿"(《且介亭杂文二集·"题未定"草(六至九)》)?鲁迅早在《华盖集续编》的《"死地"》和《空谈》两篇杂文中就已提出了这一观点。就在于请愿与请谥虽然形式不同,本质却是相同的,同是"将对手看得太好了"(《华盖集续编·空谈》)。既无自知之明,又无知人之明。

因此,一方面要认识自己、树立正确的"自我意象",另一方面还要认识世界、树立科学的"宇宙意象"。

"宇宙意象",其实就是对客观世界的知觉,大到整个宇宙,小到某个人物或某件事物,总之是外部对象在心中形成的"意象"。

人类对整个宇宙的"意象",长时期处在迷雾般的幻觉状态中。原始社会,原始人由于尚未从混沌中解脱,没有科学知识,对宇宙奥秘无从解释,就产生了种种神话般的幻觉。原始部落的许多崇拜和习俗,实质上都可以从这些对宇宙、星相、天地、自然的神话和幻觉中找到根源。中世纪以神和上帝为本位的地球中心说,实质上也是导源于人类的主观错觉:由于人们直接看到的是日月星辰在围绕自己居住的地球旋转,于是就产生了以地球为中心的精神幻觉。对呈现在眼前的宇宙现象又无法解释，精神上也需要寻找寄托和主宰，人们就创造出了上帝。而反过来却说是上帝创造了人和世界。掌握了先进科学知识的现代人，当然明了所谓地球中心说和上帝创世说不过是人类当时的一种精神幻觉。然而这种幻觉竟控制人们达许多世纪之久。为了打破这种蒙昧，使人类从错误的主观幻觉中挣脱出来，人类的先知——先进的思想家和科学家们不知付出了多么大的艰辛，甚至为之牺牲了生命。哥白尼到死才敢发表打破地球中心说的太阳中心说，布鲁诺竟为了科学而被宗教法庭判处火刑。现代天文学家告诉我们：不仅地球不是什么中心，就是太阳也并非什么中心，不过是无限宇宙中的一颗小小的恒星罢了。人类"宇宙意象"的演变过程，从宏观上说明了人类普遍存在以个体为本位的自私性与主观性的弱点。之所以形成这种弱点，认识论上的原因是：从直感上观察，人类觉得宇宙万物是围绕自己旋转，以自己为中心存在的。因此，要克服人类的这个弱点，就必须正视这一现象，从自己的中心位置超脱出来，按照科学的思维方法进行观察和思考，从而获得相对符合客观世界原貌的"宇宙意象"。一个民族和国家对外部世界的认识，也像人类对整个宇宙的认识过程一样，要努力挣脱主观幻觉的束缚。鲁迅在早期论文《文化偏至论》中就论述过中国人"蠢蠢于四方者，胥蕞尔小蛮夷耳，厥种之所创成，无一足为中国法"的意象，长期成为中国人对外部世界的一种主观幻觉。如中国统治者曾经嘲笑过不知汉之广大的夜郎国一样，也同样在"夜郎自大"，不过形式上广大一些罢了。而对于无限广阔的外部世界来说，岂不仍然是"夜郎"而已。但是因为自己居中央，所眼见的四方，不过是"胥蕞尔小蛮夷"，因而产生"夜郎自大"式的自尊心理也就"固人情所宜然，亦非甚背于理极者矣"。及至被帝国主义列强用大炮打开大门才始感自危，有识之士，发动民众奋起抗争。

从以上分析可以看出，无论属于客观世界范畴的"宇宙意象"，还是属于主观世界范畴的"自我意象"。其中的扭曲与倒错，都是由于一种片面、虚悬的精神幻觉造成的。正是这种幻觉使人的精神与物质相分裂、主观与客观相背离。

那么，这种片面、虚悬的精神幻觉究竟是怎样产生的呢？这是一项复杂的课题。需要从哲学、精神现象学、心理学和神经生理学等各个学科进行综合研究。然而，阿Q与哈姆雷特、堂吉诃德、奥勃洛摩夫等世界文学中的精神典型，也给我们许多独特的启示。这里，仅就这些启示进行探讨。

值得注意的是：阿Q与世界文学中的其他精神典型一样，同是"思索的人"，诚如格·弗里德连杰尔在《陀思妥耶夫斯基与世界文学》一书中所说的："陀思妥耶夫斯基的小说带来了那种它所独有的、特殊的、深刻的、内在的唯智主义氛围，在这里全部人物都在思索着——而且他们的思想都像法则一样成形，不是简单的和初步的；而且是在离奇的、复杂的、倾斜的形式中进行。所有人物都沉浸在一种同样的总的思索氛围中，不同人物都意识到——尽管并非在一个水平线上——一种同样普遍存在着的现实矛盾，这使他们能够相互理解在最为普通的日常生活中、在他们之间经常发生的哲学辩论。既然几乎每一位陀思妥耶夫斯基的人物都是潜在的'哲学家'，他们拥有自己的、独特的对于生活主要问题的观点；那么只要任何一个偶然的机会，在他们之间都会就这个问题以一种出于读者意料之外的力量骤然展开争论，宛若拿着一根点燃的火柴去凑近干燥的杂草或麦秆。"这段精辟、独到的分析，不仅适用于陀思妥耶夫斯基小说中的人物，而且适用于阿Q与世界文学中的其他精神典型。这些精神典型，都是"在离奇的、复杂的、倾斜的形式中""思索着"，都是"潜在的'哲学家'"。这样，就出现了一个问题：倘若说哈姆雷特、堂吉诃德、奥勃洛摩夫和陀思妥耶夫斯基小说中的人物是"潜在的'哲学家'"，甚至是地道的哲学家，都是通得过的，然而连圆圈都画不圆的无聊的阿Q也算得上什么"哲学家"吗？回答这个问题之前，不妨先品味一下帕斯卡尔《思想录》中的一段话："人只是一根芦苇，是所有生物中最脆弱的生物，但这是会思想的芦苇。一滴水可致它死命，但是即使整个宇宙来反对他，他仍然高于自己所有的凶手，因为它能够认识死亡，而盲目的力量是没有意识的，所以我们的全部优点就在于我们能够思想。"阿Q纵然愚昧，纵然无聊，纵然连圆圈都画不圆，但仍然是"会思想的芦苇"，最终能够认识死亡。与没有意识的动物相比，他的全部优点就在于他"能够思想"。当然，阿Q的思想是在精神胜利法这一"离奇的、复杂的、倾斜的形式中进行"的。然而，也正因为如此，阿Q"拥有自己的、独特的对于生活主要问题的观点"，一种对待"普遍存在着的现实矛盾"的态度，一种在最为普通的日常生活中经常出现的哲学。因而，阿Q也就成了一位独特的"潜在的'哲学家'"。然而，他的哲学并非他自己的独创，而是如周作人说的那样"是中国一切的'谱'——新名词称作'传统'——的结晶，没有自己的意志而以社会的因袭的惯例为其意志的"，"所以在现社会里是不存在而又到处存在的"，具有极为普遍的哲学意义，一读到他的正传，读者就会就他的哲学，他的精神胜利法，以一种"意料之外的力量骤然展开争论，宛如拿着一根点燃的火柴去凑近干燥的杂草或麦秆"。这是阿Q与世界文学中其他精神典型的相同点。而相异点则是：阿Q作为一个人，虽然还是"会思想的芦苇"，是"潜在的'哲学家'"，但是终归是一个处于蒙昧状态的"本能的人"，与哈姆雷特等知识分子有所区别。因此，我们倒得到一点启示：片面、虚悬的幻觉有两个产生原因，一个是人处于本能的蒙昧的精神状态时易于产生幻觉，另一个是人在往精神方面极端化畸形发展的状态下易于产生幻觉。

先谈本能的蒙昧的精神状态。人有产生幻觉的本能。心理学家通过对儿童心理的研究证明了这一点。著名儿童心理学家德腊库瓦通过大量研究得出这样的结论:"儿童的游戏……对于世界是执着也是遁逃;他一方面要征服它,同时也要闪避它;他在这个世界上面架起另一个世界出来,使自己得到自己有能力的幻觉。"[1] 阿Q虽然将到"而立"之年,但是由于愚昧无知,心理仍很幼稚,近似儿童,处于本能的蒙昧的精神状态。他"对于世界是执着也是遁逃"的。既想在这世界上保持自尊,当赵太爷的本家,还比秀才长三辈,然而又处处遁逃,挨了赵太爷"你那里配姓赵"的叱骂和耳光后,丝毫没有抗辩,"只用手摸着左颊,和地保退出去了;外面又被地保训斥了一番,谢了地保二百文酒钱"。于是只能"在这个世界上面架起另一个世界出来,使自己得到自己有能力的幻觉",在"儿子打老子""自贱第一"等精神胜利的幻觉中保持自尊。这种人到成年、心理仍然幼稚、精神依旧蒙昧的现象,在人类社会是很普遍的。鲁迅后期还塑造了一个给洋人当娘姨的阿金形象,就反映了这种幼稚、蒙昧的精神现象在半殖民地都市社会的表现形态。这个阿金,寄身洋人樊篱,甘心为奴,向洋人撒娇献媚,以能与洋巡捕攀搭洋话为光彩,以有洋主子做后台而有恃无恐。终日轧姘头、打巷战,在污浊世界中匍匐,在浑浑噩噩中打发日子,把自己混同于动物,甚至在老女人骂她"偷汉"时,竟反唇相讥道:"你这老女人没人要,我可有人要呀!"这种以耻为荣的精神胜利法,的确比阿Q指着自己头上的癞头疮说"你还不配……"更加无耻。人处于本能的蒙昧的精神状态中时,就脱离不了动物界与儿童期,只能算作一种"本能的人",在本能的欲望与本能的幻觉中生存。物质贫乏、遭遇失败时,他们会凭借精神胜利的幻觉维持心理平衡。一旦物质丰富、获得胜利时,例如阿Q"革命"成功、阿金当了主子之后,他们又会怎么样呢?只能是前文说过的"彼可取而代也"的阿Q式"革命"!倘若阿Q"革命"成功,阿金当了主子,就只能被两种"理想"支配:"纯粹兽性方

---

[1] 朱光潜:《文艺心理学》,《朱光潜全集》第1卷,安徽教育出版社,1987年,第376页。

面的欲望的满足"与"求神仙""造坟"方面的幻觉的麻醉。实质上,"求神仙""造坟"也是一种精神胜利法,是在身体疲敝、死影到来、无可奈何之时,也就是面对物质实境无法可施时,妄图在精神幻觉中寻求虚假胜利。为什么鲁迅见过辛亥革命、二次革命、袁世凯称帝、张勋复辟之后,反倒看得怀疑起来,失望、颓唐得很呢?因为这些革命,不过是"彼可取而代也"的阿Q式的"革命","争夺一把旧椅子"。正是从这个意义上考虑问题,鲁迅30年代在上海才有了与美国作家埃德加·斯诺的一段含义深刻的对话:

"民国以前,人民是奴隶。"鲁迅说:"民国以后,我们变成了前奴隶的奴隶了。"

"既然国民党已进行了第二次革命了,"我向鲁迅问到:"难道你认为现在阿Q依然跟以前一样多吗?"

鲁迅大笑道:"更坏。他们现在管理着国家哩。"[1]

从"纯粹兽性方面的欲望的满足"与追求虚假形式的幻觉麻醉这一蒙昧的精神状态上说,当时的统治者的确就是阿Q,而且比阿Q更坏。也正是从这个深层意义上考虑,鲁迅才自始至终坚持对自己当不了皇帝就"开手杀,杀……"的张献忠式的农民革命予以深刻的批判。过去很长时间,一些研究者都认为这是鲁迅思想局限性的表现,殊不知这恰恰正是鲁迅思想最为深刻最为珍贵的地方。然而正因为如此,对这一思想的理解也是极为困难的。

"首在立人,人立而后凡事举。"鲁迅青年时代就在著名论文《文化偏至论》中提出的"立人"思想,是他毕生的宗旨,自然也是他塑造阿Q、

---

[1] 斯诺:《鲁迅印象记》,北京鲁迅博物馆鲁迅研究室等编:《鲁迅回忆录》散篇下册,北京出版社,1999年,第1584页。

批判阿金的出发点，是贯串于他全部著作中的最为珍贵的精髓。忽视了这个精髓，就不可能真正透彻地理解鲁迅，也不可能真正实现自我的精神升华，不可避免地会在某些方面重蹈过去"革命"的覆辙。多少年来，我们与鲁迅相反，强调农民"英勇斗争，反抗地主，即民主主义的一面"过多，而深掘其"黑暗面，小农经济一面"不力，结果不是颇吃苦头、大大阻碍了中国从传统农耕文明向现代工业文明转变的历史进程吗？自觉地认识并克服蒙昧、封闭、狭隘的农民意识，该是多么重要啊！

再谈往精神方面极端化畸形发展的状态。这种状态的典型代表是堂吉诃德。他读骑士小说入了迷，读得满脑子都是魔法、比武、打仗、调情、恋爱等荒诞无稽的念头。明明是骑士时代早已过去了，他却依然生活在骑士时代的幻觉世界中，像古代的游侠骑士那样，穿上盔甲，骑上劣马，去打抱不平，行侠仗义。当然，堂吉诃德陷入主观幻觉世界的过程是被夸张和漫画化了，然而其本质却是非常真实的，说明了这样一个精神现象：当一个人长期脱离实际，往脑子里不断灌输某种书本概念或虚幻意象之后，这个人就可能处于往精神方面极端化畸形发展的状态中，产生与物质实境相背离的精神幻觉，在头脑中构筑起一个与客观世界相分裂的主观世界，形成一种错误的世界观与精神机制，并由此导致一系列错误的心理、观念、言论和行动，走入主观主义的误区。

正如《浮士德》里的四句诗所说：

> 啊！假使人只这般地囚在书斋，
> 每逢年时岁节才偶尔出外，
> 对于外界只从老光镜底遥瞻，
> 怎能够用言说来指导世界？

浮士德终于理解了精神的有限，冲出书斋，来到外界的物质实境中大显身手，自强不息，更换了一个与客观世界相符合的主观世界。而哈姆雷特的头脑却"永远为内在的世界所占据着，而从外在的世界转移开，——用幻想来代替实质，在一切平凡的现实上罩上一层云雾"。最终由于忧郁与踌躇贻误了复仇的最佳时机。奥勃洛摩夫则"只能在自己的幻想中来安排世界的命运"，在冥想与惰性中虚度了一生。陀思妥耶夫斯基笔下的人物，其痛苦与悲剧，其无路可走、简直不能活下去的苦难世界的幻觉感，并不是像阿Q、阿金那样由本能的蒙昧的精神状态产生的，恰恰相反，是由一种发展到极端程度的精神畸形化的精神病态所造成的。正如《地下室手记》的主人公所说：自觉是一种病。《罪与罚》里的大学生拉斯柯尔尼科夫产生了这样的精神自觉：残酷不仁的社会要求人们在杀害人性的各种道路中间"选择"一条，其他无路可走。他悟到这条社会法则，产生了要杀人的思想："统治者们"，"拿破仑们"，那些在这个社会里被人尊敬和当作榜样的人，阔人们，幸运儿们，一帆风顺的人们，天之骄子们，为了获得成功，是不惜利用任何手段的，据说，你们的社会的真实就是这样。既然如此，那么为什么我，不能"尝试"也成为这么一个人，做任何卑鄙肮脏的事情手也不哆嗦一下，只要能取得统治的权利？！或者是走另外一条路：杀死一个不幸的、凶恶的、讨厌的老太婆，一只吸人血的蜘蛛——为了用她的钱造福千万趋于灭亡的人们。结果拉斯柯尔尼科夫走了第二条路，杀死了放印子钱的老太婆，犯了杀人罪。但是他又犯了第二件意外的、"附带"的罪行——杀死了温柔无辜的丽查维塔。于是他陷入了无比痛苦的内心惩罚之中，心灵分裂，受尽折磨。他的经历说明了这样一条真理：试图用飞黄腾达的先生们、世上的强者们所采用的手段来改变自己的奴隶生活，对于不能完全绝意于人性的人说来，就意味着不可估量的更多的不幸。当然，拉斯柯尔尼科夫对人性的自觉，是一种极端化、畸形化、病态的精神自觉。他面对充满苦难和矛盾的社会现实，找不到正确的改造社会的道路，只能采取无政府的个人主义的抗议方式，于是只能陷入呓语与清醒、梦境与实境相交织的精神幻觉中痛苦挣扎。《罪与罚》中的女主人公索尼亚·马尔美拉多娃，是一个为了哥哥和母亲被迫卖淫的下层姑娘，然而她却不像阿金那样颠顶、混沌，而是怀着一颗挚爱的心灵，靠心灵的法则，靠对人的爱的法则生活着。索尼亚也对自己犯了罪，但她不是根据理性，而是根据爱犯了罪，为了她所爱的人们牺牲了自己。其实，这种抽象的泛爱的心灵，也笼罩着一层与物质实境相背离的精神幻觉的迷雾。陀思妥耶夫斯基的这种创作特征，在他最后的长篇小说《卡拉马佐夫兄弟》中得到最充分的体现。

莎学研究家有一句名言："在莎士比亚笔下所有的主人公中，只有哈姆雷特能够写出他的悲剧。"陀氏研究家也由此引申出一个精辟见解："在陀思妥耶夫斯基笔下所有的主人公中，只有伊凡·卡拉马佐夫能够写出他的长篇小说。"[1] 伊凡是一位卓越的作家、哲学家和政论家，一位才智非凡的思想家。由写思索着的人，到写出一个非凡的思想家，陀氏攀上了创作的高峰，创造了世界文学中绝无仅有的奇迹。这部杰作以极为锐利、雄浑的思想力量，深刻切入精神与物质这个根本性的哲学问题中去，真切地写出了人类产生精神幻觉的心理根源与微妙感觉："我们在地上确实就像是在盲目游荡，假如我们面前没有可贵的基督形象的话，我们真会完全迷路，遭到灭亡，就像洪水来临前的人类一样。地上有许多东西我们还是茫然无知的，但幸而上帝还赐予了我们一种宝贵而神秘的感觉，就是我们和另一世界、上天的崇高世界有着血肉的联系，我们的思想和情感的根子就本不是在这里，而是在另外的世界里。哲学家们说，在地上无法理解事物的本质，就是这个缘故。上帝从另外的世界取来种子，播在地上，培育了他的花园，一切可以长成的东西全都长成了，但是长起来的东西是完全依靠和神秘的另一个世界密切相连的感觉而生存的。假使这种感觉在你的心

---

[1] 格罗斯曼：《陀思妥耶夫斯基传》，外国文学出版社，1987年。

上微弱下去,或者逐渐消灭,那么你心中所长成的一切也将会逐渐灭亡。于是你就会对生活变得冷漠,甚至仇恨。我是这样想的。"这是全书宗旨的代言人佐西马长老训言中的一段话,形象地说明人类之所以创造上帝,信仰宗教,是为了"依靠和神秘的另一个世界密切相连的感觉而生存"。依靠主观的心理感觉而生存,这的确是陀思妥耶夫斯基的一大发现,与鲁迅所发现的阿Q精神胜利法是相通的。然而处于本能的蒙昧状态中的阿Q并没有往宗教方面升华,只是心理感觉良好就作罢了,陀氏创造的伊凡·卡拉马佐夫却是在极度深邃的精神思辨中求得生存,他日夜苦思究竟是人创造了上帝还是上帝创造了人的问题,可是又宣称自己"早就决定不去思考"这一问题了,还劝导弟弟阿辽沙"永远不要想这类事情","需要的不是讨论上帝,而只是需要知道你心爱的哥哥的全部精神寄托"。他的"精神寄托"是什么呢?"不是不接受上帝",而是"不接受上帝所创造的世界"。这的确是自相矛盾、永难和谐的。他在矛盾和分裂中痛苦煎熬,在梦魇中与魔鬼对话,同自己的幻影争论,连医生也肯定说:"在您的情况下,产生幻觉是完全可能的。"这种往精神方面极端化畸形发展的状态,终于使这位非凡的思想家,在陷入弑父罪的纠纷与讼案之后,内疚自责,神经错乱,从自己崇高思想的巅峰跌入疯狂与死亡的深渊。"虚悬了一个'极境',是要陷入'绝境'的。"鲁迅在以他特有的方式和笔法全面论述唯物辩证法的后期杂文《"题未定"草(六至九)》中,就从认识论的角度阐明了"极境"与"绝境"之间的辩证关系。精神是唯一属于人的一种"特权",是宇宙间的最高现象,然而如果一个人往精神方面极端化畸形发展,"虚悬了一个'极境'",反倒会产生与物质实境相分裂的精神幻觉,"陷入'绝境'"。

在人类历史上,出现这种精神现象的事例是很多的,例如人们首先解决衣食住行,才能从事精神文化活动这个最基本的道理,人类长期不能自觉地意识到,直到马克思主义诞生时,才有了理性认识,成了马克思的第一大发现，而后来许多信奉马克思主义的人，却常常把这一基本原理抛到九霄云外。出现这种精神现象的人，当然多是知识分子。知识分子易于陷入堂吉诃德式的主观主义幻觉，也易于在精神与物质、理论与行动之间犯哈姆雷特式的忧郁，奥勃洛摩夫式的惰性，甚至跌入伊凡·卡拉马佐夫式的精神分裂的深渊。

鲁迅在作品中也塑造过这一类知识分子形象，例如小说《在酒楼上》里的吕纬甫青年时代与小说中的"我"同到城隍庙里去拔掉神像的胡子，连日议论些改革中国的方法以至于打起来，但现在却敷敷衍衍，模模糊糊，仿佛一只蜂子或蝇子停在一个地方，给什么来一吓，即刻飞去了，飞了一个小圈子，便又回来停在原地点，实在很可笑，也很可怜。《幸福的家庭》里的主人公，在叠成 A 字的白菜堆旁，伴着妻子买劈柴的唠叨和女儿的哭叫，构思子虚乌有的小说《幸福的家庭》：男的是文学家；女的也是文学家，或者文学崇拜家……吃的是"龙虎斗"，坐在自己的书房里。《孤独者》里的魏连殳本来孤傲清高，时常自命为"不幸的青年"或是"零余者"，螃蟹一般懒散而骄傲地堆在大椅子上，一面唉声叹气，一面皱着眉头吸烟，愤世嫉世，自叹不遇，后来却给小军阀当了什么顾问，不久就生痨病死了，入棺时也很不妥帖地躺着："脚边放一双黄皮鞋，腰边放一柄纸糊的指挥刀，骨瘦如柴的灰黑的脸旁，是一顶金边的军帽。"《伤逝》里的涓生曾经热烈地追求子君，并终于如愿以偿，然而当两人的生活遭遇困难时，却将子君一人撇在冷屋子里，还做出分手的暗示，自己躲进烧着火炉的阅书室里在幻想中寻求精神安慰："看见怒涛中的渔夫，战壕中的兵士，摩托车中的贵人，洋场上的投机家，深山密林中的豪杰，讲台上的教授，昏夜的运动者和深夜的偷儿……"结果，子君回了娘家，悲凉地死去，给涓生留下无尽的悔恨和虚空。而《白光》里的陈士成则是在科举考试的幻梦第十六回破灭之后，记起祖宗在屋子的地底下埋着无数银子的传说，于是在白光似的幻觉中掘地二尺，毫无所获，最终精神分裂，跑出城外，堕湖淹死，死尸的十个指甲里都满嵌着河底泥。

值得深思的是：鲁迅为什么在自己最重要的作品、唯一的中篇小说《阿Q正传》中没有把主人公的位置赋予知识分子，而给予了浮浪农工或游民阿Q？这是阿Q典型研究史上始终存在的疑问。前文已经说过了，由于重要，再强调一下：除了对阿Q哀其不幸、怒其不争的阶级立场外，主要在于本能的蒙昧的精神状态，最容易直接显露人类的普遍弱点，也易于以最简单明了的方式表现精神胜利法这种消极性的人类精神机制，而且会具有最大的普遍意义，因为这种原发性精神状态的真实写照，会像一面镜子那样照出每一个人的精神弱点，从连圆圈也画不圆的最底层的阿Q，到各阶层的人士，直至最高层的官僚、知识分子，谁也难免存在这种消极性的精神机制。在世界文学中，如此成功地写出一个处于蒙昧状态的"本能的人"，如此简明生动地表现出人类原发性的精神弱点，如此普遍而通俗地给人类以精神启蒙的，首屈一指的是鲁迅，是他的杰作《阿Q正传》。这一点，既使阿Q与哈姆雷特、堂吉诃德、奥勃洛摩夫、高略德金、伊凡·卡拉马佐夫以及浮士德等世界文学中的其他精神典型有所区别，又使他在全世界获得了独特的、非他莫属的启悟意义与艺术价值。

那么，应该怎样消除种种片面、虚悬的精神幻觉，开辟认识自己与认识世界的正确途径，树立科学的"自我意象"与"宇宙意象"呢？通过上文对精神幻觉产生原因的分析，已经可以得出如下答案：

第一，作为一个真正的人，必须摆脱本能的蒙昧的精神状态。鲁迅早期受过尼采"超人"学说的深刻影响，这对他自青年时代起，就树立大志，以"超人"的冲创力量最大限度地发挥自己的潜能起到了积极作用。后来，鲁迅对"超人"学说进行了批判，然而对尼采提出的另一个与之相对的"末人"概念却始终在理论上保持认同，对尼采痛恨"末人"的情绪一直抱有同感，不止一次用"末人"形容处于蒙昧精神状态中的人。1933年8月，他写道："用秕谷来养青年，是决不会壮大的，将来的成就，且要更渺小，那模样，可看尼采所描写的'末人'。……他们要掩住青年的耳朵，使之由聋而哑，枯涸渺小，成为'末人'。"(《准风月谈·由聋而哑》)阿Q与阿金，就是鲁迅塑造的两个典型的"末人"形象。一个人，处于"由聋而哑，枯涸渺小"的蒙昧状态中，怎能不目光如豆，夜郎自大，闭目塞听，与世"隔膜"呢？所以，要消除种种片面、虚悬的精神幻觉，开辟认识自己与认识世界的正确途径，树立科学的"自我意象"与"宇宙意象"，首先就必须高度重视教育，大力提高科学文化水平，睁开眼睛看世界，敞开胸怀收信息，只有这样才能耳聪目明，产生自觉，开辟正确的认识途径。

第二，仅靠书本知识、靠传统农耕文明中的"私塾"式的教育，是不能开辟认识自己与认识世界的正确途径的。堂吉诃德读书很多，称得上是位知识分子，然而却走火入魔，成了愚蠢的书呆子。哈姆雷特读书也不少，可称一位思想家，但是在行动中却因忧郁与踌躇失去了复仇的良机。奥勃洛摩夫受过良好的高等教育，却总是懒惰地赖在床上，空有计划，不见行动，到头来一事无成。陀思妥耶夫斯基笔下的伊凡·卡拉马佐夫、高略德金、拉斯柯尔尼科夫等也都是知识分子，甚至文化教养都达到很高深的程度，然而却都陷于主观与客观相分裂的泥潭里不可自拔。鲁迅小说中的孔乙己、吕纬甫、魏连殳、史涓生以及《幸福的家庭》中的那位在幻想中构思和生活的主人公，也同样是知识分子，但仍然是只能生活在主观幻觉中，别说治国救民，离了俸禄和薪金之后，连自己的生计都无法保证。原因何在？就在于从堂吉诃德直到魏连殳、史涓生，实质上还是传统农耕文明孕育的知识分子，与小农经济有着千丝万缕的联系，自觉不自觉地秉持着对农民、对乡村文化的认同与归属感。他们所受的教育仍然是传统农耕文明中的"私塾"式的教育，尽管校园扩大了，不像私塾那么狭小；科目繁多了，不像私塾那样单一；内容变洋了，不像私塾那般只读古文；但是，从教学方法到培养途径，再到分配形式，都未能彻底摆脱"私塾"式教育的窠臼。依靠"私塾"式的书本教育，培养出的人只可能是：大多数成为没有思想、没有头脑的专制统治者的奴才和工具；少数有思想、开始"悟自己之为奴"的人，又只能在希望与绝望之间苦苦挣扎，最后不是颓唐、消沉，就是陷于精神分裂；很难有人适应新时代到来前的变革需要。读书，只有在能够引导人们正确地认识自己与认识世界、提高悟性的时候，才是有益的。否则，如鲁迅在《"题未定"草（六至九）》中所说的"摘句"式的读书，只能"引读者入于迷途"，演出虚悬了一个"极境"而陷入"绝境"的悲剧。在人类从传统农耕文明向现代工业文明转变的过程中，只有实行符合现代工业文明的教育，科学理性与实践能力相统一，文化知识与市场经济相结合，努力提高人们对客观实际情况的悟性与处理实际问题的能力，才能逐步开辟认识自己与认识世界的正确途径，树立科学的"自我意象"与"宇宙意象"，从"本能的人"上升为"自觉的人"。

第三，深入到人的内在机制中去思考，要消除种种片面、虚悬的精神幻觉，开辟认识自己与认识世界的正确途径，还必须改变人的思维方式。《阿Q正传》虽然是小说，但是也从理性高度批判了阿Q式的简单化、直线性的低级思维方式：对于革命党的思维是——"革命党便是造反，造反便是与他为难，所以一向是'深恶而痛绝之'的"；对于男女关系的思维是——"凡尼姑，一定与和尚私通；一个女人在外面走，一定想引诱野男人；一男一女在那里讲话，一定要有勾当了。为惩治他们起见，所以他往往怒目而视，或者大声说几句'诛心'话，或者在冷僻处，便从后面掷一块小石头"。至于精神胜利法的逻辑推理，就更是偷换概念的荒谬思维了：自命为"老子"，把打他的人偷换为"儿子"，然后推出"儿子打老子"的结论；自命为"第一个能够自轻自贱的人"，然后把"自轻自贱"除去不算，偷换为"状元"，于是自己就像"状元"一样"天下第一"了；自己打自己嘴巴，然后把"自己"偷换为"别一个自己"，再偷换为"别个",于是就像"自己打了别个一般",心满意足地获得精神胜利。所以,阿Q的精神胜利法不仅导源于退缩内心的精神机制,而且与简单化、直线性的低级思维方式、偷换概念的荒唐逻辑密切相关。

这种低级的思维方式,是阿Q这种处于本能的蒙昧的精神状态中的人所使用的思想工具,也是堂吉诃德那种往精神方面极端化畸形发展的人所未能挣脱的思想窠臼。实质上,这种思维方式的弊端就在于:把人束缚在主观心理感觉与本位的直观认识牢笼中,不能获得对客观事物的正确意象。而人们却往往喜欢从主观心理感觉和本位的直观认识出发,去观察事物,并习以为常,不悟其谬。因为大多数人实质上是不自觉地靠本能生活,上升到自觉的理性境界的人是很少的。

鲁迅曾在《"题未定"草(六至九)》中,用一个土财主买古鼎的有趣故事,深入浅出地说明了这个哲学道理:

记得十多年前,在北京认识了一个土财主,不知怎么一来,他也忽然"雅"起来了,买了一个鼎,据说是周鼎,真是土花斑驳,古色古香。而不料过不几天,他竟叫铜匠把它的土花和铜绿擦得一干二净,这才摆在客厅里,闪闪的发着铜光。这样的擦得精光的古铜器,我一生中还没有见过第二个。一切"雅士",听到的无不大笑,我在当时,也不禁由吃惊而失笑了,但接着就变成肃然,好像得了一种启示。这启示并非"哲学的意蕴",是觉得这才看见了近于真相的周鼎。鼎在周朝,恰如碗之在现代,我们的碗,无整年不洗之理,所以鼎在当时,一定是干干净净,金光灿烂的,换了术语来说,就是它并不"静穆",倒有些"热烈"。这一种俗气至今未脱,变化了我衡量古美术的眼光,例如希腊雕刻罢,我总以为它现在之见得"只剩一味醇朴"者,原因之一,是在曾埋土中,或久经风雨,失去了锋棱和光泽的缘故,雕造的当时,一定是崭新,雪白,而且发闪的，所以我们现在所见的希腊之美，其实并不准是当时希腊人之所谓美，我们应该悬想它是一件新东西。

鲁迅讲的这个故事，其实包含极为深厚的"哲学的意蕴"。不仅其他任何一位现代作家、哲学家都没有讲出过这样睿智、隽永的哲理故事，就是鲁迅前期也没有讲出过，只有到了极为深邃、老到的后期，升华到了炉火纯青的境界，才能讲出这般老辣、深刻的故事。这个故事给我们的启悟是：人们在既定的凝固的视点上，从主观心理感觉出发，对客观事物所产生的直观意象，往往是不符合客观事物本来真相的。连有些佛教学者也悟出这一点，说过："概念仅是我们精神活动的一种符号（它本身是没有实体的）。我们的认识作用，就是根据这种加了工的符号和外界所指的事物起了相适应的系列。所以说我们人的脑袋就是这样一个制造和传递信息的工具。正因为如此，我们的认识才会有时发生错误，所以说，我们所直接接触到外界的事物并非真正的客观，而是经过中枢神经的特殊加过工然后再反映出来并保持与外界相适应，但是适应并不等于一致。"[1]那所谓的一切"雅士"，对周鼎所产生的"土花斑驳，古色古香"的意象，实质是在现代人的凝固的视点上，从当时观赏时的主观心理感觉出发，"一厢情愿"而形成的，根本不符合周鼎的本来真相。然而由于世上的一切"雅士"都在这种低级的习惯性思维中思考，以凝滞的眼光衡量周鼎等古文物，把"土花斑驳，古色古香"的错误意象作为"雅"的标准，结果真假颠倒，并形成一种思维定势。于是，把假相当作"雅"物欣赏的人，成了所谓"雅士"；无意中使周鼎显现"闪闪的发着铜光"之真相的人，反倒受到嘲笑，被当作不懂"雅"物的作假行为。鲁迅因此反思到：衡量周鼎和希腊雕刻时，"应该悬想它是一件新东西"。这里所说的"悬想"，极为当紧，

---

[1] 贾题韬：《论开悟》，中国佛教协会，1990年。

是鲁迅对自身所运用的一种辩证思维方法的精辟概括。所谓"悬",就是"悬"离自身既定的凝固的视点,"悬"脱主观的心理感觉,对客观事物进行"悬"位换境的观察、思考:从共时性上,就是变换境位、转移视点,从各个不同角度对客观事物的各个侧面、各种形态进行全方位的观察与思考;从历时性上,就是转换时空、更变角色,从各个不同时期对客观事物发生、发展、灭亡的全过程进行历史性的观察与思考。鲁迅在《"题未定"草(六至九)》前段所谈的要全面认识陶渊明等古人的种种见地,是从共时性上说的;而这里所讲的故事,是从历时性上说的,启示今天的周鼎鉴赏者,应该转换时空、更变角色,把自己"悬想"为周朝时代使用周鼎的人,因而必然想到:"鼎在周朝,恰如碗之在现代,我们的碗,无整年不洗之理,所以鼎在当时,一定是干干净净,金光灿烂的,换了术语来说,就是它并不'静穆',倒有些'热烈'。"把自己"悬想"为希腊雕刻雕造当时的目睹者,就必然想到:"当时,一定是崭新,雪白,而且发闪的。""现在之见得'只剩一味醇朴'者,原因之一,是在曾埋土中,或久经风雨,失去了锋棱和光泽的缘故。"通过这样的"悬想",就会悟出自己原来的意象与客观事物的本来真相之间存在极大的差距,从而调整与变化了衡量客观事物的眼光,也就是打破了历来司空见惯的简单化、直观化的习惯性思维,学会以运动、变化、全面的观点认识世界。认识世界,在鲁迅那里,称为"知人论世"。他认为:以主观片面、目光如豆的"选家"眼光和引读者入于迷途的"摘句"法,是不足以"知人论世"的。要做到"知人论世",就必须像论文那样,"顾及全篇,并且顾及作者的全人,以及他所处的社会状态"。鲁迅后期特别注意启悟人们运用"悬想"的辩证思维方法,全面认识事物:"悬想"古人当时并不纯厚,"经后人一番选择,却就纯厚起来了"(《古人并不纯厚》);从菌类的立场进行"悬想":"人类因为要吃它们,才首先注意于有毒或无毒,但在菌类自己,这却完全没有关系,完全不成问题",所以说菌类有毒的话是"人话"(《"人话"》);采取正面文章反看法，从事物的反面进行"悬想"："自称盗贼的无须防，得其反倒是好人，自称正人君子的必须防，得其反则是盗贼"（《小杂感》）；"专制者的反面就是奴才，有权时无所不为，失势时即奴性十足"（《谚语》）。这样上下左右、正反顺逆、纵横交错、自由自在地进行创造性的"悬想"，有助于人们"悬"离自身既定的凝固的视点，"悬"脱主观的心理感觉，对客观事物进行"悬"位换境的观察、思考，从而打破形而上学的思维定势，克服人类的主观性弱点。"从来如此，便对么？"（《呐喊·狂人日记》）从第一声呐喊开始，鲁迅就努力在打破中国人的传统思维定势。同时，这种"悬"位换境的思想方法，也有助于人们克服自私性的弱点："悬"离个人的私利位置，换到他人和全局的境遇中考虑问题，设身处地为他人的冷暖痛痒和集体的全局利益着想，进行"换位思考"，就会更为合理地处理个人与他人、个人与集体的关系。"悬"位换境，设身处地考虑问题，不能以偏概全。

从思想方法上看，我们的阿Q那种刚挨了假洋鬼子的棍打，就转身去欺侮小尼姑的做法，也同样是只从自己的位置出发，将怒气迁移他人、达到自我心理平衡就作罢了，全不为他人着想，想想小尼姑遭欺侮后会多么伤心、难过。而《狂人日记》中的"我"则是"悬"位换境地从各个人的角度想问题，悟出每个人既在被"吃"又在"吃"人的道理，发出了"救救孩子"的呼声。所以，要达到超我的境界，成为自觉的人，有必要进行思维方式的变革。只有这样，才能逐步全面、客观地认识自己与认识世界，树立近于真相的"自我意象"与"宇宙意象"。

之所以说"近于真相"，是因为无论整个人类，还是任何个人，都永远不能完全反映自我与宇宙的本来真相，只能做到"近于"。而且即便是做到这一点，也是大不易的，必须永远谦虚，永不自满，不断学习，不断调查，始终注意获得最新信息，运用最先进的科学知识和思维方法进行分析与思考。任何人，即使是已经取得极高地位、很大成就的人，也绝不可能握有认识自己与认识世界的专利。反之，即使是极其卑微、处于困境的人，也并不失去认识自己与认识世界的权利。逆境出哲学。人往往是在现实的硬壁面前碰得头破血流之后，才开始反思自我，恍然有所开悟，明白自己头脑中的"自我意象"与"宇宙意象"原来是远离自己与世界的本来真相的，于是在挫折与创痛中调整与改造主观世界与客观世界的关系，提高自己的认识能力，沿着"近于真相"的认识路线去努力。为什么古今中外真正有所作为、有所成就，对人世有所真感悟、真理解的人，常常是那些受压抑的人，遭欺侮的人，甚至生理上有残疾的人？认识论上的原因，大概在此吧。司马迁言："古者富贵而名磨灭，不可胜记，唯倜傥非常之人称焉。盖文王拘而演《周易》；仲尼厄而作《春秋》；屈原放逐，乃赋《离骚》；左丘失明，厥有《国语》；孙子膑脚，《兵法》修列；不韦迁蜀，世传《吕览》；韩非囚秦，《说难》《孤愤》；《诗》三百篇，大抵圣贤发愤之所为作也。"[1]而司马迁本人，恰恰是这种"倜傥非常之人"，受宫刑后发愤修史，人生最大的耻辱反倒成为奋发的动力，"每念斯耻，汗未尝不发背沾衣也！"[2]而将全部愤懑都抒于《史记》这千古之绝响中。且看那些纨绔子弟，一帆风顺者，即使有豪富的生活，精雅的书房，可往往只能平庸一生，永远不可能"倜傥非常"！当然，如果没有正确的精神机制，像阿Q那样，虽然在物质实境中屡屡惨败，但却永远不总结教训，总是退回内心，到精神幻觉中寻求胜利，至死都毫无悟性，那么无论怎样遭受挫折和痛苦，都不会有任何长进的。所以，要消除种种片面、虚悬的精神幻觉，开辟认识自己与认识世界的正确途径，除了改变思维方式之外，还必须结合第四点。这就是本书所着力分析的精神机制问题。

精神机制问题，从一定意义上说，也是精神卫生中的一个核心问题。不仅从传统农耕文明向现代工业文明转变过程中，人类由于不适应转换需

---

[1] 司马迁:《报任安书》。
[2] 同上。

要而面临严峻的精神卫生问题，就是进入现代工业文明的西方发达国家，精神卫生问题也显得日益严重。为了解决这一问题，西方的精神分析学家开始与东方的禅宗大师携手合作。1957年8月在墨西哥的库埃纳瓦卡举行的"禅宗与精神分析"的专题讨论会，以及由日本的铃木大拙、美国的E.弗洛姆、R.德马蒂诺在会上的发言合编成的《禅宗与精神分析》[1]一书，就是他们共同合作的结晶。书中弗洛姆的《精神分析与禅宗》一文尤为精彩，透辟酣畅，鞭辟入里。他在"压抑之解除与悟"一节中说了这样一段发人深省的话：精神分析学家对精神障碍患者进行心理治疗时，"必须去掉一个又一个文饰作用，拿掉一个又一个拐杖，直到患者无法再逃跑，从而冲破充塞于他心中的种种虚构，体验到实在——也就是意识到某些他以前未曾意识到的东西"。其中"充塞于他心中的种种虚构"一语最为重要，弗洛姆在前边还有过类似的提法："为了达到悟，还得排除许多心理构造物"；"克服了他的浮夸与全知全能的虚构"。人类的种种烦恼、抑郁、挫折感、失落感等自卑情绪，以及阿Q那种一贯精神胜利、一贯自我感觉良好的自大心理，往往在很大程度上来源于"心中的种种虚构"。因为心中的期望值过高了，把现实想得过好了，把本来自己不可能获得的东西想成可以得到甚至必须得到的了，所以在希望破灭时，或者看到现实黑暗面时，得不到自己想得到的东西时，就烦恼、失落了。为什么鲁迅一再教导青年要认识到现实是充满污泥浊水的，并不那么美好；要准备着"黄金世界"到来时被当作"叛徒"处死，不要期望工农大众会给自己送来黄油面包；并把自己的斗争比作"反抗绝望"？实质上就是帮助未曾阅世的青年"去掉一个又一个文饰作用，拿掉一个又一个拐杖"，"冲破充塞于他心中的种种虚构""种种心理构造物"，从而"体验到实在——也就是意识到某些他以前未曾意识到的东西"，悟出一个最基本的道理：世界本

---

[1] 参考版本为辽宁教育出版社1988年版。

来就是这样的！不必大惊小怪，也不必庸人自扰！从彻底的唯物主义观点看问题，应该努力使自己适应世界，更新观念，取消所有不符合外界规律性的错误意念，按照客观规律改造世界；而不是相反，强求世界服从自己主观臆想的美好愿望，因为这根本是不可能的！精神上的烦恼、愠怒，只能损伤自己的健康与生命，对现实毫无裨益，唯一的选择只能是：破除"心中的种种虚构"，消解这种不符合客观世界本来真相的"心理构造物"。用禅宗的话来说，就是"破障"，在对外在世界的追求中，修炼精神，增强意志，提高认识能力与自控能力，在科学认识与科学实践中求得自我价值的实现、精神的愉悦与安详。

大科学家爱因斯坦谈过切身体会："当我还是一个相当早熟的少年的时候，我就已经深切地意识到，大多数人终生无休止地追逐的那些希望和努力是毫无价值的。"他不准备参与这种追逐，决心"从'仅仅作为个人'的桎梏中，从那种被愿望、希望和原始感情所支配的生活中解放出来"。"在我们之外有一个巨大的世界，它离开我们人类而独立存在，它在我们面前就像一个伟大而永恒的谜，然而至少部分地是我们的观察和思维所能及的。对这个世界的凝视深思，就像得到解放一样吸引着我们，而且我不久就注意到，许多我所尊敬和钦佩的人，在专心从事这项事业中，找到了内心的自由和安宁。"[1]

所以，阿Q的乐天气象不应在否定之列，倘若不乐天，当真要发疯或自杀了，中华民族也不会顽强地延续五千余年了。应该否定的是，乐天气象不应该像阿Q那样靠退缩内心、盲目自大的精神机制产生，而应该相反，把"求诸内"的精神机制转变为破除内心虚构的东西而"求诸外"，求诸对自己和世界的正确认识，求诸对外在世界与自身处境的变革行动。

---

[1] 爱因斯坦:《自述》，爱因斯坦:《爱因斯坦文集》第1卷，许良英、范岱年译，商务印书馆，1976年，第2—3页。

阿Q那种一贯精神胜利、一贯自我感觉良好的自大心理，虽然与自卑情绪表现形态不同，但是同样导源于不符合自我本来面目的"种种虚构"。斯宾诺莎说："骄傲是在于人们把自己身上并不曾发现的圆满性归于自己所有。"[1]这种"不曾发现的圆满性"，正是一种"虚构"，一种自以为"全知全能的虚构"，一种对自己的错误认识。以此类推，自卑则是在于人们把自己身上具备的潜能归于他人所有，同样是一种对自己的错误认识。因此，骄傲与自卑，从根柢上说，不仅仅是道德品质问题，最主要的是认识能力、思想境界的问题。一个人骄傲或自卑了，就意味着这个人的认识能力出现故障了，思想境界降到实际层面以下了，因而他既不可能正确地认识自己，也不可能正确地认识世界，在认识与行动上总要走进误区，导致失败。

所以，"奴隶"一词并不专指那些被他人役使的苦工和仆人，实质上，用于被自我某种虚构的东西、某些错误的意念所奴役的人也很恰当。这种精神上的奴隶实在是太多了，几乎每一个人都难以彻底逃脱，可惜的是，我们大多数人都如鲁迅指出的那样："不悟自己之为奴。"东西方的哲学家、精神分析学家们都在不约而同地启发人们的悟性，觉出自己为奴，并予以克服。弗洛姆引用铃木大拙对禅宗目标的说明时指出："意指对各种贪婪的克服——不管是对财产、名誉的贪婪，还是对感情的贪婪；它也是指对自恋式的自命不凡以及对全能的幻想之克服。另外，它还是指对顺从权威的欲望之克服——这个权威是指能解决一个人自身的生存问题的权威。"贪婪，实质是人欲；"对全能的幻想"，实质是幻觉；"顺从权威的欲望"，实质是奴性。禅宗的目标，旨在克服人欲、幻觉、奴性这种蒙昧的精神弱点，上升到独立人格的自由境界。而精神分析的方法，据弗洛姆说，也旨在"一步步地揭露人自身内部关于世界的幻想，使倒错扭曲与异

---

[1] 斯宾诺莎：《神、人及其幸福简论》，洪汉鼎、孙祖培译，商务印书馆，1987年，第202页。

化的理智化逐步消退。由于对自己越来越不陌生，经历这个过程的人对世界也就越来越不疏远；由于他开通了与自身内部之宇宙的交流，他也就开通了与外在宇宙的交流"。从实质上说，这种交流就是认识自己与认识世界的交互作用，主体努力准确、敏锐、全面地认识客体，又在客体传来的反馈信息中调整和改造自我，并在新的层面上对客体进行再认识。这样"比较既周，爱生自觉"，把科学的认识转化为智慧，培养脱离奴性的自由人格，克服主体与客体的分裂，实现自我与外在世界的统一。在这一点上，竟又与当代精神分析学家对禅宗的阐释不谋而合。R. 德马蒂诺在《人类的处境与禅宗》中开宗明义指出："禅宗的目标则始终是克服内部与外部的分裂——这种分裂使自我同它自身以及它的世界相分离——使自我得以充分地实现自己，真正知道它是谁，世界是什么。"之所以在 20 世纪后半叶，出现了精神分析与禅宗的世界范围的汇合，甚至有些地方与辩证唯物主义哲学交叉，并非偶然的巧合，而是人类的普遍特点所决定的：人人都面临精神与物质之间的"隔膜"或"间隔"关系问题，随着现代工业文明的发展，这一问题日益严峻，因而导引各个国度、各个领域、各个阶级的思想家不约而同地从各个角度出发，去思考解决这一问题的方法，帮助人们克服精神与物质的分裂，保持精神的健康、愉悦。一个社会是否生机勃勃，主要看这个社会是否产生了生机勃勃的思想家。形形色色的思想家纷纷从各个方面涌现出来，各以不同的方式解决人类的精神困惑问题，并出现了交叉与汇合，是一件值得欢迎的好事，表明人类社会是在生机勃勃地向前发展。我们应该汲取各方面思想家的精华，引导人们勇于正视现实，正视弱点，克服对世界片面的、虚幻的了解，摆脱种种精神幻觉，实现对世界本来面目的总体把握，从而去掉浮夸之心，消除文饰作用，冲破充塞于心中的虚构之物，从自我欺骗中挣脱出来，质朴地体验到客观实在，也看到了自己的真实面目，在精神与物质、主观与客观的关系中来一个翻天覆地的根除、转变与倒转，从自我的狭隘的束缚与扭曲中超脱出来，升华到超我之境，在禅宗中称之为"开悟"，心理学中称之为充分觉察到实在、把握实在的人与外在的及内在的实在完全协调一致的心态，哲学上则可看作是洗刷唯心精神，成为彻底的唯物主义者，达到精神与物质、主观与客观的高度一致，进入科学理性的境界，以科学的理性对待失败与胜利、缺陷与长处，做到既不自卑也不自傲，保持精神上的健康与愉悦。

精神病学的任务是研究与治疗生理性或器质性的精神病变，然而患这种精神病变的人终归是少数，大多数人通过补偿机制来承受超负荷的精神压力，避免患精神病，例如过劳的日常生活，与芸芸众生相一致，搜寻权力、特权和金钱，依赖偶像，宗教崇拜，自我牺牲的受虐生活，自恋的人格扩张以及阿Q式的精神胜利法，等等，结果往往是消极性的。而禅学与精神分析学则是一种比较积极的精神疗法，是人类摆脱精神困境的生命之学，是了解人的存在之本性、超越生存矛盾的生活的艺术。这也正是这两门学问日益兴起并融会贯通的原因所在。从辩证唯物主义与历史唯物主义立场出发，对这两门学问进行科学的分析与总结，剔除糟粕，汲取精华，实在是极其必要的。

与禅学和精神分析学相通之处是，从塞万提斯到鲁迅，创造从堂吉诃德到阿Q这一类精神典型的目标，也旨在启悟人们摆脱与物质实境相背离的精神幻觉，实现精神与物质、主观与客观的高度统一，"幸福的度日，合理的做人"（《坟·我们现在怎样做父亲》）。医治生理性或器质性精神病变，是医学家的任务。疗救哲理或心理性精神病态，则是思想家、哲学家、文学家、精神分析学家，以及禅学大师的职责了。为了强调这一点，我们又不自禁再引陀思妥耶夫斯基评价塞万提斯的《堂吉诃德》的话："全世界没有比这更深刻、更有力的作品了。这是目前人类思想产生的最新最伟大的文字，这是人所能表现出的最悲苦的讥讽，例如到了地球的尽头问人们：'你们可明白了你们在地球上的生活吗？你们怎样总结这一生活呢？'那时人们便可以默默地递过《堂吉诃德》去，说'这就是我给生活作的总结，你难道能因为这个责备我吗？'"[1] 惺惺惜惺惺，创造精神典型的大作家之间是"心有灵犀一点通"的。他们正是从"到了地球的尽头"的整个人类的终极意义上、从精神与物质、主观与客观、幻想与现实这个根本性的哲学问题出发，对人类在地球上的生活做了根本性的总结，对人们进行根本的精神启蒙。这正是哈姆雷特、堂吉诃德、奥勃洛摩夫、高略德金、伊凡·卡拉马佐夫和阿Q等精神典型根本的相通点。鲁迅从创造阿Q这个精神典型，到后期写阿金这个蒙昧颠顶的娘姨形象，都是从根本点上总结中国人的生存方式，启悟他所挚爱的中华民族从精神幻觉的迷梦中觉醒，挣脱出"瞒和骗的大泽"（《坟·论睁了眼看》），敢于正视人生，正视面临的物质实境，正确地认识自己与认识世界。这恰恰是一种最根本的精神启蒙与哲学启悟。

随着科学的发展，人类对地外文明和外星智慧生物的探索，日益不可遏制。这种探索，极大地拓宽了人们的认识领域，更新了人们的思维方式，使人类认识自己与认识世界的深刻程度达到了一个新的境界。人们开始认识到"思维着的精神"，极可能并不是只有地球上才存在的"最美的花朵"，也许在无穷宇宙的某一个星球上，有比人类发达得多的智慧生物，与他们相比，我们人类只是宇宙中的儿童。阿Q精神，正反映了处于儿童期的人类在精神上的荒谬性。如果不克服这种荒谬性，尽快进入成熟期的科学理性境界，人类在宇宙中的前景会令人担忧的。从这一点展开思路，就会更加迫切地感到建立科学的精神现象学、普及精神科学的必要性。而且，即便进入了成熟期，只要是智慧生物，具有"思维着的精神"，都永远不可避免地要面临精神现象的问题，都要正确处理精神与物质、主观与客观、幻想与现实这个根本性的哲学问题，都要正确地认识自己与认

---

[1] 巴赫金：《陀思妥耶夫斯基诗学问题》，白春仁、顾亚铃译，第182页。

识世界。因此，阐发某种带有"星球意识"的宇宙智慧生物精神发展的深层共性，也许会是未来精神科学研究的前沿性课题。

纵然到了那个遥远的新时代，阿Q、堂吉诃德、哈姆雷特等精神典型，也将保持他们底蕴无穷的哲学启悟意义。

# 余论：从阿Q典型研究史看鲁迅研究的方法论

## 前沿意识与学术史研究

20世纪90年代初，许明博士等学者曾经大声呼唤"前沿意识"，他们认为：

> 如果要问中国社会科学研究最短缺的是什么？按我们的看法，不是经费、不是人才，而是一种对学科发展方向的宏观判断，一种学术的前沿意识！在我国学术界，有相当一部分人的脑子里并没有前沿问题的意识。他们抓到一点材料就论证，不讲方法就写作，以前总是说这是学风不正，其实这并不单纯是学风问题。没有前沿意识，再踏实的研究也只能是低水平的。[1]

许明认为在自然科学领域，"对前沿的确认和对前沿的超越，构成了科学研究不断跃进的图景"。然而，当代人文科学领域却出现了几乎是毫

---

[1] 许明、张德兴：《呼唤前沿意识》，《社会科学报》1992年3月5日。

无标准可言的混乱，因而使许多年轻的学人在没有正确的学术导向的情况下浪费着最高创造力的年华。为了改变这种状况，各级学术领导机构应当对成果的学术前沿性高度重视，人文学术界应当有一批站在学术之巅的哥德巴赫，宏观而又细致地描述每个学科的发展史并论证前沿课题。[1]

如果整个人文科学领域都迫切需要呼唤前沿意识，确立前沿目标的话，那么，鲁迅研究领域就更加迫不及待地需要大声疾呼前沿意识了。

百年来，鲁迅研究取得了巨大的成果，但是不可否认也存在着严重的重复和浪费：鲁迅研究论著汗牛充栋，真正有所创新，真正成为学术史链条上一个环节的却很少。大量的论著是在重复前人，没有新意，抽象、空泛，不仅浪费了许多鲁迅研究者宝贵的精力与才华，而且白白消耗了大批纸张、油墨和印刷费用，危害最大的则是倒了读者胃口，一见某些鲁迅研究论著就有似曾相识之感，从而产生冷漠、厌烦的逆反心理。这一现状，是不能不引起有责任心的鲁迅研究学者高度重视与深刻反省的。

因此，目前鲁迅研究最缺乏的也不是人力、财力与出版机会，而是前沿意识，需要具有高度前沿性的突破性的论著！迫切需要强调的，不是数量，而是质量！宁肯少些，但要好些！必须树立"板凳宁坐十年冷，文章不写半句空"的精神，宁肯十年磨一剑，不写半部重复书！要具有高度的前沿意识，确立稳定的前沿目标，就必须认真梳理鲁迅研究学术史，对鲁迅研究的学科发展方向做出科学的宏观判断。人文科学与自然科学一样，都是严肃的科学，是循序渐进的，不了解前面的成果，就不可能开展后边的研究。各门学科都必须不断回顾与反省本学科的学术发展史，不断审核与评骘研究实绩的成就与缺陷，从理论高度总结学科的发展规律，预

---

[1] 见许明的《重视人文科学成果评判的标准》和《研究逻辑·学术规范·知识增长》，分别载《文汇报》1991年12月14日和《社会科学报》1992年4月23日，并见于《轻拂那新理性的风》，河南人民出版社，1993年。

测未来的研究前景。只有这样，才可能使本学科的学术研究上升到自觉的成熟境界。特别是鲁迅研究，已经有了百年的历史，研究论著数不胜数，研究学者遍布世界，怎样在前人研究基础上取得新的突破，既不重复前人，又不割断历史，少走弯路，多出新意，就成为整个鲁迅研究界所面临的迫切问题了。

目前，鲁迅研究经过学术界多年的努力，已有明显的进展，出版了多种学术史。但是，还有必要进一步清理、归纳鲁迅研究的问题史、疑难史，从而排列出鲁迅研究的前沿性课题。本书就是遵照这一原则，在《学史论》一章中力图做这种工作，理出阿Q典型研究学术史的发展脉络，寻出其中的症结和学术史链条上承前启后的关键环节，从而确定重新从理论高度论证阿Q的典型性质问题，是阿Q典型研究学术发展史上的前沿性课题。

整个鲁迅研究领域的前沿性课题是很多的，下面仅举几例：

鲁迅的总体观研究。鲁迅究竟是谁？他在20世纪现代中国出现的历史原因、时代条件及其永久价值究竟应该怎样看待？以跨世纪的现代历史眼光，从重新审视20世纪思想史、精神现象史、文化史的角度，反观这些根本性的问题，迟早会得出突破性的认识，实现鲁迅总体观的升华与飞跃。

鲁迅与中外文化的比较研究。这一课题从80年代中期以来日益兴起，取得不少比较扎实、厚重的成果，例如林非的《鲁迅和中国文化》，就是其中的代表。但是，许多课题尚待深掘，像鲁迅与尼采、鲁迅与章太炎这类极为重要的专项研究，虽然在学界呼声甚高，却始终没有人真正下苦功夫进行更深入的开掘，以丰富的资料、崭新的眼光、系统的论析，写出符合新世纪水平的深沉厚重的专著。

鲁迅杂文的思想、艺术特征及其在世界散文史上的地位。一些论者曾以鲁迅杂文不入文学殿堂之说贬低鲁迅的文学家地位，然而试拿鲁迅杂文与在世界文学殿堂占据要津的英国随笔进行一番比较就会发现：鲁迅杂文与英国随笔基本属于同一类文体，即偏重议论的杂文文体，而无论从思想深度、社会内涵，还是从艺术笔法上比较，英国众多的随笔家无一人能与鲁迅匹敌。那么，何故要把不及鲁迅的英国随笔家们抬到世界文学殿堂的要津地位，而反倒排斥远高于他们的鲁迅先生呢？所以，以鲁迅杂文与英国随笔的比较研究为中心，论证鲁迅杂文的文学特征及其在世界散文史上的地位，实在是鲁迅研究领域一项极有价值的前沿性课题。其他，如鲁迅杂文与日本小品的比较等，也都是非常有意义的。然而，从事这类前沿性课题研究，确实是非常艰深的，需要具备深厚的功力，付出长期的努力，绝非一朝一夕即可急就。

百米短跑项目中，谁有把握破 10 秒纪录，国家体委心里是有数的。数论方面，谁可能在攻克哥德巴赫猜想中取得突破性进展，数学界也是心中有数的。那么，鲁迅研究领域究竟有哪些前沿性课题，有哪些学者，特别是中青年学者有把握攻克这些课题，中国鲁迅研究会的领导机构和鲁迅研究刊物的编辑部门也应该心中有数。这样，从长远的战略眼光出发，确立前沿目标，请有关学者投标，或者以各种方式鼓励学界增强前沿意识，自发攻克前沿课题，坚持数年之后，必定会取得明显成效，推动鲁迅研究进入崭新的学术发展阶段。

## 面对原始的学术问题

人们对物理学大师杨振宁的非凡成就表示过种种惊疑：世上的物理学论文何止千万，为什么他的论文会一再引起全球性的轰动？杨振宁的成功经验是什么？有没有治学的诀窍？杨振宁先生对这些疑问做了这样的回答：ّ除机遇和环境因素之外，主要的是应该面对原始的物理学问题，不要被淹没在文献的海洋里。"杨振宁说，这类原始的基本问题没有多少文献可参考，主要是从新的角度去考虑，运用新的观念和独特技巧，才能加以推进。因此，这种研究的结果，很可能会是一些新理论、新数学结构、新物理学观念的出发点。

我们常常听到一种说法：做论文先要查文献，从最新文献中找题目做。杨振宁不反对读文献，但认为老是读文献就有被别人牵着鼻子走的危险，而一旦忽视物理学的原始问题，许多创造性就会被窒息。因此，面对原始的科学问题，是杨振宁始终不渝的治学原则。[1] 杨振宁的这一成功诀窍，对鲁迅研究也极有启发。我们强调要重视学术史研究，并不意味着主张研究者埋在前人的学术论著文献中，仅从文献资料中找题目、讨生活，而是认为应该从前人的学术活动中汲取正反面的经验，从学术发展中寻出规律性。而汲取经验与寻出规律的唯一根据就是原始的学术问题——"鲁迅本体"，即鲁迅原著及其所产生的创作过程和时代环境。要以这唯一的根据为基石，考察前人在原始的学术问题的研究中有哪些成败得失，其中的原因何在，从中寻出哪些学术规律。例如在阿Q典型研究学术史之中，就应该以《阿Q正传》及其所产生的时代环境、鲁迅对自己创作本意的陈述为唯一根据，考察前人在阿Q典型研究中是面对还是违背原始的学术问题。从中寻出的最重要的学术规律就是：凡是真正面对原始的学术问题，尊重《阿Q正传》著作本身及其所产生的创作过程和时代环境，尊重鲁迅对自己创作本意的陈述的，都会不同程度地得出符合本意的学术成果，多多少少对阿Q典型意义的研究与宣传有所贡献；反之，凡是有意或无意违背原始的学术问题，脱离《阿Q正传》著作本身及其所产生的时代环境，背离鲁迅对自己创作本意的陈述的，都会不同程度地曲解鲁迅的创作本意，扭曲阿Q典型形象的本来意义，曲解者的"水平"愈高，导致的后果就愈是恶劣，在错误的道路上就走得愈远。而造成这种恶果的

---

1 张奠宙：《杨振宁的成功诀窍："应该面对原始的科学问题"》，《文汇报》1992年6月20日。

主要原因，除了"左"的政治干扰之外，从思维方法上则是把某种理论或观念"虚悬"到极端，因而把原始的学术问题——"鲁迅本体"忽略了。

这一条学术规律，在茅盾的阿Q典型研究道路上也显现了出来。《阿Q正传》刚连载到第四章，茅盾就做出了"阿Q这人很是面熟""他是中国人品性的结晶""忍不住想起俄国龚伽洛夫的Oblomov"等科学评语，简直包含了后来百年《阿Q正传》研究的主要方面，天才而又质朴地道出了《阿Q正传》的真义。诚如林非先生在本书序言中所说："这就从宏观角度指出了阿Q典型巨大的概括性，以及它的重要意义，如果能够沿着这条思路进行细致和缜密的阐述，想必会写出极有价值的论著来，可惜的是这个辉煌的起点，并未引起后人在这方面进行切实的论证。"不要说后人，就是茅盾自己，虽然在20世纪40年代之前对阿Q典型性问题有进一步的拓深，得出了"阿Q相""是人类的普通弱点的一种"等科学结论，然而在20世纪60年代初却又退到"阿Q是农民的典型"这种平庸观点中去了。由此可见，最初面对原始的学术问题做出天才评语的茅盾，后来在种种"左"的干扰之下，也有意或无意地背离《阿Q正传》著作本身及其所产生的创作过程和时代环境了。面对原始的学术问题，说起来简单，真正切实做到却是大不易的。

杨振宁批评过物理学界这样一种情形：A做了一篇文章，B对A做补充，C又说B不好，应改进。一群人在A文的基础上忙碌，却不问A的文章是否符合物理学的原始问题，一旦A错了，大家都劳而无功。这种情形在鲁迅学界也很普遍，经常在某权威对鲁迅的评价或某学者的鲁迅研究论著周围绕圈子，或诠释，或阐释，或补充，或修正，或论争，而忽略了鲁迅著作本身的细读与当时具体环境的切实分析。因此，进行鲁迅著作的重新解读与鲁迅所处时代环境的重新实证，的确是大有必要的。如果说，物理学的科学发展史，就是一代代的物理学家借鉴前代学者的科学经验，从新的时代高度，运用新的方法与新的观念，对自然界本来固有的原始的物理问题进行新的研究、新的认识、新的概括的历史；那么，鲁迅学的学术发展史，从本质上说，也是一种这样的历史。只有始终不渝地面对原始的学术问题，借鉴前代学者的学术经验，从新的时代高度，运用新的方法与新的观念，对"鲁迅本体"——鲁迅原著本身及其所产生的创作过程和时代环境进行新的研究、新的认识、新的概括，才能不断形成对前沿的确认和对前沿的超越，形成创造性的学术研究风气，推动鲁迅学的历史发展。

## 对思维方式与认识能力的反思

20世纪70年代初，美国心理学家弗莱维尔（J. H. Flavell）提出了"元认知"的概念。所谓"元认知"，就是对认识的认识，也就是指我们对自己的认识过程的认识和控制。人不仅能认识客观世界，而且具有对自身认识过程的认识能力。如果我们能够知道观察、记忆、思维是怎样进行的，它受哪些因素的制约，就会极大地提高我们的认识能力与学习效率。

这一"元认知"的理论，对改进我们鲁迅研究学者的思维方式与认识能力也具有重要的启悟。初步概括起来，启悟主要有以下三点：

**深度思维**。鲁迅是中国最深刻、最复杂的思想家、文学家之一，鲁迅学又是经过现代中国众多一流理论家、研究家长达百年深邃思考后形成的一门非常成熟的学科。因此，研究对象、研究队伍、研究历史这三项要素，决定了鲁迅研究从思维程度上说，已经形成了一种特殊的"深度思维"。

什么是"深度思维"？我想借用著名数学家谷超豪的一段话进行解释。有人问谷教授成功的诀窍是什么，他回答说："我能成为一个数学家，最主要的是对数学的爱好，思索问题的无限耐心，不是浅尝辄止而是深入到事物表面以下去探索，要有创造性的想象力，从新的角度去看旧的问题。"[1] 我认为，谷超豪教授的话正是对"深度思维"的最好解释，适用于当代的数学研究，也适用于我们的鲁迅研究。鲁迅研究发展到今天，已经深入本质了，的确必须以无限的耐心深入到事物表面以下若干层去探索，浅尝辄止是绝不会有任何收获的。至于"要有创造性的想象力"，就意味着研究已经进入了无限深刻广大的境界，仅从直观上审视，或者仅拘泥于一点，是绝不能驾驭得了，必须展开创造性的想象力的双翼，自由翱翔。这一点，在后文"形而上"一段中再进一步阐发。"从新的角度去看旧的问题"，是"深度思维"的重要内容，只有从新的角度去看，对旧问题的看法才能焕然一新，深入一层。阿Q典型研究史充分证明了这一点，从人类学的角度看，文艺学的角度看，社会学的角度看，心理学的角度看，系统论的角度看，精神现象学的角度看，每换一个新的角度，纵然伴随种种偏差与失误，却总是更新了观点，加强了深度。要不断变换新的角度，就必须永无休止地汲取一切有益的新理论、新方法，这同不能靠加减乘除解决哥德巴赫猜想是一个道理。而汲取新理论、新方法，应该发扬既先进又传统的精神，面对原始的学术问题，立足客观事实本身，以马克思主义基本原理与中国传统文化精髓为基石，把西方的新学科、新方法拿来"为我所化""为我所用"，不可生吞活剥，被洋所化。只有这样，才可能做到以"深度思维"的科学方式去探索鲁迅思想、著作的深刻性与复杂性。

**中和**。以前讲辩证法，总是只讲矛盾双方的斗争性，认为所谓综合就是一方"吃掉"另一方。在这种哲学指导下，不仅政治斗争要以"你死我活"告终，而且学术论争必定要上到政治斗争和阶级斗争的纲上，以一方是百分之百的马列主义、绝对正确，另一方是百分之百的反革命修正主义、绝对错误定案，一方压服和"吃掉"另一方结局，结果使正常的学术论争荡然无存，扼杀了学术，阉割了真理。譬如阿Q典型研究史上的何、

---

[1]《科学家的心声》专栏，《文汇报》1992年8月22日。

李之争，双方都占有部分真理，然而"文革"时期却把何其芳的观点全盘否定，说他陷进人性论的泥坑里了，这样连何的真理部分也否定掉的批判者反倒彻底滑入谬误的深渊。同样，"文革"结束后那种试图全盘否定李希凡观点的倾向也不可取，因为李也占有部分真理，谁把他的真理部分否定掉，谁就会适得其反——走向谬误。正确的态度是坚持科学理性的分析的方法，不仅强调矛盾双方的斗争性，而且注重同一性；不仅倡导"一分为二"，而且主张"合二而一"。

对"合二而一"的阐发，是著名哲学家杨献珍对当代哲学思想的重大贡献。1962年1月，杨献珍到西安参观，阅览《蓝田县志》时，得知宋朝吕公临著有《老子注》一书，阐述了老子"合有无谓之元"的思想，从中受到启发，后来读明朝方以智的《东西均》，发现有"合二而一"的提法，进一步引发了他对于辩证法的表述的思考，因而提出了应当把"一分为二"与"合二而一"结合起来的思想。如果用更简明的话表述，就是既要讲分化，又要讲中和。

中和的思想，是中国传统哲学的精华，也是中华民族保持长期统一、稳定的精神要素，数十年以来，特别是20世纪60年代中期以后，却受到彻底的否定，至今也未能完全纠正，总是当作折衷主义予以摒弃。这样做，不利于政治稳定，也无益于学术发展。当然，也有别具远见卓识的思想家、哲学家早看出这点，大力发扬这一中国哲学的精华。著名哲学家张岱年先生，近年来就为此做出了卓越的努力。他提倡"综合创新"的思想，主张"文化析取论"；不同意文化复古论，也反对全盘西化论，而倡导兼收并蓄。这种"综合创新"的思想，也就是中和的思想，对于鲁迅研究同样有深远的指导意义。譬如阿Q典型性研究，要实现突破，进行创新，就既不能重复前人的观点，又不可脱离前人的成果，而应该兼收并蓄，取精用宏，凡是与实际符合的论点，不管是宏观的，还是微观的，只要稍有可取之处，就必须肯定，必须汲取，然后在综合前人之大成的基础上进行新的分析，新的论证，新的阐发。那种绝对化的偏激态度，全盘肯定或一律否定的形而上学方法，都是不可取的。《易传》中有两句话：自强不息，厚德载物。代表了中华民族精神最要紧的内容。自强不息是一种积极进取的精神，厚德载物是一种宽容、人道的精神。目前，学术界实在太需要这两种精神了。

**形而上**。《易·系辞上》曰："是故形而上者谓之道，形而下者谓之器。"据宋儒朱熹解释："阴阳，气也，形而下者也。所以一阴一阳者，理也，形而上者也。道即理之谓也。"认为阴阳变化的法则是无形的，所以称为"道"，阴阳是有形的，所以称为"器"。清代哲学家戴震提出另一解释："形谓已成为形质。形而上犹曰形以前，形而下犹曰形以后。阴阳之未成形质，是谓形而上者也，非形而下明矣。"[1]他是把未成形质的阴阳（也就是"道"）看作"形而上"，而把已成形质的阴阳（也就是"器"）看作"形而下"的。

把这两个概念借用到鲁迅研究领域，"形而下"可指鲁迅著作的收集、整理，生平史料的挖掘、考证，时代环境的调查、研究，以及研究史的梳理、归类，总之是研究对象——"鲁迅本体"及其创作过程和时代环境的物质资料，也就是"器"的完形与充实；"形而上"则指对"鲁迅本体"及其所处时代环境的理论思考。这种理论思考的天地是无限广阔的，上下左右、正反顺逆、纵横交错、自由自在地"悬想"，无高不攀，无深不潜，无远不达，无微不至，站在理论思维的最高点上，对鲁迅出现的时代原因、历史地位、审美价值、风格个性以及与其他文化名人的深层共性进行哲学、美学、社会学、历史学的思考，亦即超越性、穿透性的思考，也就是"道"的求索与辨正。在鲁迅研究中，"形而下"的工作是必不可少、极其重要的，"形而上"的思考必须以坚实、精确、完备、系统的"形而

---

[1] 戴震：《孟子字义疏证》，中华书局，1982年。

下"工作为物质基础，否则就会成为空中楼阁、断线风筝。然而，鲁迅研究经过百年来几代学者的艰苦努力，"形而下"工作纵然仍须继续推进，却已相当齐备，空白不多了，最主要的突破性的工作当是"形而上"的思考。这种思考，不仅会实现鲁迅研究的突破，而且可能像莎学那样，引发文艺学、文化学等领域的新方法、新观念的产生。[1]

要充分展开"形而上"的思考，就须像谷超豪教授所说的那样"要有创造性的想象力"。不仅文艺创作要有想象力，科学研究与理性思考同样也要有想象力。譬如在阿Q典型性研究中，就须挣脱琐事的羁绊，末节的沾滞，不拘泥于表面的阶级成分与生活现象，而让思想冲破牢笼，令精神超越平庸，伸展想象力的探针，求索隐藏在阶级和历史背后的人性人格、人生悖论，检测隐蔽于人类精神现象深层次中的终极意义。只有这样，才可能真正理解鲁迅，理解他创造阿Q的良苦用心和思想、艺术的高境界，认识他的《阿Q正传》等艺术作品为什么能够走向真正的大气和恒久的途径，理解他无论是在精神上还是在艺术上都没有满足对既有范式的承袭，而是以精神界之战士的跨世纪气魄与大家风度的艺术腕力，以浓重浓郁的人生感悟与振聋发聩的创新精神，以震破天宇的呐喊之声与耳目一新的艺术之作，为世人提供一种崭新的视角和感悟方式，使他们能在一种新的维度上发现人生，发现自我，发现民族性的病根，发现人类精神现象中存在的普遍弱点，从而进行最深沉的反省，最根本的革新。

---

[1] 据有些莎评家所说，20世纪新批评派等文艺学新方法、新派别实来源于莎学。

# 结论:《阿Q正传》作为哲学小说的精神反思意义

以九十一岁高龄仙逝的杂文大家何满子先生说过,五百年后人们对鲁迅的评价一定会比现在还高。

"五百年"后究竟会是怎样的?实在难以想象。照已故天体物理学家霍金的说法,不出二百年,人类就将灭亡。灭亡的原因是人类自身造成的,而非自然现象。人类欲望膨胀,掠夺、破坏自然,人们又互相争斗,导致核战争,自己把自己唯一的家园地球破坏了。

由此我联想起黄仁宇先生主张的"大历史"观:从长远的人类大历史中,鸟瞰人物、事件和著作,不把眼光局限在短时期或某一派别的狭隘利害里。

那么,人类历史的本质究竟是什么呢?古希腊大哲学家亚里士多德两千多年前就有一句名言:"人生最终的价值在于觉醒和思考的能力,而不只在于生存。"人类要想不在二百年内自己毁灭自己,就要觉醒,具有理性思考能力,认识到应该怎样正确地对待自己,对待世界,合理地与其他人、其他国家和民族和谐相处,和平安定。总之,真正从野蛮走向文明。所以,鲁迅的"立人"思想和高远东先生提出的"相互主体性",必将成为整个人类的共同目标。鲁迅和他最重要的著作《阿Q正传》最终的价值恰恰就是"立人"和"相互主体性",启发中国人以至全人类"觉醒和思考的能力",朝着这个方向共同努力,克服世界非文明时代人类的荒谬性。因而历史越长,人们"觉醒和思考的能力"越强,在回望鲁迅和他塑造的不朽典型阿Q时,对他们的评价就会越高。这简直是自然而然、理所当然的事情。

而提高人们"觉醒和思考的能力"最好途径就是哲学。

什么是哲学?

冯友兰先生用生命最后十年的心血凝聚而成的七卷本《中国哲学史新编》,荟萃了他毕生的思想结晶。在该书第一卷全书绪论第四节《什么是哲学?》中,这位哲人写了这样一段发人深省的警句格言:

> 哲学是人类精神的反思。所谓反思就是人类精神反过来以自己为对象而思之。人类的精神生活的主要部分是认识,所以也可以说,哲学是对于认识的认识。对于认识的认识,就是认识反过来以自己为对象而认识之,这就是认识的反思。

究其根本,人类从诞生,即有了精神之日起,就已经开始了这种追问和反思。我们有必要在结论中再次重申前文已经强调过的话:先祖们曾在古希腊神庙上镌刻着一句对后人的提醒:"认识你自己!"德国哲学家恩斯特·卡西尔名著《人论》的第一段话就是:"认识自我乃是哲学探究的最高目标——这看来是众所公认的。在各种不同哲学流派之间的一切争论中,这个目标始终未被改变和动摇过:它已被证明是阿基米德点,是一切思潮的牢固而不可动摇的中心。"

鲁迅是一位大哲型的文学家,绝对不是一般性的文人,他始终坚韧地站在现实的硬地上,致力于中国人的精神反思。这种反思,不仅对于一个民族是至关重要的,而且对于小自一个人,大至整个人类,都是最为重要、带有根本性的。

阿Q、堂吉诃德、哈姆雷特等偏重反映人类精神状况的艺术典型就是一面讽世的镜子，人们可以从中照出自己的精神面貌。从中得到的最重要的哲学启悟意义就是：对人们的认识逻辑、方法进行反思，启示人们正确地认识自己与认识世界。高尔基称赞契诃夫的作品"能够使人从现实性中抽象出来，达到哲学的概括"。哲学境界是文学作品最难达到的峰巅。

对当时处于睡狮状态的中国人来说，至关重要的就是如佛教所主张的来个"狮子吼"，大喝一声，使之猛醒，实现精神的自觉。而鲁迅所扮演的历史角色，正是承担起这样的重任。

一个人需要通过精神反思认识自我和世界，一个国家、民族也需要有自己的哲人，不断进行精神反思促使祖国和人民保持正确认识自我和世界的清醒理智。从根本上来说，鲁迅就是深刻反思中国人精神的伟大哲人。他不像西方哲学家那样，以哲学概念和哲学系统提出新的思想。他是庄子那样的中国特色的哲人，用典型人物的形象和故事表达自己的哲学，《阿Q正传》既不是什么"开心话"，也不是一般的"新文艺"，而是鲁迅这位哲人型的文学家创作的哲学小说。阿Q最大的性格特征，就是精神上的胜利法。这是鲁迅先生对中国文学所做出的无与伦比的贡献。鲁迅的伟大是他完成了"精神上的胜利法"的命名。精神胜利法揭示出人类的精神与物质之间存在着一定的"间隔"与"隔膜"，具有从外界退回内心，把物质世界的失败化为精神幻觉的胜利的"特异功能"。鲁迅形象地发现和揭示出这一弱点，并加以命名和高妙的表达，扩大来说，也是对全人类的贡献。《阿Q正传》是一部举世少见的哲学小说。阿Q是一位与世界文学中堂吉诃德、哈姆雷特、奥勃洛摩夫等典型形象相通的着重表现人类精神弱点的特异型的艺术典型，可以简称为"精神典型"。以这些典型人物为镜像，人们可以看到自身的精神弱点，进行深刻的精神反思，"由此开出反省的道路"。

这就是鲁迅及其主要著作《阿Q正传》，百年来尽管受到各种各样的攻击，却保持着越来越强劲、厚实、不朽的生命力和影响力，阿Q那滑稽而可怜的面孔总在人们眼前浮现，启人深思、让人难忘的根本原因。

这就是全部问题的实质，不必再在阿Q的阶级成分、种种行状上过分费心思，也不必千方百计寻找《阿Q正传》的破绽，更不能对大哲鲁迅吹毛求疵、百般挑剔，甚至诽谤污蔑。鲁迅以《阿Q正传》为警钟惊醒中国人正确地认识自己，认识世界，按照正确的道路崛起、发展，自立于世界民族之林，功劳已经很伟大了。

郁达夫在追悼鲁迅的名文《怀鲁迅》中说过：

> 没有伟大的人物出现的民族，是世界上最可怜的生物之群；有了伟大人物，而不知拥护，爱戴，崇仰的国家，是没有希望的奴隶之邦。

我们拥戴中华民族伟大哲人——鲁迅先生的最好方式，就是读懂他写给中国人民，以至全人类的著作，特别是《阿Q正传》，并付以自觉的行动！

# 主要参考书目

黑格尔:《美学》(全三卷),朱光潜译,商务印书馆,1981年。

黑格尔:《精神现象学》,贺麟、王玖兴译,商务印书馆,1983年。

霍尔等:《弗洛伊德心理学与西方文学》,包华富、陈昭全、杨莘燊编译,湖南文艺出版社,1986年。

弗洛伊德:《精神分析引论》,高觉敷译,商务印书馆,1986年。

荣格:《心理学与文学》,冯川、苏克译,生活·读书·新知三联书店,1987年。

铃木大拙、E.弗洛姆、R.德马蒂诺:《禅宗与精神分析》,洪修平译,褚平校,辽宁教育出版社,1988年。

曼格尔:《变态人格心理分析》,晋波、王本浩、陆杰荣译,魏奉群校,辽宁教育出版社,1988年。

巴赫金:《陀思妥耶夫斯基诗学问题》,白春仁、顾亚铃译,生活·读书·新知三联书店,1988年。

弗罗姆:《人心》,孙月才、张燕译,商务印书馆,1989年。

弗里德连杰尔:《陀思妥耶夫斯基与世界文学》,李春林、臧恩钰、王兆民译,辽宁大学出版社,1991年。

薛华:《自由意识的发展》,中国社会科学出版社,1983年。

周国平:《尼采:在世纪的转折点上》,上海人民出版社,1986年。

萧焜焘:《精神世界掠影——纪念〈精神现象学〉出版180周年》,江苏人民出版社,1987年。

王树人:《历史的哲学反思——关于〈精神现象学〉的研究》,中国社会科学出版社,1988年。

李衍柱:《马克思主义典型学说史纲》,山东文艺出版社,1989年。

# 后 记

对阿Q典型性的研究起始于1972年7月拜识何其芳同志时。

我1964年夏从北京二中毕业，在韩少华老师那里得到了难得一遇的文学教育，考进北京师范大学中文系。但恰逢"左"的势力猖獗，没上什么课就赶上了1966年的"文革"。出于对毛泽东主席的崇拜，狂热地投入了运动。不过很快觉得不对劲，1968年坚决闭门读书，拒绝参与一切活动。然而当时图书馆都关了门，不许读马恩列斯毛以外的书，唯一放一马的就是《鲁迅全集》。幸好父亲是位明智的高级知识分子，1964年入大学时给我买了一套1958年版的《鲁迅全集》。这套全集就成为我的"救命书"，整天捧着细读。和很多人只是读表面、写心得不同，我一开始就研究问题，确定的题目是"鲁迅后期杂文的辩证法问题"。1972年写出一篇一万六千字的论文《〈"题未定"草（六至九）〉的哲学分析》，想向懂行的老一辈学者请教。后来成为电影导演的北京二中老同学徐庆东跟我关系很好，对何其芳同志的小儿子何辛卯说了此事，把论文交给他，请他问问父亲愿不愿意指教。很快传来消息，何其芳同志对论文很感兴趣，愿意见见这位年轻人，谈一谈。于是约定一天晚上，我到西裱褙胡同何其芳同志家去，拜会这位学识渊博、才华横溢却没有解放、仍然受难的老人。他热情地跟我谈了论文的得失，与我结成了"忘年交"。后来我写了文章就跑到他家里请求指点，他总是不厌其烦地教诲。空下来，也说些闲话，讲些对外不能发的牢骚。讲得最多的一是痛惜 1957 年没顶住上面的压力，使他最得意的学生陈涌同志被打成了右派，发配到西北，受了大苦；二是对他的《论阿 Q》被打成了跌入人性论的泥坑不服气，多次表示以后有了话语权，还要写文章重论这个鲁迅研究中的难题。这就激起了我对阿 Q 典型问题的兴趣，也有心探讨一下。正好我在往《人民日报》送稿时，结识了李希凡、姜德明同志，之后有机会也听取了李希凡对阿 Q 典型问题的意见。

1977 年何其芳同志去世，他的夫人牟决鸣同志继续关心着我，1978 年底介绍我结识了到北京参编 1981 年版《鲁迅全集》的陈涌同志。熟悉后，陈涌同志讲得最多的还是阿 Q。1979 年 10 月，我在林非先生不懈努力，陈荒煤同志坚决支持下，调入中国社会科学院文学研究所鲁迅研究室工作，编辑《鲁迅研究》。正好陈涌同志获得平反，调进中央政策研究室任文化组组长，住在平安里中组部招待所。我成为那里的常客。陈涌同志重新出山后，正式致力写作的第一篇论文就是《阿 Q 与文学的典型问题》。因对周扬 1957 年不顾何其芳等同志反对硬把他打成右派有意见，不愿交给当时所谓的"东鲁"发表。我就凭着与他的私人关系，软磨硬泡，终于把论文稿拿到手，经林非先生终审刊登在《鲁迅研究》第三辑。以后又细读了他关于阿 Q 的其他文章，认真思考起这个问题。1982 年至 1991 年编纂《1913—1983 鲁迅研究学术论著资料汇编》期间，着力收集阿 Q 研究的资料，只言片语也不放过。收集齐全后，按时间顺序排列起来，不断精读，思考，并充分利用 80 年代以来思想解放的条件，广泛阅读了黑格尔的《精神现象学》等有关书籍，涉猎了弗洛伊德、荣格、弗洛姆等人的心理学新论。1991 年用《汇编》完成后的半年时间，写成了两万五千字的长篇论文《阿 Q 与世界文学中的精神典型问题》，1991 年 10 月纪念鲁迅诞生一百一十周年时，提交给国际学术研讨会，受到广泛好评。刚刚故去的著名编审王信同志觉得很好，有意在《文学评论》发表，后因篇幅太长，又不好压缩，舍弃了。最后在彭小苓、韩蔼丽编的《阿Q70年》上问世。在此论文基础上，我又在袁良骏先生大力赞助下扩充成二十七万字的《阿Q新论》，编入"鲁迅研究书系"，由陕西人民教育出版社于1996年9月出版。聊以慰藉的是父亲弥留之刻见到了雪白的精装书，含笑而去。

《阿Q新论》出版后，受到学界好评。中国台湾出版人士到西安从"鲁迅研究书系"十六部书中仅挑选了这一部拟在台湾出版。特别使我激动的是，2019年8月我应临清市邀请到临清参加季羡林先生逝世十周年纪念会，临清市宣传部副部长井扬同志陪我到聊城大学文学院参观王富仁藏书纪念室，富仁先生在书系中仅存《阿Q新论》一本，可见他的重视。钱理群先生在《中国现代文学三十年》初版谈鲁迅作品时，着重谈了《阿Q新论》。再版时，虽然加了新出版的其他书，但对精神现象一说，仍很注意。这都是对我的鼓励！

20世纪末我读了余华的《活着》《许三观卖血记》和他与莫言的论文集，发现这些新时期的文学先锋正是沿着鲁迅所开辟的20世纪新的写作方式前进的。因之写了《阿Q与中国当代文学的典型问题》，发表在《文学评论》2000年第3期上。据同仁说余华非常高兴，在两次会上，举着该期《文学评论》表示赞同该文对《许三观卖血记》的理解，还称我是"中国最大的阿Q研究专家"。我听了很觉鼓舞，但却不敢当。

一晃三十年过去，2021年是《阿Q正传》发表一百周年。我下决心重论阿Q与世界文学中的精神典型问题。经数十年之积累，得天独厚地亲密接触了所有重要的阿Q研究专家，应该说是有信心谈出些新见的。就拿出去由行家再审吧！并感谢林非先生和他夫人肖凤在我成长的道路上一再付出的艰苦努力，这回同意再次写序。

### 图书在版编目（CIP）数据

阿Q一百年：鲁迅文学的世界性精神探微 / 张梦阳著. —北京：商务印书馆，2022
ISBN 978-7-100-20662-4

Ⅰ.①阿⋯　Ⅱ.①张⋯　Ⅲ.①鲁迅小说—小说研究　Ⅳ.①I210.97

中国版本图书馆CIP数据核字（2022）第016088号

**权利保留，侵权必究。**

## 阿Q一百年
#### 鲁迅文学的世界性精神探微
张梦阳　著

商　务　印　书　馆　出　版
（北京王府井大街36号　邮政编码100710）
商　务　印　书　馆　发　行
山东韵杰文化科技有限公司印刷
ISBN 978-7-100-20662-4

2022年5月第1版　　开本640×960　1/16
2022年5月第1次印刷　　印张23

定价：98.00元